Best Time

白 马 时 光

只念卿卿呀

槐故——著

百花洲文艺出版社
BAIHUAZHOU LITERATURE AND ART PRESS

图书在版编目（CIP）数据

只念卿卿呀 / 槐故著 . — 南昌：百花洲文艺出版社，2022.10
ISBN 978-7-5500-4772-3

Ⅰ.①只… Ⅱ.①槐… Ⅲ.①长篇小说－中国－当代
Ⅳ.① I247.5

中国版本图书馆 CIP 数据核字（2022）第 158893 号

只念卿卿呀
ZHI NIAN QINGQING YA

槐故　著

出 版 人	章华荣
出 品 人	李国靖
特约监制	夏　童
责任编辑	刘　云　程昌敏
特约策划	崔馨予　赵凌云
特约编辑	赵凌云
营销编辑	糖　糖
封面设计	樱　瑄
版式设计	彭　娟
插画支持	我是俊鹏　荔　枝　雨中的葱
出版发行	百花洲文艺出版社
社　　址	南昌市红谷滩区世贸路 898 号博能中心 I 期 A 座 20 楼
邮　　编	330038
经　　销	全国新华书店
印　　刷	三河市金元印装有限公司
开　　本	880mm×1230mm　　1/32
印　　张	11.75
字　　数	348 千字
版　　次	2022 年 10 月第 1 版
印　　次	2022 年 10 月第 1 次印刷
书　　号	ISBN 978-7-5500-4772-3
定　　价	49.80 元

赣版权登字：05-2022-153
发行电话　0791-86895108　　　　　网　址　http://www.bhzwy.com
图书若有印装错误，影响阅读，可向承印厂联系调换。

目 录
Contents

第一章

初见卿卿呀

A市正迎来酷暑，灼热的阳光炙烤着大地，空气像被凝固了，一丝风也不起。小高楼半倚着院前葱郁的大树，挡住了炽热的阳光。

别墅二楼，苏念念睡得很沉，鸦羽般的睫毛因为响个不停的噪声而轻轻颤抖。终于，在铃声第六次响起的时候，她不耐烦地拱了拱被子，伸出一只纤细白皙的手臂，在床上摸索半晌，总算拿到了手机，半梦半醒间，点击了接通。

纵然被吵醒，哪怕再窝火，苏念念的声音还是细声细气的，像是温柔的清泉，又因为刚醒带着些鼻音："哪位呀？"

那头传来一道散漫的男声，拖长了语调："你哥。"

"哦。"苏念念随口应了。

得到这样一个冷淡的反馈，苏焱冷笑一声，挑事道："苏丫丫，你知道现在几点了吗？"

苏念念的眼睛睁开一丝缝隙，手机屏幕上显示十点半。她没有回答这个问题，而是问："有什么事情？"

苏焱总是无事不登三宝殿，这个时段医院正忙，打来电话准没好事。

"你知道我给你打了多少个电话吗？"

苏念念合着眼，没有回。

苏焱说："给你一个将功补过的机会，去书房桌上找到我的论文报告，十二点前送到A大附院来。"

苏念念正欲挂断电话，如她所料，苏焱抢先开口："别挂，我完蛋，我回来就让你完蛋。我记错了论文提交时间，今早就要抽查，这个打分占比很高。"

苏念念闭眼默数三秒，猛地掀被起身，无奈地叹了口气："知道了。"

她下床穿拖鞋，慢悠悠地晃到窗前，拉开窗帘看了一眼外面，天空一碧如洗，万里无云，阳光亮得刺眼，仿佛能把人晒化，耳边还响着不停歇的知了声。一想到马上要去室外"拥抱"热浪，她瞬间追悔莫及。

苏念念走到全身镜前换衣服，随意选了一套鹅黄碎花上衣，搭配牛仔短裤，露出修长笔直的双腿。她咬着皮筋扎头发，因为动作起伏而露出一截雪白纤细的腰线，一头浓密的黑卷发很快圈成一个高高的丸子头，清爽又干净。

电话那头，苏焱压低了声音，还在喋喋不休。他本来话不多，但最近肉眼可见地狂躁，原因无他，全是因为那位最近新分配的导师。

苏焱从小在学业上一骑绝尘，顺风顺水了十几年，中间还跳了一级，本科 GPA 高达 3.9，满绩是 4。他不止一次地抬着下巴冲她道："去打听打听你哥的盛名，A 大医学院一哥，懂？"

现如今一哥二十二岁，大五刚毕业，已经保研，跟着导师进了医院，正在实习期。原本带苏焱的是他本科时的导师管杰，德高望重，不知道带出多少叱咤杏林的弟子。因为身体原因，他从今年起不再带学生了，正巧院里天降一位博导，就是苏焱如今的导师，是管杰以前的学生。

苏焱第一次说起这位的时候，咬牙切齿，把人家高中到如今的履历和自己对比了个遍，最后，一向自视"我天下第一，其余都是垃圾"的他挫败得一句话没说。

苏念念当时在打游戏，随口问了一句："怎么样？"

"我承认。"苏焱竖起一根小拇指，"他暂时是比你哥厉害那么一点点。"

苏念念正点着屏幕拿枪爆头，闻言"啊"了一声："那他该是医学院一哥，你是……二哥？够二的。"

苏焱："……"

苏念念刷完牙，苏焱还在那边絮叨："你知道他多变态吗？"

"怎么？"苏念念洗完脸，对着镜子仔细端详自己，细白的皮肤莹润无比，眼皮很薄，眼角有点儿温润的弧度。她稍微打了粉底，在眼下遮瑕，还抽了一支豆沙色口红提气色。

　　那头苏焱愤愤地说："我的本科论文可是全院优质论文，他却让我改了八遍，八遍你知道什么概念吗？就是除了选题，基本所有都改了。"

　　苏念念不懂这些，但听着苏焱这临近崩溃的语气，还是稍微同仇敌忾地附和了一句："那确实挺变态的。"

　　苏焱得到共情，说得更起劲："还有，每次跟着他查房，我都要被问一些变态问题，说是书里有的。后来我去找资料，发现问题只存在于大学课本的旮旯。类似于高中课本里章节头的引言和页脚的注释。"

　　苏念念梳洗完毕，拧着眉想了想高中课本是否有引言和注释，没想起来。但听苏焱这么痛苦，她还是点头："嗯，变态极了。"

　　苏念念的话音刚落，那头像被点了哑穴一样，突然安静。紧接着，电话里传来一道男声，低沉又悦耳，明明很平静，但透过电话仍能让人感觉到压力。

　　"苏焱，你很闲？"

　　苏念念屏住呼吸，又听到男声继续道："连膝关节半月板损伤后的体征都记不清，还在这里说废话。"

　　苏念念欲再听，但苏焱匆匆挂断了电话。她看着骤然安静的手机，突然有些生气。她是知道他的骄傲的，从小到大他都足够优秀，得到的大多是赞誉，还从未有人如此不客气地批评他。

　　想到刚刚那冷淡的声音，苏念念气得发了条消息给苏焱："哥，你的导师就是个大变态！你放心，我肯定和你站在一条战线上！"

　　发完消息，苏念念从桌上拿起苏焱的论文报告扫了一眼，上面密密麻麻全是注释。字迹遒劲有力，自有一番风骨。

　　这绝不是苏焱写的，他写的一手鸡爪字。苏念念也经常嘲讽他的字丑，但他毫无悔改之心，言之凿凿道："反正当医生，写的字正常人看不懂也没关系。"

　　所以这应该就是那位导师写的了。虽然这个人很变态，但他对待学生还挺认真的。

　　她提前叫了车，从家到 A 大附院三十分钟的车程。苏焱说过科室的位置，但她当时左耳进右耳出，听了个大概，只知道楼层，没有记住具体位置。

但她也没有再问苏焱，他刚才被抓包，这会儿得让他冷静一下。

她凭着记忆上了七楼，找到了骨科。A大附院是国内鼎鼎有名的医院，骨科尤负盛名，出了很多享誉国内外的专家。科室里人满为患，病人一排排坐着，面色哀愁地等待叫号。空气中满是药水和消毒水的味道，即使开着空调，也让人觉得窒闷。

她快步走过候诊室，每间诊室门口都贴着医生的名字，她根本没记住苏焱的导师叫什么，只知道姓裴，只好沿着走廊一间间找。直到她来到中间的一个办公室门口，值班栏上写着"裴言卿，主治医师"。

苏念念一看这名字，立刻就想起来了。这里就是那位变态导师的办公室！她心想：等一下见到他一定要不卑不亢，和苏焱统一战线。

她敲了敲门，抬步往里迈，环顾一圈，只看到一个男人，穿着整洁的白大褂，显得身形修长而挺拔。此时，他站在柜子旁边，手中摆弄着锤子一样的器械，听到声响，他转过头来："上午门诊结束了。"

苏念念这才看清他的全貌，呼吸一窒。男人皮肤冷白，高挺的眉骨连着笔直的鼻梁，侧面精绝的下颌线在转过来后依旧让人惊艳，她的视力极好，甚至看到了男人鼻尖上的痣，那双黑眸淡得几乎没有情绪，这颗痣无端给这张脸添了几分妖孽感。

苏念念这一看，就忘了说话，只能听见自己心脏疯狂跳动的声音，一下又一下，带着陌生的兴奋和欢愉。直到男人轻轻蹙眉，声音清冷如玉："找哪位？"

苏念念一惊，连忙将目光从他脸上挪开，余光扫到他胸膛前的工牌，上面写着"裴言卿"。

苏念念所有的说辞都忘记了，只剩本能，她老老实实地答："我哥。"

"你哥是谁？"

"苏焱"两个字在嘴边绕过一圈后，被她硬生生咽了回去。她考虑了一秒，无辜地眨了眨眼："忘了。"

裴言卿放下手中器械，眼神有了些微妙的变化："神经内科在五楼。"

苏念念正绞尽脑汁地想着该怎么解释自己不是神经病，背后突然传来一道嗓音，带着些喘："老板，我妹丢了！我得去找她……"

苏念念："……"

"哦，没丢。"苏焱的目光下移，扯了扯唇，"就在这儿。"

裴言卿的面色一言难尽。

"不，你妹丢了。"苏念念面无表情。

苏焱："……"

医院走廊里，苏焱在前头走着，苏念念跟在后面。直到他突然停住脚步，她撞上他的后背。

苏焱轻"啧"一声，转身弹了一下她的脑门："我看你不是丢了人，是丢了魂。"

苏念念没心情应他，手指不由自主地摩挲着论文纸背透出的字痕。笔力入木三分，裴言卿本人也同他的字一样，令人见之难忘。

这样一想，她又失了神。苏焱并没有注意，双手插进白大褂衣兜，心情颇好地扯了扯唇："不过，还算没白养你，知道帮哥出气。"

时间即将退回几分钟前。在空气即将凝固的一瞬，苏焱浑然不觉尴尬，极其自然地冲裴言卿介绍："老板，这是我妹，苏念念，走错门了。"

说完，苏焱附在苏念念的耳畔低声说："随便打个招呼就走。"

苏念念再次朝裴言卿看过去，正和他的视线对上。他的神情疏淡，冲她轻点一下头。她一时失神，大脑放空地盯着他鼻尖上的痣，"老师"两个字鬼使神差地被她咽了回去，半晌，她舔舔唇，一脸严肃地喊了一句："叔叔好。"

"噗！"苏焱猛地低头，想控制住表情，只是嘴角怎么也压不下去。

裴言卿凉凉地扫了苏焱一眼，从容的眉目间显露出几分难以置信的神情，顿了好几秒才答："你好，喊我的名字就行。"

苏念念低头看着自己的脚尖，按捺住跳得极快的心脏。

"喂——"自己连说几句话苏念念都不答，苏焱有些不满，拿手在苏念念面前晃了晃，"苏丫丫，你听到我说话了吗？"

苏念念这才回神，看了苏焱一眼，深吸一口气，问："你的导师三十几了？"

一般来说，当上博士生导师，还能带学生的，年纪应该不会小，尽管裴言卿看起来很显年轻。苏念念掰着手指算，预测他已经三十多岁了，那是不是已经……结婚了？想到这里，她的心陡然一沉。

苏焱轻笑一声，意味深长地看着她说："苏丫丫，哥懂你的苦心。"

苏念念莫名其妙："我什么苦心？"

——当然是故意拐着弯说裴言卿长得老来哄我开心咯。

苏焱得意地扯唇，刚要回答，便被一道吊儿郎当的声音打断。

"焱哥，我说怎么到处找不到人，怎么……"

"哇！焱哥，你的女朋友啊？"陆玄走近几步，打量着苏念念，语气里是呼之欲出的惊艳。

苏念念转过头，看到一群穿着白大褂、人高马大的青年，浩浩荡荡地聚在一起，像是行走的云团，气势汹汹。怪不得坊间传言，骨外科是医闹最少的科室，几乎都是壮实的男医生，想闹也要掂量一下体力。

"滚！"苏焱拧眉，将苏念念往后拉了些，淡淡道，"我妹，亲的。"然后挨个儿和苏念念介绍，"他们是我同学。"又一个个和她介绍了名字。

"你们好。"苏念念朝他们点头，"我是苏念念。"

"你好，你好！"这群男生在骨外科这样的"和尚庙"待久了，见到美女一时间都有些兴奋。直到苏焱警告性地环视一圈后，他们才有所收敛。

"找我干什么？"苏焱问陆玄。

陆玄一把搭上苏焱的肩："吃饭啊。裴老板呢？忙完了吗？喊他一起。"

苏念念的目光一闪。

"不知道，去喊呗。"苏焱抖掉陆玄的手，懒散道。

"我去喊老师。"站在后头的叫王晨的男生主动请缨。

陆玄点头，又殷切地问："念念，一起吗？"

苏焱："她不吃。"

苏念念："可以的。"

两个人同时出声。前者顿住，后者又坚定地补充了一句："可以的。"

陆玄兴奋道："欢迎，欢迎！"

"能和美女共进午餐，是我们的荣幸。"后头几个男生也跟着起哄。

苏焱的表情难看，警告性地瞪了他们一眼，咬了咬牙，冲苏念念道："小鬼，你真的要在医院吃？我话说在前头，医院食堂的伙食很一般。"

苏念念对吃食的要求一向高，尤其挑食，苏焱就等着她打退堂鼓。没等到她说不，却见陆玄朝后方招了招手："老板好。好不容易能按时吃个饭，特意喊您一起，聚一聚。"

苏念念的视线越过苏焱，往后看去。裴言卿脱了白大褂，灰色衬衫配黑色西装长裤，显得身材修长而挺拔，迈步走来时，优雅又矜贵，一步步，仿佛踏在人心上。他走近，面向陆玄，语气平淡："有这时间，我更希望你的见习报告能少出点错。"

陆玄的脸一垮："老板，焱哥妹妹在这儿呢，给我留点儿面子啊。"

裴言卿顿了顿，这才朝苏念念看去，礼貌性地问："一起吃饭？"

苏念念重重地点头："一起啊！我早上没吃饭，正好饿了，就在这儿吃吧。"说完，她感觉裴言卿在看自己，紧张地揪紧了手指。

裴言卿有些严肃地说："早餐要吃。"

苏念念一瞬间有种梦回小学面对教导主任时的窘迫感，忙不迭点头。裴言卿没再说话，转身往前走。

"你为什么非要留在医院吃？"苏焱问。

苏念念随口编了个答案："想尝尝你的伙食。"

苏焱不知怎么就变了表情，拖长语调"啊"了一声："哥懂。"

苏念念一头黑线。

——你又懂什么了？

倒是一旁的陆玄凑到她的耳边小声安慰："不用慌啊，念念，裴老板只是职业病犯了。忙起来，他自己也不吃。"

苏焱推开陆玄的脑袋，嫌弃道："讲话就讲话，离远点儿。"

陆玄摸了摸鼻子，看着苏焱一副护崽子的模样，嘟囔道："有妹妹了不起啊？"

"怎么，你不服？"苏焱拖长了语调，想起苏念念为了给他出头，不惜以身试险得罪裴言卿，又时刻关心着自己的伙食状况，得意道，"知道吗？

我妹，最崇拜的就是我。"

陆玄："……"

走在最后的苏念念浑然不知苏焱在说什么，只时不时抬眼看最前头的人，他正侧着脸，给旁边的王晨解答问题。在四五个人均一米八的少年中，裴言卿依旧最是挺拔，又气质绝佳，便是迎面走来的路人，也总会不由自主地将目光凝在他的身上。

"你说是吧？"苏焱突然回头问她。

"啊？"苏念念连忙收回视线。

"始终坚定不移地和哥统一战线。"苏焱强调。

想起早上发过去的消息，苏念念心虚地转了转眸子，含糊地"嗯"了一声。

"听到没？"苏焱冲陆玄笑得志得意满。

医院的职工食堂排着长长的队，苏焱顺着人流，悄悄脱离了苏焱的视线范围，有意识地跟在裴言卿身后。他仍然侧着脸，仔细听着王晨的问题，时不时轻点一下头。她不停地偷瞄他，但小小一个跟在后头，他也没有发现。

排到裴言卿，阿姨显然认识他，笑容满面，手抖也不抖地每个菜都挖了两大勺。这一排下来，他的盘子是最满的。他看着盘中堆成山的菜，无奈摇头，一回首，正看到苏念念眼巴巴地盯着他手中的餐盘。

小姑娘瞪着圆圆的眼睛，触及他的视线，连忙低下头，和前几次一样。

裴言卿头一回有些纳闷儿，自己是长得多显老多严肃？这小姑娘一看到他就避如洪水猛兽。他温和地把餐盘递到小姑娘面前问："想吃？"

苏念念脑中的想法一瞬间变得大胆，其实，相比吃他的饭，她更想吃他这个人。她的眼睫微动，嘴比脑子更快："想！"

"钱的话，我能加您个微……"苏念念的心跳得飞快，刚试探性地伸出手机，就被人一把扯过去，打断了交谈。

苏焱走过来拉住她，没好气道："苏丫丫，你跑哪儿去了？"

食堂人多，苏焱和陆玄说一句话的时间，再回头，苏念念人影都没了。

苏念念一瞬间生出了把苏焱按进地底的想法，勉强解释道："人太多，没看到你。"

"那你就看到他了？"苏焱冷哼一声，好在没再追问，未等苏念念说话，便俯身向窗口掌勺的阿姨点了好几道菜。

"阿姨，麻烦您，排骨不要洋葱，茄子不要大蒜，青菜多些菜叶，少点儿油，少点饭……"

阿姨起先还因为小伙子长得俊忍耐着，到后头也黑了脸。好在苏焱见好就收，见势不对连忙赔笑脸道谢。打完饭，他吐了口气，嘴上还嫌弃着："金贵得要命，麻烦。"

苏念念接过餐盘，正对上裴言卿的目光，很显然他听得一清二楚。他倒是没说什么，结果苏焱自作主张地解释一句："老板，我妹就是太老实了，有时候不喜欢也不知道怎么拒绝长辈。"

苏·老实人·念念："……"

几个人坐了一桌，苏念念坐在苏焱旁边，小口小口地吃着饭，心中极度懊恼。只差一点儿，就差一点儿，她说不定就能搞到他的微信。

——垃圾苏焱，毁我青春。

她一边想着，一边又忍不住瞄了一眼裴言卿，第三次看到他尝了块糖醋鱼。这鱼她只吃了一口，甜得发腻，还带着腥味，但他好像很爱吃。

苏念念在心中暗暗记下。

医学生的话题很快便绕到了某些不可言说的方向：陆玄夹起一块红烧排骨，碰了碰旁边的苏焱："看，没烧熟。像不像前年一起解剖的肌肉标本？当时肌肉都给我翻碎了，都找不到地方。"

苏焱大口吃了块排骨，嗤笑道："还好意思说。"

苏念念看过去，正看到夹生的排骨上沾着点点血丝，联想起陆玄说的被翻碎的标本，本就没什么食欲的她瞬间就想吐出来。

她的面色难看，但男生们像是突然被打开话匣子般，刚刚问裴言卿问题的王晨从餐盘中夹起一块满是油脂的鸡皮，说："前年有一回进实验室看大体老师，地上放着个白色塑料袋，里面有一片像这样的黄黄的东西，我问管老师是什么，你们猜他怎么回答？"

王晨学着管杰的语气，无比平静道："哦，是皮啊。"

是皮啊。

是皮。

皮。

苏念念实在忍不住，又不想打扰别人说话的兴致，只能捂着脸极其小声地干呕。

几个男生聊嗨了，一个个和接龙似的，直到裴言卿放下筷子，说："吃饭不要说话。"

全场瞬间安静。苏念念喝了口水压住胃里的翻滚，一抬头看见坐在她斜对面的裴言卿，他似乎在确认她的状态。

苏念念心头涌上一阵暖流，乖巧地冲他摇了摇头，表示自己没事。反正也吃不下去了，她就时不时偷瞄他。他吃饭仪态极好，一举一动都带着规矩，动作赏心悦目，速度却不慢。她默记着他吃的最多的菜，直到结束。

苏焱见她没动几口的饭，说："小鬼，浪费这么多。"

"我不是有意的。"苏念念也有些愧疚。

苏焱替她收拾着餐盘，嘴上继续念叨："我早说过你吃不习惯，你偏要在这儿吃。"

"你们的话少点儿，她也能多吃点儿。"裴言卿站起身，淡淡道。

苏焱一愣，其余几人也反应过来，连忙朝苏念念道歉。

送苏念念出来的时候，苏焱跟在她后头，给她叫了辆车，难得有些懊恼："你早说啊，不然也不至于吃不下饭。"

苏念念抿了抿唇："裴言卿后来不是让你们安静了吗？"

苏焱愣了一下，注意力偏了："你喊人家的名字喊得还挺顺口啊。"他越想越觉得别扭，又加了一句，"莫名其妙地就比你哥高一辈，你还是跟着我一起喊人家老师吧。"

苏念念抬眼看着苏焱，立刻拒绝："不行。"

苏焱插着兜，重新晃回医院，脑中不住地想，苏丫丫那小鬼什么意思，为了个称呼，还挺倔强。

突然，他的肩膀被人揽住，左右边一齐站着几个人。陆玄冲他笑得满脸殷切，看着他半天不说话。

"说。"

"哥……"

苏焱起了满身鸡皮疙瘩，一把扔开他的手，还在空气中极其嫌弃地甩了甩："滚。"

其余几个高壮的成年大汉，也跟在后头不停地喊他"哥哥"，苏焱指着楼梯，不耐烦地说："精神有问题，赶快滚到五楼去看。"

陆玄也不生气，依旧勾搭上来："哥，念念多大了？"

苏焱霎时明白过来，气笑了，敛眸环视一圈："你们想都别想。"

"你有个妹怎么不早说啊？"陆玄道。

"我为什么要说？"

陆玄拉着他，不让他走："你觉得，我追念念，成功的概率大吗？"

苏焱横他一眼，冷笑道："不可能，就算苏念念鬼迷心窍，我也要让她清醒过来。"

陆玄难以置信："你这是干什么啊？难道你还能阻止你妹谈恋爱？"

"不然呢？"苏焱眯眼笑了笑，"你觉得我妹有我这样一个哥哥，还这样崇拜我，她还能看上什么人？你见过比她哥我更风华绝代的吗？"

"见过。"陆玄毫不留情地泼冷水。

苏焱的眼皮一跳，笑容也僵住了，歪着头蛮不讲理道："还有一点，要比我年轻。我妹不喜欢年纪大的。"他顿了顿，似乎想到什么开心的事，补充，"尤其是叔叔辈那种。"

裴言卿走到几人身后，见他们无所事事地聚在一起聊天，皱了皱眉。下一秒，就听到苏焱意有所指地说了最后两句话。

裴言卿的眉头一皱。这是他这天第三次听到"年纪大""叔叔辈"这样的字眼。

裴言卿停下脚步，想听听他们还会说什么。

苏焱是个傲气得有些跋扈的少年，优秀惯了，万物都不能入他的眼，此时他懒懒地倚靠在墙上，像是炫耀着最珍贵的宝藏般笑得张扬："猜猜我妹学什么的？"

舞蹈。裴言卿在心中答，这几乎是下意识的念头。他熟知人体的每一块骨头，也曾想象过最好的骨相，可惜这么多年，从没见过这样让人惊艳的仪态，不仅要先天条件好，更需要后天日复一日异于常人的练习。

他想到刚才的小姑娘，双腿笔直纤长，行走时肌肉线条优美，不是过度节食的羸弱，每一步都像踩在棉花上，落得极轻。肩颈修长，脊背挺拔，五官精致小巧，眉眼间满是蓬勃的朝气。

"跳舞的？"陆玄试探着问出一句。

苏焱冷哼一声："观察得还挺仔细。"他抬着下巴，比说起自己还嘚瑟，"我妹，今年省考第一进的 A 舞芭蕾舞系。"

A 舞，全国最好的舞蹈学院，每年录取的学生凤毛麟角，而且芭蕾不是后天努力就能学的，更要老天爷赏饭吃，有个逆天的身材比例。

"天哪！"陆玄惊叹一声，"完了，哥，我配不上她，你快帮帮我。"

苏焱一把拂开他，凉凉道："你知道就好，收收你们不切实际的心思。还有，别喊我哥。"

苏念念回到家，翻来覆去，心中依旧难以平静。脑中的场景像是走马灯一般，从见到裴言卿的第一眼开始，一遍又一遍地放映。她捂着发烫的脸，感受着这样陌生的情绪，一下下敲击着心脏。直觉告诉她，这是个谁也不能告诉的秘密。她不停地出神，越来越烦躁，最后深深吐了口气，换练功服进了舞房。

因为苏焱在 A 市读书，苏父苏母专门买了这栋小别墅，后来苏念念中途学舞，高中时又经常来 A 市集训、比赛，于是他又将最大的房间改成这间练舞室。

苏念念一遇到无法解决的事时就会练功。而且对舞蹈生来说，一日不练自己知道，三天不练，大家都知道。

下午很快过去，苏念念满头都是汗，感受着汗珠从额头流到脸颊，再到脖颈，一停下来，她就又盯着对面的墙发呆。她觉得自己中毒了，且不说裴言卿比她大多少，就他作为苏焱导师的身份，和她好像也没什么可能。

突然，房门被敲了三下，苏焱开门进来。

"不开灯干什么呢？"苏焱皱着眉打开灯，正看到苏念念满头大汗地靠在墙边，也不知练了多久。

"你今天回来得还挺早。"苏念念撑起身子，拿毛巾擦着脸上的汗。

一听这话，苏焱像被触了什么开关一样。

"呵。早？"苏焱指着手表，"你知道现在几点了吗？七点半！现在是暑假，我们等于跟着裴言卿做免费劳动力！"

苏念念小声地说："他带你们也挺费神吧。"

苏焱一噎，没说话。虽说理是这么个理，但从和他统一战线的苏念念口中说出来怎么就这么别扭。

"起来，吃饭去。饿死我了。"顿了顿，他又道，"你以后要是饿了就先吃，没必要等我回来。"

苏念念默默地看了他一眼，没有解释自己只是忘了吃饭，决定让这个美妙的误会持续下去。

苏父苏母常年因为生意全国各地跑，平时也见不着人，这边每天有阿姨定时来烧饭。

哪怕一天没吃什么东西，苏念念依旧食欲不盛。她有一搭没一搭地戳着米饭，找着话题："你们科室男生挺多的。"

可惜苏焱对这个话题没什么兴趣："骨科女生来得少，她们力气太小。"

"哦。"苏念念点头，"那你们大概都没对象吧？"

苏念念本来想顺藤摸瓜套出裴言卿的信息，谁知苏焱好像对这种话题格外敏感，倏地抬眸："你问这个干什么？"

"我就随便问问啊。"苏念念敛眸，有些慌张。

苏焱挑眉："你哥都没有，他们能找到才怪。"

苏念念咬着筷子，心跳得极快："不可能吧？"

"苏丫，你问这么多，打的什么主意？"苏焱狐疑地问她，突然有了某种猜测，语气一沉，"你看上谁了？"

苏念念的心都要跳出来了，连忙否认："怎么可能？"

"我就知道。"苏焱也没多想，得意道，"你哥我天天杵在你面前，你还能看上他们？"

苏念念没有说话，默默地翻了个白眼。

直到苏焱迅速咽下最后一口饭，放下碗："我去改报告，你吃完把碗洗了。"

苏念念的眼睛亮了亮，不动声色地问："又改报告啊？"

"啧。"苏焱果然上了钩，咬牙切齿道，"你走后，他把我拎到办公室又讲了大半个小时。午休时间没了，下午跟着他观看了两台手术，晚上还要改论文，明天一早又要去医院查房。"

苏焱揉着眉骨，语气不耐烦间还带着淡淡的疲惫。

苏念念眨了一下眼，装作埋怨的语气："他就不知道累吗？"

苏焱耸肩："我走的时候，又来了手术，他估计现在还在手术室吧。反正我就没看他消停过，真是个狼人。"

苏念念的眼睫颤了颤，怕被他看出异常，故作淡定地说："他整天这么忙，能有时间陪女朋友吗？"

苏焱轻声笑了："小鬼。你是不是有什么误解？"他的心情极好，右手轻敲着桌面，懒懒地道，"他那样的，能有女朋友？"

苏念念压抑着狂喜的心跳，垂眸扒饭，不动声色道："可他不像没人追啊。"

苏焱轻嗤，语气间隐隐带着酸："谁知道他在想什么，校花都不能入他的眼，怕不是要找天上仙女？"

苏念念的心一沉，"啊"了一声，掩住眸中失落："校花？"

"嗯。"苏焱懒散应着，似乎没什么兴趣，"好几年前的事了。"

苏念念戳着米饭，跟着苏焱同仇敌忾："你说他都一把年纪了，怎么不找女朋友呢？"

"一把年纪？"苏焱一愣，随即愉悦地勾了勾嘴角，"这词听着真顺耳。不过，说实话，哥到二十六岁的时候，比不上他。"

苏念念讶异地问："二十六岁怎么当上博导的？"

苏焱的面色臭臭的："脑子稍微好使了点儿呗。他上大学比较早。"

"多大上的？"

"十五岁……"苏焱直起身子，有些懊恼地抓抓头发，"我和你说他干什么？走了，记得洗碗。"他揉了一把苏念念的丸子头，懒洋洋地迈步上了楼。

直到楼上传来苏焱关门的声音，苏念念呆了两秒，心中在无声地尖叫。浑身像被电流穿过般，她一边哼歌，一边跳起来快乐地转了好几个圈。

正快乐得无以复加时——

"苏丫丫。"

嗯?！她僵硬着身子回头，看到苏焱去而复返，抱臂倚靠在昏暗的楼梯口，无端显得阴恻恻的。

"什么事让你在客厅傻乐着转圈圈？"

苏念念敛了笑意，心说：我不仅想转圈圈，我还想来个大跳，在空中劈叉。

但对上苏焱审视的目光，她理直气壮地说："我跳舞呢。"

好在苏焱本也只是随口一问，下来翻翻找找，在装着一堆杂物的抽屉中翻到 U 盘，随即慢悠悠地就要上楼。

"哥。"苏念念喊住他。

苏焱掀起眼皮："什么事？"

"我以后每天给你送饭吧。"苏念念抬眸，眼睛又清又亮，"我亲手做。"

苏焱的眉梢一扬，定定地看她几秒，丹凤眼也染上生动的颜色："苏丫丫，你最近尤其乖啊。"

苏念念的嘴金贵，吃什么也不如意，所以从小就喜欢自己琢磨着吃食，手艺更是一绝。但这丫头懒得做，苏焱只能在父母回来时沾沾光。

苏念念点头。她本就长得乖，是典型的甜妹脸，笑起来时眼眸弯起，似含着细碎的星光："哥哥最近太辛苦了，正好我每天都有空。"

苏焱的嘴角止不住地向上扬，声音也柔了些："还算有点儿良心。"

第二天，苏念念刚起床，就看到苏焱一大早发来的消息："中午要一份酱排骨、粉蒸肉、红烧茄子，再来点儿小菜。"

"还真不客气。"苏念念扯了一下嘴唇。可惜裴言卿喜欢的大概率不是这些，他喜欢吃鱼，还喜欢吃甜和酸口的。她不动声色地滑过对话框，标为未读，装作一切都没发生的样子，然后走向厨房。

她从没喜欢过人，也不知道喜欢一个人的感觉是什么样。这感情来得突然而热烈，砸得她心慌意乱。她笨拙地想，平时多出现一点儿，对他好一点儿，是不是就能再靠近一点点。

苏念念做了糖醋排骨、酸菜鱼，还有一道小炒芹菜，外加几颗红通通的草莓和小番茄，满满地装了两个饭盒。她背了个背包，一份装进包里，一份拎在手上。

苏念念到的时候，门诊还没结束。她站在门诊室门口往里看，正看到一圈学生围着裴言卿，中间似有一个病人。她怕打扰到他们，乖乖站在门口等着。

她正在心中数着数，里面突然传来一声撕心裂肺的尖叫，听声音是个中年男人。她吓了一跳，连忙探过脑袋看去。

周围几个学生已经散开，处在中心的裴言卿连眼皮都没动，修长的手拧着中年男人的手肘，又吩咐苏焱，带他去处理伤口。

苏念念看着依旧惊魂未定的男人，似乎还未从剧烈的疼痛中缓过劲来，愣愣地坐了好半晌，才生气地朝裴言卿吼道："你怎么当医生的?! 随随便便拧骨头，拧坏了你赔得起吗? 还专家号，费了我这么多钱，我呸!"

几个少年的表情一变，都有些不悦。陆玄冷笑道："大叔，你就一个上肢脱臼，我都可以给你拧，还没说你浪费专家号名额呢!"

"放屁!"中年男人叫嚣着，"我就不信，没有别的又便宜又不疼的方法。"他瞪着眼睛看向裴言卿，"你赔我的挂号钱。"

裴言卿眉头都没皱一下，也没看他，语气淡淡地说："你的手臂还有伤口，建议尽早去包扎一下。"

中年男人显然还想闹，苏焱的表情明显不耐烦，走到他面前说："快点儿，我们要下班了。"

"你……"男人瞪着眼，"信不信我投诉你们?"

"行，行，行，您先去把伤口处理一下，我们随时奉陪。"苏焱早就饿了，实在没心情和他多废话。

来医院实习这段时间，这种事情见得多了。刚开始他还会替裴言卿鸣不平，但裴言卿每次都和没事人一样，无论是面对家属的歇斯底里还是患者本人的埋怨咒骂，他该送走就送走。

　　初始苏焱还觉得裴言卿像软柿子一样，怕惹事。渐渐地，他发现人家根本就不在意，完完全全置身事外。

　　男人最终骂骂咧咧地走了。苏焱回来后，苏念念抱着饭盒走到他面前，他接过饭盒，大手揉了一把她的头发，欣慰地说："最近表现不错。"

　　"你快去食堂吃吧。"苏念念心不在焉地四处环顾，生怕裴言卿走了。

　　正巧，陆玄几人从门诊室走出来，一眼就看到苏念念，眼眸一亮："念念！你怎么来了？"

　　苏焱将苏念念挡在身后，晃了晃手中的饭盒："给我送饭。"

　　陆玄幽怨地看着苏焱："真好。"

　　"这不废话。"苏焱横他一眼，"走吧，去食堂吃。"

　　苏念念："那我先回去了。"

　　苏焱朝她招了招手："到家给我发个信息。"

　　直到苏焱走出好远，苏念念才悄悄挪到裴言卿的办公室外。她注意好久了，大家都去吃饭了，他还没出来。她把双肩包解下，走到敞开的门前，小脑袋往里探，裴言卿正端坐于桌前专心地写东西。

　　"怦怦怦……"苏念念满手汗，拼命抑制着已经冲到喉咙的心跳。

　　裴言卿察觉到有人，一抬头看到苏念念，表情微怔。他放下笔，说："苏焱吃饭去了。"

　　"我已经看到他了。"苏念念迈步进来，两三步走到裴言卿面前，坐得笔直，从书包里面拿出另一份饭，小心翼翼地放在桌上，"您还没吃饭吧？我一不小心做多了，我哥他吃不了，看您没吃，就想着送给您。"

　　小姑娘的眸子清亮，眼巴巴地看着他，脸上还带着一丝忐忑，很难让人狠下心拒绝。

　　裴言卿沉默地看了一眼饭盒，透明饭盒里分门别类放着好几样精致的菜肴，一看就知道用了心。他直视苏念念漂亮的眼眸："这不像是做多了。"

　　苏念念心里慌，面上却云淡风轻："这确实不是做多了，是专门给您做的。"

　　裴言卿一愣，只见小姑娘冲他眨眨眼睛，像只灵动的小鹿，接着她语出惊人："我来送礼的，您受贿吗？"

"受贿？"裴言卿反问，难得有些摸不清头绪。昨天看见他还躲避不及的小姑娘，今天就严肃地问他是否收礼。他微合眼帘，挡住眸中一丝极淡的笑意。

苏念念双手搭在膝上，坐得端端正正，绷着一张小脸："我也知道，我哥的脑袋不大好使，每天都被骂。"

她伸出细白的小手把饭盒往前又推了些，口气老练："我哥给您带来了不少麻烦，还请您多多包涵，这是一点儿小小心意。"

裴言卿接过饭盒，手指轻点着盒盖，冷淡的目光微融，起了点儿玩笑的心思。

"苏焱知道你……"他顿了顿，声音含笑，"行贿吗？"

"裴医生。"苏念念眼睛都不眨，"我哥好面子，这种事就不要让他知道了。"

小姑娘说得一本正经，殷切的目光直直地盯着他，仿佛拒绝她都是莫大的过错。裴言卿轻扬起嘴角，拿过饭盒，说："多谢。"

见裴言卿要收下，苏念念开心得恨不得原地转个圈，嘴角轻轻弯起。她抱着书包，直勾勾地盯着他，又搜肠刮肚地找着话题："您怎么没去吃饭啊？"

"写病历。"裴言卿边说着，边打开饭盒，一阵扑鼻的香气涌出，菜色极佳，让人食欲大振。他愣了两秒，抬眸正对上苏念念弯起的眼眸。

她歪着头，眉目间满是期待："怎么样？怎么样？"

"我还没吃。"

苏念念轻哼一声，嘟囔："可真不会说话。"

裴言卿："……"

他不动声色地尝了块糖醋排骨。外壳炸得酥脆，裹着的酱料清甜不腻，口感极佳。他嗜甜，但工作忙，已经很久没吃到合心意的饭菜，想起小姑娘刚刚的控诉，他真心实意地夸赞："很好吃。"

苏念念顺着杆子往上爬，捧着脸凑近，悠悠道："那您对这贿赂满意不？"

少女骤然凑近，带着果香味的香水沁入鼻畔，裴言卿下意识地往后退了些许。他顿了顿，意味深长道："你放心，我一定会好好关照苏焱。"

"嗯。"苏念念面上笑着，心中却泛着酸。自己忙活这么久，什么好处都是苏焱的，要是她也能被关照关照该有多好。

这般想着，苏念念又试探性地问："那我能天天来送礼吗？"

裴言卿正了神色，沉声喊："苏念念。"

"在的。"

"以后不用麻烦。"

话毕，苏念念的心瞬间就像破了个口子般，呼呼灌着冷风。刚刚还朝气蓬勃、眼睛发着光的小姑娘霎时神色黯淡，睁着一双委屈的眸子看着裴言卿。

裴言卿的表情微变。他很少和这样一看就娇气的小姑娘接触，正想自己是不是言语过重了，想解释几句，就听到苏念念说："我哥是不是没救了？"

裴言卿："……"

苏念念语气哀愁地叹了口气："他是有多不争气，您连我们家的礼都不收了。"

裴言卿张了张嘴，发现自己不知道说什么，只好下意识地回答："不是。"

苏念念立即接过话，娴熟道："那苏焱以后就麻烦您多多关照啦！"

裴言卿："……"

似乎怕人反应过来般，苏念念连忙拎起包就站起来："我先走了。裴医生，您多吃点儿。"

在快走到门边时，苏念念突然回头，笑得眉眼弯弯："裴医生，没有什么烦恼是一顿饭解决不了的。多吃点儿饭，下次再遇到这种人，用力拧他的骨头，让他多疼一会儿。"

说完，苏念念摆摆手，快步走出门，纤细的身影很快消失不见。

裴言卿垂眸看着饭盒里分门别类装着的精致菜肴，右边夹层里红彤彤的水果鲜嫩、泛着光泽。他怔了怔，失笑。

苏念念前脚刚走，没一会儿，苏焱一伙人就回来了。隔着老远就能听到陆玄的声音："焱哥，哥！念念明天还来吗？"

苏焱不耐烦道："管这么多干吗？"

"明天还能拥有一口酸菜鱼吗？"陆玄竖起手指，"就一口！"

说话间，两人进了办公室。苏焱抬着下巴，懒散道："看我心情。"

陆玄没忍住翻了个白眼，朝裴言卿控诉："老板，苏焱欠揍吗？有个妹妹，嘚瑟得跟什么似的。"

苏焱气笑了："行，以后你甭想有一口。"

陆玄抓耳挠腮，气得半死也不知道怎么回嘴："行啊，苏焱。念念怎么忍受你这狗脾气的？"

闻言，苏焱眼皮也不掀一下，轻描淡写道："她最崇拜我，懂？"

一直没说话的裴言卿轻挑了一下眉，想着刚刚苏念念严肃地说她哥哥脑子不太好，眼中闪过一丝笑意。

陆玄已经拒绝和苏焱交流，长叹一口气，冲着一直在写病历的裴言卿道："老板，苏焱不配有念念这么好的妹妹。你知道念念做饭有多好吃吗？又会跳舞，又会做饭，这是什么仙女？怎么会有苏焱这样的浑蛋哥哥？"

裴言卿的笔一顿，目光凝在早已经吃完洗净的空饭盒上，又轻瞥一眼跷着脚玩手机的苏焱，难得有些赞成："确实。"

而苏焱正专心朝苏念念吐槽："怎么没做我早上点的菜？糖醋排骨，甜兮兮的，还黏牙；酸菜鱼，刺都没剔干净；芹菜一股味……"

他刚点发送，就对上裴言卿看着自己的目光，身上莫名拂过一片凉意。

裴言卿淡淡地吩咐："我马上连着三台手术，苏焱，你跟我一起进手术室。"

"对啊。"苏焱倏地坐直，"昨天我不是跟着进了吗？今天怎么还要进啊？"

"你昨天也吃饭了，怎么今天还要吃？"裴言卿垂眸写病历，眼皮也没抬一下，"而且，这不应该是特别的关照吗？"

苏焱："这算哪门子关照？"

陆玄笑得幸灾乐祸，拍了拍苏焱的肩膀："焱哥，明天也要吃饭哦。"

苏焱火大地拂开陆玄的手，垂眸扫了一眼手机，正看到苏念念的回复："要不你明天别吃午饭了吧？"

第二章

念念不能忘

几乎是一出医院，苏念念就垮下了脸，心中发闷。她握紧手掌，感受到快要浸润皮肤的汗水。直到家，她才后知后觉地意识到，原来这就叫典型的无脑勇。

苏念念躲进舞室自闭地练了三个小时基本功，想到自己颠三倒四说的那些乱七八糟的东西，哀号一声，趴在地上，真想找个洞钻进去。

苏念念在舞室没想出个所以然，颓然地走到客厅。天色已至傍晚，厨房内王阿姨在做饭，她打了个招呼，便拿起放在外面的手机。刚一打开，就看到了几个未接的微信语音电话，是闺密楚宁打来的。

苏念念艺考的时候经常来 A 市参加集训和比赛，为此和楚宁结识，两个人性子相近，一拍即合，共同考进了 A 舞。

"宁宁。"苏念念重新拨了电话回去。

"念宝……"楚宁拖长了声音，语带幽怨，"你是忘记了大明湖畔的楚雨荷了吗？"

苏念念见怪不怪："有什么事要求我？"

楚宁尴尬一笑："你这都知道了？不愧是我聪明的念宝。"

"有事就是宝，无事是根草，不愧是你。"苏念念冷笑。

楚宁默默咳了咳，转入正题："前天见面的时候，你说打算下周回 S 市，是真的吗？"

苏念念沉默了几秒："本来是打算下周回家。"顿了顿，她脸不红心不跳道，"但我哥最近不是在医院实习嘛，看他挺忙的，我在这里也是个照应。"

楚宁应了一声，突然反应过来："念念，你什么时候这么关心你哥了？"

苏念念毫不心虚："血浓于水，懂吗？"

楚宁郑重地"嗯"了一声,顺着话头道:"念宝,姐妹情深,懂吗?"

苏念念面无表情:"说,什么事?"

楚宁毫不客气,生怕人反悔般语速飞快:"是这样的,人在法国,刚下飞机。现在有一生财之道,荐予念宝。明江公馆C区八号别墅有一五岁孩童,渴求沐浴芭蕾光辉,现需一人生之师引导,我痛定思痛,决定将此机会转让于你。"

苏念念喝了口水,悠悠地吐出三个字:"说人话。"

"表妹想学芭蕾,她爸,也就是我大舅,看我整天无所事事,想让我教她。"似乎觉得有点儿不厚道,楚宁咽了咽口水,"然后我跑国外避难去了。现在,我大舅满世界找我,发短信威胁让我三天内滚回来。回来是不可能回来的,为了将功抵过,我就想着找你顶替我去教我妹。"

苏念念温柔地回复:"宁宝。"

楚宁以为有戏,回:"在呢!"

"友尽三天哦。"

楚宁连忙道:"别,救命。救人一命,胜造七级浮屠!姐妹情深!我大舅超级有钱的。相信我,带我妹一个暑假,你就是A舞最靓的小姐姐!而且一周只三次课,一次两小时就够了,呜呜呜,救救我吧,念宝。"

苏念念佯装为难:"这样啊……嗯,C牌联名款香水,听说你抢到了?"

楚宁忙应承:"香水算什么!买!送!我念宝想要的,把我卖了都要给!"

苏念念得逞,悠悠道:"成交。"

和楚宁插科打诨一番,苏念念的心情也好了不少。她收到楚宁发来的信息,上面是家教的地址和联系人的电话。她知道楚宁家境不错,但没想到这么好。明江公馆是A市有名的富人区,里面住的人不仅要有钱,还得有权。

她又随意扫了一眼联系人,目光顿了顿。

裴言之。

她微怔,觉得自己是鬼上身了,连一个相似的名字也能让她浮想联翩。

苏念念存下联系方式,加了裴言之的微信。那边大概是忙,一时半会儿没有回复。她便先去吃了饭。饭吃完,她又坐在客厅打了把游戏,直到晚上九点半，她看了一眼安静的玄关，找到苏焱的微信，最后一条还是她中午回的，他后来没有回复。

苏念念刚打出两个字，门口传来响动，苏焱开门走进来。

苏念念问道："你吃饭了吗？"

"没。"苏焱换好鞋，抬眸盯着苏念念几秒，想起她中午那条堪称造反的微信，幽幽道，"干脆饿死我算了。"

苏念念看着几乎已经神魂移位的苏焱，问："你怎么了？"

苏焱抬起呆滞的脸，呵呵一声："承蒙裴言卿关照。"

苏念念一愣，没掩饰住眸中的光亮："关照？他怎么关照你的？！"

苏焱眯着眼睛，目光凉凉地盯着她："你好像很开心？"

苏念念连连否认："我没有，我不是。"她讪讪道，"这不是裴言卿经常骂你嘛，突然关照有加，可让人兴奋吗？"

"什么叫经常骂我？那是他变态，好吗？"苏焱揉着眉心，眼神生无可恋，"连轴转三台手术，这福气给你，你要不要？"

苏念念心虚地收回视线，忙说："那我去给你煮碗面吧？"

苏焱已经懒洋洋地倚靠在沙发上，长腿跷得老高，闻言勾了勾唇："不错，知道心疼你哥。记得加个鸡蛋，再加点儿肉丝。"

苏念念本想翻个白眼，但转念一想，又忍住了。

她把面端过来的时候，苏焱正在打游戏。

"别打了。"苏念念皱眉看他一眼，"吃完早点儿休息吧。"

"走之前我得到消息，裴言卿明天调休。"苏焱慢悠悠地端过碗，目光还凝在手机上。

"调休？"苏念念一愣。

苏焱挑了一下眉："所以我明天放假。"

苏念念垂下眼睫，轻轻"哦"了一声。

"你怎么没我预想中开心？"苏焱吃了口面，看过来。

苏念念无言，她恍然发现苏焱对她的误解还挺深，就默默转移了话题："宁宁给我介绍了一个家教的活儿，在明江公馆，我接了。"

苏焱本来在吸面，闻言一顿，咽下面后，他问："你没事做什么家教？

家里又不是养不起你。"

"你又不挣钱。"苏念念点着手机。

她的本意是苏焱不挣钱就少说话，结果他倏地偏过头，意味深长道："苏丫丫，你长大了，想挣钱给我用？"

苏念念的嘴角抽了抽，面露迷惑。她深刻怀疑，苏焱最近是不是有什么病。

苏焱没看她，专注地看着游戏视频："那你把具体地址发我一个，有问题及时联系我。"

"宁宁亲戚，没问题的。"苏念念低头看着手机，刚好看到裴言之加了她好友，并发了消息过来。

"发过来。"苏焱的语气强硬了些。

苏念念正斟酌着怎么回消息，只随口敷衍："等会儿，有事呢。"

苏焱扫她一眼，忍了忍，没说话。

裴言之说话非常直接，苏念念原本还想着自己要不要自我介绍一下履历，再稍稍提一下薪资，结果他直接请她明天上门试教。

她回了"好"，一抬眼，刚准备和苏焱说，就看到他已经吃完面，也没再看手机，手撑着下巴，已经快要睡着了。

看见他显而易见的疲惫，苏念念咽下了口中的话："哥，你去洗洗，早点儿睡吧。"

苏焱揉了揉眼睛，迷蒙地应了一声"嗯"，随即不甚清醒地起身上了楼。

第二天苏念念起得很早，简单洗漱后，她坐在餐桌前。王阿姨正在做饭，转身一看，原以为是苏焱，没想到是她，王阿姨笑着给她端了碗粥，说："丫丫这两天都起得很早啊。"

苏念念接过粥，闻言，眼睛弯成了月牙："因为有人告诉我，一定要吃早饭。"

王阿姨失笑："哪个人的话我们念念这么放心上啊？"

苏念念眨了一下眼："秘密。"

王阿姨会心一笑，抿着唇没有戳破，转了话头："焱焱怎么还没起来呢？

实习要迟到了吧？"

"他今天休息。"苏念念慢悠悠地喝了口粥，"直接准备午饭就可以了。"

王阿姨点了点头。

饭后，苏念念拿过练功服和舞鞋，出发去了明江公馆。

裴言卿一大早就接到老爷子的电话，让他回家一趟。粗略一算，他已经连轴转了半个多月，每周一天的假期常常会因为突如其来的手术取消，直到这天才得片刻喘息。

裴言卿回到裴宅时，裴言悦和裴言之正坐在沙发上聊天。倒是小不点裴恬最先看到他，粉雕玉琢的脸上瞬间漾满惊喜，迈着小短腿就跑了过来："叔叔抱！"

裴言卿勾唇，将小人儿抱了起来。小家伙上道地搂住他的脖子，极其主动地往他的脸上"吧唧"一口："叔叔又变好看了！"

裴言卿眉眼中的清冷渐融，捏了捏裴恬的脸，又故作严肃地说："又偷吃糖了？"

裴恬瞪大了眼睛，连忙捂住嘴："我没有！"

"再吃，打针。"裴言卿淡淡道。

裴恬瞬间惊慌，长睫微颤，小嘴一瘪就要哭出来："不要，我不要，我不能打针，我还得学芭蕾！"

裴言卿一愣："芭蕾？"

他抱着裴恬坐到了沙发上，抬眸问裴言之："哥，恬恬要学芭蕾？"

裴言之无奈地摇摇头："是，在电视上看了一段视频，哭着闹着要学。"

"真的？"裴言卿捏了捏裴恬的鼻子，"学芭蕾很疼的，比打针还疼。"

结果一向怕疼的小姑娘握着小拳头，一本正经地朝他点头："我要学！"

"为什么？"

裴恬立即兴奋了，从裴言卿腿上跳下来，在客厅中学着芭蕾的动作转了个圈，扯着小裙子紧张兮兮地问："好不好看？！"

裴言卿捧场地点头："好看。"

"我在电视上看到一个姐姐穿着白色的蓬蓬裙，像这样转圈圈！"裴恬比画着，在周身画了一个大大的圈，"姐姐好好看啊！恬恬也要像姐姐一样！"

许是裴恬比画得太生动，裴言卿不由自主地脑补了画面。如同八音盒里身姿优美的少女，背对观众站在台上，足尖仿佛羽毛般轻拂台面，优雅缓慢地转过身，少女随即抬眼，是一双熟悉的、笑意盈盈的眼眸。

裴言卿一惊，闭了闭眼，心上涌现一股荒谬。他在想什么。

裴言卿喝了口茶缓解情绪，眼中恢复平静，朝裴言之点点头："学芭蕾挺好的。"

"老师是 A 舞的。"裴言之看了一眼表，又说，"应该快到了。"

"找什么老师？楚宁不是刚考完嘛，反正闲着也是闲着。"裴言卿淡淡道。

"呵。"裴言之冷笑，手中翻转着手机，"楚宁嫌麻烦，跑了。"

裴言卿挑了下眉："跑哪儿去了？"

"你问你姐。"裴言之朝一旁的裴言悦抬抬下巴。

裴言悦已经年逾四十，但保养得当，气质也极好，看起来不过三十出头的样子。楚宁不靠谱，裴言悦也没好到哪里去。她一愣，问道："小宁跑了？跑哪儿去了？我怎么不知道？"

裴言卿："……"

裴言之道："不过她还算做点儿人事，今天来的老师是楚宁的朋友。楚宁说，这小姑娘比她还厉害，据说是 A 舞专业第一。"

裴言卿垂眸，不置可否："你把关就好，主要看人品。"顿了几秒，他斟酌道，"要是不行，我这边可以推荐一个人。"

裴言悦的眉头一挑，眸中瞬间闪过些许兴味。

谈话间，楼梯上传来脚步声。一直跟在老爷子身边照料的用人宋妈下了楼，朝客厅上坐着的几位微微躬身。

宋妈在裴家干了几十年，极其注重礼节，言谈举止还带着几十年前的习惯，她低声喊裴言卿："三少爷，先生想找您说话。"

裴家只有一个人能被称作先生，那便是裴哲。便是几人的父亲裴勋，宋妈也只会喊老爷。

裴言卿站起身，微微颔首："好，让爷爷久等了。"

两个人刚上楼，玄关处显示有人按门铃。用人连忙走到门边看监控，朝裴言之道："二少爷，是恬恬小姐的舞蹈老师。"

"嗯。"裴言之抱起裴恬，"让她进来。"

裴言悦慵懒地托着腮，笑眯眯地盯着玄关，语气饱含期待："宁宁和我说过好多次这个小姑娘了，说是长得和仙女一样，正好我也看看仙女什么模样。"

裴恬一听，捧着脸，大眼睛闪闪发光，口中念念有词："仙女！仙女！我也要看仙女！"

裴言之眼皮都不动，看起来没什么兴趣，他嗤笑一声："我们看有什么用？你倒是让老三看啊。一把年纪还谈过没对象，可不就是要找天上的仙女？"

苏念念来 A 市很多次，但都是忙正事，从没来过明江公馆。A 市有句广为流传的话："权贵千千万，明江占一半。"

住在这里的都是 A 市有名的大家族，家中子弟遍布各行各业。

苏念念来到大门的时候，在门卫处登记了信息，想来裴言之已经打过招呼，她进来得还算顺利。可惜出租车不能进来，她只能顶着烈日，迈着双腿找地方。跟着导航绕了大半圈，才找到位置，到门前已经热汗淋漓。

苏念念在栅栏外等了约莫有一分钟，最外层的铁门才被打开。有人过来接应，她跟在对方后面进了大门，便看到了沙发上坐着的一男一女，气质俱佳，通身的气度矜贵优雅，男人怀里抱着个瓷娃娃般的小姑娘。

她走到他们面前站定，只一眼，便从他们的眉眼间感受到了莫名的熟悉感，她压下心中的怪异，朝他们点头："你们好，我是苏念念，是楚宁推荐过来的芭蕾老师。"

两个大人还没回应，就听见　道激动到差点儿破音的小奶音冲上屋顶："姐姐！你是电视上的姐姐！"

苏念念一愣，有些莫名，但依旧笑眯眯地朝她挥了挥手："你是恬恬小朋友吗？你好呀！"

裴恬麻溜地从裴言之身上跳下来，用吃奶的力气冲上前一把抱住苏念念的腿："仙女抱抱。"

苏念念还没遇到过这阵仗，错愕地朝男人看去。

裴言之笑着朝她点头："苏老师，我是裴言之，楚宁的舅舅，裴恬的爸爸，今天辛苦你跑一趟了。"

一旁的裴言悦拂了一把头发，满含笑意的眸子波光流转："我是楚宁的妈妈裴言悦，百闻不如一见啊，小念念！"

苏念念连连点头："你们好，你们好。"

"只是……"她低头看着裴恬圆圆的发旋，现在是什么情况？

"恬恬。"裴言之看着自家癞皮糖一样抱着人家的女儿，拧眉摇头，"过来。"

"不，我要拉着仙女姐姐。"裴恬只稍稍松了手，整个人依旧是苏念念的腿部挂件。

裴言悦笑着冲一脸蒙的苏念念道："恬恬在电视上看到一个小姐姐跳芭蕾，才坚定要学舞的。没想到这么巧，就是你呀。"

苏念念受宠若惊，想了想，估计是自己之前比赛的录像。

"这样啊，真巧啊。"她蹲下身，朝裴恬软声道，"那我真是太开心了，谢谢恬恬小朋友的喜欢。"

裴恬呆呆地看着苏念念凑近的脸，觉得自己简直不能呼吸了！这样的美女是真实存在的吗？她爱美女！

裴恬说一不二，直接上嘴，"吧唧"一下亲在苏念念的脸上。

裴言之皱眉，正准备喊住裴恬好好教育一番，结果当事人苏念念只是极其配合地"呀"了一声，故作凶狠地捏了捏她的脸蛋。

裴言悦别有深意地一笑："小念念，我们恬恬就喜欢帅哥美女。平时在家，也就亲她小叔叔。"她像突然想起什么似的，"哦，对，刚刚还亲了她小叔叔呢。"

裴恬立即鼓掌："小叔叔，他也好看！和姐姐一样好看！"

苏念念心里发笑，敢情这还不专一呢！

裴言悦勾起嘴角："她小叔叔今天刚好在，就在楼上，一会儿你就能见到了。"

苏念念点点头，不甚关心。

这时，裴言之看了一眼时间："苏老师，我们想请你指导恬恬练一下基本功，从下节课起，每次我会找人去接你，至于薪酬，"他顿了顿，"你随便开。"

苏念念心中悄悄竖了个大拇指。她本来也不缺钱，不过是应楚宁所托，现在裴恬又和她挺有缘，所以只报了个中规中矩的市场价。

"那我们在哪里练？"苏念念道，"其实可以送恬恬去我家……"

"不用。"裴言之欣然道，"我们家改装了一个练舞室。"

得！苏念念闭嘴。

与此同时，裴宅二楼书房。

书房有一个一整面墙的书柜，上面排满了医书，书柜前的紫檀木椅上坐着医学界鼎鼎有名的泰斗级人物——裴哲。

裴哲已经近九十岁高龄，依旧精神矍铄，头发与眉毛全白，但眉目间依旧凝着一股威严。他抿了口茶，淡淡地扫了一眼站在对面的裴言卿："我不喊你，你就从来不知道回来？"

"抱歉，爷爷。"裴言卿低声道歉，"工作忙，一直抽不出时间。"

见裴言卿态度良好，裴哲也没再说什么。

"没一个省心的。"裴哲摇摇头，"听说你现在在替管杰那小子带几个研究生？"

叱咤杏林的管杰也只有在裴哲这里才能被称为"小子"了。

"是。"裴言卿回答，"管老师最近身体状况不太好。目前这几个是他看着从本科上来的，说是好苗子。"

"管杰这一辈子，救了无数人，到老了，自己的身体却跟不上来。"裴哲叹口气，"他的病就是常年熬出来的。"

裴言卿静静地听着，没说话。事实如此，但无法改变。既然选择做医生，从一开始就得知道这条路的艰辛。

裴哲年纪大了，说几句话就容易乏。没说几句，他就靠在椅子上挥挥手："你也别陪我一个老头子了，下去吧。"

裴言卿轻轻颔首，正要转身，裴哲突然道："老三，你的年纪也不小了。"

裴言卿的脚步一顿。

"近期我会和你妈帮你物色一下合适的结婚人选，你工作忙，需要个人照顾生活起居。"裴哲的话不容置喙。

裴言卿没什么反应："听您的。"

这边，苏念念正要带着裴恬压腿拉筋。

裴家直接把二楼最大的房间用来做裴恬的练习室，房内的柜子里一溜全是舞鞋和练功服，甚至还有好几条做工精美的芭蕾舞裙。裴恬一来就想换裙子，苏念念哭笑不得，残忍地告诉她练舞的第一步是压腿拉伸。

"来，恬恬。"苏念念诱哄，"把腿放杆上。"

她示范着，将腿放在了最高的杆上。许是她的动作显得尤其轻松，裴恬随即豪气万丈地将腿放在矮的杆子上。自以为很规范，小女孩儿讨赏一般朝她挑了挑眉。

苏念念扫了一眼小家伙下意识弯起来的另一条腿，起身走到她身后，扶稳她，随即毫不留情地一把抚直她的腿。

"嗷！"裴恬蒙了，小嘴一张，鼻翼一缩一缩，似乎马上就要哭出来。

苏念念："……"

最后裴恬委屈地缩在墙角，抱紧了腿，说什么也不动。

苏念念没法子，和她面对面坐着。

"姐姐，你跳舞给我看吧。"裴恬小心翼翼地看着她。

"嗯？"

"看美女跳舞，我就有力气了。"

裴言卿合上书房门，关上门的一瞬，神色难辨。他定定地看着一个点出神，半晌未动，直到一道音乐从隔壁房间响起。他凝神，听出是《胡桃夹子》的曲调，心头微讶，随即反应过来，裴言之应该是把二楼这个最大的房间改装成舞室了。

他往前走了两步，隔壁房间虚掩着门，一眼便看到一个少女，随着轻快的音符跳动，动作轻盈优美，宛若羽毛，足尖一下一下轻敲着地板，发出轻响。

裴言卿下意识地停下脚步。下一秒，少女一个小跳，转过身来，艳若桃李的笑颜霎时涌入眼帘，直击人心间。他目光一顿。

苏念念显然也看见他了，眉目间闪过慌乱和惊讶，但刻在骨子里的专业素养让她极快地调整情绪，面上微笑未变，标准地完成后面的动作，直到一舞毕。

苏念念极快地调整着呼吸，心仿佛要跳出来般。她用力眨了眨眼，看到裴言卿已经迈步走进来。她没有看错，真的是他。两个人诡异地沉默，直到后面的裴恬激动地扑过来抱住她。

"啊啊啊，姐姐跳舞太美啦！恬恬要和姐姐抱抱。"

苏念念回神，垂下眼眸抚了一下裴恬的头，笑眯眯道："说好的，我跳一分钟，你练十分钟，所以一会儿恬恬要压腿半小时。"

"嘤。"裴恬瞬间枯萎。

话毕，苏念念抿了抿唇，和裴言卿的视线对上："裴医生。"

不同于在医院的严肃，裴宅的裴言卿眉目雅致温润。他嘴角勾了勾，轻声喊："苏老师。"

裴恬看看这个，又看看那个，问裴言卿："小叔叔，你们认识啊？"

小叔叔！裴恬叫他小叔叔！

苏念念脑中霎时天马行空，异常活跃。裴恬亲了他，又亲了她，四舍五入就是她和他……

身旁的裴恬又嘟囔一句："可惜了。"

裴言卿的目光投向她，问："可惜什么？"

裴恬小大人一般，理所当然道："本来我想把姐姐介绍给你的啊！"

裴言卿觉得好笑，任由她说。说实话，他甚至有点儿想听一下理由。

"因为姐姐是我见过的最好看的女孩子。"裴恬捂着脸，压抑着兴奋，"爸爸总说，你一直打光棍是要找仙女。这不就找到仙女本人了吗？"

裴恬恬小朋友，会说话多说两句！苏念念心中快活得就差拿串鞭炮四处乱放，可面上丝毫不显，矜持而笔直地站在一旁。

裴言卿面上闪过一丝尴尬，对苏念念道："抱歉。"说完他俯下身来，轻敲了一下裴恬的额头，"少说点儿话，好好练舞。"

"哼。"裴恬噘嘴，轻哼一声，"怪不得你找不到对象。"

裴言卿看了裴恬一眼，小家伙立即识趣，闭了嘴。

见他这表现，苏念念心中的小人颓丧地趴在一旁，连带着表情也恹恹的。

裴言卿瞥见苏念念的表情，以为裴恬的话影响到了她，他眸色微沉，嘴唇抿成一条线，直起身："我不打扰你们了。"顿了顿，他望向苏念念，"有什么需要直接说就行，不用客气。"

课时是两个小时，苏念念带裴恬练了一小时的基本功，这期间小家伙哼哼唧唧，但还算认真，后一小时学了几个芭蕾舞的基本动作。

到时间了，裴家的用人过来轻声提醒："苏老师，二少爷想留您吃饭，用过饭后送您回去。但三少爷说，如果您现在回去，他去医院的路上可以带您一程。"

苏念念愣了愣，才从这称呼中反应过来谁是谁，她面色犯难，思考着自己该怎么含蓄又自然地做出选择。但未等她想好措辞，裴恬已经替她回答。

"我替姐姐选了！我选第二个！"裴恬秉承对美貌的忠诚，一个劲儿地把二人凑对，理直气壮地说，"仙女不需要吃饭！"

用人"扑哧"一笑。苏念念从善如流，矜持地朝用人点头。为表感激，她认真地朝裴恬保证："下节课我陪你多练半小时。"

裴恬："救命……"

苏念念下了楼，看到站在门边等待的裴言卿，他站得笔直，看到她便点了一下头。

"麻烦您了。"她走到裴言卿面前，将乖巧进行到底。

裴言悦笑意盈盈地站在一边，闻言接话道："这有什么麻烦的！"她顿了顿，又状似不经意地问了一句，"你们怎么认识的？"

似乎怕裴言悦问出什么不好的话，裴言卿干脆利落地回答："学生的妹妹。"

轻描淡写的语气。苏念念心中微酸，但面上不显，跟着点头。

裴言悦了然地"嗯"了一声："那你今天说想推荐的舞蹈老师，是念念？"

闻言，苏念念心中一惊，裴言卿也猛地抬眸看裴言悦，窥得她眸中的戏谑，他无奈地颔首。

"这样啊。"裴言悦拖长了声音，哼笑一声，"那你们还真够有缘的哈。"说完，她又冲苏念念眨眨眼，"小念念，拜拜，下次让宁宁带着你去我家玩。"

"好。"

苏念念跟在裴言卿后面出了门。从大门到车库有一段距离，艳阳直射在身上，带来高温。他似乎不在意这些，整个人暴露在阳光下，冷白的皮肤白得发光，鼻尖上的痣在阳光下泛着点红，中和了清冷的气质。

这么强的紫外线最伤皮肤了！苏念念当机立断撑了把伞，几步跟上去，举高了伞，悬在两个人的头顶。

裴言卿看了看头顶的小花伞，没忍住轻笑了一声："你自己打就好。"

苏念念摇头："这怎么行。您这么白，晒黑了怎么办？"

裴言卿感觉有些好笑："这不重要。"

苏念念咬了咬唇，硬着头皮道："不行，都一把年纪了，再晒黑，真找不到对象了。"

裴言卿的脚步一顿，眉尖微挑："你说什么？一把年纪？"

他默了几秒，又说："既然你们都这么急，那是有必要考虑一下了。"

苏念念心里一凉，瞪圆了眼睛："不行！"

苏念念懊悔极了，说什么不好，非要说这个，这下好了，提醒人家了。万一裴言卿真就痛定思痛马上找个对象，她不就凉凉了？不过她刚刚的反应，实在过于激烈。对上他微讶的目光，她心里一慌，连忙补充说："我觉得不行。嗯……您现在还带着我哥这样一个大麻烦，医院事多，实在分身乏术，不宜恋爱。"说完，她还严肃地点点头。

"你还挺操心。"裴言卿的嘴角翘了翘，同时配合着苏念念的速度放慢了步伐。

说话间，两个人走进了裴宅后门的车库。苏念念轻扫了一眼车，心中惊讶。裴言卿开的竟是黑色的路虎揽胜，车很大，侵略性较强，和他本人的气质外貌不太符。

怀着不可名状的小心思，她极其自然地拉开副驾驶座的门，坐上去。

"这款车，坐后面舒服点儿。"裴言卿拉开驾驶座的车门，淡声提醒。

苏念念手扶在膝盖上，岿然不动，理直气壮道："不，那您不就成司机了吗？"

裴言卿："不用讲究。"

苏念念心中抓耳挠腮，就坐前面怎么了！

"要讲究。"她郁闷道。

裴言卿仔细看了一眼小姑娘的侧脸，弯了一下唇。

还挺倔强。他没再说什么，直接上了车，修长指尖转动方向盘，同时侧过脸看向右边的倒车镜倒车。

明知道他不是在看自己，但苏念念还是紧张地绷了绷脚趾。

"如果我没记错的话，你和苏焱住在景城水岸？"倒完车，裴言卿挂挡，开了出去。

"是。"苏念念应了声，又问，"您今天怎么还要回医院？"

"来了手术，人手不够。"裴言卿回答，顿了几秒，他突然又说了一句，"我二十六岁。"

苏念念提高警惕，突然报年龄干什么？强调要找对象了？

"所以？"她反问。

裴言卿启唇："所以，我不是叔叔。也不用称呼'您'。"

闻言，苏念念舔了舔唇："所以，"想说的两个字在口中辗转两秒，她轻声喊，"哥哥？"

裴言卿一下没踩稳油门，车身骤然抖了一下。他勉强控制住速度，道："我也不是这个意思。"

"那我喊什么？裴医生，还是名字？"苏念念极其自然地套近乎，"太生疏了，我不干。"

裴言卿抿了一下嘴唇，提醒道："苏焱喊我什么？"

苏念念转了转眼珠，心想，喊老师可不就乱了辈分。她狡辩道："我有老师恐惧症。一喊谁老师，我就四肢发冷，全身难受。"

裴言卿："……"

正巧在等红绿灯，裴言卿偏头，似是确认般深深地看了一眼苏念念。

他突然有些恍惚。同时，小姑娘也看过来，眼眸弯弯，露出一个乖巧的笑容。他瞬间想到裴恬曾给他发的猫猫表情包。模样是挺乖的，但眼眸里藏着狡黠。意识到这个，他面无表情地喊了声："苏念念。"

他的气质本就生冷，说句"天之骄子"也不为过，这样的人敛了情绪说话时，扑面而来的便是直击心尖的犀利。

苏念念的心尖一颤，这才意识到，自己是不是太忘乎所以，以至于过了界。要知道，裴言卿从来不是好接近的人。

"抱歉，不开玩笑了。"她讪讪道。就像一只躲在洞里的小猫，跃跃欲试地伸出爪子，又受伤地缩了回去。

裴言卿握着方向盘的手稍收紧，嘴唇微抿："我没有生气。"

苏念念老老实实地说："我也不对。"

裴言卿沉默，心头罕见地涌上难以名状的闷，他知道自己不会说话。开车间隙，他眼角的余光看了一眼旁边的小姑娘，她抱着舞蹈包，垂头发呆，长睫掩住眸中情绪，似乎有些低落。

他带着些愧疚，道："你想喊什么就喊什么。"

苏念念本来已经在心中勾勒下一步计划，结果他冷不丁地冒出这样一句话。她扭头看着他，愣是从他那极力保持自然的表情中窥得一丝别扭。

"好啊。"苏念念不动声色地转过头，笑得像只小狐狸，"裴美人。"

"你喊什么？"裴言卿的眉心跳了跳，顿时觉得自己大意了。

苏念念捧着脸，极其自然地反问："难道不是吗？"

她指了指额头："这儿，有个美人尖。"又指了指鼻子，"这儿，还有颗美人痣。"

"名字也特别像个大美人。"苏念念拖长了声音，像是带着钩子，"卿卿误我啊。"

苏念念面上撩得快乐，其实暗地里已经紧张地握紧了手心。

她又开始勇了，一点儿一点儿打入敌人内部，逐步试探他的底线。她在心中为自己打气，壮着胆子，直视男人的侧颜。然后就看到平素最不近人情的冷美人，从耳郭开始，一点儿一点儿泛红，甚至已经蔓延到了侧脸。

苏念念有点儿想吹口哨。

就在这时，车子停下，裴言卿低垂着眼睫，看不见眸中情绪，偏偏语气平静，一丝情绪也不露："到了。"

怎么这么快？

苏念念心中叹息一声，颇有些惋惜地开门，跳下车，站在一旁，笑眯眯地和裴言卿招招手："谢谢啦，拜拜！"

裴言卿看她一眼，欲言又止的样子，但终究只是点了一下头，随即开着车子扬长而去。

苏念念歪着头，怎么都觉得这车有种落荒而逃的滋味。

苏念念心情极好地回了家，恨不得立即去屋顶转几个大圈圈。

裴言卿。她在心中默念着这三个字，竟然只是一个披着清冷外皮的纯情男人！

苏念念蹦跳着回了家，一打开门，正看到苏焱叼着根牙刷，懒洋洋地从洗手间走出来，面无表情地看着她。

"干什么？"苏念念被他看得莫名其妙。

苏焱问："跑哪儿去了？"

"昨天不是和你说了去做家教？"苏念念放下舞蹈包，往沙发上一躺。

"在哪儿？"

苏念念本来想说出具体地址，但话到嘴边又顿住，她的目光闪了闪，说："随意透露他人住址不太好吧……而且就在明江公馆，那里能有什么危险？"

苏焱冷笑道："就那里的人才危险。"

"我以人头保证，一点儿都没有。"苏念念说，"就在宁宁本家，能有什么事？"说完，不给苏焱胡搅蛮缠的机会，转移话题，"明天想吃什么？给你送去。"

"粉蒸肉、辣子鸡、麻婆豆腐。"

"……"

饭后，苏念念刚回房间，楚宁便来了电话。

"苏老师好呀。"一接通，楚宁便先发制人地讨好她，"好想你啊，亲亲！"

苏念念冷淡地哼了一声。

"我回来了，下午来机场接你的宁宝？"

"想得还挺美。"

"当然美啦，因为我想的都是你。"楚宁觍着脸，三句话一表白。

苏念念危险地眯了眯眸子："所以，是我一上岗你就回来了？楚小宁，你这算盘打得挺响啊。"

"我的处心积虑，都是为了见你。"

苏念念："……"

下午，苏念念在机场接到了楚宁。看着楚宁大包小包拖着三个箱子，她总算明白了自己的作用，木着脸说："这就是你'处心积虑'的爱？"

苏念念装模作样地拿出手机："喂，裴言之先生吗？是这样的，楚宁回来了，我要辞职……"

"万万不可！"楚宁吓得魂都没了，"我错了，我错了！"

苏念念放下手机，楚宁这才看到她的手机是黑屏。

"好啊，苏念念，你这个狗！"楚宁被摆了一道，气得笑了。

外人见苏念念的第一眼，都会被她的外表蒙骗，觉得她乖巧甜美，是个不染凡气的小仙女，只有楚宁知道，她是只憋着坏的小狐狸。

楚宁一路说着好话，苏·工具人·念念才一路帮着她抬行李到了楚宁独居的公寓。

苏念念活动着有些酸疼的手臂，看着懒洋洋坐在行李箱上喘气的楚宁。

楚宁的眉目有六分像裴言悦，明眸皓齿，眼波流转间，魅惑众生。苏念念细细看着，又从中窥得三分裴言卿的影子。只不过裴言卿本身气质清冷，这三分妖冶全被隐藏，成了现在这含霜带雪的模样。

见苏念念盯着自己看，楚宁一扬头发，朝她眨眼："怎么？爱上我了？"

"嗯，爱上了。"

楚宁已经蹲下来收拾这次俘获的战利品："别爱我，没结果。"

楚宁是个典型的人间碎钞机，从巴黎回来一趟，装满了三个行李箱。她一边收拾，一边道："你今天去裴宅，感觉怎么样？"

苏念念的动作一顿："什么怎么样？"

"我总觉得，裴家除了我妈、我和恬恬，其余的都不是正常人。"楚宁神神道道的。

苏念念眨了一下眼，神色自然道："我倒觉得，你家就你不正常。"

楚宁："……"

她气得拧苏念念的脸："真坏！"顿了顿，又道，"我和你说说我的家人吧，下回你见着了也有个数。"

"我外曾祖父裴哲，不知道你听没听过他的名字，反正只要学医的都知道他。"楚宁收拾累了，往地上一坐，手搭在沙发沿上，"是那种教科书上常出现的大佬。

"老爷子脾气坏得很，对家中男人的严格近乎苛刻，按照他的意思，家中所有子弟都必须学医，继承他的衣钵。"楚宁耸耸肩，"可惜，也不知道怎么回事，从我外公裴勋开始，就不听他的话。

"我外公裴勋胆子大又叛逆，作为老爷子唯一的孩子，被赶出家门，也二话不说地开公司。再到了我妈这一代，我妈根本不是从医的料，上医学院中途半路出家去学设计，老爷子对她这懒散的性子本来就没办法，后来睁一只眼闭一只眼就算了。

"到我大舅舅，老爷子的眼珠子一样地看着，逼着他学医，结果人家十八岁就炒股赚了一笔资金，搞风投去了，现在身价这个数。"楚宁比画了一个巨额数字。

苏念念听得入神，迫切想知道裴言卿的信息，屏住了呼吸。

结果，楚宁说到这里，突然叹了口气，沉默了好几秒都没说话。

"你不还有个小舅舅吗？"苏念念先沉不住气。

你怎么知道我还有个小舅舅？"楚宁疑惑地看她。

苏念念脸不红心不跳地说："恬恬说过。"

好在楚宁没怀疑。她点点头："她向来喜欢我小舅舅。说起我这小舅舅，长得就一个字。"她唏嘘道，"绝。"

苏念念在心中疯狂点头。

"但他也是真倒霉。"

"反正整个裴家，最不自由的就是他。"说到最后，楚宁口干，又实在嘴馋，开了一瓶冰汽水就要往嘴里倒。

苏念念一把握住她的手："你要不怕上秤超重，就尽管喝。"

楚宁苦着脸："我小舅舅也总这样管着我，你和他简直一模一样。"

苏念念的眼睫动了动，低声道："至少我比他自在些。"

楚宁噤了声，片刻后，她叹了口气："也是，老爷子这么恐怖的控制欲，谁受得了？"

"要是谁让我别跳舞了，逼我学医，一辈子待在医院啃医书，还不如让我死了算了。"楚宁撇了撇嘴，声音也低了些，"但我小舅舅，从小就没有选择。有了这么多的前车之鉴，老爷子几乎是把他带在身边长大，从五岁开始就让他抄医书，从来就没有寒暑假。老爷子太心急了，几乎就是揠苗助长。"

楚宁顿了顿，犹豫了半晌还是道："我也是听我妈说漏嘴了才知道的。据说，我小舅舅十五岁那年被保送，自己偷偷改了志愿，好像要学什么地球物理，把老爷子气病了。当时一阵兵荒马乱，最后老爷子进了医院，我小舅舅消失了一天，回来跪在病床前说愿意学医，这事才不了了之。"

苏念念面上平静，手却握得紧，心里隐隐泛着酸。

楚宁："不过我小舅舅真的是天才，做什么都优秀，学医也依旧如此，是老爷子最看重、欣赏的后辈了。可以说，他用自己换了裴家其余人的自由。"

气氛逐渐有些凝重，趁着苏念念发愣的瞬间，楚宁赶快拧开瓶盖，喝了一小口汽水，爽得叹了一声。

苏念念一个眼刀横过去："还喝？"

楚宁讪讪地放下瓶子，竖起二根手指："我保证今晚练舞三小时。"

话毕，她上下打量了一下苏念念，试图转移话题："可惜了，你和我小舅舅差了七岁。不然我都想把你介绍给他了。"

苏念念挑了一下眉："我没说不可以啊。"

　　楚宁讶异极了，拍了拍苏念念的肩："你没开玩笑吧？说实话，你整天这么清心寡欲的，我都怀疑你是不是……"

　　苏念念："……"

　　楚宁摇了摇手指："可惜不行，别说我小舅舅是块大木头，要是老爷子知道了，也得把我打死。"

　　苏念念佯装生气："怎么，我有这么差吗？"

　　"当然不是。"楚宁捏了捏苏念念的脸蛋，"像你这样的大美人，我都恨不得把你娶回家好不好？"

　　她解释道："老爷子古板封建，小舅舅的婚事他肯定要掺和，要找肯定是那种家室、年岁相当，温柔贤淑又不抛头露面的。"

　　苏念念抿唇："这样啊。"

　　可惜了，她偏偏要试一试。

　　一连几天，苏念念给苏焱送过饭后，也没再去找裴言卿，而是间隔几天请护士站的小姐姐送几盒水果。

　　按照裴言卿的性子，第一次接受只是礼貌，后面送她回家，更像是一种无声的道谢。

　　苏念念想，众人都说裴言卿不近人情，为人过于迂直。但现在她发现，他知世故而不世故，教养都刻在了骨子里。

　　所以，在如今这样微妙的关系下，裴言卿肯定不会接受她长期的示好。而她一旦暴露了任何想法，他更不会让她更近一步。

　　苏念念小心翼翼地维持着平衡，但也愁于找不到任何进展。

　　又过了几天，苏念念按例来裴宅。一进门，便看到沙发上坐满了人。其中不乏她从未见过的生面孔。裴家人都忙，她来这么多次，还是首次见到这么多人。

　　裴言悦也在，只不过没掺和对话，懒散地靠在沙发一角。她刚进门，裴言悦就看到她了，眼睛一亮，冲她招手道："念念来啦？"

　　苏念念笑着冲她点头，眼波微转，便看到了坐在主位的老人，清瘦又严肃。大概就是裴哲。与此同时，他身边还坐着一男一女，男士气质矜贵，尊贵气息浑然天成；女士优雅淡定，即便是到了这个岁数依旧不失风韵。再就是裴言悦和裴言之，以及裴恬的妈妈程瑾。

苏念念心中一跳。可以说，裴家除了裴言卿和"潜逃在外"的楚宁，该到的都到了。

裴言悦一个个和她介绍，她礼貌地打过招呼。裴家人礼节方面都挑不出错，哪怕是最为严肃的裴哲，也不会在这方面让外人诟病。直到最后一位，裴言悦顿了顿，似乎在犹豫怎么介绍。

她道："这位是阮家小姐阮白，阮家和我们家是世交，她最近刚刚回国，今天过来看看。"

苏念念对上她的视线，点了点头，后者礼貌地微笑。

阮白很漂亮，更为她增色的是沉静淡定的气质，一看就知道是接受过良好教育的千金小姐。见到她的第一眼，苏念念脑中就下意识冒出这几个词——家世、年岁相当，温柔贤淑又不会抛头露面。

和众人见过礼，她便牵着恬恬上了楼。

苏念念心中已经隐隐有了猜测，可只要一想，心里就闷得喘不过气来。刚到二楼，裴母的声音传来："本来老三今天要回来的，可惜临时来了手术……"

猜测被证实。苏念念闭了闭眼，试图缓解心里的慌乱。

二楼的练舞室。

裴恬像小大人一样，探出脑袋环顾一圈，确定没有人后，又小心翼翼地把门关上。

她郁闷地长叹一口气，严肃地盯着苏念念。

"姐姐！"裴恬看起来很焦急，近乎捶胸顿足，"你快努力一点儿啊！再不努力，我小叔叔就要被别的女人抢走了！"

苏念念本来很难过，可是听到裴恬的话再加上她着急的小模样，被逗笑了。

"那你说说，我该怎么努力？"

裴恬握着小拳头出谋划策："我小叔叔明天调休。我会缠着小叔叔，让他带我去游乐园，再喊上楚宁姐姐，让她带着你。"

裴恬得意地笑，又压低声音凑到苏念念耳畔，叽里呱啦说了一大堆。

苏念念感动地看着裴恬，又慈爱地摸着她的头："恬恬，以后每次我都给你无偿延长半小时的练习时间。"

裴恬："……"

晚上，苏念念收到了裴恬的微信。

她的头像是个小猪佩奇，小家伙的效率尤其高，发了个"OK"的手势过来，表示成功。

与此同时，楚宁也打电话过来。她很惊讶："刚刚我妹让我陪她一起去游乐园，竟然还让我小舅舅带着。"

"我妹还特别打招呼，一定要我带上你。"楚宁有些纳闷，"我怎么觉得怪怪的？"

苏念念默默闭了麦，心中对楚·工具人·宁说了句抱歉。

她淡定地推了推："是吗？我去是不是不太好？"

楚宁被转移了注意力："谁说的？怎么不好了？！刚好，明天让你见见我风华绝代的小舅舅。"

第三章

夏日游乐场

第二天一大早，苏念念就开始化妆，选衣服。弄完一切，她轻手轻脚地出了房间门，结果正和拿着瓶水的苏焱撞个正着。他看起来不甚清醒，头发乱蓬蓬的，应该是去客厅拿了水，见着她，恍惚了一两秒，猛然睁大了眼睛，上上下下打量着她："你把脸抹得跟个调色盘似的，要上哪儿去？"

"我出去玩。"

"去哪里？"苏焱狐疑地看她，"你哥一周唯一的假期，不知道在家陪陪我？"

"游乐园。"

"和谁一起？"苏焱狐疑道。

苏念念忍了忍："楚宁。"

"没了？"

苏念念："还有她妹，家教的小朋友。"

"早点儿回来。"苏焱没再多问，又喝了口水，抬步离开。

苏念念松了口气，看到楚宁发消息过来："我小舅舅家和你家顺路，先来接你。怕你找不到他，我把他号码发给你。"

接着楚宁就发了一串号码过来，苏念念立即存到了通讯录。电话号码到手！

等待间，她又将这串号码输入微信搜索框里，出现一个图标。

似乎生怕人不确定他的身份似的，这个微信号头像是 A 大附院的牌匾，微信名也是三个字——裴言卿。

苏念念的心怦怦跳，犹豫再三点了申请好友，正准备好好撰写个正当的申请理由，结果下一秒页面就跳了出来，表示加好友成功。

不需要验证，任何人都可加上好友？苏念念满头问号，甚至怀疑自己是不是加了个假号，正准备进朋友圈看看，结果被喇叭声惊动。

她一抬头，正看到裴言卿摇下车窗，黑眸淡淡扫过来，瞬间掀起心中一片涟漪。

苏念念的眼睛霎时就亮了，嘴角不由自主地上扬，又怕展露得太明显，极力压住开心。她下意识地就要打开副驾驶座的门，顿了顿，又缩回手，去了后座。

坐上车后，苏念念笑着打招呼："美人，早上好。"

裴言卿的眉心跳了跳，沉默半晌，透过后视镜看着优哉游哉坐在后座的某人，启唇："这回就愿意把我当司机了？"

苏念念藏住嘴角的笑意，拖长了声音："我懂了。"

说着，苏念念从后座下来，两三步走到前座拉开车门。

"想让我坐前面，早说啊。"她笑得眼睛弯弯，"这不就来了吗？"

楚宁牵着裴恬，站在裴宅大门外等车。看着裴恬一副心不在焉的样子，楚宁挠了挠她的脖子："小鬼，你都有烦恼了？"

裴恬看也不看她，摇摇头道："你不懂。"

楚宁不屑："是，我不懂，不懂傻猪佩奇为什么要去踩泥巴。"

裴恬愤怒了，侮辱佩奇等于侮辱她！

"你信不信我喊爸爸过来？"

"你喊啊。"

"爸爸！"裴恬大声号着，似乎要把天喊破。

楚宁连忙捂住她的嘴。就在刚刚，她还顶着裴言之冷飕飕的目光，看着他跷着腿坐在沙发上，冲她冷冷一笑："看起来只有银行卡限额，才能把你逮回来。"

都是裴恬这个小麻烦精！

裴恬也气愤不已，不住地挣扎，姐妹俩在裴宅前的马路上打打闹闹。直到身后传来两道车喇叭声。

楚宁的心一颤，一回头便对上自家小舅舅的死亡凝视，以及坐在副驾驶座笑眯眯看着她的……苏念念？

"小舅舅。"楚宁弱弱地喊了一句，又冲苏念念疑惑地眨了一下眼睛。

相比于她，裴恬理直气壮多了，声音甜甜地喊："小叔叔！姐姐！"

裴言卿颔首，语气听不出什么："还不上来？"

楚宁尽得摸了摸鼻子，老实地抱着小麻烦精上了车。这要是搁在以往，在大马路上和裴言卿打打闹闹，不知道要被裴言卿骂成什么样了。她猜测，是因为苏念念在，而裴言卿向来不会在人前教训家人。

后排的位置很宽敞，坐下她们三个绰绰有余，楚宁幽幽地盯着前面的苏念念："念念，你为什么不和你的宁宝坐在一起？"

这话一出，旁边的裴恬掐住她腰间的软肉："我才是姐姐的恬宝！"

楚宁："小鬼，你今天皮痒了是不是？"

两个人眼看着又要打到一起。苏念念忍住笑，在后视镜看到裴恬朝她使眼色，立刻会意。

裴言卿实在看不下去："再打，你们两个就下车。"

裴恬一听，状似恍然大悟："哦！小叔叔，你让我们下车，是不是想和姐姐两个人去游乐园啊？"

裴言卿："……"

他揉了揉眉心，下意识地偏头，便对上苏念念意味深长的视线。和刚刚坐上副驾驶座时一样，那眼神，像是发现了什么了不得的事实，看得他都在怀疑自己的动机。

一片沉默中，楚宁莫名强调一句："小舅舅，我们念念还小。"

"……"裴言卿忍了又忍，握紧方向盘，开始后悔自己昨天为什么没有拒绝裴恬，还答应她带着楚宁。

"不要说话打扰我。"裴言卿目不斜视，强压下所有情绪。

苏念念怕笑出声，掩饰般偏头看向窗外，同时伸出右手，悄悄背到坐垫后，冲裴恬比了个大拇指。

到了游乐园，一下车，楚宁就往苏念念那边跑，伸手挽住她，仿佛跑慢了，就甩不掉裴恬。

"今天我们玩。"楚宁和苏念念咬耳朵，"让我小舅舅带孩子去。"

"不行！"裴恬气恼地围着两个人转圈圈，紧盯着楚宁，"我今天就要你带我玩！"

楚宁一挥手："去去去，你不是最喜欢你小叔叔吗？今天让他带你玩个够。"

"哎呀，不行了！"裴恬突然捂着肚子，"姐，我要上厕所！你带我进游乐园找厕所吧。"

楚宁嫌弃地跳老远："你别搞我，你让她带你去。"说着又把苏念念推上前。

苏念念原本还有些担心，结果看到裴恬冲她狂眨眼，顿时会意地松口气，两个人不动声色地对了个暗号。

裴言卿停好车，一走过来就看到裴恬在大声嚷嚷着要上厕所，楚宁已经抓狂到快要暴走。他不由得眉心直跳，深深吸一口气，勉强镇定下来，走过去蹲在她面前："怎么了？"

"我想上厕所。"裴恬可怜兮兮地看着他，"小叔叔，姐她不愿意带我去上厕所。"

"整天仙女来，仙女去，你怎么不让苏丫丫带你去！"

"怎么能让仙女带我去上厕所！"裴恬振振有词，又挑挑眉，"小叔叔，你说是吧？"

裴言卿被吵得头疼："楚宁，带她去。"

楚宁垮着脸，狠狠地瞪了裴恬一眼："我真是欠你的。"说完又冲苏念念使眼色，"要不你们在厕所门口等等？"

苏念念正要点头，裴恬大声喊："不行！姐姐和小叔叔先去帮我排队！我要玩旋转木马！"

苏念念还在心中权衡，裴言卿已经道："楚宁，看好恬恬。"

楚宁肝火旺盛，拉着裴恬就要走："小鬼，快点儿！"

裴恬压下快要上扬的嘴角，冲楚宁做了个鬼脸："略——"

两个人吵吵嚷嚷地离开，只留她和裴言卿两个人。她举起手中的地图挡住脸，隐藏不由自主上扬的嘴角，冲裴言卿眨眨眼睛："那我们去玩旋转木马？"

裴言卿微微颔首，目光对上她的，"嗯"了一声。

因为是休息日，游乐园的游客络绎不绝，其中很多都是情侣。两个人的气质都太过出众，一路上迎来不少打量的目光。怕裴言卿尴尬，苏念念搜肠刮肚想找个话题转移注意力。

谁料，裴言卿倒当先开了口："谢谢你前几天送的水果。"

苏念念顿了顿，说："这是连水果也不让贿赂了？"

"不是。"裴言卿忍俊不禁，"我是想问你，想吃什么，我请你吃。"

苏念念压下嘴角，又在还人情。她环视一圈，细白的手指指向一家饮品店，外面明晃晃立着个牌子——情侣特惠，买一赠一。

"我要喝那个。"

裴言卿顺着看过去，目光渐深，他回头看向苏念念，似乎想从她的眸中窥出些什么。

小姑娘冲他眨了下眼睛，无辜又坦然："我要喝两杯。"

一秒、两秒……苏念念直直地盯着裴言卿，不闪不避，直到他受不住，躲开了视线。

"好，走吧。"他垂下眼睫，先一步转身迈步朝饮品店走去，看起来还很平静。

苏念念跟在后面，不动声色地问："很惊讶吗？"

"因为那个招牌？"苏念念一挑眉，故意提起，"情侣特惠那个？"

裴言卿的脚步一顿，扭头看她："没有。"

苏念念止住脚步，忍住笑，拖长声音"哦"了一声，笑眯眯地说："我知道，我猜也不是因为那个。一般人在知道我一喝就两杯的时候，都和你一个反应。"不一会儿她又加了一句，"我就是问问，不用紧张。"

裴言卿抿了抿唇，眼波微动，脸色变换半晌，似乎不知道做什么表情："我为什么会紧张？"

苏念念心中轻哼一声。

一到饮品店，店员看到两个人，眼睛都亮了，一个劲地推销最火的新品，还对苏念念道："小姐姐，这是店内最新出的'初恋'果茶哦，喝一口满是初恋的味道！"

店员又悄悄扫了一眼裴言卿，惊艳地睁大了眼："先生，这款正适合您和小姐姐呢，正好店内做活动，买一送一哦。"

苏念念："麻烦来两杯。"

"好嘞。"

裴言卿一言不发地付了钱。

等到果茶拿到手，苏念念眨眨眼睛，问："你们这是只要一男一女来就买一送一吗？"

"啊？"店员一愣，随即微笑道，"不是哦，是需要是情侣哦。"

"哦。"苏念念笑了，拉了拉裴言卿的衣袖，"我和他像情侣吗？"

店员被问蒙了，吞吞吐吐："不像呃，像，呃，像不像呢？"

裴言卿俯首，看着小姑娘细白的手指，眼睫动了动。他好像从未遇到过这种明知不对，却没办法制止的事情。苏念念好像有一种魔力，什么事到她这里就没办法掌控。这个问题，堪称荒唐。

他张了张嘴，正要回答，苏念念抢先笑着摇头："我和他不是情侣哦。所以我再付一杯的钱。"

说着，苏念念就要拿手机扫码，裴言卿伸手拦住："我来。"

苏念念心中叹了口气，没和他抢。

似乎没遇到过这种"老实人"，店员愣了愣，尴尬地点了点头。她悄悄瞄了一眼这个话不多，但让人过目难忘的男人。他面无表情，看起来不甚高兴。

出了饮品店，苏念念把一杯塞进裴言卿手里，又甩了甩手："帮我拿一杯，太冰了。"

裴言卿盯着手中的"初恋"，淡淡道："这样喝两杯，可以去别家。"

"我那样说，不是怕你尴尬吗？"苏念念嗦了一口果茶，酸酸麻麻的。她叹了口气，果然景区这种贵得要命又"买一送一"的饮品，一定会踩雷。

"我是不在意。"苏念念朝他看去，挑了一下眉，"可是不能占美人便宜啊。"

不知道哪来的闷气，裴言卿皱了皱眉："本来不是买好了吗？"

苏念念又嗦了一口，愣了好几秒，才反应过来他的意思，笑出了声："你是在心疼多付的钱吗？

　　裴言卿的面色更难看了，但想了半天，竟给不出什么解释。沉默许久，他终于放弃挣扎，顶着苏念念如有实质的眼神，默认了这个理由。

　　他们一路走到旋转木马的位置。这天带孩子来的家长特别多，再加上旋转木马是情侣必来的拍照圣地，所以排了长长的队。

　　这果茶的味道实在算不上好，苏念念喝了小半杯，就没有再品尝的欲望。她默默看了一眼裴言卿手中的另一杯，舔舔唇："你热吗？"

　　这天裴言卿穿很简单，一件白 T 配黑色休闲裤，和平常的模样大有不同，多了一种蓬勃的少年气，看起来像二十岁出头。而且他的皮肤白，站在烈日下简直白得发光，连汗也看不到一滴。

　　裴言卿疑惑地看她一眼："还好。"

　　"不，你热。"苏念念道。

　　裴言卿："……"

　　"看你这么热，这杯送给你喝了。"

　　"不……"

　　苏念念坚持道："这里面有冰块，化了就不好了。"

　　被人紧紧盯着，裴言卿无奈，举起杯子喝了一口，很快拧起眉头："这什么味道？"

　　苏念念眼睛都笑弯了，无辜道："初恋的味道。"

　　裴言卿："……"

　　像是想起什么，他气笑了："怪不得让我喝。"

　　"不，我只是想让你尝尝初恋的味道。"苏念念歪了歪头，意味深长地看着他，"毕竟都二十六岁了。是吧？"

　　裴言卿："……"

　　"味道怎么样？"

　　裴言卿淡声道："不怎么样。"

　　苏念念扬眉："要不怎么说尝尝恋爱的苦呢？"

　　裴言卿拧眉看着杯中红红绿绿的一团，问道："你难道尝过这种苦？"

　　苏念念的心一跳，三连否认："怎么可能？我不是，我没有。"

　　裴言卿"嗯"了一声："确实，你还太小了。"

听他又这样老神在在地以长辈的语气自居，苏念念不服道："什么啊！我早就可以谈恋爱了好不好？"她和他一碰杯，"我的初恋一定是甜的。信吗？"

裴言卿不置可否，眼神略带警示："大学也要好好学习。"

苏念念："然后二十六岁也不谈恋爱？"

裴言卿一噎，思来想去，面无表情地回答："谈恋爱耽误学习。尤其你们每天还要练功，有这时间，还不如多休息。"

苏念念："……"

这天没办法聊下去了。

队伍一点点往前移，快要排到他们的时候，裴言卿的手机响了，他接起："你们在哪儿？"那边不知道说了什么，他皱了一下眉，"我知道了。"

挂了电话后，他道："楚宁带着恬恬去别的项目了，今天不和我们一起。"

与此同时，苏念念看到裴恬发来的语音消息，连忙点了文字转换——我买通了宁宁姐，给你们创造二人世界，姐姐，加油，早日把我小叔叔拐到手！

苏念念看到消息，忍俊不禁。

——你小叔叔很难拐啊！

知道楚宁和裴恬不来后，气氛顿时有些微妙。

"那我们……玩？"苏念念朝旋转木马那边抬了抬下巴。

裴言卿看过去，全是小朋友和小姑娘，连连摇头。

苏念念抿了抿唇，嗦了一口果茶，正吃到一颗柠檬籽，咬碎后，口中顿时泛着一股苦。她淡淡道："那你去找恬恬吧。"

裴言卿诧异地看她一眼，小姑娘鼓着腮，眉头也皱得紧紧的，偏偏不看他，像一只生气的河豚。不知怎么，他的心情好了些，正巧旋转木马停了下来，刚好轮到他们，他勾了勾嘴角，云淡风轻道："你可以去了。"

苏念念有些受伤，心里也泛着酸。

——裴言卿，你活该没对象！竟然真的打算把我一个人丢了！

她一把夺走裴言卿手中的果茶："这个也不给你了，你走吧。"

苏念念一眼也不看这个无情的男人，怕自己因为那张脸原谅他。

直到头顶突然传来一声轻笑，手上的两杯果茶也被拿走，男人微凉的指尖不小心碰到她的手，她整只手臂都因为这点触碰泛着酥麻。

裴言卿微微俯身，温声解释："我就在这儿等你，刚刚生气了？"

被窥破内心，苏念念恼羞成怒："我没有！"

裴言卿学着她之前的语气："我懂。"

——竟然学我？

她抬眸嗔怒地看他一眼。

苏念念的眼睛很漂亮，平常像是盈满秋水，笑起来又带着弯月的弧度，偶尔露出些狡黠。从认识开始，裴言卿就被这姑娘制得无可奈何，这是他第一次占了上风。偏偏这感觉如沐春风，让他愉悦地勾唇："和小朋友一样。"

"我不小了！"一听这话，苏念念严肃地强调，"我十九岁了。"

"嗯。"裴言卿若有若无地轻应一声。

苏念念还想再争论几句，裴言卿抬手指向前方："进去吧。"

旋转木马的音乐响起，苏念念有气无力地趴在一台小马上，心里凉飕飕的。她愣了一会儿，抬眼，在人群中寻找着裴言卿，一眼便看到了他。

男人站在旋转木马下面，和周围一圈低着头玩手机的人不同，他只是静静伫立着，眉目清冷又干净，仿佛远离这人世的所有尘世烟火。大片女生红着脸偷偷看他，有大胆的，已经掏出手机拍照。更有甚者，已经跃跃欲试地上前要微信了。

这还了得！一分钟没看着，就这么勾人！苏念念想提醒他守好男德，结果木马恰好转去了另一边。

无能狂怒苏念念在小马上左顾右盼，寻找着裴言卿的方位。

这时一道微冷的声音响起："苏念念。"

"嗯？"明明声音很近，但苏念念左看看，右看看，还是没找到人。

他的声音带着些无奈："在你前面。"

她气焰弱弱了些："在……"

裴言卿跟着她走，皱着眉提醒："坐好，扶稳。"

"旋转木马能有什么事呀？"苏念念不以为意。

裴言卿没说话，就这么看着她，她只得放平双腿，扶稳杆子。她又想起了被教导主任支配的痛苦。怕他趁她不注意被人勾搭上，她转了转眼珠，给他找了点儿事："你能帮我拍照吗？拍好看点儿，我要发朋友圈的。"

裴言卿愣了一下，点头道："好。"

他刚举起手机，就看见苏念念的动作又开始不老实，直接半倚在小马上，又细又白的长腿高高跷起。大概是参加的比赛多了，她毫不怯场，自然就有镜头感，周围不少人的目光都被吸引过来。

裴言卿拧眉，再次开口："坐好。"

"你不懂。"苏念念道，"我这叫艺术……哎呀！"突然，她坐的这匹小马开始上下颤动，"砰"的一声，她摔下马来。

这就是报应不晚吗？顾不上膝盖的疼，苏念念自觉丢人地捂住脸，连裴言卿的表情都不敢看，恨不得凿地三尺自我了结。

这时旋转木马的速度变慢，渐渐停下来。苏念念扶住那只"罪魁祸首"的小马，缓缓站起身，低头看了一眼膝盖，右腿已经蹭出血，酸涩又刺痛。

她正想着是不是赶快跟着人群溜出游乐园，从此和裴言卿相忘于江湖时，后脑勺被坚硬的指骨轻敲了一下。

随即，她便看到来人冷若冰霜的脸。裴言卿应该是真生气了，至少在她面前，他的表情从没有这么冷淡过。

也是，她尽给他添麻烦。她羞愧地低下了头："对不起，你去找恬恬她们吧，我就先回家了。"

裴言卿的嘴唇绷直，眸中冰雪消融，上下打量着苏念念，她的染血的膝盖映入眼帘，裴言卿目光微不可见地动了一下。

苏念念见他盯着自己的伤口，有些心慌地解释："就是一点儿擦伤，应该……"

"没事"两个字还没说出口，裴言卿已经蹲在她面前，修长的手指绕着她右腿膝盖按了一圈："疼不疼？"

裴言卿半蹲在她面前，身上淡淡的药香涌入鼻翼，一只仿佛艺术品般的手，放在她膝盖上。从她的角度看过去，就好像臣服于她。

"疼吗？"见她久无回应，裴言卿敛眸，面色凝重了些。

苏念念回神，为自己乱七八糟的遐想感到羞愧。人家是医生，例行关心一下，她竟然在这儿想入非非。

要真有事，苏念念比谁都慌。但她知道，这不过是最寻常的磕碰和擦伤，练舞的时候不知道遇到多少。但面前是裴言卿啊。他这么慎重，苏念念总觉得自己表现得太淡定，对不起他的一番苦心。

苏念念眨了一下眼，用一双雾蒙蒙的眸子看着他："疼。"

裴言卿垂下眼帘，另一只手握住她的小腿："抬腿，屈膝。"

苏念念照做。

"疼吗？"

苏念念心虚地点头，是有那么一点点疼的，她没有撒谎。

"你的骨头没问题。"裴言卿抬眸看她。

苏念念默不作声地移开视线。

"能走吗？"裴言卿的目光触及她右腿擦伤的地方，细白的腿上陡然出现这样的印记，很突兀。他的目光沉了沉。

苏念念移开视线，镇定地掐了自己一把，声音微颤，可怜兮兮地说："好像……走不了了。"

——所以，背我，背我，背我！

裴言卿顿了顿："需要我叫个救护车吗？"

苏念念的表情发木："不必了……"

果然，她就不该对裴言卿有什么不切实际的想法。

裴言卿失笑，摇了摇头，没再开玩笑。

"怎么比恬恬还娇气？"他低叹一句，又背对着她蹲下身，"上来。"

正是七月末，A市的气温近几天直线上升。苏念念趴在裴言卿的背上，不知是热还是怎么，脸颊后知后觉地涨得通红。她直直地盯着他高高的颅顶，漆黑的发丝有着柔软的弧度。凑得这么近，她甚至能够清晰地闻到男人身上越发厚重的药草味，和医院的气味有点儿像，但比那好闻得多，就好像置身于清新的百草园。

这么热的天，裴言卿也没出很多的汗，只有皮肤上薄薄现出一层水光。皮肤更是细得看不见毛孔，细白得让苏念念都惊羡。这般想着，苏念念不经意念出了声："冰肌玉骨。"

裴言卿脚步一顿："你说什么？"

"说你。"苏念念咽了咽唾沫，"你们医生是不是都有专门的护肤方法啊？"

对于苏念念时不时的"调戏"，裴言卿已经能够面无情地应对："没有，天生的，我也没办法。"

苏念念气笑了："能不故意炫耀了吗？"

裴言卿茫然地蹙了下眉："我在炫耀吗？"

苏念念："……"

她合理怀疑最高级的"炫耀"是"炫"而不自知。

"我给你学一学。"苏念念说，"你快夸我舞跳得好。"

裴言卿勾了勾嘴角："你舞跳得很好。"

"是吗？"苏念念淡淡地反问，"你不知道，每天多少舞团邀请我去当'首席'，实在不知道怎么选择，真让人烦恼。"

这话一出，裴言卿沉默了几秒，突然笑出声。他的笑声低沉，带着久违的愉悦和放松。

苏念念感受到他胸腔传来的颤动，有些羞恼："你别笑啊，我是开玩笑的！只是给你做个示范。"她气呼呼道，"别笑我了。"

裴言卿敛唇："好，我不笑。"

"懂了吧？"苏念念道。

"嗯。"

苏念念打开了话匣子，聊天的欲望蠢蠢欲动。她问出个一直以来都感觉惊奇的事情："所以，你是十五岁就考上大学了吗？"

裴言卿背着苏念念走出旋转木马的园区，淡定地回复："嗯。"顿了顿，他轻描淡写道，"你不知道那时候每天多少学校打电话过来，实在不知道怎么做选择，真让人烦恼。"

这天没法聊下去了，苏念念表情一言难尽："你这样说话，会被人打的。"

"嗯。"裴言卿道，"可这是事实。"

她那个是吹牛，但裴言卿这个，是真的。她肃然起敬。不愧是天才，短时间内就掌握了精髓。

游乐场里人非常多，裴言卿背着苏念念十分显眼，周围投来大片视线。大概是心虚，她的脸越来越红，脚趾暗自蜷缩起来。她偷瞄了一眼他的侧颜，坦然而平静，可能真的觉得和背小孩儿没有差别。她有些挫败，难道他就没有感到她一丝丝的魅力吗？

不行，不能坐以待毙。苏念念暗自握紧拳头，脸往前探，凑到裴言卿脸庞边，暗送秋波："你猜猜我今天化的什么妆容？"

裴言卿的呼吸一窒，下意识地将头往后仰，苏念念泛着粉的昳丽面容近在眼前。他眼睫微颤，心跳也错乱了半拍。但不过片刻，眼眸便恢复清明，他认真打量片刻，启唇道："脱妆了。"

苏念念猛然缩回脑袋，急急忙忙松了一只手，想从小挎包中拿镜子。

"别动。"裴言卿把她往上颠了颠。

苏念念欲哭无泪："你不是说我脱妆了吗？！"

"是。"裴言卿说得云淡风轻，"但没有人会仔细看。"

苏念念此时才算真正理解苏焱的那句话——他那样的能有女朋友？

苏念念郁闷了片刻，看了眼他走的方向："你这是要带我出去？"

"伤口不处理，会发炎。"

这里到游乐园门口的路还很长，苏念念有些后悔装虚弱让裴言卿背她，于是斟酌着措辞道："我觉得我又能走了。"见他脚步不停，她有点儿急，"今天这么热，这里离出口又很远。"

裴言卿愣了愣："你是怕我走不动？"

苏念念怕伤他的自尊，以沉默表示态度。

"你知道我第一台手术是干什么的吗？"裴言卿突然来了兴致。

苏念念没跟上他的脑回路，只"啊"了一声。

"当时我配合导师完成一台换髋手术，病人两百斤，全麻，我全程抬着他的大腿站了五个小时。"裴言卿淡淡地道，"比背你费力几倍。"

苏念念顿了一秒，狐疑地扫了裴言卿一眼，他因为身量高，看起来很清瘦，她又道："你怎么不说是我很轻呢？"

感受到背上轻飘飘的重量，裴言卿默了默，回答："是，你很轻。"

苏念念轻哼一声："敷衍。"

裴言卿："……"

走到靠近出口处，苏念念刚准备问裴恬和楚宁怎么办，结果身后突然传来楚宁错愕的惊呼声。

"小舅舅？"楚宁惊疑不定地上下打量着两个人，"苏丫丫？"

她被眼前的景象惊得说不出话来，正要细问，就看到苏念念受伤的膝盖。

"宝贝，你的腿怎么了?!"楚宁心疼地喊道，又蹲下身，仔细盯着那两处伤口，声音颤颤巍巍的，"小舅舅，她的腿断了？"

裴言卿冷冷扫了楚宁一眼，声音略带警示："不要乱说话。"

"啊，没断啊。"楚宁一听，连忙"呸，呸，呸"三声，"没断就行。"

楚宁刚放下心，跟在她后头过来的裴恬也看到了苏念念的腿，吓得小脸煞白："姐姐，你……你……你的腿怎么了？"

苏念念还没回答，楚宁一招手："她没事，腿没断。"

反正她们一年大伤小伤不知道有多少，除非骨头和韧带出现问题了，其余都没大碍。

楚宁说得云淡风轻，直到感受到一道凉飕飕的目光，回眸一看，她小舅舅黑眸深幽，眼里满是警告。

搞什么？她又疑惑地看向苏念念："你不就破点儿皮吗？"

苏念念："……"

裴恬揪紧楚宁的衣摆："什么叫破点儿皮？仙女摔伤，是不能用脚走路的！小叔叔，你说是吧？"

裴恬笑得憨态可掬，裴言卿不置可否："我先送苏念念去包扎，你们是一起过去还是等我来接你们？"

"一起……"楚宁正要说一起过去，结果裴恬的声音盖住她的。

"玩！姐的意思是要和我一起玩！你们快去吧，姐姐，好好养伤！"裴恬熟练地挥手，苦口婆心地叮嘱，"小叔叔，千万不要让姐姐走路啊！"

直到看到两个人走远，楚宁心头的怪异感还是没散去。

"小鬼，你搞什么？"楚宁轻点裴恬的额头。都是这个小鬼，上完厕所又不想玩旋转木马，非要去玩另一边的碰碰车，楚宁不愿意，她就要找小叔叔告状。

她是这么容易屈服的吗？当然是。

"算了。"楚宁叹口气，看了一眼走远的两个人，狐疑道，"你不觉得很奇怪吗？你小叔叔是这么有爱心的人？"

裴恬："是啊。"

楚宁轻"啧"一声，眯了眯眼睛，幽幽道："反正我是看不出来。曾经苏丫丫摔得差点儿骨裂，也没见她这么脆弱。所以……"

裴恬的心提了提，屏住了呼吸。

"是不是天气太热了，她不想走路？！"楚宁一敲脑袋，"妙啊。"

裴恬："……"

为什么裴家尽出一些注定孤独一生的人？她付出了太多！

裴言卿带苏念念来了医院，来到他办公室，说："我给你处理一下伤口。"

浪费他的时间处理这种小伤，苏念念有些不好意思，咽了咽口水："你的挂号费很贵吧？"

裴言卿已经拿了消毒水和棉签，半蹲在她腿前，闻言抬眸："怎么？"

"免费吗？"苏念念讪讪地问。

裴言卿垂下眼睫，挡住眸中的笑意："休息时间三倍工资。"

苏念念倒吸一口气："就不能看在情面上，给个友情价吗？"

"没有友情价。"

苏念念瞪圆了双眼："那你从我哥的实习工资里扣吧。"

裴言卿弯唇，用棉签蘸上碘伏，开始一点点处理伤口："看在苏老师的情面上，不收钱。"

裴言卿凝神，看着原本白皙泛粉的膝盖上赫然出现一片擦伤，细碎伤口上还沾着尘土，他蹙起眉头，手上也下意识地更轻一点儿。

苏念念低眼，目光绕过他鸦羽般的眼睫，高挺的鼻梁，再到鼻尖上那颗黑色的痣。越看，心跳得越快。她惊慌地收回视线，觉得再看下去，会出事。

裴言卿替她贴上纱布，目光凝在她左腿的瘀青上："这两天不要跳大动作。"他又拿了瓶药酒递给她，"回去一边抹，一边按摩。"

"可是我不会抹啊。"苏念念眨了一下眼睛，跷起左腿，"你能教教我吗？"

苏念念期待能从裴言卿脸上看到不一样的表情，但没有。

他的表情平淡无波澜，目光回到她跌青了的左腿上，重新蹲下身，抹了些药酒在手上，两只掌心摩挲至温热，随即贴在她的膝盖骨处。

"沿着髌骨。"他弯起指节，从膝盖骨按到瘀青处，又从瘀青处下移，往小腿上按，"再移至筋络，每处至少揉捏半分钟以上，让药酒充分吸收。不仅仅可以化瘀，也可以缓解肌肉疲劳。以后练功后都可以用。"

这完全是医生嘱咐病患的语气，苏念念心里那一点儿旖旎的火苗瞬间散了，她讪讪地"哦"了一声。

"会了吗？"裴言卿低声问。

苏念念："会了。"

——我恨你是块木头。

"走吧。"裴言卿站起身，"我送你回去。"

苏念念跟在他后头站起来，两个人一前一后正准备出门，他的手机响了。

"抱歉，稍等片刻。"裴言卿接过电话，看清来电显示，表情微凝。

这通电话没有持续多久，裴言卿全程没有说几句话，情绪淡淡的。挂断电话后，他道："走吧。"

苏念念抿了抿唇："你是有什么事情吗？你要是忙，我可以自己打车回去的。"

"不算大事。"裴言卿表情淡淡，"先送你回去也不迟。"

两个人下了楼，走在医院大厅，后头突然传来一道清脆的女声。苏念念觉得有点儿耳熟，一回头，正对上阮白温婉的笑颜。和上次在长辈前的乖巧不同，这天她打扮得更时尚些，声音也更灵动。她喊裴言卿："三哥哥。"

裴言卿的目光微顿，朝她轻轻颔首。

阮白的目光极快地在二人身上绕了一圈，眼波微动，她冲苏念念点头："苏老师，真巧啊，你怎么和三哥哥在一起啊？"

苏念念被她一口一个"三哥哥"喊得胸闷，扯了扯唇，客气道："碰巧遇见。"

裴言卿回头看她一眼。

"这样啊。"阮白微笑点头，又笑盈盈地看向裴言卿，"三哥哥，我是专门来医院碰碰运气的，现在看来运气不赖。昨天不凑巧，没见着三哥哥的面。今天正巧听爷爷说你有空，所以冒昧请爷爷帮我喊你一起吃个饭。"她歪了歪头，"不知道三哥哥能不能赏个脸？"

苏念念抿紧唇，直直地盯着裴言卿的侧脸。他眸色清冽，无甚波动，但不知怎的，她就是从他眉眼中窥得一丝被压抑着的沉郁。

"哎哟，我的腿又开始疼了。"她突然指着被纱布包着的右腿，眼睛像是蒙着一层雾，"火辣辣的。"

裴言卿平静地看向她，目光正和对着他使眼色的她撞个正着。

"不行了，我得回家躺着。"苏念念眨巴着眼睛，更显得可怜兮兮的。

裴言卿会意："那我尽快送你回去。"

他抱歉地看了一眼阮白："不好意思，阮小姐。"

阮白放在身侧的双手悄悄握紧，但面色未变，她笑着道："没关系的，苏老师的伤势重要。我们下次约。"

苏念念心中轻哼一声，不可能有下次的。她依旧蹙着眉，装着一脸分外难受的模样，深一脚浅一脚地走着，又小心翼翼地揪住了裴言卿的衣角。

裴言卿无声地看她一眼，她愣是看出了一层意思——差不多就得了。

她忍住笑，硬是把这戏演下去。感受到身后那道如有实质的目光，她在心中默默比了个"V"。

上了车，苏念念自然而然地上了副驾驶座，又极其愉悦地关上车门："你是不是需要和我说声谢谢？"

裴言卿婉拒，无声地笑了笑："你演得太夸张了。"

"哼。"苏念念冷哼一声，"给你个台阶下就不错了。"

她懒懒地掀了一下眼皮，装作不经意道："昨天我也见到阮小姐了。家世年岁相当，温婉贤淑。"

她静等着裴言卿的反应。等了半天，也没看见他有什么反应，她扭头看过去，他面无表情地说："所以呢？和我有关系吗？"

——不愧是你。

苏念念开始庆幸起裴言卿是不解风情的性子。至少，她撩不动，别人更是想也别想。她努力压平嘴角，道："没关系，一点儿关系都没有。"

苏念念到家的时候，苏焱正坐在电视机前打游戏。听见声响，他懒洋洋地转过头，冷哼了一声："还知道回来。"

他的目光扫到苏念念的膝盖，皱眉道："怎么回事？"

苏念念："从旋转木马上摔下来了。"

苏焱的面色难看，站起身走过来，直接伸手抬起苏念念的腿，让她屈膝摆动，闻到药酒味，又看了一眼整洁干净的纱布，难得评判一句："医生不错，处理得还算用心。"

——废话，你导师当然不错。

苏念念在心中默默道。

苏焱见没什么大碍，又慢悠悠晃回了电视机前，嗤了一声："坐旋转木马也能摔下来。什么东西勾了你的魂？"

苏念念没好气地嘟囔："反正比你帅。"

"还真有？"苏焱倏地偏过脸来，严肃强调，"我和你说啊，苏丫丫，不准早恋。"

"我十九岁了，还叫早恋？"

屏幕上的人物被打翻，KO声响起，苏焱气得扔下游戏机，又冷笑一声，威胁道："比你哥早恋爱，就是早恋。"

苏念念："你是想让我和你一样黄昏恋吗？"

苏焱："……"

晚上，苏念念坐在房间，盯着腿上的纱布发呆。猛然间想起什么，她摸出手机，打开微信找到了裴言卿"来者不拒"的微信号，先点进他的朋友圈细细观察，结果显示好友只展示三天的朋友圈。她退了出去，找了个可爱猫猫的表情包发过去。

一分钟，十分钟，一小时过去了。那边毫无回应。苏念念试探着又发了一句：“嘀嘀，你在吗？”

但直到第二天，她也没等到回复。想到裴言卿很忙，她没再打扰他。

因为腿受伤，苏焱也没再让她送饭，裴家那边也说让她休息一周。每天给裴言卿发的消息，都石沉大海。之前辛辛苦苦建立的联系，好像一夜之间全部没了。她觉得前路漫漫，道阻且长，有气无力地在家躺平了三天。

唯一努力的只有裴恬，执着于每天和她汇报机密。大概就是老爷子最近在不遗余力地撮合阮白和裴言卿。虽然他都以工作忙推卸，但她目前的形势依旧不容乐观。

苏念念退出游戏，躺在沙发上长长地叹了一口气。她能怎么办？现在追男人也这样了吗？！

苏念念在家躺平的第四天，越想越不得劲，打开微信，找到裴言卿的微信号，敲敲打打半天，最后公事公办道：“我的伤快好了。”想了想，她又在后面加了个字母表情。

这次他回了，是下午五点回的，她足足等了六个小时，都等麻了，一点开，看到的只有这样冰冰冷冷的一句话：“哪位病人？”

她瞪圆了眼，这才想起自己当时是随意加上的，微信名“SNN”，或许裴言卿真的不知道她是谁。她在这里纠结了四天，他连她是谁都不知道。

苏念念被自己蠢到自闭了，她苦大仇深地敲了几个字过去，又是一阵好等。

裴言卿这几天非常忙，从早到晚排满了手术。晚上九点，刚刚下手术台，他疲惫地坐在桌前两眼放空，修长的手指滑着手机屏幕。

几位实习生轮流排班，这天正好是陆玄和苏焱，两个人拿了外卖回来，声音由远及近。

“又踩雷了，这黑心店铺，黄焖鸡的鸡肉没几块，菜叶子蔫巴巴的，土豆都化成泥了。”陆玄一边走一边吐槽。

苏焱冷着脸，一手插兜，看起来心情也不怎么好。人拐个弯，进了房内，他将饭放在桌上：“老板，吃点儿吧。”

他们还好，毕竟只是观摩加打下手，裴言卿是主刀，实实在在八个小时，三台手术。

裴言卿点头，低声道了谢。他蹙着眉，打开饭盒，吃了一口青菜，苦涩还带着些鸡肉的腥气，只一口，他就没了食欲。

裴言卿压下胃中的翻滚。

陆玄突然呕了一声："竟然还有头发。"

裴言卿拧眉，没再碰一口菜，就着米饭填满胃。

"吐了……"陆玄"呸"了一声，苦着脸看向苏焱，"哥，焱哥，念念呢？她最近怎么没来？怎么不给她最崇拜的哥送饭了？我急需她的手艺拯救被冒犯的舌头。"

苏焱冷哼一声："别想了，她受伤了，来不了。"

"啊？"陆玄苦着脸，"没事吧？"

"还好。"苏焱没有多说，"但以后我不打算让她送了，太辛苦。"

陆玄叹口气："也是。"

听到这里，裴言卿的面色稍稍舒缓，埋头囫囵吞下几口米饭，手上继续回微信消息。

这是他专门用来联系病人的账号。骨科很多病人在出院后，休养期间还会有大大小小的毛病，所以需要随时保持联系。

这个工作号码加了很多人，又被四处传播，加他的很多都不是病人，还有推销的，更多的是一些年轻女性，每天都有几十条好友验证，多了不少麻烦。后来，他干脆关掉了好友验证。发来的消息，不是正事、上来就是表情包搭讪的一概忽略。

就比如前几天加的这个，相比往常的，胆子小了点儿，没有频繁骚扰。裴言卿看到那边的最新消息，轻笑出了声。

"是你免三倍工资的病人。"

除了陆玄骂骂咧咧的声音，办公室内很安静。所以裴言卿这一声轻笑，尤其突兀。

陆玄的饭噎在口中，和苏焱面面相觑。他又偷瞄了一眼自家导师，白炽灯下的那张脸精致得过分，不怪套近乎的病人如过江之鲫，可惜是朵不解风情的高岭之花。

他们跟着裴言卿也有两个月了，他一天除了睡觉吃饭就是在医院，别说交往异性，就是平常的娱乐活动也几乎没有，整个一苦行僧。这就导致他们几个实习生过得格外苦，半只脚已经踏进了骨外科这座和尚庙。

陆玄不止一次惋惜，这张脸，简直就是长错了人。要是给他，他一定要天天谈恋爱，一次谈十个。但如今，面对他们不苟言笑、清冷端方的导师，眉眼间的清冷融化，正对着手机笑得一脸温柔。

苏焱显然也发现了这一不寻常，眯了眯眼。

"有情况。"陆玄对着他比口型。

苏焱罕见地没有反对，赞同地点了点头。两个人又偷偷往裴言卿那边瞄，见他手指轻点手机屏幕，似乎还聊上了。陆玄笑得一脸荡漾，和苏焱咬耳朵："我看，十有八九是了。也不知道是何方神圣。我猜一定风情万种那一挂的，不然怎么撩得动。"

苏焱轻"啧"："真想不开。"

"这倒也不至于。"陆玄说得理所当然，"我感觉，要图脸、图钱、图智商，我也愿意。"

苏焱起了一身鸡皮疙瘩，一把推开陆玄："离我远点儿。我怕你的变态感染到我。"

这一边，苏念念等得快变成雕像了，心烦意乱之下，准备打会儿游戏，放松心情。结果一顿操作猛如虎，一看战绩二杠五。她灰溜溜地退出了游戏，刚感叹了一声人生处处艰难，就看到了最新的微信消息。

裴言卿终于舍得回了一句"嗯，恢复了就好"，还附带了一个微笑的表情。

就这？苏念念和结尾那个死亡微笑大眼瞪小眼，直直地对视了五秒，从其中看出了深深的嘲讽。为什么这人总有把天聊死的能力？

苏念念不甘心就这样结束，在屏幕上敲敲打打："我那天的照片能发给我吗？"想了想，她也在后面跟了一个微笑的表情。

看看，每句话带一个微笑，多么和谐。

过了一会儿，那边发了五六张图片过来。苏念念点开一看，一瞬间血压飙到一百八。她从没想过自己有一天能这么丑。她刻意做出的半倚在木马上的动作，想象中应该是慵懒撩人的，再不济也该维持正常美貌，但因为角度成迷，硬生生胖了两倍，还带有一种令人迷惑的乡村影楼风。

这还算正常的，最令她心梗的最后两张，无缝衔接上她摔下马的过程。画面上她的表情从惊慌到狰狞，截成表情包就是"害怕到模糊"。

苏念念翻过这几张丑照，觉得需要用一生的时间来治愈这短短几秒带来的伤害。

许是见她久久未回，那边还默默发了个问号过来，大概以为她是拿了照片就走的人。

苏念念将手机倒扣在桌上，缓解着快要郁卒的心情。果然，老天爷从来都是公平的，用美貌和智商换走了裴言卿的情商。

三分钟后，苏念念做足了心理准备，打开手机一看，裴言卿大概是终于良心发现，撤回了后两张照片。

更尴尬了好不好！这是什么窒息操作？

苏念念有气无力地回："谢谢你。"

那边很快回："客气了。"

苏念念深深地吸一口气，打开修图软件，大刀阔斧一阵狂修，然后仔细端详，点了点头，这才是她的正常美貌。那天她说了要发朋友圈，这天她就要借此机会，向裴言卿展示什么叫真正的仙女营业。

苏念念编辑了一段文字："一起坐旋转木马吗？"又配上刚刚修好的两张图，发了朋友圈。

发之前，苏念念猛然想起什么，把苏焱拖进了"不给谁看"的分类中，又在"提醒谁看"那里@了裴言卿。

很快，这条动态下面就迎来了很多评论和点赞。

楚宁："不愧是我老婆，美爆了！"

裴言悦："看来游乐园一行玩得不错呀，夸奖摄影师拍出我们念念的美貌！赞！"

不，摄影师不值得夸奖。

下面还有一些高中同学的，一溜的夸奖，苏念念看得神清气爽。但一时半会儿还没看到裴言卿的回复。她等呀等，最后实在没耐心，丢了手机洗澡睡觉。临睡前，她还是忍不住打开手机，看了一眼微信。终于在众多小红点中，找到了想看的那一个。

在一众花里胡哨的头像中，用 A 大附院的牌匾照片做头像的裴言卿尤其像上了年龄的老古板，格格不入。

老古板这样回复："照片是重新加工了吗？"

就差明说"你这是修图了吗？"。

苏念念看着后面跟着的呆萌的疑问小表情，沉默地退出了微信，关灯睡觉。

第四章

勇敢黑历史

新的一周开启，苏念念膝盖上的疤痕也淡了。重新去裴宅家教，已经是八月初，算算时间，家教还有不到半个月的时间，她八月中旬就要入学军训。

和裴恬说起这个事情后，她一脸焦急，抱着苏念念不撒手："不行，你不能走。"

苏念念轻拍她的脊背，沉吟了一会儿，道："开学后，我只能一周来一次，你要不嫌我进度慢，我可以继续教你。"

"姐姐能来就好。"裴恬松了口气，忧心忡忡道，"我总是见阮白姐姐来家里玩，曾祖父可喜欢她了！我也要姐姐来玩！"

苏念念脸上的笑意散去，心也一点点沉下去："我知道了。"

从裴家离开后，苏念念不由自主地摩挲着手机，心烦意乱。这几天，她和裴言卿的交流几乎为零。苏焱现在也不让她继续送饭，她也再没去过医院，他也不经常回裴家。千辛万苦搭上的联系，竟如此脆弱。

苏念念正一筹莫展间，接到苏焱的电话。

"哥。"苏念念有气无力的，看了一眼时间，是下午五点半，如果没有手术的话，苏焱应该下班了。

苏焱懒懒道："怎么了？蔫巴巴的。"

苏念念随口道："天太热了。"

"早就跟你说，别做这什么家教……"

苏念念打断："你有什么事？"

"怎么？没事就不能打过来了？"

苏念念"呵呵"一声："你没事会给我打电话？"

"得。"苏焱冷嗤，不知道在和谁说话，"听到没有，没良心吧？"

"你在和谁说话？"

那边传来喧闹的声响，她听到陆玄的声音："焱哥，你能别废话了吗？喊念念吃饭，一句话的事情，给你矫情到现在。"

"去你的。"苏焱有些火大，一把推开陆玄，又吊儿郎当道，"听到没有？聚餐来不来？"

苏念念的眼睛瞬间发亮，又小心翼翼地舔了舔唇，问道："都有哪些人呀？"

苏焱本来已经等着她回绝了，她的嘴金贵，一般聚餐还真叫不动她，没想到她直接就问有哪些人。

"就我和陆玄、王晨几个人。"

苏念念："没了吗？"

"没了。"苏焱莫名其妙，"还能有谁？"

苏念念垂下眼睫，"哦"了一声："那我不……"

她刚想说不去了，那边突然有人询问："对了，老陆，裴老板去不去啊？"

陆玄的声音传来："去啊，怎么不去？毕竟第一次和我们出去聚餐。"

苏焱领会了苏念念的意思，直接朝那边道："我妹不……"

"等等！"苏念念的心一跳，"我还没说完！我的意思是，我不可能不来啊！"

直到挂断电话，苏焱还一脸见了鬼的表情，直直地盯着手机怔了几秒："这丫头，搞什么？"

正巧，裴言卿进了办公室，陆玄直接迎上去。

"老板，晚上聚餐的地点定好啦，就在知味轩，我们几个。"顿了顿，他眉飞色舞道，"哦，念念您还记得不？她也来。总算不总是一群大老爷们儿了。"

裴言卿目光微顿，点了点头。他怎么能忘了那小丫头。他脱下身上的白大褂，淡淡道："这段时间大家都辛苦了，这餐我请。"

陆玄激动地拍手："老板威武！"

苏念念回家后，快速洗了个澡。换衣服的时候，看到腿上淡淡的疤痕，决定换条长裙遮住。一看到伤疤，她就能回忆起那段黑历史，不堪回首！

由于时间来不及，她连妆也没化，披散着长度到脊背的头发，走之前又照了眼镜子。这条白色裙子是她随手拿的，平时都没穿过，这样一看，效果倒也不错，显得人纤细高挑，穿上她就是仙女本人。

苏念念匆匆赶到包厢的时候，其余人都已经到了，她撑着门喘气："不好意思，来晚了。"

她一抬眸，正对上裴言卿的黑眸，他温和道："不晚，过来坐吧。"

苏念念朝他点头，迈开脚步，下意识地就想在他左手边的位子坐下。

"苏丫丫，这里。"苏焱的脸色臭臭的，拍了拍旁边的位子。

苏焱坐在裴言卿右手边第二个位子，那么她的位子就是第三个。

苏念念心中长叹一口气，无奈地走过去。

"一进来发什么愣呢？"苏焱给她倒了杯水，道，"怎么就跟没看到我一样？"

苏念念："本来就没看见……"

聚餐的地点是京城有名的粤菜馆，价格不菲，一行六七个人点了一桌的菜。苏念念原本还以为吃不完，结果倒是小瞧了这群大老爷们儿的饭量，十几个菜最后也吃了七七八八。

为了控制体重，她晚上吃东西很少，荤的、油的一律不碰，她低着头嚼着根小青菜，有些羡慕地看着其他人大快朵颐。

苏焱见怪不怪，在苏念念旁边吃得头也不抬，还是陆玄看不下去："焱哥，你别光顾着自己吃啊。给念念夹菜啊。"

说完，他又笑着冲苏念念道："你别和我们客气啊。"顿了顿，他又挤眉弄眼地朝裴言卿抬了抬下巴，"反正今天是裴老板请客，你尽管吃，他买单。"

苏念念咽下小青菜，还未说话，苏焱道："她吃不了。舞蹈生的自我修养，懂？"

"这样啊。"陆玄怜悯地看了苏念念一眼，"不能吃饱，简直是人生一大憾事。"

苏念念忍俊不禁，起了玩笑的心思："谁说吃不饱。知道什么叫小鸟胃吗？我就是。"

这话一出，陆玄怔住，看苏念念的眼神更崇拜了，满脸"这就是仙女"般的恍然大悟。

苏念念被这个眼神看得十分受用，看来她的仙女人设已经深入人心。她得意地敛眸，又惯例般瞄了一眼裴言卿，正和他的目光撞个正着。

罕见地，裴言卿眸色中满是笑意，看她的眼神有些耐人寻味。

苏念念原先还有些不解，蛮横地回视过去。怎么？难道对仙女的胃还能有所异议？

许是她的态度太过理直气壮，裴言卿动了动唇，朝她比了个口型："两杯。"

什么两杯？苏念念沉吟思考了几秒，电光石火间想起什么。是的，"小鸟胃"的她在游乐园要了两杯大杯果茶。

苏念念："……"

裴言卿真活该单身一辈子！苏念念感觉头顶都在冒气，羞耻地移开视线，分解着盘中的虾饺，咬牙切齿地嚼着，吃得两腮鼓鼓。

裴言卿看着小姑娘愤愤地低头，敛眸低笑一声。

这天几个青年还喝了点儿酒，几杯酒下肚，谁都是难舍难分的好兄弟。絮絮叨叨，从高考说到大学，再到没追上的初恋和前女友，一一说了个遍。饶是一贯懒洋洋的苏焱也饶有兴致地喝了几杯，微醺地凑到裴言卿旁边，嘟嘟囔囔不知道在说什么。

裴言卿一杯酒没喝，目光清明地听着苏焱说话，骨节分明的手指缓缓转着茶杯，时不时轻应一声。

苏焱平时提起裴言卿就是一副"我不服"的样子，喝了点儿酒，竟然颠颠地跑人跟前。苏念念竖起耳朵，小心翼翼地往那边凑，想知道两个人在谈什么，谁知听到的全是一些医学专用术语。

苏念念看了一眼专注的苏焱，轻哼一声。她知道他早就对人家心服口服，但表面还是一副不服气的模样，结果喝了点儿酒就现原形。

苏念念中途去了趟厕所。出来后站在镜子前拿出口红，正准备补妆，身侧传来一道女声，语气间满是不确认："你是……苏念念？"

苏念念扭过头，仔细辨认来人，认清对方的眉眼后，她倏地收回目光，握着口红的手紧握成拳。

女生本来还不确定，看见苏念念这个反应后，立即便确认了猜想。她上上下下打量了一圈苏念念，眼中闪过意味不明的光，悠悠道："还真是你啊。变化这么大，我险些都认不出来了呢。"

苏念念低垂着眼，半晌，她偏过头，眉眼凝成冰，歪头笑了："葛佳，我也差点儿认不出你了呢。"

葛佳穿着短裤，苏念念的目光打量着她稍显粗壮的大腿和腰腹："看来你这几年过得还不错。毕竟，胖了不少？"

葛佳穿着小高跟，但站在苏念念面前还是矮了半个头，看她还要微仰着头。听到这话，她的脸色僵硬："是吗？"

默了片刻，她又笑笑说："练舞这么多年，这样也正常。"

两个人又沉默片刻，葛佳突然挑了一下眉，上前两步挽住苏念念的手。

"不过今天正巧啊，念念。我们大家都在呢，自从你转走后，是不是就再没和我们大家见过啦？"葛佳笑得温和，目光挪到她宛如牛奶般的皓腕，目光闪了闪，道，"走吧，念念，和老同学们见一见？"

葛佳抬手轻拍苏念念的肩膀，看起来很激动的样子："哦对了，林书成你还记得不？你初中的好朋友，他今天也在哦。"

葛佳笑着，将苏念念的手握得更紧，看起来就像是几十年未见、惺惺相惜的好姐妹一样。

苏念念原先还能勉强保持住礼貌，听到林书成的名字，黑眸泛冷，一把拂下葛佳的手："不用了，我还有约。"

结果葛佳不依不饶，又重新抓住她的手："别啊，念念，这么多年没见了，我们大家都怪想你的。"

苏念念一把甩开她的手，语气彻底冷下来："我都说了，不用。"

葛佳敛了笑意："苏念念，你可真够绝情的啊，老同学也不见一见？别人不见，林书成你总要见见吧？"

苏念念一声未吭，直接绕过她就走，头也不回。现在的苏念念身量很高，足足快一米七，纤腰长腿，比例堪称完美，是她梦寐以求的身材。行走时脊背笔直，白色裙子翩跹，露出的小腿与脚踝莹白如玉。

葛佳站在原地，盯着苏念念的背影，手掌紧紧握成拳，眸中妒火一闪而过。她回到包厢，看着身旁的人，突然意味不明地笑了一声："你猜我刚刚看到谁了？"

林书成看她一眼，又抿了一口酒，清俊的脸上没什么表情："谁？"

"你还记得吗？"葛佳轻飘飘道，语气带着不屑，"初中那个总跟着你跑的，苏念念。"

林书成放下酒杯，淡漠的眸中掀起波澜："你说谁？"

葛佳没想到他反应这么大，又轻轻补了一句："苏念念啊，你这么激动干吗？不就是个连加减法也做不来的小傻子吗？"

林书成冷了声音："葛佳，闭嘴。"

葛佳看着林书成只因为苏念念一个名字就产生波澜，咬牙切齿道："难道不是吗？苏念念不就是傻子吗？不是你自己亲口说过的吗？"

苏念念重回包厢，苏焱已经坐了回来，倒是陆玄又黏上去，嘀嘀咕咕不知道和裴言卿说着什么。

裴言卿坐在那儿，衬衫扣子解开两颗，露出如玉般的锁骨，袖口微微向上卷起。一片喧闹中，向来清冷的眉目也染上烟火气，好看得像是一幅画。

苏念念只看了一眼就连忙收回目光，沉默地坐下，揉了揉酸涩的眼睛。重新见到某些人，那些并不想回忆、甚至一辈子都不愿想起的东西，突然全部浮现，心中翻滚着的是源源不断的恶心。心神不宁间，她顺手就拿起手边的杯子，直接灌进口中。

原以为是水，结果是苏焱的酒杯，一股酒精的辛辣呛进嗓子里，苏念念一时没受住这刺激，喉中、胃中火辣辣的，她猛然吐到盘里，不住地咳嗽。

苏焱原来还懒洋洋地靠在椅上，见状起身，拍着苏念念的背，口中喋喋不休："苏丫丫，你怎么回事啊？说话啊，魂没了？"

酒水呛到苏念念的鼻腔，快要窒息，旁边还有苏焱的念叨，她难受地捂住脸。所有情绪汇集到一起，一时没忍住，眼泪说掉就掉，一滴滴落在地板上。苏焱见状，紧紧拧起眉，手忙脚乱地转餐桌，抽纸巾，直到裴言卿不知道什么时候走过来，手上拿着热毛巾。他一俯身，就看到小姑娘沉默地掉眼泪，地板上"滴滴答答"湿了一片。

裴言卿抿唇，将手中的热毛巾递过去，声音尽量放轻放软，像是哄小孩儿一样："不要哭。擦一擦脸。"

暖黄的橙光从包厢顶的吊灯倾泻而下，眼中泪光闪烁着。一只修长白皙的手伸至眼前，指节分明，在暖光的照射下，指甲盖泛着淡淡的光泽，无一处不精致，像是上帝最完美的艺术品。

或是许久没有得到回应，裴言卿直接将热毛巾敷在苏念念的脸上，给她擦眼泪，温热又带着毛茸的毛巾触碰酸涩的眼睛，黑暗带来短暂的安全感。

苏念念这才从重重旋涡中被拉回现实，有了落到实处的感觉。像是抓住一根救命稻草，她死死按住那只手，触手温凉，像是握着块冷玉。

苏念念就着毛巾擦眼泪，同时轻轻呼吸着，缓解着鼻腔中的辛辣和窒息感。

"漱口。"裴言卿任她按着手，另一只手拿过一杯温水，"难受就咳出来。"

苏念念乖乖照做。结果咳出来的不仅是酒水，还有鼻涕。感受到鼻尖下的不明液体，苏念念怔了一秒，恨不得当场升天。

为什么仙女要遭这种罪？她飞快地想要避开，至于裴言卿的手，刚刚抓得有多紧现在就甩得有多快，但她的动作终究还是慢了一步。

头顶传来一声闷笑，裴言卿握着毛巾的手下移，隔着毛巾替她擦掉了鼻涕。

苏念念睁着微红的眼，对上站在她右边的裴言卿的目光，又看到他拿着毛巾的手，连忙错开视线。

——啊，你的手脏了！

偏偏这种动作他做得尤其娴熟，眼神自然得就像是特意在给裴恬擦鼻涕。

裴言卿又垂眼，看小姑娘的脸红到耳朵根，嘴角微扬，回到了座位上。

"好点儿了没？"苏焱问。

苏念念点头，又抱歉地朝其余人笑笑，随即便撑着酡红的脸颊默默装死，可苏焱没放过她，凑过来，嘲讽道："这回是丢人丢到家了吧？"

她狠狠瞪了苏焱一眼。

经过这么一打岔，那种灭顶的窒息感才退去大半，苏念念安静地坐在座位上，却渐渐发现，思维不能跟上旁人的交谈，时常盯着某一个点就是好半天。

或许是她盯着裴言卿的目光太灼热，他回看过来，眸中带着疑问。平常她哪能被他逮到，这会儿反应迟钝，偏偏还不舍得移开，从他英挺的眉骨再到笔直的鼻梁，再到鼻尖上那颗祸害般的痣。

直到裴言卿大概是被她看毛了，伸手在她面前晃了晃，可她依旧跟中了邪般，黑眸一眨不眨地盯着他，漂亮的眼睛似是蒙了一层水雾，又像是含着个小钩子，他下意识地错开视线。

"苏焱。"裴言卿微微蹙眉，"看看苏念念是不是喝醉了。"

苏焱一愣，惊道："不会吧？"

"她不就喝了一口吗？"说着他扭过头，看着安静地傻笑的苏念念，张了张唇，难以置信道，"这就是传说中的一杯倒？"

陆玄慎重道："所以焱哥，回去告诉念念，以后在外面一定不要喝酒。"

"不早了，今天就到这里吧。"裴言卿看了一眼时间，又看到睁着大眼睛、依旧直勾勾盯着他的苏念念，有些好笑。

一行人走出包厢，裴言卿刚动，后头便传来苏焱的声音："慢点儿，我的姑奶奶，你起这么急干什么？"他一只手护着苏念念，防止她磕着碰着，结果人家挣开他，三两步直接冲到前头。

苏焱还没来得及拉住人，就看他妹一把揪住裴言卿衣袖，歪着头笑："美人，带我走。"

苏焱的瞳孔地震，差点儿没爆炸。他上前一把拉住苏念念："小鬼，乱跑什么？"

喝了点川酒，就随便跟人跑，这还得了?！

苏焱看了一眼裴言卿，原以为他一定是皱着眉头强行忍耐，谁料他看起来表情还挺平静，也没有把人甩开的意思。

苏焱迷惑了，想把苏念念拉开，结果又被她甩开手，听到她软着声音冲裴言卿道："快走呀，我哥好吵。"

苏焱："你还知道我是你哥？"

苏念念看都不看他，仍然眼巴巴地盯着裴言卿。直到他一脸平静地应声："嗯，走。"

他又扫了一眼仿佛在怀疑人生的苏焱："跟上来，我送你们回去。"

苏念念笑眯眯地点头："好。"

苏焱看着颠颠地跟在人家后头的苏念念，郁闷得差点儿没把牙咬碎。这都什么事！简直是不可理喻！认……认贼作父！

苏念念乖乖地跟在人家身后，指尖紧紧地攥着他的衣袖。他身上淡淡的草药味，一阵一阵涌入鼻腔，带来无与伦比的安心。

暖橙色的灯光拂过裴言卿的侧颜，从她的角度只能看到精致的下颌与高挺的鼻骨，勾勒出流畅的线条。

苏念念心中满足，加上酒精的刺激，不住地勾着唇傻笑，脑中想法越来越大胆，要是能……

"苏念念。"

一道有些哑的男声打断她逐渐危险的思绪，一时间所有臆想尽数消散，她脸上的笑容僵住，眸中恢复死水般的平静。

她的手无意识地握紧，直直地贴着裴言卿的手腕，脚上的动作加快，头也不回。

像是感知到什么，裴言卿倏地扭过头，按住苏念念的手："慢点儿。"

与此同时，裴言卿朝后看去。从包厢出来后，这是一处长廊，一侧是镂空的架柜。他很清晰地看到一位年轻男士大步迈过来，显然就是刚刚喊人的那位，来人目光灼灼地盯着苏念念。

裴言卿又垂首看苏念念。她低着头，嘴唇紧紧抿着。

苏念念："我们走快点儿。"

苏焱眯了眯眼："喊你的那小子是谁？"

"不认识。"苏念念的语气平淡。

林书成听到这句话，目光闪过一丝沉郁。他扫过苏念念低垂着的眉眼，少女不施粉黛，肤白如玉，带来直击人心的惊艳。他从未想过，当年那个丢在人群都找不到的女孩儿，能出落成这般模样，林书成失了神。

苏焱嫌弃地扫了林书成一眼，嗤笑道："我妹不认识你，听到没？"

"念念。"林书成的脸色白了白，不敢相信地笑了一声，"你不是在开玩笑吧？"

他又上前两步，被裴言卿拉住："想说什么，就在这儿说。"

林书成一愣，上下打量了一眼裴言卿，脸色微变。苏焱是念念的亲哥，那他是谁？！

"你是谁？"

"你管得太多了。"

男人比他还高，淡淡俯视过来时，清傲矜贵，全身上下似乎带有与生俱来的压迫感。

林书成从小优秀到大，还从未在一人身上感受到如此遥远的距离。他的拳头握了又松，最后避开裴言卿的目光，冲苏念念道："念念，我们能谈谈吗？当年你一声不吭，突然就走了，我……"

"不好意思。"裴言卿抬手看了一眼表，"我们赶时间。"

大晚上的，从饭店慢悠悠晃出来，能赶什么时间！偏偏这个男人说得极其顺口，连个认真点儿的借口也懒得找。

林书成依旧不死心地喊："念念！"

"能加个联系方式吗？"看着少女清冷的眼眸，他有些语无伦次，"我是真的想和你谈谈。"

苏念念冷淡地移开目光，抬眸，可怜兮兮地看着裴言卿："我头疼，带我走。"

裴言卿低头，看着苏念念慢慢从手腕退回衣袖的葱白手指："牵紧。"

林书成还想跟过去，苏焱伸手拦住，懒懒道："是听不懂人话还是怎么？"他一字一顿道，"我妹，不、认、识、你。"

林书成的表情难看，但依旧耐着性子："哥，我和念念之间有些误会……"

"谁是你哥？"苏焱嗤道，"别乱喊。"说完，他插着兜，直直地越过林书成。

走到车旁，苏念念老老实实地钻进后座。苏焱跟在后头，看着她尤其熟练的动作，挑了一下眉。

"苏丫丫，你可真不把自己当外人哈。"苏焱也上了车，关上车门。

车上的冷气刚开，苏念念被闷得胃中一阵难受，蹙着眉头不说话。

"刚刚那男的，是谁啊？"苏焱不经意地朝前排看了一眼，裴言卿正在挂挡倒车。

苏念念睁开眼，目光有些失神："是个讨厌的人。"

"讨厌？"苏焱若有所思地摩挲了一下虎口，"人家怎么惹你了？"

苏念念闭着的双眸突然睁开，极其压抑地吸了下鼻子。

正在等红绿灯，裴言卿停车，右手手指一下一下地敲打着方向盘，心里无来由地涌上些烦闷。

直到后排的小姑娘轻声开口，带着一种深深隐藏着的自卑。

"他在很多人面前，说我是个傻子。"苏念念的声音里含着再也抑制不住的委屈，"林书成以为他有多了不起？他凭什么嘲笑我？"

苏焱嘴角的笑意渐渐消散："你什么时候碰到的这号垃圾？怎么不和我说？"

在酒精的催发下，苏念念口不择言，断断续续地念叨："从小你就聪明，我到初中连十以上的加减法都不会。所有人都说，家里的灵气都遗传给你了。"

她的眸中含着泪，看得苏焱一阵慌乱。

"我以为，以为他没有和别人一样，看不起我。"苏念念捂着眼睛，声音越来越小，"我以为他把我当朋友。"

苏焱看着哭得崩溃的苏念念，哑口无言。他脑中飞快斟酌着说辞，一向骄傲的少年此时束手无策，恨不得回去把林书成吊起来打。

沉默了足足有一分钟，苏焱看着缩在角落里、看不清表情的苏念念，轻声喊了一句："苏丫丫，你看看哥，脑子也就是一般的水平。"他突然求救般指了指裴言卿，"我们裴老板，天天骂我，哥都被骂麻了，哥什么也不是。"

苏焱有些语无伦次："那谁，林什么东西，更是连我一个脚指头都不如。"

最后，他总结："你就把他的话当放屁。"

裴言卿没有说话，前排明明灭灭的车灯一下下投在他的脸上，无端显得冷肃。

苏焱絮絮叨叨说了好半天，也没见苏念念有任何回应，心都悬了起来，他俯下身子，试探着想去观察她的表情。结果发现刚刚还哭得十分委屈的人此刻睡得正香，长长的睫毛垂下，投下一圈阴影。

苏焱骂了一声，自己这一番真情实感终究是错付了！

前排的裴言卿透过后视镜，稍稍往后看了一眼。

"这丫头。"苏焱愤愤地吐槽，"我和她谈心，这都能睡着？"

话毕，裴言卿稍稍放慢了些速度。

车窗外的街景匆匆拂过，苏焱定定地盯着某一点，若有所思。他听到裴言卿轻声问："念念这种情况，是因为学习障碍吗？"

苏焱双手握紧，沉默了好一会儿，才低低地应了一声。他从未想过裴言卿会问，这人淡漠得可怕，任何本职工作之外的事情，从不多问，好像游离于人群之外，毫无一丝烟火气。他经常听见科室的护士悄悄喊"裴神仙"，神仙神仙，医死人药白骨，却高高在上，不能共情世人八苦。

苏念念的事情，苏焱从来是三缄其口，怕周围的人给她带来一点儿伤害。但裴言卿不同，他也不知道自己为什么会有这样强烈的直觉，他和其他人不一样。大概因为他是"神仙"吧。

苏焱低垂着眼，再一次强调："裴老板，我妹很聪明，她的智商没有问题。"

"我知道。"裴言卿不假思索。这样古灵精怪的小姑娘，怎么会有问题。

苏焱的眉目间涌上阴霾："可是肤浅的人不知道。"

他比苏念念大三岁，父母工作忙，几乎是一生下来，他们就放在老宅养着。他陪着她长大。他自小学东西快，赞誉多如牛毛，但有一个干什么都慢吞吞的妹妹。

苏念念三岁还不会说话，但逢人就笑，开心了只会"呀呀呀"地喊，至此有了小名苏丫丫。

一开始，苏焱不喜欢这个包袱一般的奶团子，觉得她蠢得要死。但这丫头就跟感受不到他人的喜恶般，哪怕他再不耐烦，依旧"呀呀呀"地把最喜欢的糖塞给他。

他以为自己很烦这个妹妹，结果在听到用人聚在一起，语气轻蔑地说苏家生了个傻子时，一瞬间气得红了眼眶。当天便告诉了爷爷，将几个用人辞退。

之后苏丫丫依旧没心没肺，黏糊糊地往他身边凑。他不放心新来的用人，于是经常绷着脸将人看在身边。

直到苏念念上了小学，对数字极为不敏感的问题才逐渐显露。十以内的加减法，苏焱三岁就能弄明白的问题，她直到小学毕业，才堪堪弄懂。他去网上查了资料，发现这是一种学习障碍，并不是常人口中的"智商有问题"。但对于苏家来说，这显然是不能与外人道的"家丑"，就算知道，也没有带她去医院积极治疗。

苏焱试着带苏念念去了医院，但那时年纪尚小的她眸中满是惊恐，求着他别带她去医院，她没有病，并哭着保证以后会更加努力。那是他自小到大头一回感受到，什么叫无可奈何。

自那之后，苏念念变得越来越沉默，苏焱也不止一次听到过父母的叹息。

周围越来越多异样的眼光。每逢过节，苏家的人员多，来来去去的人能闲出屁来，这个话题反复地提，似乎要把他往天上吹，把苏丫丫往地上踩。那时候，S市的人说起苏家，就要叹息又幸灾乐祸地谈几句苏念念。他们浅薄而恶毒。他特别烦这些人，苏丫丫又不要他们来养，要他们指指点点？

苏念念上初一的时候，苏焱上高三，学校封闭式管理，他被没收了手机，关了几乎整整一年。等高考结束后，他才知道她突然转学，降了一级，去了所专门的艺术学校学舞蹈。

苏家培养后代，会让他们学习各方面的技能。苏念念从小就喜欢跳舞，跳舞时的她大有不同，原本沉默的眉眼灿烂得像是蓄着暖阳，身体轻盈如羽毛，让人移不开眼。

苏焱发现，苏念念像是完全换了个人，就如所有那个年纪的少女一样，自信活泼。他这才放心地来了A市上学。

后来，苏念念在舞蹈上的天赋完全体现出来，一路拿奖，优秀得耀眼，直到今年专业第一考上 A 舞，也成了苏家的骄傲。原先那些恶毒的谣言越来越少，直至没人再提。

像是倾诉般说完这一切，苏焱长长地吐了口气，觉得压抑了这么多年的郁气消散了个干净。他抬眸看向后视镜中裴言卿的眉眼，黑眸深幽，又像是蒙了层雾，让人看不明白。

良久，裴言卿开口，语气柔和："苏焱，你做得很好。念念聪明坚韧，我敬佩她的勇气。"

苏焱愣了愣，突然无声地笑了："裴老板，第一次听你夸我。"

裴言卿顿了顿，淡笑着问："不习惯？那我以后不夸了。"

苏焱轻哼一声，又看了一眼睡得正香的苏念念，酸溜溜道："没想到您对这丫头评价还挺高，可惜她没听着。"

裴言卿目光柔和，弯唇笑了一声："听不到正好，怕她骄傲。"

苏念念醒来的时候，看了一眼时间，上午十点。她依旧穿着昨天的衣服，横躺在床上，因为没开空调，出了满身汗。嗓子也因为醉酒而泛干，她按着昏沉的头缓缓起身，眯着眼睛，昨晚发生的一切像是走马灯般一帧帧在脑中放映。

苏念念没有全醉，所有的行为都是有意识的，但克制不住本能。要用一个词来形容，就是酒壮尿人胆。平日里想做不敢做的事情，借着醉酒，都找到了理由。便是藏在心里最深的，她以为已经忘记的回忆，也如潮水般找到了泄口。

但后来，她在车上胡言乱语说了什么？

苏念念仔细回忆了几秒，瞳孔放大，心中一阵慌乱。裴言卿肯定知道了她那些黑历史。

苏念念咬住唇，将头埋进膝盖，心中难以自抑地泛起酸涩。那种看不到头的自卑感，时隔多年，再次如乌云般笼罩，直直地将她往下拽。

裴言卿少年天才，要找也该是能力旗鼓相当的精英。苏念念恍惚地笑了一下，到底是谁给的勇气，让她自以为自己已经追得起这样的人。

浑浑噩噩中，她突然想起那次说起阮白后，裴言卿嘴里堪称薄凉的话语。

"那和我又有什么关系。"

冷淡而清傲。他主观不愿，便是连关系也没有必要谈。

苏念念低头，指甲掐进肉里，愣愣地发呆。手机突然传来"嗡嗡"的响动，她拿过来，看到来电显示是裴恬。

裴恬看起来很急，已经打了好几个微信电话了，但她刚醒，一直没接到。

"喂。"她按了接听，声音喑哑。

"姐姐，你总算接电话了！"裴恬听起来都快要抓狂了，"我都急死了。"

"怎么了呀，恬恬？"苏念念走到洗手间，看着镜子中的自己脸色苍白，低下头掬起凉水拍脸。

"我小叔叔，晚上要和那个阮白小姐出去吃饭了。"

苏念念的动作一顿，水珠顺着脸颊往下落，流到衣领里，她却浑然不觉。她的眼睫颤了颤，随即听见自己空洞的声音："那样，也挺好的。"

这话一说出口，对面的裴恬当下就急了："姐姐不喜欢小叔叔了吗？"

苏念念没忍住，弯唇道："喜欢呀。"

"那你怎么可以放弃？"

"我只是觉得。"苏念念顿了顿，低声道，"你小叔叔和阮小姐挺配的。"

既然他已经答应去吃饭，她能做什么？

"不配！我说不配就不配！"裴恬道，"小叔叔不开心。"

听到这话，苏念念微怔。

裴恬像个小大人，苏念念透过电话也能感受到她的认真。

"那和我一起，他就开心了？"苏念念轻声反问。

"姐姐不一样！"电话这头，裴恬躲在舞房里，小手紧紧握着手机嘟囔，"姐姐，要不我们晚上去搞破坏？"

听到裴言卿并非自愿被安排，苏念念心里那点未熄的火苗又开始蠢蠢欲动。她轻咳一声，矜持地问了句："怎么搞破坏？"

"这个简单。"

傍晚时分，苏念念牵着裴恬，站在裴恬多方打听才得来的目的地前，等楚·工具人·宁。

楚宁穿着极短的热裤，换了一头大波浪卷，走过来的几步间，还不忘朝小帅哥暗送秋波。

看见两个人，楚宁吹了声口哨，拍了拍苏念念的肩。

"最近闷声发大财了？竟然斥巨资请我吃饭？"她抬头看了一眼面前的西餐厅，又低头看了看裴恬，"怎么这小鬼也在？我们的二人世界呢？"

裴恬抱臂，歪头轻蔑一笑。

苏念念心虚地摸了摸鼻子，揽住楚宁的肩："最近买的基金涨了，有这等好事，我当然第一个就想到你。"

楚宁期待地搓手："涨了多少？"

"五块。"

楚宁："……"

几人进了西餐厅，裴恬四处环顾，两只大眼睛就像激光雷达一般，四处扫视。随后像是特务接头一般，朝苏念念摇摇头。

那应该是还没来。苏念念稍稍放松，带着两个人往里走，找了一个视角绝佳的位置坐下。

楚宁看着服务员递来的菜单，翻来覆去半天，最后长长叹了一口气："苏丫丫，你是不是故意的？"

苏念念原本心不在焉地看着外边，吓了一跳："故意什么？"

"知道我不能吃很多，故意挑今天说请我吃饭。"楚宁比了个二，"我最近胖了两斤，除了蔬菜沙拉，我都不配。"

"不。"苏念念冷漠道，"你连蔬菜沙拉都不配。"

裴恬幸灾乐祸地鼓掌："那你就看着我们吃吧。"

楚宁咬牙切齿，狂躁地翻着菜单："不行，我再找找有什么又贵热量又低的，一定要薅到苏丫丫的羊毛。"

苏念念："……"

果然，裴家只有楚宁不正常。

点完菜，苏念念有一搭没一搭地摆弄着桌布，时不时往门口处看一眼。

楚宁懒洋洋地刷着手机，不经意间抬眸一瞥，透过西餐厅干净得透明的落地窗，看到了外面的一男一女。

男人身形修长挺拔，最简单的白色衬衫也能穿出男模的气质，不是她那颠倒众生的小舅舅是谁！两个人的姿态不算亲昵，倒像是刚刚认识的陌生人。

裴言卿面色平静，眉目间含着淡淡的疲惫。但不管怎么样，他身边出现女人了。

楚宁没忍住"嘘"了一声，敲了敲桌子："你们看，你们看。"

苏念念和裴恬同时抬眸。

"回头看。"楚宁指着后面。

对面两个人同时回头，动作如出一辙。

楚宁等了半天，也没见那两个人有什么反应："你们没看见吗？"

"看见了。"裴恬回答。

"看见了，你们不觉得惊讶吗？"楚宁惊叹。

"那是阮家小姐。"裴恬满脸冷漠。

楚宁恍然大悟："哦，我妈说了，老爷子给介绍的？"她又往外面扫了一眼，正看到两个人进了西餐厅，"还真巧，这都能遇上。我已经替我小舅舅尴尬了。"

裴恬垂下手，捏了捏苏念念的手，这是准备的信号，苏念念冲她郑重地点头。

"我想去找小叔叔，和他一起吃饭。"裴恬突然跳下座位，冷不丁冒出一句。

楚宁不赞成地招手："你要是想你小叔叔成为万年单身汉，你就去。"

话音刚落，裴恬就跑了出去，像是一阵风。

这就是不肖子孙……

"哎，小鬼！"楚宁没拦住，敲了一下桌子，"妈呀，坏事了，裴恬这小鬼乱来，到时候老爷子要怪罪下来，只会骂我没看好人。"

苏念念将手中的菜单推出去，同情地看了一眼工具人："点一个蔬菜沙拉，消消火吧。"

那边，裴恬显然已经大获全胜。她冲上去，死死地抱住裴言卿大腿："嗷，小叔叔！"

裴言卿显然是没反应过来，连忙扶住裴恬："你怎么在这儿？谁带你来的？"

"楚宁姐带我来的。"

裴言卿下意识地朝苏念念这边看来，和她的目光对个正着。

"恬恬。"阮白蹲下身来，声音温柔，就连微笑的弧度也如经过计算般完美。

裴恬朝她点头，一本正经地喊："阮阿姨。"

阮白的笑容僵了僵，应了声，随即便见眼前可爱的女孩儿笑眯眯地问她："阿姨，我能和你们一起吃饭吗？"

"嗯……"阮白抓紧了手中的包，心中升起一股烦躁，她征询般看向裴言卿，希望他能表示拒绝，结果顺着他的目光，看到了座位上的苏念念。

少女不施粉黛，长发散开，虽然只穿着一件最简单的布裙，但也散发着由内而外的明丽，的确是让人移不开视线。

又是她。

阮白若有所思地盯着少女，听到裴恬继续道："今天正好。宁宁姐姐和念念姐姐都在，"她举手鼓掌，"大家一起吃饭，多么难得啊！"

阮白差点儿维持不住嘴角的笑意。

裴言卿轻轻拍了拍裴恬的头，淡淡地朝阮白看去，顺着话头道："今天能遇上，确实难得。你介意吗？"

看着男人精致的面容，阮白硬挤出温婉的笑容："当然不介意。"

五个人凑了个桌。裴恬牵着裴言卿就往自己这边引，手一扬，朝中间的位子指："小叔叔，坐呀。"

裴言卿看了一眼坐在最里面的苏念念，小姑娘低着头，有一搭没一搭地搅动着勺了，一声不吭。直到现在，也没主动和他搭一句话。

裴言卿的眉目微沉，不再迟疑，挨着苏念念坐下。

裴恬得逞地笑笑，跟着坐在最外侧。这样，这排坐满了，阮白只能坐在对面。

偏偏楚宁漫不经心地玩着手机，霸占着中间的位子不动，看到人来只轻拍一下旁边的座椅："坐吧，阮小姐。别和我客气哦。"

阮白："……"

这样裴言卿就只能坐在她的斜对面，几人诡异地沉默了几秒。

服务员给苏念念她们上餐后，接着给裴言卿二人点餐。裴言卿直接将菜单递给阮白："你先请。"

闻言，苏念念极其轻微地"哼"了一声，手下泄恨般绞着桌布。

这声音传进裴言卿耳朵，他下意识地偏头看了一眼苏念念，结果没得到一个眼神。这姑娘这天脾气还不小。他仔细回想了一番，实在想不起自己有什么地方得罪了她。

"怎么不说话？"裴言卿轻声问了句。

见半天没有人回应，楚宁善解人意地看向阮白："阮小姐，不用太拘束的。多和我小舅舅说说话呀。"

阮白一愣，有些惊喜地看着裴言卿："哦，好的。"又解释了一句，"刚刚在看菜单。"

裴言卿轻轻颔首，又沉默下来，堪称无语地看了一眼楚宁。他再次偏头看苏念念，结果小姑娘连头也扭开了。他压下心中莫名的郁气，抿了抿唇。

苏念念也不想这样，但越想越不爽，拿起手边的饮料就想消消火。

身边的人轻轻翻着菜单，看着苏念念的饮料，拉住她手腕："别喝，这里面有酒精。"

话音刚落，桌上霎时安静。

楚宁的手一松，叉子摔在餐盘上，发出"砰"的一声。她环顾一圈，这才后知后觉地察觉出那么点儿不对来。

"小舅舅。"楚宁严肃地喊道。

裴言卿顺势拿过苏念念的杯子，连眼皮也未掀，淡淡地"嗯"了一声。

"谁才是你的外甥女？"

裴言卿瞥她一眼。

"我也喝这个，你怎么不管我？"

裴言卿："我管，你听吗？"

"所以你是想让苏丫丫做你外甥女是吧？"楚宁控诉。

原本还提着一口气的裴恬翻了个极大的白眼。

苏念念用力戳着盘中的沙拉，闷声道："我才不做。"一副极力撇清关系的模样。

裴言卿心里那点儿郁气，莫名又上升了点儿，他面无表情地说："我没这个意思。"

"那小叔叔，你是不是有别的意思呀？"裴恬叉起一块小牛排，一双黑眸里满是无辜。

这话一出，阮白抬眸看过来。楚宁也转了转眼珠，审视般的目光在两个人之间徘徊。

饶是裴言卿，也被看得蹙眉。默了默，他垂下眼睫，毫不客气地敲裴恬的额头，悠悠道："我确实有别的意思。"

苏念念扭头看他，随即便听他悠悠道："为了你，不得不贿赂一下苏老师。毕竟带着你，着实要费不少心思。"

这似曾相识的句式，苏念念听得额角直抽。怎么听都像是在内涵自己。

她有些恼，于是顺着杆子往上爬，蛮横道："那你总得拿出点儿贿赂的诚意来。"

裴言卿看着理直气壮的苏念念，有些好笑："你想要什么？"

苏念念一时半会儿还真想不出来。

"小叔叔，要不你以身相许吧。"裴恬语不惊人死不休，"如果姐姐和咱们是一家人，就不用贿赂了。"

"噗。"楚宁一口水差点儿吐出来，看看这个，又看看那个，到底是谁和谁相亲？

苏念念一时也没反应过来。怕把人吓跑了，她连忙瞟裴言卿。然后，她看见他如玉的耳畔泛着淡淡的红，和上次一样，撩得人心痒痒。

既然他害羞，那她就不害羞了。

苏念念想笑，又极力忍住。直到对上一道探究般的视线，她看过去，正是阮白。

阮白的眸中满是审视，不甚友好。苏念念平静地对视过去。

良久，裴言卿长睫微垂，抽了一张纸替裴恬擦沾满油的嘴，干巴巴地蹦出一句话："再乱说话，今晚让你爸爸罚你抄书。"

裴恬可怜巴巴地闭了嘴，隔空向苏念念投送一个爱莫能助的小表情。

阮白收回视线，意味不明地笑了一声："真好，现在见着苏老师和宁宁这个年纪的小孩儿，我都好羡慕，无忧无虑的。到了我和三哥哥这个年纪，估计就能体会到天天被家人催婚的烦恼了。"

这话的指向性太强了，苏念念听得心梗。

"阮小姐提醒我了。"苏念念勾唇，一本正经道，"为了防止到你这个年纪被催婚，我得抓紧时间把男朋友找了。"

话毕，楚宁认同地点头道："有道理。"

裴言卿的动作一顿，微不可察地皱了皱眉："哪儿来的道理？"他深深地看了一眼苏念念，"什么时间做什么事，你们现在的任务就是好好学习。"

楚宁还敷衍地应了两句，倒是苏念念扭过头，冷哼一声，一副不服管教的模样。裴言卿眸色微沉，如有实质的目光盯着她的后脑勺。她理都不理，竭力把他当空气。

裴言卿抿唇，眉眼泛着凉意，没再说话。

饭后，苏念念走到前台付账，裴言卿紧随其后，低声说："我来。"

"各付各的吧。"她垂眼，滑动手机找到付款页面。

"不是一起吃的吗？"裴言卿淡淡道，"不用和我这么客气。"

苏念念想起他之前每次都和她分得清楚的模样，就气不打一处来。再加上这天心情不爽，她不欲再纠缠："那就你付吧。"

裴言卿沉默片刻，轻声问："你今天怎么了？"

就在这时，阮白走了过来，微笑说："三哥哥，让你破费了。"

裴言卿颔首："客气。"

苏念念的小脸绷着，不尴不尬地处在其间听两个人尬聊。

"那我就走了？"阮白轻轻扬眉。

苏念念猜到下一句就是"我送你回去"，正绞尽脑汁想着该说些什么搞破坏。

结果，裴言卿不愧是"注孤生"的典型，毫无自觉道："阮小姐慢走。"

看着阮白瞬间僵硬了的表情，苏念念掩饰般扭头，怕一不小心笑出声。

阮白的语气幽怨："那三哥哥，我们下次再约。"

阮白走后，苏念念正要回餐位找楚宁和裴恬，却被身后的人叫住。

"苏念念。"裴言卿一手插兜，面无表情地喊。

苏念念回头，睨他："干什么？"

裴言卿一口气闷在心口，不上不下的，他也不知道自己把人喊住干什么。

见他欲言又止的模样，苏念念挑眉："想继续贿赂我啊？"

她突然笑了一下，目光从裴言卿的鼻尖下移到他喉结下系到最上的衬衫扣，心中直痒痒。

"以身相许，也不是不可以。"她歪头道。

裴言卿的眼神一顿，表情可谓精彩。偏偏他又想极力掩饰，可终究抑制不住越来越红的耳朵。

苏念念克制着"怦怦"跳的心，壮起胆子来盯着他，不放过他脸上任何一丝表情。

"苏念念，不要和我开这种玩笑。"最终，裴言卿正色道。

如果忽视他红得滴血的耳朵，这句话还可信一点儿。苏念念点头，懒懒地"哦"了声，极其给面子道："好的，那就不开了。"就像一只主动来挑事的猫，挠人没成功，又懒懒地收回爪子，连尾巴也不甩一下。

裴言卿顿了顿，形容不出心里骤然而来的落差感。他绷紧下颌，半晌，沉沉地吸了口气。

两个人静静地站着，像是较着劲般，谁也没说话。

直到楚宁牵着裴恬走过来，抬了抬下巴道："都等好久了，结完了吗？"

苏念念点头。

裴恬看了看电话手表，抬头冲裴言卿道："爸爸说司机伯伯到了。"

"真不错。"楚宁插了句，"顺道载我一程。"

裴恬满意地点头，两个人出去，在路边坐上了司机的车。

苏念念冲她们招手，对上裴恬满脸"天将降大任于斯人也"的严肃表情，冲她比了个"OK"的手势。

"那……我也走了？"苏念念试探地问。

裴言卿："我送你回去。"

苏念念："我以为你会让我慢走。"

裴言卿抬步去找停车位："你一个人回去怎么行？"

"这样啊。"苏念念拖长了声音，笑着问，"那阮小姐一个人回去是不是不太好？"

"她可以找司机。"裴言卿淡淡道。

苏念念："我也可以让我哥来接。"

裴言卿顿住脚步，回头看她，一晚上的郁气再难抑制，他眸色沉沉："可昨晚你不还非要跟着我吗？"

苏念念一噎，动了动唇，头一回词穷得不知道说什么。最终，她蛮横道："我……我那不是喝多了吗?!"

见她这耍毛的模样，裴言卿嘴角微勾，一副逗猫的模样："嗯，喝多了。"他慢悠悠地走到车前，按了一下钥匙，替她打开前面的门，"喝醉了比现在乖。"

苏念念哑然，偏偏就和他对着干，麻利地跑到后边，往后座一钻。

裴言卿："你今天坐后面，那以后都坐后面。"

苏念念的动作顿住，矜持了一秒，又灰溜溜地下去，解释道："我昨天掉了支口红，去后座找找。"

裴言卿故作恍然道："这样啊。"

车上，苏念念仰着脖子闭目养神，一句话不说。突然，她睁开眼睛，道："我昨晚说的那些乱七八糟的，你能当作没听到吗？"

裴言卿目视前方，沉吟片刻后，他垂下眼睑："不能。"

"唉，你哪怕骗骗我也好啊。"苏念念无可奈何，声音低了些，"又不是什么光彩的事。"

车窗外迷离的灯光从裴言卿的脸上掠过，一时难辨神色。半晌，他启唇，嗓音清冽而平稳，却字字砸在苏念念心里："当作没听到，是不是就等于默认？"

苏念念一愣。

"但我并不认同。"裴言卿突然笑了一下，"在我心里，苏老师很优秀。"

车内很安静，苏念念面上平静，但内心已经有无数只尖叫鸡齐齐打鸣。片刻后，她轻咳一声，得寸进尺地说："再来几句。"

裴言卿："……"

"苏老师。"

苏念念挺直了背，准备赢来新一轮的赞赏。

"谦虚一点儿。"

"……"

苏念念一回到家，就看到苏焱靠在墙边，幽幽地看着她，仿佛激光扫描仪一般。

"干什么？"她蓦地有些心虚。

苏焱依旧盯着她看了好几秒，半晌没说话。

苏念念忍无可忍，正要直接走开，忽然听到苏焱兴师问罪般"呵"了一声："苏丫丫，不得了了啊。哪个野人送你回来的？"

苏念念屏住呼吸，和苏焱大眼瞪小眼。几秒后，她又稍稍放下心，他肯定没看清到底是谁。想清后，她反驳道："什么野人？注意你的言辞。他是楚宁的舅舅。"

苏焱的神色舒缓了些，双手插兜，懒洋洋地走了几步，坚持说："那就是个老男人。即使是老男人，你也不能掉以轻心，特别是大晚上还送你回来的。万一是个老变态呢？"

——其实相比于我，你更该担心被她时时觊觎的裴言卿。

苏念念在心中默默道，但面上仍是一派乖巧："我知道了。"

第五章

美人心难猜

半个月一晃而过，正是开学前第三天，苏念念一边收拾包裹，一边听着电话那头楚宁的吐槽："A 舞的宿舍什么时候能翻新一下？巴掌大的地方，怎么放得下我八个行李箱？！"楚宁气呼呼道，"小就算了，还破！热水都没有，让我们去渡劫？还有军训，这种热死人的天军训，学校是想要我死？"

苏念念想起近半个月的烈日高温，顿觉问题很大："那怎么办？"

"如果想逃脱军训，必须要打三甲医院的证明。"楚宁气得直翻白眼，"学校什么时候能做点儿人事？我到哪儿去摔断个腿。"

苏念念制止："别乱说话。"

楚宁噤声，又抬头问苍天："难道这就是本小姐命中躲不过的劫？"

她哭丧着脸，突然一抖机灵："等等，我想到一个办法。"

"什么？"

"找我小舅舅，让他给我们开个证明？"

"你觉得可能？"苏念念直接戳破她的妄想。

楚宁实在没办法了："梦想总要有，不是吗？我先去打探一下，看我小舅舅什么时候有时间。"

当天下午，苏念念去裴宅完成暑期最后一次教学。

裴恬学东西很快，芭蕾的几个基本动作学了个七七八八，再加上年纪小，柔软度强，除了一开始受不住疼，现在也能笑眯眯地下腰、压腿。

知道这将是暑期最后一次上课，裴恬红着眼睛哭唧唧。

"那姐姐开学后，一定还要来啊，我让爸爸给你加工资。"裴恬揪着她的衣角。

苏念念笑着点点头。

"姐姐最近和我小叔叔怎么样了？"

没有进展……别说是裴言卿了，便是连苏焱回来得也越来越晚，累得话都懒得说。但看着裴恬期待的小眼神，苏念念说得委婉了些："我觉得，我和他在共同进步。"

共同长了半个月的年龄，算吗？

从裴宅出来后，苏念念接到了楚宁的电话。

"快！来附院旁边的餐厅订个位置，我一会儿把我小舅舅引过来。"

苏念念虽然觉得没有多少希望，但见一面刷下存在感也不错，于是爽快地应下。

苏念念先到了餐厅，点了几个裴言卿喜欢的菜，便坐在座位上耐心等待。很快，楚宁急吼吼地赶到，坐在她对面："念宝，听我的。我小舅舅吃软不吃硬，你一会儿就可劲撒娇。"

苏念念喝了一口水，转了转眼珠，虚心请教："怎么撒？你撒不行吗？"

楚宁垮着脸："你看我小舅舅，是能被我撒娇打动的样子？"楚宁撩了撩头发，冲她眨眼，"上次我就看出来了，我小舅舅管你就和管恬恬一样。你软着嗓子喊两句，他就受不了了。"

苏念念舔了舔唇，道："那我试试。"

说着，她上网搜索怎么撒娇，页面第一条——撒娇女人最好命，全网最全撒娇发嗲秘籍，拿走不谢！

苏念念快速翻下来，看得头皮发麻，但看着几万个赞同，她又动摇了，总结几点后，她抿了抿唇，冲楚宁胸有成竹地点点头。

不一会儿，包厢门被推开。裴言卿抬步走进包厢，白衬衫袖口解开两颗，露出精瘦白皙的小臂，看起来像是刚从手术台上下来。哪怕行色匆匆，依旧风姿绰约。

半个月没见，苏念念忍不住多看了两秒，在被发现后心虚地移开视线。

裴言卿入座，正坐在两个人对面，看向冲她笑得殷勤的楚宁："找我有事？"

楚宁狗腿地替裴言卿倒茶："小舅舅，说这话不就见外了，半个月没见，总要联系一下感情嘛。"

裴言卿扯了扯唇，目光从旁边那个低头吃菜一言不发的小脑袋上一扫而过，凉凉道："是吗？"他面无表情地抿了口茶，"联系感情，怎么连一条消息也没有？"

楚宁一愣："没有吧？我不是给你发消息了吗？"她翻着自己的微信，找到证据后摇了摇手机，"并夕夕让你帮忙砍一刀啊，是你没回我。"

裴言卿的脸色顿时一言难尽，又看了眼仿佛不在状态的苏念念，皱了皱眉。

苏念念一直在酝酿情绪，觉得差不多时，她抬眸，睁着一对明亮的小鹿眼，软声道："累坏了吧？要不要喝点儿汤呀？"她站起身，绕到他那边坐着，端起碗就要给他舀。

从攻略上说，庸俗的撒娇是无脑发嗲，高端的撒娇是给予水般的温柔，外加一点儿小俏皮，能使用叠词的地方尽量使用叠词。

裴言卿的太阳穴直跳，掩面轻咳一声，拦住苏念念的动作："我自己来。"

苏念念朝楚宁看了一眼，楚宁悄悄冲她竖了个大拇指。她放下心来，自己果然一点即通。她看着正欲低头喝汤的裴言卿，直接下手捧过碗，白皙指尖从他的手背上轻拂而过，说："烫吗？我给你吹吹呀？"说着就要凑过去，他的手背像是触电一般，身体下意识地往后靠，汤差点儿洒出来。

攻略第二大点，要想成功让人酥软了心，说话时要缩短身体距离，不经意间的身体触碰更是一大利器。

裴言卿握紧了碗，勉强回答："不用，我自己来。"

"你讨厌了啦。"苏念念憋着一口气，拿出攻略三步法的绝招，用力掐了自己一把，硬生生挤出点眼泪，挂在眼眶里可怜兮兮地看着裴言卿。

裴言卿哭笑不得，看着苏念念堪称拙劣的演技，将她的脑袋推远些：
"正常点，这招对我没用。"

出师未捷！苏念念的小脸一绷，气得扭头嘟囔："木头！"

楚宁偷瞄了一眼裴言卿，见他眉眼染笑，看起来心情不错，于是决定托出实情。她清了清嗓子："小舅舅，是这样的。这不三天后，我和苏丫丫就要开学了吗？这军训……"她顿了顿，"近日连续高温，烈日骄阳，我和苏丫丫一介女流，怎能忍受如此之苦？"

"说重点。"裴言卿为自己倒了杯茶。

"重点就是，"苏念念眨了一下眼，语速极快，"能不能请你为我们开个医院证明，证明我们无法参加军训。"

裴言卿捧着茶杯慢慢品着，半晌没说话。苏念念和楚宁面面相觑，心怦怦直跳。

"就这事？"裴言卿问。

以为有戏，苏念念嘴角的笑意更深了："嗯！"

裴言卿深深地看她一眼："不如去做梦。"

苏念念的笑容僵住，拳头硬了。

见两个人失望又生气的表情，裴言卿眸中的笑意渐深："不过，没关系。我会给你们准备好防中暑的药的。"

苏念念："……"

楚宁："……"

裴言卿快速吃完饭，便匆匆回医院值班。他走后，楚宁这才敢狠狠吐槽，捶着桌子大逆不道地说："裴言卿不单身，谁单身？"

苏念念开学前一天，苏焱结束了暑期实习，躺平在家。

"我要睡一天，不要喊我。"苏焱如是说。

所以苏念念一大早发现自己手腕关节处长了个鼓包后，没有去敲很可能睡得昏天黑地的苏焱的房门。

她轻轻捏了捏腕上硬邦邦的肿块，疼得皱了皱眉。不会是肿瘤吧？

苏念念差点儿哭出来。她还这么年轻，还没撩到裴言卿，还没当"首席"……越想越害怕，她决定找个痛快，背起包，悄悄打车去了医院。

苏念念来到 A 大附院，紧张地排着长长的队。挂号的时候，她抖着嗓子说："姐姐，我要挂肿瘤科。"

护士利落地接过单子，疑惑地打量这个漂亮的姑娘，见她气色明朗，毫无病气，难得地多问了一句："什么毛病？"

苏念念咬了咬唇，伸出左手指着上面的包，难受道："我这里长了个肿块。"

护士一看,笑得直抖:"哎哟,姑娘,这是小毛病,挂错科啦,你该挂骨科。"

骨科?苏念念愣住,心一跳,连忙道:"姐姐,我要挂裴言卿的号!"

护士一听,有些错愕,轻"啧"一声:"这骨科的裴神仙真是美名远扬。不过他挂号费贵,你这个小毛病挂普通门诊就行。"

想到上次陆玄说的,一点儿小毛病还来浪费专家号,苏念念垂下眼睫:"好的。"

她拿着单子去了骨科,坐在门诊室等待。听说是小毛病,她悬着的心放下了些,直到叫到她的号,她做足了心理准备,正要进门诊室,门突然被从里面推开,差点儿和迎面而来的人撞上。

熟悉的药香味沁入鼻畔,苏念念稍稍抬眸,看到一段冷白修长的脖颈,再往上,是精致的下颌,嘴唇微抿着。

"苏念念?"熟悉的声音从头顶传来,细听还带着些愉悦,裴言卿看到苏念念手里拿着挂号的单子,眸色一沉,"怎么了?"

苏念念退后两步,疑惑地对着挂号单看了一眼,没有走错啊。

裴言卿立刻明白了她的意思,不知哪儿来的火气,淡淡道:"你没有走错。"

"我就说嘛。"苏念念眨了一下眼,冲他做了个手势,"那我进去了?"

裴言卿拉住她,刚准备问症状,就看到她左腕上凸起的肿块,微凉指尖从上面拂过,脸色平静下来:"是来看这个?"

苏念念点头,紧张兮兮地问:"这个会不会有事啊?要不要打针或者做手术?"说完又像想起什么似的,追问道,"要是需要打针做手术,是不是就可以给我开个免军训的证明单?"

裴言卿的眸中闪过一丝不明显的笑意,面无表情地否认:"不需要。"

苏念念失望地"啊"了一声,正准备进去,裴言卿先她一步,抽过苏念念的挂号单,冲坐在座位上的男医生道:"周医生,045 号是我的熟人,我来看吧。"

周医生巴不得少点儿事,笑嘻嘻地抬眸,看到这出了名的高岭之花拉着个洋娃娃似的小姑娘，他呆了几秒："裴医生，这是你妹妹？"

裴言卿摇了摇头："不是妹妹。"

周医生笑着看向苏念念："小姑娘，既然认识我们裴神仙，怎么不直接找他呢？"

裴言卿面无表情地抿了抿唇，垂眸看她。被他这幽幽的目光看着，她咽了咽口水，老实道："他的挂号费贵啊。"

周医生哈哈大笑，挥了挥手："去吧，去吧。"

苏念念惴惴不安地跟在他后面，时不时瞄一眼他莫名有些不高兴的背影。

"真巧啊。"她没话找话，"在周医生那儿也能碰到你。"

裴言卿没理她，脚步不停地进了门诊室，指着桌前的座位："坐。"

——我挂号费贵吗？你为什么不挂我的号？

这种话他自然问不出，压抑半晌，他沉下声音："身体有什么问题，不知道先问问我吗？"他还莫名有些迁怒，"苏淼呢？他又在干什么？"

苏念念眨了一下眼，猜测自己挂别人号的行为伤到了裴言卿的自尊，连忙推卸责任："我哥在睡觉，喊也喊不醒。我早上起来以为这是肿瘤，马上就要不久于人世了，急急忙忙就来医院了。"

她越说越委屈，睁着一双雾蒙蒙的眸子，直勾勾地盯着他。裴言卿看着她卖乖的小表情，无奈又好笑。

"这个怎么治呀？"苏念念问他，"能不吃药不打针吗？"

裴言卿坐在她旁边，黑眸微动，藏着一丝笑："都不用。"

"真的呀？"苏念念松了口气，"那怎么治？"

"过来，靠近点儿。"裴言卿冲她招招手。

苏念念挪了挪椅子，靠到他身侧，为着私心，身体又往前挪了些，只沾着一点点椅子。

这样，她甚至可以数裴言卿的睫毛，又浓又密，像小刷了般，围着潋滟的桃花眼，真好看。

裴言卿拉住她的手腕，微凉指尖轻按肿块，她以为他在检查，继续沉迷于美色，丝毫不知危险在靠近。直到美人扭过头，精致的面容近在咫尺，漂亮的眼眸中像含着钩子，鼻尖痣红得妖冶，摄人心魄，她是血压直飙，生怕自己一个忍不住把人扑倒。

"好看吗？"裴言卿拖长了语调，语气漫不经心。

苏念念连连点头："好看……噢！！！"

她倏地瞪圆了双眼，一开始还能惊叫，到后头疼得喊不出声来，只觉头皮都在发麻。

苏念念发誓，自她有记忆以来，哪怕是压胯、开背，痛得恨不得去死时，都没有这一瞬间的疼来得震撼。

那一阵疼太过酸爽，苏念念显然还没有反应过来，看着硬生生将肿块按下去还面不改色的裴言卿，她抽了抽鼻子，眼泪说掉就掉，还怎么也止不住。她眼皮颤抖着，顺势一头扎进他怀里，恨恨地拿右手打他，语气中含着无限的委屈："美人，你好狠的心啊。杀人不眨眼，呜呜呜……我从没有这么疼过啊，你怎么下得去手？"

后劲还没过去，她语无伦次，整个人扑在男人怀里，把眼泪一股脑儿全抹在他身上。

从看到小姑娘哭，裴言卿就慌了。此时人哭着埋在他怀里，温热的呼吸似乎能透过衣服拂过心脏，带来丝丝战栗。鼻畔是骤然浓郁的清新果香味，连埋怨的语气都染着无边的娇气。他感受到了自己突然加快的心跳，一下一下，敲击着耳膜，僵硬得连手也不知道往哪儿放。

明知道这样不对，但他偏偏没将人推开。最终，他在心里叹了口气，揉了揉怀中小姑娘的头："不哭了，好吗？"

越听这种话，苏念念越幽怨。她拱了拱头，哽咽道："我再也不找你看病了。"

"好。"裴言卿拍了一下她的头，认真道，"我希望你永远不要找我。"

苏念念的心尖像被羽毛划过，闻着清新的药香，恨不得趴在他的怀里永远不起来。

"还不起来？"裴言卿没忍住，捏了一下她扎在后面的丸子头。

苏念念翻了个白眼，慢慢抬起头："多靠一会儿能少块肉？"

裴言卿难得地起了开玩笑的心思："这是另外的价钱。"

"你……"苏念念猛地抬眸，气得推开他，"骗子。"

"我怎么骗你了？"裴言卿好整以暇地看着她。

苏念念垂眸看着已经被压下去的鼓包，仍心有余悸："你为什么不给我打个预防针？还……"还用美色勾引她，害她色令智昏。

裴言卿点明真相："我要说很疼，你能跟我磨到现在？"说罢，他起身，坐到桌后，低头写病历单，"手腕腱鞘炎。说说，最近都在家干什么？"

"练舞！"

"然后呢？"

"教恬恬练舞。"

"还有呢？"

苏念念欲言又止，看着裴言卿洞悉一切的眼神，小声补充："打游戏。"

裴言卿笑了一声："怪不得，原来前半个月都在家干这个。"他撕下单子，"拿着，不想再复发，就少打游戏。"

苏念念"噢"了一声，慢吞吞接过单子，又不死心地问了一句："那个，这个伤真的能军训吗？会不会由于过度运动……"

裴言卿想也不想，残忍地戳破她的幻想："中暑药我已经打包交给楚宁，使用说明也已经写好，你们到时相互照应。"

苏念念微笑着挥手说："那么，再见……"

裴言卿看着她毫不犹豫离去的背影，怔了半晌，低眸，轻轻"嗯"了一声："再见。"

他的手指不由自主地握紧了病历单，下一刻，头顶突然投下一片阴影，刚刚还头也不回离开的人又重新撑在桌前。

苏念念歪头笑看着他："美人，记得以后常联系哦，我走啦！"

八月二十日，A市万里无云，气温荣登两月来最高峰。也是在这一天，苏念念将踏进A舞的大门，苏焱跟着起了个大早，一边打哈欠，一边懒洋洋地地跟在她后头拿行李。

苏焱高考后就拿了驾照，家中车库里还有他去年买的车，可惜平时没有时间开，寒暑假也总有做不完的事，车只能闲置在车库装灰。

"我开车送你？"苏焱按亮了车钥匙，挑了一下眉。

苏念念："我惜命。"

苏焱气得发笑："你这是看不起我？"

苏念念抱臂，墨镜挡住大半张脸，识趣地沉默着。

"行。"苏焱点点头，拿出手机开始叫车，"以后哥的香车一定没有你的位置。"

"到时候，你求我，我也不给你坐。"

槽点太多，苏念念无力吐槽，只在墨镜后默默翻了个大白眼。

两个人打车到了 A 舞门口。这天是新生进校的日子，他们到的时间虽然不算晚，但门口已经熙熙攘攘站着一群人。

苏念念戴着墨镜，长发高高盘起，拖着最小的行李箱，一席藕粉色长裙随风轻扬，仙气飘飘。她一人在前面兀自走得欢，后头苏焱一人拿着三个大行李箱，额角青筋直跳："苏丫丫，过来，拿东西。"

苏念念看着苏焱阴沉着的脸，灰溜溜地转身回去："这样就不仙了。"她环视一圈，嘟囔道，"你看，别人家的小仙女，哪里需要拿行李。"

苏焱冷笑一声："你哥我去 A 大的时候，谁给我拿？"

苏念念心中叹口气，认命地跟着拿箱子，这时后头传来一声清脆的喊声："姐姐！"

苏念念回过头，惊喜道："恬恬？"

裴恬扑腾着跑过来，直接在苏念念脸上亲一口，惯例一通彩虹屁："姐姐今天好漂亮！"

"恬恬今天也漂亮！"

苏焱看着夸张的两个人，嘴角抽了抽："这小鬼，谁？"

"你是谁啊？"裴恬瞪过去。

苏焱懒散道："你猜啊。"

"他好凶哦。"裴恬凑到她耳边，兴奋地嘟囔，"姐姐，我们别理他，今天我小叔叔也要来。"

苏念念脸上的笑容一僵，压低了声音："你说什么？他怎么要来？"

裴恬笑眯眯道："大姑和大姑父出国旅游了，总要有人来送宁宁姐上学，本来是找我爸爸的，谁知道我小叔叔自己要来。"

苏念念有些羡慕："他对宁宁真好。"

"好了没？"苏焱受不了这两个人嘀嘀咕咕聊起来就没完没了的样子，凶巴巴道，"热死了，快走。"

苏念念回头心虚地看他一眼。她该怎么解释"野人"就是裴言卿的事实？

"他到了吗？"苏念念捏了捏裴恬的手。

"到了哦，正在后头停车，帮宁宁姐拿行李。"裴恬指了一眼后面的停车处，"宁宁姐的行李太多了，我们还带了保镖，可以帮姐姐一起拿。"她瞄了眼苏焱，叉着腰抬起下巴，"所以叔叔，不能让姐姐拿行李，仙女怎么可以拿行李？"

苏焱的眉心直跳，显然放错了重点："小鬼，你喊我什么？"

"叔叔呀。"裴恬理直气壮。

苏焱气得牙痒痒，冷笑一声："苏丫丫，让这小鬼哪儿来的哪儿去。"

苏念念的心悬着，就怕裴言卿和楚宁不知从哪个角落冒出来，被苏焱撞个正着，便说："那你等我一会儿，我把恬恬送过去。"

苏焱笑得一脸畅快，指着前面说："去吧，去吧。我在前面亭子等你。"

苏念念连忙牵着裴恬就往停车场走。

"姐姐是不爱我了吗？"裴恬哭唧唧道。

"当然爱。"苏念念顺着毛捋，小声解释，"刚刚那个叔叔，是我哥。"

裴恬恍然："原来他就是你说的那个烦人的哥哥啊。"她轻叹一句，"怪不得。"

"最关键的是，他还是你小叔叔的学生。"苏念念道出实情，"所以，不能被他发现！"

裴恬郑重地点点头，激动得小脸通红："我懂了，好刺激哦。"想起那个凶巴巴的怪叔叔，她握紧了拳头，"放心吧，姐姐。我保证一会儿带着宁宁姐和小叔叔走远点儿。"

苏念念牵着裴恬绕到停车处，正看到楚大小姐打了把太阳伞，全身遮得严严实实的，站在车后指挥保镖："轻点，轻点，这箱子里可都是我的宝贝！"

　　她的目光往后移,楚宁神通广大地弄来了辆大三轮车,上面已经放了四个行李箱。

　　苏念念又牵着裴恬往前走了几步,正看到帮楚宁拿着提包的裴言卿。简单的黑色短袖和长裤,被他穿出了模特的感觉,站在太阳下,皮肤白得发光。

　　可惜美人拧着眉,看起来耐心快要告罄,裴言卿再次深呼了一口气,冷冷道:"楚宁,最多四个行李箱,把没用的东西全部带走。"

　　楚宁抱着那一箱宝贝肝肠寸断:"不行,都是我的宝贝!小舅舅,你不能这么残忍!"

　　裴言卿看也不看她:"我再给你三分钟时间考虑。"

　　楚宁哭丧着脸,突然看到苏念念,高声呼喊:"苏丫丫!"

　　"来了。"苏念念往前走几步,把裴恬带到裴言卿面前,"我把恬恬送回来了。"

　　裴言卿抬眸,目光凝在苏念念脸上几秒,点了点头。

　　"苏丫丫,你有几个行李?"楚宁抱着她那一箱子手办,幽怨道,"呜呜呜,我今天得被迫和我的宝贝们分离了。"

　　"三四个吧。"苏念念说。

　　裴言卿突然问:"拿得动吗?要不要我帮你?"

　　苏念念火速摇头:"不用,不用,我和我哥一起,应该可以。"

　　裴言卿垂下眼睫,表情淡了些:"嗯。"

　　"那我走了。"苏念念朝楚宁挥了挥手,"一会儿见。"

　　直到苏念念走远,楚宁才舍得把手办箱子放回车里,看见裴言卿正低着头出神,她喊了声:"小舅舅!"

　　"嗯?"裴言卿回过神。

　　"给我留五个箱子,可以吗?"她可怜兮兮地竖起一只手。

　　"……"

　　苏念念堪称迅速地拖着苏焱完成了报名、拿钥匙、找宿舍等一系列流程。饶是苏焱也累得够呛:"苏丫丫,有人追着你索命?"

　　苏念念是第一个到宿舍的,她推开门,笑容乖巧:"这不想让哥你早点儿回去休息吗？”

苏焱脸色缓和了些，环顾寝室环境，皱眉道：“这条件不行啊。”

苏念念耸肩：“没办法喽，出去住也要三甲医院证明，要不你让你导师给我开一个？”

苏焱扯了扯唇：“那你再忍忍吧。”

苏念念收拾东西，开始赶客：“你回去吧。”

苏焱脸色一黑：“用完就丢？”

“我是怕你累着。”苏念念面色不改。

“不累。”苏焱的语气酸酸的，“我怎么觉得，你就巴不得我走？”

苏念念动作一顿：“我不是，我没有。”

“行吧，一会儿你的室友要到了，我在这儿不舒坦。”苏焱站起身，松了松汗湿的领口，“在食堂等你。”

苏念念连连点头，看着苏焱满身汗，又说了句：“谢谢哥。”

苏焱一挑眉：“嗯，收到了。”

寝室是四人间，她和楚宁正好一间，其余两个室友都还没到。楚宁一小时后才姗姗来迟，那时她连床位都铺好了。楚宁来的时候，声势浩大，好几个行李箱摩擦地面的声音，还伴随着她和裴恬叽叽喳喳的吵架声。

楚宁进了门，稍稍拉下墨镜，嫌弃地环视一圈：“这破地方连图片也不如啊。”

裴言卿拖着行李箱，稍后几步进来，后面还跟着两个人高马大的保镖，一群人瞬间将逼仄的寝室挤满。

楚宁一时还不能接受要在这弹丸之地生存的现实，垮着张脸，坐在唯一的椅子上思考人生。

保镖放下行李后，裴言卿便让他们离开了。他淡淡地环视一圈：“我让你不要带这么多东西。行李是给你拿上来了，至于怎么收拾，你自己来。”

楚宁哪里会收，可怜巴巴地看着苏念念：“念宝，你帮我。”

苏念念还没说话，裴言卿先开了口。他打量着苏念念已经铺好的鹅黄色床单和收拾齐整的桌面，冷硬道：“不许让人帮你。”

楚宁恨不得直接躺平,抓耳挠腮地说:"可我真的不会啊,就让念念帮我铺个床,好不好?"

"我来。"裴言卿摇摇头,对楚宁已经没了脾气。床位设置是上床下桌,他一米八几的个子,在不到一米宽的床上,着实有些憋屈。

楚宁得寸进尺:"哦,对了,我还有个蚊帐,还有床帘,小舅舅,帮我一起挂了吧。"

裴言卿:"……"

苏念念:"哦,我也有,差点儿忘了。"

坐在一边偷吃水果糖的裴恬一听,眼睛发光,她激动地摇着苏念念的手臂,小声道:"姐姐,快上去挂床帘!"

苏念念内心汹涌澎湃,跳起来从行李箱拿床帘,淡定地打了声招呼:"我也上去了。"

楚宁点点头:"你要不会,可以让我小舅舅过去教你。"

楚宁买的东西华而不实,光是拆开包装,分清什么是什么,就花了不知多长时间。裴言卿正要发火,抬头便看到苏念念踩着阶梯爬到了他旁边的床上,还附带着打了个招呼:"嗨!"

苏念念好几次集训都住过宿,挂蚊帐和床帘根本不在话下,她三下五除二弄完后,一掀开床帘,就看到靠在床上怀疑人生的裴言卿。白色蕾丝蚊帐和遮光床帘全部团成一团堆在旁边。他拧着眉细细看说明书,一向淡漠的眼神充斥着大大的问号。

"噗!"苏念念笑出声,白皙的脚丫直晃。

似乎觉得面子有些挂不住,裴言卿抿了抿唇,黑眸略带幽怨。

"小舅舅,你行不行啊?"偏偏下面的楚宁还加了把火,"这些真丝很贵的,你不要给我弄坏了!"

"……"

面对着周围三个小姑娘怀疑中略带嫌弃的眼神,裴言卿深吸一口气,示弱般看着对面摇着腿的苏念念:"过来帮帮我?"

天啊,要和裴言卿共处一床!苏念念心里震撼,但也就矜持了不到一秒,随后便眨了一下潋滟的鹿眸:"好呀,你求求我。"

裴言卿难以置信地看着她，看起来竟像是被欺负得无话可说的小可怜虫。

苏念念失笑，跨上楚宁的床，半倚在裴言卿旁边，小声说："别怕，我开玩笑的。"

少女一凑近，裴言卿就闻到她身上特有的果香，甚至可以看到她脸上细碎的绒毛，脊背笔挺，锁骨平直，细白的皮肤在狭窄的环境中，似乎能发光。

几乎是一瞬间，裴言卿就后悔了。

A舞的床铺长两米，宽零点九米，太窄了。这就导致，她只要稍稍动作，就能触碰裴言卿。鼻尖环绕的是裴言卿身上熟悉的药香，光线不算明朗，但美人的鼻尖痣依旧殷红，她深吸一口气，防止自己兽性大发把人扑倒。

苏念念尽力表示坦荡，先拿出遮光床帘，朝裴言卿展示开："先挂这个，再挂蚊帐。你拿着那个角，我在这边把钩子钩上去。"

裴言卿听话地点点头，坐姿也未变，只端正地倚在那个角。

苏念念心中轻哼一声。一分钱一分货，楚大小姐的东西就没有不好的，床帘一彻底拉上，里面漆黑如浓墨，别说蚊帐，便是眼前人的五官也看不清，只能看到轮廓。

这一番方正的小空间像是彻底隔开外界，只有他们。一瞬间，苏念念连呼吸也放轻了，脑中的各种各样的不正当想法转得飞快。这种天赐良机，不做点什么是不是对不起自己？

但还没等她想出个所以然，另一个人影突然动了，她脑中警铃大作，怕错失良机，正准备一不做二不休把人扑倒，谁知下一刻，窄小的木床传来"砰"的一声响。她还没反应过来，便被突然而来的力量压在身下，触手是男人紧实的肌理，带着扑鼻而来的药香。

苏念念惊呆了，随即便感受到男人全身僵硬绷起。裴言卿一把按住她的手，声音有点儿哑："别动。"

苏念念还处在"他竟然扑倒我，而不是我扑倒他"的震惊中时，床帘突然被人从外面一把拉开，光亮透进来，楚宁站在椅子上和他们大眼瞪小眼。

"我的天……"楚宁惊得张大嘴。

苏念念低头，这才看清她和裴言卿此时的状态，到底有多令人误解。她半靠在床头，裴言卿曲着腿，一只手撑在她上方，另一只手按住她的手，而好巧不巧，她的手正在裴言卿腹部，怪不得他第一时间就要按住她的手。

饶是苏念念也脸红了。她的目光闪躲着，小声道："不好意思。"

裴言卿更是从脸红到了耳根。他松开她的手，快速撑起身体，看着不自在的小姑娘，努力平复着心跳，表情有些无措："该说抱歉的是我。"

两个人各怀心事，站在床边露出一个头的楚宁突然暴躁："小舅舅，你赔我的蚊帐！"她抓狂地揉着头发，看起来下一秒就要暴走，"我专门定制的纯真丝带苏绣，等了两个月的蚊帐！"

苏念念看着角落里被撕裂的蚊帐，这才明白到底怎么回事。裴言卿大概率是被这缠绕的蚊帐绊住了腿。

她的运气真不错。

裴言卿长吐一口气，拧眉无奈道："床给你铺好了，蚊帐你自己再买，多少钱我给你。"

楚宁这才气呼呼地下了地。

"小舅舅，你没有把念念压着吧？"解决完了蚊帐，楚宁这才想起关心一下自家闺密。

由于个子矮，一直处于状况之外的裴恬一听，眼睛都亮了："什么？什么？！"她嗦着糖，兴奋地嚷嚷，"小叔叔，你把念念姐姐压着了啊？"

裴言卿无话可说，连脸都开始发烫，他拿起角落里坏了的蚊帐，低声说："对不起。"

苏念念见他这样窘迫，忍着笑说："没关系。"她目光若有若无地向下看了一眼，意味深长道，"可能你被占的便宜，更多些。"

说完，苏念念没敢看他的表情，连忙掀起帘子下了床。

裴恬凑到她跟前竖了个大拇指，她回报一个志得意满的微笑。

过了好几分钟，裴言卿才下来，面色还泛着薄红。面对三个小姑娘各自打量的眼神，他连忙垂下眼睛，偏过头，说："恬恬，我们可以走了。"

裴恬噘了噘嘴："这就走了？小叔叔害羞了！"

　　裴言卿看着裴恬叭叭叭的小嘴，恨不得现在就连人打包送回家，他面无表情地说："现在就走。"也不管裴恬的意愿，说完便上前直接将人抱起，又朝楚宁道，"你好好安顿，我先走了，有问题给我打电话。"

　　楚宁懒洋洋地靠着椅子钉蚊帐，头也不抬地"嗯"了一声："小舅舅慢走，我会想你的。"

　　苏念念靠坐在桌前，藕粉色裙摆垂下，腰肢纤细，两腿修长，哪怕是这样闲散的时刻，脊背也挺得笔直。她歪了歪头，清甜声音里带着些散漫，撩得人心头不住收紧："我也会想你的。"

　　裴言卿的脚步一顿，不由自主地看过去，撞进一双满是笑意的眼睛，随即却听到她缓慢地吐出两个字："恬恬。"

　　怀里的裴恬笑眯眯地回视："我也想你，姐姐！"

　　裴言卿的下颌线绷紧，心里无来由地升起一种类似恼怒的情绪，他的表情淡漠下来："再见。"

　　"再见呀。"苏念念冲他挥挥手。

　　他看过去，正见到女孩儿对他比口型："美人。"

　　到寝室楼下后，裴言卿放下裴恬。

　　裴恬迈着小短腿，走在他身侧，时不时抬眸打量他一眼。

　　"总看我干什么？"裴言卿轻点她的额头。

　　裴恬轻哼一声："小叔叔，你觉得念念姐姐漂亮吗？"

　　自己还没那么禽兽。裴言卿眼眸微动，轻拍裴恬的头："小丫头怎么这么多鬼念头？你还是作业太少。"他面无表情地拿出手机假装要下单，"不如给你买点作业，包送到家。"

　　裴恬气闷地鼓起了脸，一扭头："哼，小叔叔真坏！"

　　裴言卿牵着人，正准备把小丫头送回去，她又可怜巴巴地扯了扯他的衣角："小叔叔，我想上厕所。"

　　裴言卿环视一圈，附近只有一栋建筑，他抱起裴恬，快速跑过去，幸好附近有厕所，把她送进去之后，他站在门口等待。

　　刚刚站立，身后传来一道满是惊诧的男声："裴老板？你怎么在这儿？"

裴言卿回头，正好看到刚从厕所出来的苏焱。

"送人上学。"

苏焱"哦"了一声："您也有认识的人上Ａ舞吗？说不定和念念是同学。"

"苏念念没和你说吗？"裴言卿蹙眉。

"说什么？"

看着苏焱茫然的表情，裴言卿试探道："我送外甥女来。"

苏焱莫名其妙，但也没再多问，对他点点头说："那我先走了。"

裴恬刚从厕所探出个头，心差点儿跳出来。好巧不巧，又遇到了那个事多的怪叔叔，她连忙缩回头。等他走后，她才从厕所挪出来。

裴言卿早就发现了裴恬，好奇地问："刚刚那个哥哥，你认识吗？"

"认识，念念姐姐的哥哥，是个臭叔叔。"

"苏念念没告诉他我是谁？"裴言卿反问。

裴恬小声嘟囔："姐姐不让说，哎呀，糟了……"话一说出口，她就想起苏念念的叮嘱，连忙闭嘴。

裴言卿的脸色沉了下来，没再说话，牵着裴恬回去了。

一直到晚上，楚宁才收拾完一大堆家伙，累得瘫在椅子上跷着脚，环顾着自己的劳动成果，点评道："勉强能住，就当本小姐参加四年《变形记》。"

苏念念正坐在桌前敷面膜："你把别人的位置都占了，等于你一个人住了四分之三寝室。"

楚宁懒洋洋地朝那两个空床位扫了一眼："那没办法，她们没到，可不就是我的天下。"

说来她们运气还不错，另外两个室友，一个受伤，直接免训，正式开学才来。还有一个，竟然成功申请了外住。楚宁嫉妒到变形，指着对面的两个床位，拍了张照："我要发给我小舅舅，让他清醒地认识到自己是多么冷酷无情。"

消息发出，她没想着有回应，毕竟裴言卿全家最忙。谁知，没一会儿那边就回了消息。

裴言卿竟然创建了个群，还拉上了苏念念，第一条消息便是夏季防中暑须知，后面跟着十个要点，占了满满一屏幕。

　　楚宁无奈，正要敷衍两句，下一秒便看到苏念念发了个微笑着再见的小表情，毫不犹豫地退出了群聊。

第六章

芋泥啵啵茶

　　A 舞秉持着绝不让学生荒废一天的原则，第二天刚六点，就把所有新生提溜去开动员大会。苏念念和楚宁打着哈欠，互相看着对方脸上的痛苦表情。

　　"起这么早，简直不把我们当人看。"楚宁跟在苏念念后头，嘀嘀咕咕，"上辈子连环杀人，这辈子 A 舞上学。"

　　苏念念也因为早起而蔫巴巴的，有一搭没一搭地应着。

　　到达操场后，台上的领导开始慷慨激昂地演讲，又宣布了接下来半个月的军训安排。台下黑压压坐着一片学生，都在懒洋洋地低头玩手机。

　　苏念念一只手挡着太阳，另一只手无意识地滑动着手机屏幕，突然在众多消息中看到一个小红点，是裴言卿两点多发来的消息。

　　好家伙，医生都是这种阴间作息吗？

　　昨晚她用退群来表示自己的倔强，意思就是让他不开证明就少啰唆。当时他也没回她，她以为他是气着了，结果半夜专门敲她，发了消息。他又复制了一遍发在群里的防中暑小贴士，后面还附带着发了句——听话。

　　苏念念被这两个字撩得脸热，心尖像是被羽毛拂过一般，痒痒的。她回了个表情包，上面的小女孩儿傲娇地把头一扭"不听，不听，不听，除非你哄我"。发完，想着裴言卿的表情，她笑着舔了舔唇。

　　就在这时，台上不知道说了句什么，旁边的楚宁突然叫了一声，不停地拿手肘撞苏念念："你看，你看！季成星！"

　　苏念念迷茫地抬起头，正看到身姿挺拔的少年上了台："是他，怎么了？"

　　"话说他自从去年暑假爆火之后，好久没见着他了，变帅不少。"楚宁说。

　　苏念念淡淡地扫了一眼，客观评价："还行。"她凝神听了会儿，季成星正作为他们这一届的新生代表上台讲话。

"就这还行啊？"楚宁一挑眉，"话说，你到底能看得上谁？"

苏念念心虚地眨了一下眼，没说话。

"你和季成星老搭档了，怎么就没擦出点儿火花？"许是太无聊，楚宁也漫不经心地开始聊起了八卦，"你和他之间难道就没点儿什么？"

苏念念看了看周围满满的人，竖起手指放在唇边："小点儿声。"

楚宁的眼神有些危险，压低了声音："不会被我说中了吧？苏丫丫，你背着我泡男人？"

"假的。"苏念念掐了她一下，"和他什么关系也没有。"

——但背着你泡你舅舅是真的。

楚宁又扫了一眼台上的季成星，突然笑道："其实他的条件也不错，要不你和他试一试？"

"要试你自己试。"苏念念瞪她一眼。

楚宁耸耸肩："本小姐可不想在一棵树上吊死，我要给所有小帅哥一个家。"

"渣……"

动员大会结束后，学校便一刻不停地赶着小绿人们去各自场地开始训练，像放牧一样。

苏念念有气无力地跟着涌动的人群去操场，结果肩膀被人轻拍了一下，一道清朗的男声传来："念念。"

苏念念回头，正看到还微微喘着气的季成星，于是朝他招招手。

楚宁轻"啧"一声："小伙子，眼力不错啊，这么多人，就看到我们念念了。"

季成星笑了起来："楚大小姐走哪儿哪儿就是焦点，自然也是一眼就看到了。"

楚宁将手搭在苏念念的肩膀上，极给面子地商业互吹："季大明星才是真正的焦点。"

"晚上一起吃饭好吗？"季成星淡淡一笑，目光不经意地扫向苏念念，眼带恳切，"有点儿事想请你帮个忙。"

苏念念一愣，没有拒绝。周围人多眼杂，季成星没说几句话，稍稍颔首便快步离开。

芭蕾班四十多人，列成一个方阵。教官是从部队抽来的军官，一天下来，苏念念深切怀疑A舞领导是不是私下里和部队达成了什么协议，深刻贯彻"只要训不死，就往死里训"的理念。

学校宣称A舞的学生个个体力倍儿棒，一定全力配合训练，苏念念站了快一天的军姿，只想安然去世。好不容易熬到结束，她挽着楚宁这个大麻烦，两个人半死不活地回了寝室。

第一天，楚宁就已经成为教官的重点关照对象，被单独提溜出去享受一对一照看的贵宾待遇。

"真是的。"楚宁按着酸麻的小腿，一向连头发丝都很精致的大小姐此时灰头土脸，"我就没受过这种委屈！"

苏念念空调电扇双管齐下，懒懒地靠在椅子上，半合着眼睛，连说话的力气也没有。

楚宁看她这样，皱眉道："你把空调温度调高点，出汗后也别对着电扇吹。我小舅舅说不能这样的。"

"不管他。"苏念念一扭头。这个木头，只是让他哄一下，人就消失了，想想就生气。

楚宁看不下去，走过去一把夺过苏念念的小电风扇："不许吹。"

两个人在寝室瘫了半小时，苏念念就收到季成星的消息，这才想起来约好的晚饭。她长长地叹了口气，慢吞吞地起身，洗了个战斗澡，走之前看了一眼软塌塌瘫着的楚宁，问道："你去吗？"

"懒得去，不打扰你们发展感情。"

苏念念拍她的头："不要乱说，季成星不是说了找我有事吗？"

"行，行，行，找你有事。"楚宁一摆手，又殷勤道，"所以，念宝，能不能给你家宁宝带个饭啊？"她竖起手指发誓，"我不挑的，你吃什么，我吃什么。"

苏念念轻哼一声，戳着她的头，恨恨地道："那明天你给我带。"

门"啪嗒"一下关上，寝室恢复安静，楚宁幽幽地盯着对面两张空着的床，长长地叹了一口气："这都是什么人间疾苦啊！"

她看了一眼时间，决定碰碰运气，于是不甘心地拨通了裴言卿的电话。

没承想倒真给她碰着了，在铃声快要结束时，电话被接通了。

"有什么事？"裴言卿声音带着些哑。

"小舅舅，在忙吗？"楚宁小心翼翼地问道。

裴言卿揉了揉眉骨，又喝了口水润嗓子："刚下手术。"

"哦，那就好。"

"我说一点。"裴言卿冷酷道，"开假证明是不可能的。"

"啊？"楚宁快要崩溃了，委委屈屈地说，"小舅舅，你能不能通融一次？就一次！我今天人都快没了，你难道真的眼睁睁地看着你唯一的外甥女在苦海沉浮吗？"

裴言卿知道楚宁就是娇生惯养惯了，一点苦都吃不了，这回刚好狠下心想磨磨她的耐性："怎么就你喊苦，其他人却能坚持下来？"

"就不能是我格外弱小又无助吗？住的地方又小又破，军训被教官单独拎出来训，连晚饭也没的吃！"

裴言卿皱眉："怎么晚饭也没的吃？"

楚宁决定为了今后的幸福生活抹黑苏念念一把，开始闭着眼睛胡扯："我一个人待在寝室，苏丫丫这个见色忘友的，和大帅哥出去吃大餐，这不就把她的宁宝抛弃了。"

裴言卿声音沉了下来："她和谁出去了？"

楚宁解释道："季成星，是个大明星。不过我猜小舅舅你也不知道，他是苏丫丫的老搭档了，两个人一起跳过好多场舞。去年季成星演了部古装偶像剧才火了。"

"是吗？"裴言卿淡淡地反问。

楚宁被他这态度吊得一颗心悬起，试探着问："所以小舅舅，您看看，我这么可怜，这医院证明……"

裴言卿冷冷道："我看苏念念还有力气出去吃饭，说明这军训强度还是不够。"

楚宁顿觉不妙，连忙说："别啊！小舅舅……"

"就这样。"裴言卿的语气凛冽，"以后如果再为开证明这事，不要给我打电话。"

楚宁还想垂死挣扎，结果裴言卿真就将冷酷无情贯彻到底，不过一秒，电话那头就传来"嘟嘟嘟"的挂断声。半晌，她看着已经黑屏的手机，苦恼地叫了一声。仔细回忆，她除了把苏念念卖了一通，到底还做了什么？

苏念念依照约定，准时到达一家私密性极好的餐馆。推开包厢门，季成星已经坐在里间等待，看到她，眼睛一亮："念念来了！"

"成星。"苏念念放下包，坐在季成星对面。相比一年前，经过公司包装的季成星确实帅了很多。他本就是剑眉星目的长相，再加上芭蕾气质加成，古装扮相仙气飘飘，吸了很多粉。

季成星指着菜单，笑着说："我点了些你晚上常吃的菜，你看看有什么想加的。"

苏念念本就没什么胃口，把菜单放到一边："你点的都可以。"

季成星很健谈，不会让场面冷下来，两个人说了些以前搭档时发生的趣事，直到菜上来，他突然说："念念，我后面要发一首歌，里面会有跳舞的片段，能不能邀请你当我 MV 的女主角？"

"嗯？"苏念念一愣，这时手机屏幕一闪，她下意识地点开，看到了裴言卿发来的消息，忍不住弯唇一笑。

"你想要我怎么哄？"

苏念念盯着手机，眼角眉梢都是笑意。

半晌没等到回复，季成星微微蹙眉，又柔声喊了句："念念。"

"啊？"苏念念回过神，不好意思地朝他点点头，"你能再说一遍吗？我没听清。"

"我想请你做我 MV 的女主角。"

手机又传来嗡嗡的响声，她抬起头，克制住想点开消息的手，委婉地推拒道："这个，我可能没有经验。"

"没关系。"季成星紧紧盯着她，"我们搭档这么久了，不需要经验也能配合得很好。"

　　见苏念念犹豫，季成星又道："念念，帮帮我吧，如果这次反响好，以后你进圈大火也不是没可能。"

　　闻言，苏念念连忙摇头："我不想进娱乐圈。"

　　季成星不可思议地看着她："为什么？多少人想进来却没有门路。你想想，如果一直跳舞，满身伤病不说，最顶峰不过是当'首席'，但这又能有多少人？"他仔细观察着她的表情，"那其他的人呢？怎么办？做配角，或者是舞蹈老师？苦练这么多年，就只做这些？"

　　"那你跳舞又是为了什么呢？"苏念念抿唇，目光灼灼地看着他，"这只是成为进娱乐圈的跳板吗？"

　　季成星有些狼狈地移开视线，顿了片刻，他道："我只是觉得这是个很好的机会。"

　　苏念念颔首道："谢谢你，但你既然找我了，我就尽我所能帮你。"

　　"真的？"季成星猛地抬眼，笑道，"那多谢念念救命之恩。"

　　苏念念笑了笑："要表现不好，你也别怪我。"

　　季成星只笑着点头，直直地看着眼前少女精致的眉眼，又在苏念念看过来时，极快地移开视线。他垂下头，意味不明地说了句："念念，有你陪着我，真好。"

　　苏念念正低下头看消息，没注意季成星说什么，下意识地"嗯"了一声。看着屏幕上短短的几行字，忍不住又笑弯了眼。

　　"怎么哄你？"

　　她发了一个表情包，蘑菇头的小女孩儿下方配着文字——我要一杯芋泥啵啵奶茶。

　　"好，要哪一家？"

　　"不要芋泥。"

　　"好。"

　　"不要奶茶。"

　　看到这条消息，裴言卿的眉头微蹙，指尖迟疑地轻点着屏幕，直到护士送饭过来："裴医生，辛苦了。"

"多谢。"裴言卿接过饭，顿了顿，突然喊住护士。护士讶异地挑了一下眉，看着附院第一男神抿着唇，满脸严肃地问她："你知道芋泥啵啵奶茶，不要芋泥，不要奶茶，是什么意思吗？"

"噗！"护士没忍住笑出了声，看着裴言卿越发疑惑的表情，打趣道，"裴医生是不是谈女朋友了？"

裴言卿一怔，指尖攥紧了手机："没有。"

护士点头，有些失望，只能猜测裴神仙是从哪里看到的段子，于是解释道："要芋泥啵啵奶茶，不要芋泥，不要奶茶，那还剩下什么呢，裴医生？"

说完，护士见裴言卿久久没有作答，下意识地看过去，以冷淡远近闻名、不知碾碎多少芳心的裴医生，耳朵根都红了，并且这红还在渐渐蔓延，简直要浮上脸颊。护士仔细回忆了一番，确定自己只是解释了一下意思，没有说黄段子。

裴言卿垂下眼睫，手心都在发烫，偏偏语气还平静无波："我知道了，谢谢。"

护士点点头，转过身深吸一口气就跑了。她一定要把"裴神仙纯情"打在公屏上！

各位蛊王小姐姐们，赶快上！

裴言卿盯着苏念念发来的那几个表情包，面无表情地敲了几个字："那就什么也没有了。"

看到消息的苏念念狠戳一下屏幕，怀疑裴言卿并没有看懂内容，不怕死地回了句："啵啵它不配拥有排面吗？小气。"

裴言卿气笑了，只觉得最近这丫头的胆子越来越大，他冷淡地回复："没有。"

"再见……"

裴言卿指尖轻敲着桌子，发现苏念念发了个再见的表情后，真的就消失了，再没一条消息过来。想起楚宁说的苏念念出去吃大餐的话，他的眸色沉沉，犹疑了半晌，最终冷着脸，转了篇文章过去——《你一定不知道的，晚餐多食的八大危害》。

苏念念只吃了几口，就放下了筷子，实在是白天太累，连晚饭也失去了胃口。季成星见她神色恹恹的模样，有些担忧："念念，你怎么就吃这么点儿？就算控制体重，这吃得也太少了。"

苏念念摇摇头："就是没胃口，可能今天累着了吧。"

季成星点头，看到苏念念又不由自主地点开手机，神色微暗。她很有教养，在说话时，她总会看着对方的眼睛，眸色清澈似水，但今晚，尽管她已经在尽力保持礼貌，但仍可以看出她的心不在焉。

手机那头的人，到底是谁？

季成星敛眸，目光扫向苏念念再次亮屏的手机："念念，我今天是不是打扰你了？你应该挺忙的。"

苏念念按灭手机，不好意思地摇摇头："抱歉。"

"没事。"

饭后，季成星戴起鸭舌帽，又戴上黑口罩："我送你回去。"

苏念念从服务员手中拿过给楚宁带的饭，看了他一眼："算了吧，你这样也不方便。"

季成星不在意道："没关系的，今天行程绝密，我也没火到吃个饭都有人盯。"

苏念念皱眉，想了想还是说："我们离远些。"

季成星无奈地点点头。

苏念念拿着楚宁的饭，这大小姐胃口竟还不错，累成这样，还专门发消息点了菜，拎在手里满满一袋。她本来还能忍受，结果这一大袋饭菜让她下楼梯时差点儿栽下去，被身后的季成星拉了一把才勉强保持平衡。

"小心点儿。"季成星紧紧拉着她的手腕。

"谢谢，谢谢。"苏念念连忙甩开他的手，严肃道，"保持距离。"

季成星哭笑不得："你不用这么夸张。"又靠过来，接过苏念念手中的饭盒袋，"我来。"

苏念念也没和他客气："那我替楚宁谢谢你。"

"给你。"到寝室后，苏念念把饭盒重重地放在楚宁桌上，翻了个白眼，"大小姐，点这么多，你可真不心疼我。"

楚宁放下手机，摸着鼻子讪讪道："怎么了，念宝？"

"我差点儿摔下楼。"苏念念活动着手腕，"这样还真不用开假证明了，分分钟进医院。"

楚宁拉着苏念念的手腕讨好地撒娇："抱歉啦，我的宝，我给你吹吹？"

苏念念甩开她，直接走到自己的座位上坐下："别，让我歇口气。"

"好的。"楚宁没心没肺地拆饭盒，狂吸一口气，"真香。"

"季成星找你干什么？"喝了口热汤，楚宁满足地叹了口气。

"木头。"

"什么意思？"楚宁偏头看去，苏念念根本就没听她说话，盯着手机笑弯了眼。

楚宁放下筷子："喂，苏丫丫？看什么笑得满脸荡漾？"

"没事。"苏念念敷衍地应了一声，视线还盯着裴言卿发来的养生文章，故意气他。

"好巧啊。你怎么知道我今晚吃的大餐？"

她这条消息距离上条，已经过了一个多小时，裴言卿发来的长篇大论挂了这么久，显得她尤其不走心。没想到他能马上回，她放下手机，回答："季成星让我配合参演他的新 MV。"

"我的天！他这是要带你飞啊？"楚宁惊叹，接着又眯了眯眼，细细地将苏念念从头打量到脚，"你要是进圈，光是靠脸当个花瓶，也是一线预备役啊。"

"别别别……"苏念念直摇头，拱手道，"感谢抬爱。"

"也是。"楚宁咬着筷子，"以你家的条件，确实也不需要进娱乐圈，当个人人称赞的艺术家多好。"

苏念念否认："都不是。只是我喜欢跳舞而已，和其他的都没关系。"

　

网上的流言爆出来的时候，苏念念还在睡觉。军训六点集合，她五点就要起床，就这种阴间时间，这个谣言已经顶到了微博热搜第一。

苏念念不甚清醒地听着楚宁的叨叨，拧眉看着热搜内容："新晋顶流季成星夜会女友，街头忘情拥抱。"

她深切地怀疑，这些媒体都不睡觉的吗？

后面跟着几张图，借着角度，看起来特像她小鸟依人地靠在季成星怀里，可谁能知道她只是被拉了一下手腕！还一秒就分开的那种！

她有些生气。

——季成星，我信你个鬼！

楚宁大惊失色道："苏丫丫，就一晚上，你都和人抱上了？"

苏念念幽怨地看了她一眼，用力掐楚宁的脸："都怪你！吃那么多！"

苏念念解释了事情的始末后，楚宁默默咽了咽口水，拿出手机："我打个电话给我大舅舅。让他帮忙撤一下热搜。"

其实苏念念只拍到个不甚清楚的侧脸，但这届网友和吃了侦探仪似的，盯着几张糊得亲妈都不一定认出来的图，硬生生扒。

苏念念抿唇，绷着脸翻着手机，正准备找季成星，此时却收到了裴言卿发来的消息。

裴言卿值的夜班。他一向运气差，每逢夜班，必有急诊。昨夜市区突发连环车祸，连着三台手术，从晚上做到凌晨。他揉着眉心，走出手术室，路过护士台时，几个值班的护士纷纷向他问好："裴医生，辛苦了。"

几个小护士是新来的，还处于一只脚踏进附院的快乐与兴奋中，哪怕值了一夜的班也叽叽喳喳满是活力。

裴言卿没走几步，就听到一道声音："啊，啊，啊！我塌房了？！"

另一个护士："苍天！季成星这是谈恋爱了？这女的是谁？"

"呜呜呜，我看有人爆料说是他的搭档，跳芭蕾的，我不相信，这一定是假的。"

"这都抱一起了，还能有假？"

"……"

裴言卿的脚步顿住，唇线紧抿，下颌绷成一条线。连夜的手术让他头疼欲裂，但依旧不受控制地退回几步，声音暗哑："你们说的是谁？"

说塌房的那个小护士叫韩蕊，正抱着手机哀号着，突然看到退而复返的裴言卿，吓了一跳，连忙闭上嘴，小心翼翼地指着手机："您……是问这个吗？"

"嗯。"

虽然莫名其妙，但韩蕊还是把手机放在裴言卿面前，滑动着图片："裴医生，您也知道季成星吗？"

裴言卿面无表情地滑着屏幕，图片上的少女虽只露出白皙又模糊的侧颜，但足以窥见其精致的五官，黑衣少年将其搂在怀里，举止亲昵。

"我哥哥，全能舞者，演艺新星，唱歌也好听，马上要出新专辑了！"韩蕊显然已经忘记刚才的痛苦，开始说起偶像，"但他才十八岁！妈妈不允许他谈恋爱！"

旁边的小护士幸灾乐祸："长得这么帅，不谈恋爱干什么？图片里这个小姐姐一看就是美女，要是我我也喜欢。"

"呵呵，什么搭档，一定是看我哥哥火了，想蹭热度罢了！"

话音刚落，裴言卿放下手机，不轻不重的力道，发出"砰"的一声。他的表情无甚波澜，眼神淡淡扫过来时，韩蕊下意识地噤了声。

"不是谁都想进娱乐圈。"裴言卿眉目冷肃，转头就走。

虽然裴言卿连说话的语气都没有变，但韩蕊还是被看得心里发慌。她抬起手肘碰了碰同事："裴医生是不是生气了？"

"看不出来，但感觉他的心情好差啊。"

韩蕊讷讷道："太奇怪了，不知道的还以为他也塌房了。"

裴言卿坐在车里，疲惫地揉着眉骨。想闭目休息一会儿，但一闭上眼，脑中横亘的全是那几张照片。五分钟后，他深吐一口气，指尖摩挲着手机，终究还是点亮屏幕，打开了对话框，上面是小姑娘没心没肺发来的——你怎么知道我今晚吃的大餐？

一股烦躁直冲头顶，裴言卿扯了扯唇，指尖轻点屏幕，意味不明地道："全国都要知道了。"

发完消息，他直直地盯着对话框，良久，喉结滚了滚，闭眼靠在座椅上。他的状态不对。已经很多年，没有出现这样让他劳心费神的人或事。但偏偏，他还乐在其中。

手机突然"嗡嗡"响起，裴言卿睁开眼，看到来电显示，目光一颤，连忙直起身体接电话："爷爷。"

裴哲作息非常规律，晚九点，早五点。裴家人都有早上五六点被他打电话的经历。

"昨晚值的夜班？"裴哲的声音中气十足。

"是。"

"用黄芪、罗汉果泡水。"听着电话那头沙哑的嗓音，裴哲拧眉，"你不要以为现在年轻，就可以胡乱糟践身体。"

"知道了。"裴言卿应着。

裴哲冷哼道："我和你说的话，你哪回放在心上过？"

裴言卿微垂眼睫，沉默。

裴哲继续说："医院工作忙，我说要找个人照顾你，给你介绍了阮白。人家姑娘主动，你呢？陪裴恬去游乐园，吃饭还带着楚宁，有时间送楚宁去学校，怎么就没见你有时间陪阮白？"

裴言卿淡淡回答："阮小姐很好，但不合适。"

裴哲怒斥道："我看你就是想气死我。我都九十岁了，一个个是不是都想早点儿把我气走？我和阮家已经商量过了，明年初，你们的事要定下来。"

裴言卿拧眉，眸中的戾气一闪而过，他勉强控制住情绪，说："我会和阮小姐说清楚的，我和她不合适。"

裴哲反驳道："怎么不合适？家世、年龄相当，阮白工作稳定轻松，不抛头露面，婚后就可以要孩子。你还要找什么样的？！"

想找什么样的。裴言卿的脑中蓦地闪过某个小姑娘的狡黠的笑容，荒谬地睁大了眼。长久的寂静后，他强压下心中的慌乱，说："随您安排。"

挂了电话，他目光定定地看着前方，半响，沉沉地垂下视线。那种罪恶和荒唐感久久未散，却又带着让人头皮发麻的兴奋。

手机轻轻振动了一下，他垂眼看过去，是苏念念。

"我错了，我以后一定不乱吃晚饭。"后面还跟了个猫猫哭泣的表情包。

"都是假的啊！我要告无良媒体败坏我的清白名声。"

"明明是为了给你外甥女带饭，差点儿从楼梯上摔下来，被同行的热心青年拉了一把，怎么就成街头忘情拥抱了！我是这么枉顾市风文明建设的饥渴之人吗？"

小姑娘仿佛连珠炮一般，一段段文字义愤填膺地跳出来，不难看出她深深的愤怒。裴言卿轻轻摩挲着屏幕，良久，突然捂住眼睛笑了。

他敲了几个字："你不是。我找人把新闻撤了。"

苏念念："等我问问季成星，看他怎么处理。"

裴言卿皱眉，抿唇："哦。"

苏念念一边聊，一边到了军训场地，看着最后这个冷淡的"哦"，冷哼一声。军训开始，收了手机，她跑去站队，周围投来好几道打量的视线，或探究，或看戏，全被她平静地对视过去。

季成星上午没来，第一时间就被喊去了经纪公司。直到中午，苏念念才收到他的消息，神色微变。他公司的意思是不予澄清，为后期的专辑造势。

"念念，我经纪人很满意你的条件，决定就这次话题炒一下热度，有想签你的打算，这是个千载难逢的好机会，你愿意吗？"

苏念念当机立断，冷冷地回："不愿意。我希望今天晚上之前澄清。"

季成星发了语音过来，声音有些急切："抱歉，我会把你的意思跟公司反映的，都是我不好，你别生气。"

夹在中间，季成星确实也里外不是人。苏念念顿了顿，稍稍安慰道："没关系。"

谣言并没有终止，甚至有愈演愈烈之势。下午，甚至有季成星的粉丝打了苏念念的电话。

听着那边堪称头脑不清的诅咒、谩骂，苏念念面无表情地挂断了电话。

又一个电话打来，苏念念刚要挂断，看到来电显示，眼神一凛，忙接了电话："爸爸。"

苏天泽的声音很沉，带着不怒而威的气势，上来就问："念念，你谈恋爱了？"

苏念念张了张嘴，哑然失语，原来是为这事。苏天泽半个月也不一定会给她打一通电话，就算她打电话过去，说不到几分钟也会被匆匆挂断。工作真的有那么重要吗，还是因为她尤其不重要？

她淡淡地回答："就是普通朋友，媒体借位偷拍的。"

苏天泽没有多问，干脆道："热搜我已经找人撤了，这段时间你的信息也会在网上被屏蔽。"

"好。"

那边苏天泽的语气生硬："记住你苏家人的身份，不要做出任何不合时宜的行为。你只有跳舞这一条路，不要自毁前程，我们苏家不要明星。"

"好。"苏念念挂了电话。

"你爸？"看着苏念念不甚好的脸色，楚宁有些担忧，"没说什么吧？"

苏念念摇头。

"这都什么事！"楚宁气愤道，又拍了拍苏念念的肩，"我找我舅舅帮你？"

"不用。我爸已经解决了。"

她垂眸，看到季成星发来的消息："真的对不起，公司公关不当，连累你了，都怨我。"

苏念念："没事。"

"你还帮他拍吗？"楚宁问。

苏念念淡淡道："为什么不拍？我都答应了。"

什么是苏家人的身份？什么又是不合时宜的行为？那她的出生对苏家来说，是不是就是不合时宜呢？

晚上，苏焱也打了电话过来。这消息他知道得最迟，拧眉问："老头找你了？"

苏念念正在学校的舞室练功，汗水从额上直直滚落，她低应："嗯。"

"他说什么了？我也被老头找了，他让我看着你点儿。我一看就知道是假的，季成星是你的搭档，要喜欢你早上手了，老头脑子有坑跑去问你？"

"没事。"苏念念的声音闷闷的。

"唉……"苏焱叹了口气，"委屈了？"

"有点儿。"

"想要什么？哥给你买。"

苏念念眨了一下眼睛："想要你的游戏号借我玩三天。"

"挂了。"不到一秒，那边传来"嘟嘟嘟"的声音。

"呸。"苏念念无语道，"塑料情。"

她正要关手机，支付宝传来提示，苏焱转账五千元。

她笑着发消息："哥哥最好。"

"收着，记住哥的好，少被外面的野男人迷惑了双眼。"

苏念念："……"

苏念念回到寝室的时候，楚宁正跷着腿靠在吊椅上，看到眼前像是从水里捞出来的人，生无可恋："苏丫丫，你这是要逼死我吗？还有力气去练功。"

苏念念瞥她一眼："你还说，到时候又想哭着拉筋？"

楚宁心虚地撇撇嘴："我这不是在忙嘛。"

"忙什么？"苏念念随口一问。

"你还记得那个阮白吗？她找我，问我小舅舅喜欢吃什么。"

苏念念正在拿盆打水，一时没拿稳，盆摔在地上发出巨响。她那点儿刚刚好转的心情，瞬间冷却到极点。胸腔像是破了个口子，"飕飕飕"地灌着冷风。她盯着屏幕，一时甚至不知该做什么反应。

"慢点儿呀。"楚宁被这声音震得耳朵发麻，兀自嘟囔着，"我怎么知道我小舅舅喜欢吃什么。"

"辣的，他喜欢吃辣的。"苏念念蹲下身捡盆，低垂着眼睫补充道，"越辣越好。"

楚宁"咦"了一声，挠了挠头："真的？我怎么记得他不吃辣啊？"

苏念念面不改色："是吗？上次吃饭，我还看他专门夹了辣椒。"不过是专门把辣椒剔出来。

楚宁点点头："哦，可能是我记错了，那我就这么回她了。"

苏念念手指捲蜷，低声问："阮小姐是要给你小舅舅送饭吗？"

"是呀。"楚宁漫不经心道，"看来他们发展得不错，阮白很可能就是我小舅妈了。"说完，她又唧叹一句，"运气真好，泡到我这么极品的小舅舅。"

发展？发展什么？下一步是不是就交往了？苏念念抿唇，一声未吭。

"对了，我看微博，季成星那边发公告澄清了，你爸也是真厉害，全网都挖不到你一点儿信息。"楚宁冲她摇摇手机。

苏念念扯了扯唇，低声自嘲："可能是怕我丢人吧。"

第七章

后院起火中

A 大附院。

韩蕊看着面前从头到脚连头发丝也打理得一丝不苟的女人，愣了半天。

"你好。"阮白红唇微勾，拿下墨镜，冲面前的小护士歪头笑道，"请问裴言卿在哪间门诊室啊？"

韩蕊连忙回神，右手一指："直走，左手第三间。"

阮白轻点头，重新戴上墨镜："多谢。"

"不……不客气。"直到阮白走远，韩蕊才一把扯住旁边黄芩的袖子，压低了声音，"这是不是上次那个啵啵奶茶？！"

"啵啵奶茶"现在已经成了骨科的新暗号，用以借代裴神仙那个可能存在的小女朋友。黄芩回想起那天裴神仙通红的耳朵，摩挲着下巴，老神在在地吐出几个字："不太像。"

她盯着阮白连走路都丈量过距离的背影，以及全身处处显精心的搭配："这个没那个味儿，太端着了。"

韩蕊一听，揪紧了袖子，压低声音："刺激！裴神仙的后院这是要起火了？"

黄芩："……"

阮白压着步子，来到了科室外，扬唇笑着敲了敲门："三哥哥。"

男人背对着她，正半俯身给伤者正骨，没有回头，只淡淡吐出几个字："等一会儿。"

阮白识趣地噤声，退出了门。门诊还没结束，她在外面等了许久。医院常年不散的消毒水和药味冲鼻，周围还一群患者，她心中满是烦躁。

看完上午最后一位病人，裴言卿出了门诊室，正看到皱眉掩着口鼻极力压抑不耐烦的阮白。他的目光微敛，扯了扯唇："久等了。"

听到低沉的嗓音，阮白连忙放下手，笑容得体："等多久都没关系。"她站起身，晃了晃手中的饭盒，"三哥哥，上午辛苦啦，我给你带了饭。"

"多谢。"

"没关系的。"阮白跟着裴言卿进了门诊室，将饭盒放在桌上打开，目光停顿在他的脸上，"三哥哥每天这么辛苦，自然要多吃一些合心意的饭菜。我专门请了位川菜大厨，你尝尝。"

饭盒内红彤彤一片全是辣椒和花椒，裴言卿微微地皱了皱眉，沉默半晌："多谢。"

阮白托腮坐在对面，定定地看着男人精致的面容，勾唇道："三哥哥，吃吧。"

裴言卿试着举起筷子，犹疑半晌，还是垂下手，抱歉地点头："不好意思，我暂时没有胃口。"

阮白尴尬一笑："没关系，等你有胃口再吃也不迟的。"

"多谢。"裴言卿再次道了声谢，"但以后真的不用麻烦。爷爷的话你不用放在心上，我暂时还没有这个意愿，抱歉。"

阮白的面色僵住，看着男人堪称淡漠的双眼，心中涌上一股委屈："可是除了我，还有谁更合适？你为什么不能试试看？"

裴言卿神色坦然，淡声道："阮小姐应该很清楚我的工作性质。我想，我们并不合适。"

那仿佛洞悉一切的眼神看得阮白无处遁形。她咬唇，有些话不经大脑便说出了口："我不合适，难道苏老师那样娇气的小姑娘合适吗？"

裴言卿的眼眸骤沉，声音也冷了下来："阮小姐，你想多了。"

"是吗？"阮白自嘲道，顿了顿，"但愿是我想多了，而不是你不愿承认。"

裴言卿握紧了手，长长的睫毛垂着，半晌，冷淡地开口："阮小姐，慢走。"

阮白站起身，重新戴上墨镜："三哥哥，我是不会主动松口的，我不干这种吃力不讨好的事，怎么和裴爷爷交代，就看你自己了。"

阮白走后，室内一片安静。裴言卿的视线凝在饭盒上，目光晦暗不明。

良久，手机传来"嗡嗡"的响动，足足五六声，他轻点屏幕，看到苏念念特有的猫猫头像，立刻就点了进去。

"《夏季养心降火八大食谱》《静心养颜是关键，重油重辣要不得》《男性夏季饮食，滋补肾脏才是根本》……"全是一些保健品营销的公众号文章。裴言卿的目光紧紧凝在最后那条，哑然失笑。很好，这小姑娘总有一千种方式引起他的注意。

裴言卿正要教育她少看这种非权威的营销文章，就见那边像是突然反应过来般，飞快地撤回最后一篇文章。

他面无表情地敲着屏幕："我看到了。"

苏念念："最后一条转发失误，我发誓，我绝对没那个意思！"

哪个意思？裴言卿拧眉想了片刻，眉头一皱，严肃教育道："苏念念，不要给别人乱发这种文章。"

那边从善如流："当然，这是独属你的夏日关怀。"

裴言卿的目光定在"独属"两字上，眼睫微颤，半响，沉沉地吐出一口气。阮白的话再次不合时宜地在脑中盘旋。他再次看向手机，不自觉地点进苏念念的资料卡。上面赫然写着：十九岁。朋友圈的背景，还是和苏焱的合照，年纪比现在更小几岁，眉眼间全是稚嫩和青涩。

他眼神沉下，退出界面，指尖一下下摩挲着手机。良久，他回复了句"多谢"，随即按灭手机，没再看一眼。

此时苏念念正在食堂吃午饭，时不时瞄一眼手机。楚宁早就吃完了，看着她心不在焉的模样，忍不住催促："别看啦，我的小祖宗。屏幕都是黑的，没人找你。"

苏念念收回视线，垂下了眼睛。

楚宁狐疑道："你在等谁的消息呢？魂都跑了。"

苏念念咽下口中的饭："某宝客服。欠我五块钱的好评返现。"

楚宁愤怒地一拍桌子："还有这事！找他！投诉他！"

苏念念抬眸，正要说话，看到亮起的屏幕，倏地拿起手机。

楚宁问："商家怕了？答应返了？"却看到苏念念的眉眼从发光到沉闷，连忙说，"怎么了？"

苏念念按灭手机，冷冷道："商家倒闭了。"

"无良奸商，果然遭天谴！"

苏念念勉强扯了扯唇："确实。"

她戳着碗里的米饭，突然道："不想吃了，走吧。"

"你现在胃口怎么越来越小？"楚宁皱眉看了一眼餐盘。

"小鸟胃。"

楚宁："……"

苏念念决定七十二个小时不再主动找裴言卿。她不知道自己是不是太过敏感，还是确实是她剃头挑子一头热。那种被人主动结束话题的失落感做不得假。

军训已经过大半，时间到了八月底，气温居高不下，训练场上万里无云，烈日炙烤着大地。苏念念站在队伍首排，汗水从额头流进眼睛，她用力眨了一下眼，想吸一下鼻子，却因为鼻塞，连呼吸也不顺畅。

她是早上发现自己感冒的。昨晚练功回来，实在太累，洗过头后，头发湿着就睡着了，再加上空调温度太低，一大早起来就头重脚轻。更为雪上加霜的是，大姨妈也来凑热闹。

A舞的军训请假程序尤其严格，还要专门去行政楼找辅导员批假条，再交给院领导盖章。光是想想就让人窒息，她选择坚持军训。她双眼一花，抬头望了一眼天，只觉得天旋地转，她想着要不要装个晕为广大人民谋福利，结果下一秒，就两腿一软。

黑色轿车停在A舞行政楼楼下，车上下来的男人身着衬衫黑裤，银色袖扣解开向上卷起，露出一截白皙劲瘦的小臂。简单到极致的装束，偏偏举手投足都让人移不开视线。站在门口接应的副校长陈泽连忙上前，和裴言卿握过手后，又指向行政楼："裴教授，这边请。"陈泽搓着手，客气地说，"真的麻烦您了，大热天还要您跑一趟。"

裴言卿轻轻颔首："陈校言重了，管老师身体欠佳，今天我替他前来，如果有不足，还请多担待。"

"不不不。"陈泽摇着手忙说，"能请到裴教授这样的专家，是我们 A 舞的荣幸。"

裴言卿淡淡回答："陈校客气了。"

"讲座下午开始，裴教授先随我上去休息会儿。"陈泽引导着裴言卿上楼。

裴言卿点头，随陈泽进了会客厅。会客厅有一面巨大的玻璃窗，正巧和 A 舞的操场遥遥相对，透过玻璃，能看到场地上一片一片的绿色方队。

窗外的太阳亮得刺眼，阳光倾泻而下，训练场找不到一处阴凉。大概学校也怕他们晒黑影响舞台效果，学生们均穿着长袖，带着帽檐宽大的帽子。

陈泽随着裴言卿的眼神望过去，笑着道："进了 A 舞，从军训开始就要吃苦！我们 A 舞的学生毅力是没的说，从小就要练功，军训这点困难对他们来说根本算不得什么……"

话没说完，陈泽的手机响了。他抱歉地冲裴言卿比了个手势："裴教授，稍等。"

裴言卿点头，低首抿了口茶。

陈泽接起电话，那边不知说了什么，他眉毛一拧："有人晕倒了?！哪个专业的? 芭蕾? 就这点儿耐力?"

裴言卿的眉头一皱，倏地抬头看过去。

"行吧，已经送医务室就好。"陈泽冲他点头，又和那边说，"那今天上午就到这里吧，让他们早点儿解散，为下午的讲座做好准备。"刚说大话就被打脸，陈泽尴尬地冲裴言卿笑笑，"现在的孩子啊，娇生惯养的，裴教授见笑了。"

裴言卿低垂着眼睛，看不清眼中的情绪："贵校芭蕾专业大概多少人?"

说起这个，陈泽眉飞色舞，骄傲道："芭蕾可是我们 A 舞的招牌，宁缺毋滥，一个年级也就四十来个，全是各省的精英。"

裴言卿摩挲着杯盖，半晌，他淡声道："这几天气温过高，训练还是需要适当适量。"

陈泽连连点头："裴教授说得是。"

学校医务室内，苏念念脸色苍白地躺在床上，呼吸也十分微弱，楚宁都快要急哭了，不停地拉着医生念叨："姐姐，我闺密没事吧？我看她气儿都少了。"

"真的没事。"看着眼前急得都快哭了的小姑娘，医生哭笑不得，又一次解释，"只是轻度中暑加上过度劳累，降温后再打点滴就行。"

"那她怎么不吸气啊？"楚宁将手探在苏念念的鼻下。

医生："她重感冒，鼻子堵了。"

楚宁："……"

"怎么样了？"季成星从缴费处过来，目光凝在苏念念的面颊上。

楚宁放心下来，坐在床边："应该没大事。今天谢谢你了，把念念背过来。"

"这有什么。"季成星坐到病床另一侧，"念念的事，我能不管吗？"

楚宁眯了眯眼，揶揄道："狼子野心，昭然若揭啊。"

"你得替我保密。"季成星的目光描摹着苏念念的眉眼，轻声道，"怕把她吓到了。"

"啧。"楚宁正要说话，手机铃突然响了起来，看到来电显示，她的目光微微惊讶，接通了电话，裴言卿的声音立刻传了过来。

"你在哪儿？"

楚宁转了转眼珠，连忙蹭鼻子上脸，故作委屈地说："小舅舅，你还说！都是你不给我们开证明，现在好了吧，我在医务室，呜呜呜……"

裴言卿皱眉，有些无语："那个人还真是你？"

"嗯？哪个人？"

"我马上来。"

"小舅舅，你怎么在……"话没说完，裴言卿已经挂断了电话。楚宁吐了吐舌头，没有拨回去解释这个美丽的误会，决定让他深刻反思，多愧疚一会儿。她冲对面的季成星挑了一下眉："我小舅舅要来。"

"啊？"半晌，他没意识到这和他有什么关系，只礼貌地"哦"了一声。

不一会儿，医务室的门被人推开，来人身形高大，几步踏进来，迅速环视一圈，最后目光凝在苏念念苍白的面颊上，瞳孔骤缩："是苏念念？"

楚宁点头，装傻道："是啊，我也没说是我。"

她观察着自家小舅舅的表情，以为他会稍微松口气，谁知他的脸色依旧很难看，神色晦暗不明。

裴言卿几步走到病床边，正要抬手检查情况，被人一把拉住。季成星皱眉看着这个来历不明的男人，一上来就想动手动脚，当他不存在？他冷声道："你想干什么？"

裴言卿清冷的目光从季成星脸上细细扫过："检查。"

"你是什么身份，又是念念什么人？"不知为什么，男人黑沉的目光看过来时，季成星胸中陡然升起一股敌意。

裴言卿的目光冷冽，直接拂下季成星的手腕，头一回在人前失了分寸："你又是以什么身份问我这些？"

男人气质疏冷，面无表情看人的时候，流露出一种压迫感。

季成星张了张嘴，哑然失语。

楚宁看着这两个人突然就针锋相对的状态，不知所措地揉了揉头发。季成星还能理解，那她小舅舅是在干什么？天气太热，把他这个活神仙的火气都逼出来了？

感受着屋内水深火热的氛围，楚宁咽了咽口水，打着圆场："那个，那个……天干，少安毋躁。"她冲阴沉着脸的季成星挤眉弄眼，"他是我小舅舅，是医生。念念也认识他，没事的。"

季成星的脸色稍缓："知道了。"

裴言卿低头看着昏迷着的小姑娘，伸手轻触她的额头，又翻开她的眼皮仔细观察，接着他问楚宁："她最近干什么了，烧得这么严重？"

楚宁一耸肩："每天军训后就去练功，回来洗澡睡觉啊。哦，她昨晚没吹头发，还喜欢开空调吹电风扇，讲了也不听。"

裴言卿摇头，忍不住轻敲一下苏念念的额头："该！"

校医院的医生忙，确认没大事后，只让小姑娘打了点滴，便把她晾在这里躺着。裴言卿对楚宁道："毛巾、冷水、酒精，再准备些淡盐水。"

"哦，哦，我回去拿。"楚宁连忙起身，抬步出了门。

"我干什么？"季成星忍不住问。

裴言卿眼波未动："你回去。"

"为什么？"

裴言卿瞥他一眼，扯了扯唇："刚澄清，还想再被拍一次？"

"我……"季成星想反驳，却无话可说。最终他懊恼地抓了一把头发，抓起帽子，无奈地起身。走之前又看了一眼裴言卿，对方笔直地坐在床前，看着苏念念的眼神温柔而专注。

那种怪异感再次席卷心头，季成星在门外静静地站了会儿，开口道："这位先生。"他定定地看着裴言卿，"绯闻不是炒作，我本来就喜欢念念，只是时间长短问题。"他仔细观察着男人的面容，真切地看到他平和的眼眸掀起波澜又被压下。

"是吗？"裴言卿不置可否，突然轻笑一声，"等你梦想成真了，再来找我说也不迟。"

季成星摸不准他的态度，深吸一口气，转身离开。

逼仄的医务室内重归安静。裴言卿眼睛一动不动地凝视着苏念念依旧汗津津的小脸，俯身将她黏在脸边的头发拨开。此时，面前少女的眼睫微颤，下一秒，明媚的鹿眸睁开，两个人怔怔地对视几秒。裴言卿甚至听见了自己的心跳声，一下下敲击着胸膛，动作顿时僵硬住。倒是她先扭过头，闭上眼睛，不再看他。

裴言卿看着她微颤的睫毛，正要开口说话，脸上突然附上一只手。她的手心带着灼烫的温度，从他的脸颊到鼻梁，快要触碰到他的唇瓣时，他的呼吸微乱，按住她的手。

苏念念倏地睁大了眼睛，一把抽开手："是真的啊。"

裴言卿没想到她是这个反应，有些好笑："不然呢？"

"我还以为……"

是做梦。顶着裴言卿如有实质的视线，苏念念咽下后面的话。她扭过头，不再理他，只留一个冷淡的后脑勺。当初决定七十二小时不理他，现在心情不好，时间还要延长。

"怎么是你在？其他人呢？"

裴言卿压抑着情绪，冷冷笑了一声："你还想谁在？"

"反正怎么也不会是你。"苏念念闷闷道。她揉了揉昏沉的头，想稍稍换个姿势。结果一动腿，她蓦地睁大眼睛，惊慌地摸到身下，触手一片湿热——漏了。

"不巧。"裴言卿的面色冷下来，"今天还就是我在。"

苏念念哪里还有心情和他斗嘴，捂住脸，直直地卧在床上挺尸，连眼睛也不敢露出来："你快点儿走，让宁宁来。"

裴言卿的目光更沉："我要是不走呢？"

连日积攒的幽怨外加此刻的窘境让苏念念火气直冒。裴言卿永远掌控着他们的关系，觉得她烦了就不理，现在让他走又不走。她不找他，他就永远想不起她。

苏念念压着嗓音，露出眼眸质问道："那你又是以什么身份管我？我不需要。"说完她便把头扭到一边。

裴言卿的眉目凝固，仿佛染着冰雪。良久，他的唇绷直："好，那我以后不管你了。等宁宁来了，我就走。"

苏念念垂下颤抖的眼睫，喉间酸涩，像是塞了团棉花。是她太冲动了，把人越推越远。她抬手抹了一把眼睛，不敢对上裴言卿幽暗的视线。

屋内安静得几欲让人窒息。她默数着时间，等着楚宁回来。直到头顶突然传来裴言卿的声音，低沉又喑哑："嫌我烦？"

苏念念咬唇，觉得他简直不讲道理："我可不敢。"

裴言卿看她明显拒绝交谈的后脑勺，沉默了会儿，低声道："我有什么不对的，提出来，好吗？"

裴言卿垂下头，自嘲地一笑。连他自己也根本无法解释这样的行为，克制着自己保持距离，可当小姑娘真的不理她时，无法抽身的也是自己。既然无法定义立场，好像只能选择遵从本心。

"没有。"苏念念小声说。

裴言卿直直地盯着她："那为什么赶我走？"

苏念念抿唇，想给自己找个台阶，还没想好怎么开口，就见裴言卿突然凑近。身下的湿热提醒着她随时可能会社死，她慌得差点儿翻下床。

裴言卿原本也只是想替她调一下针，小姑娘动来动去，也不知道会不会跑针，结果刚靠近，她一个鲤鱼打挺，从床上翻起来。

苏念念不动，裴言卿还不知道，一动，他便看到了床单上的痕迹。他愣了几秒，一回神看见她羞愤欲死的表情，顿时什么都懂了。他哭笑不得，心中的郁气顿时散了大半："就因为这个赶我走？"

苏念念垂着头，连耳朵都红了，捂着脸说："你快走，别看了。"

人生在世，处处艰难。

"没关系。"裴言卿淡声道，又看了一眼时间，"我再让楚宁给你带点儿……"

"我自己说！"苏念念脸红得滴血。

裴言卿："带点饭。"

苏念念："……"

好的，原来他们想的不是一个东西。

裴言卿安抚道："我是医生，这样的事情不必尴尬。"

苏念念决定将社死进行到底，并将裴言卿一同拉下马，她不动声色地眨了眨眼："好，那你去帮我买吧。"她又拉住他的袖子，指尖从银灰色袖扣上一抚而过，小心翼翼地说，"行吗？"

裴言卿的目光和她的对上，几秒过后就败下阵来："好。"

好在正是午饭时间，校园超市里人不多。裴言卿掀开门帘进来的一瞬，檐边风铃摇晃，带来清脆的声音。坐在小桌前喝冷饮的几个女生抬起眸，又不约而同地移开视线，互相交换着眼色，纷纷从对方眼中窥见了看见大帅哥的兴奋，几人窃窃私语。

"哪儿来的极品帅哥？你们给我看着点，一会儿我要偷拍发论坛捞一捞。"

"捞什么捞，直接上啊！！！"

"帅哥看起来不好接近，不敢。"

"算了，还是我去跟着帅哥，拍一张放在论坛上捞一捞吧。"

…………

裴言卿目不斜视，径直走到日用品区。看着整排红红蓝蓝的包装，他不太自在地摩挲着指尖，一时不知道怎么挑。

加长是多长？够吗？裴言卿拿手衡量了一下，突然闭了闭眼，深深吐了一口气。货架上都是透明袋子，他转身从货架上拿了个书包，将所有样式的全部拿了一份，随即拎包大步走到收银台。

"加上包。"裴言卿低垂着眼，平静道，"和里面的一起算。"

收银员拉开书包拉链，看见一书包的卫生棉，动作顿了顿，忍不住抬眸看向面前的男人。

长成这样，也不像有特殊物品收集癖啊。她默默将里面的卫生棉掏出来，一包包刷码，每刷完一包，男人就连忙装进书包里，十几包再加上扫码付款，不超过三分钟。然后这看似淡定的男人，头也不回，带着落荒而逃的窘迫大步踏出超市。

"怎么样？怎么样？拍到了吗？帅哥走了……"

"拍到了。"

走过来的女生表情古怪，她把手机立给同伴看。男人侧颜精绝，像是上帝最完美的艺术品，但凝神盯着面前的货架，模样像是在思考最为困扰的难题。几个女孩儿看清货架上的东西，陷入了谜之沉默。

"你发论坛了吗？"

"发了啊。"

"货架打马赛克了吗？"

"没有。"

…………

裴言卿回去的时候，楚宁还没回来，苏念念姿态僵硬地靠在床头，动也不敢动。

他将书包放在床头，轻咳一声："买好了。"

苏念念奇怪地看着这满满一包，又看了裴言卿一眼，拉开拉链，沉默了几秒，说："你是去批发市场了？"

裴言卿："……"

他越过这个话题，看了眼已经要滴完的点滴，蹲下身握住苏念念的手：

"我帮你把针拔了。"

"你轻点儿。"苏念念嘟囔道。现在她看裴言卿握自己的手腕都有心理阴影。

裴言卿轻声安抚:"不疼的。"

他放轻动作,将胶布拉开,利落地拔下针头。温凉指尖扯过棉花球按在针头处,另一只手揉按着苏念念的手臂,帮忙放松肌肉。

"美人,你要是不当医生,就做我的专属按摩师吧。"苏念念满意地眯起了眼睛,像一只餍足的小猫,"我一定好好跳舞养你。"

裴言卿看着她那小模样,闷笑一声:"我很贵的。"

"啧。"苏念念轻哼,"谈钱就伤感情了啊。"

楚宁拿着一大包东西,进来看到的就是这番场景。那矜贵得要命、一双手都能上保险的小舅舅,蹲在苏念念面前替她按手。

哪怕是再迟钝,屋内那二人旁若无人的状态也让楚宁感到不太对劲了,她压下心头的疑问,轻咳一声,示意自己回来了。

听到声音,苏念念的心一跳,倏地收回手,莫名地有些心虚。裴言卿起身,目光淡淡地落在一边。

楚宁移开视线,尽力降低存在感,把东西放在床边说:"东西拿过来了。"

裴言卿道:"嗯,辛苦了。"

楚宁发现有些事情一旦看清楚,所有的点都很可疑。她帮苏丫丫拿东西,关她小舅舅什么事,连"辛苦了"这种话都说得理所当然。

裴言卿怕苏念念尴尬,就要起身离开,他朝楚宁吩咐:"取凉水加少量酒精给苏念念擦身降温,再让她喝点儿淡盐水。我先走了。"

楚宁点头,突然想起什么,问了句:"小舅舅,今天你怎么在这儿?"

"来参加你们下午的医学讲座。"

A 舞的惯例,每年会在新生军训的时候请医学院专家来做指导。舞蹈生多多少少都有伤病,学校对这一方面尤其重视。

"哦……"楚宁恍然,接着眼睛一亮,"那我可以不去了吗?"

"我帮你请假。"裴言卿看了一眼虚弱的苏念念,点点头,又不放心地补充一句,"好好照顾朋友。"

楚宁："……"

能别这么明显吗？

裴言卿走后，楚宁道："我去打点凉水，配酒精给你擦身，等我一会儿。"

苏念念点点头："谢谢宁宝。"

楚宁看她一眼，欲言又止。

等没人后，苏念念一骨碌从床上爬起来，看着床单上的痕迹，连忙扯下床单毁尸灭迹，又从包里拿出一包卫生棉，飞速跑去了厕所。看着不太显色的迷彩服，她松了口气。

她，重获新生！

楚宁帮苏念念擦了脸和背，两个人又吃了盒饭。这期间，她一直格外沉默，苏念念咬着筷子，时不时地看她一眼。

"看什么看？"楚宁冷淡瞥她。

"看你漂亮。"

"哼！"楚宁冷笑，幽幽视线扫过来，"说吧，什么时候的事？"

苏念念脑中过了好几种说辞，最终坦白："你都看出来了？"

"废话。"楚宁猛地放下筷子，饭盒都差点儿泼了，"你们那旁若无人的模样，再看不出来有问题，我真的就成了傻子了？！"

苏念念没答话，似是默认了"傻子"这一说。

"其实我也没想瞒着，好几次我以为你能悟出来，但……"对上楚宁危险的目光，苏念念识趣地咽下了后面的话。

"你和我小舅舅，到哪一步了？"

苏念念蒙了："什么哪一步？"

"你们没在一起啊？"楚宁讶异道。

"你觉得裴言卿那么好追吗？"苏念念摇头，苦笑道，"只是我一厢情愿而已。"

"可我从来没见过我小舅舅对别人这么好过。"

苏念念还是摇头："算了，你不懂。"

楚宁叹口气，伸手戳苏念念的额头："丫丫，作为闺密，我还是想提醒你一句。要做好失败的准备，毕竟你们的年龄差距摆在这里，我小舅原则性强，要他接受确实有点儿困难。"楚宁苦口婆心，随手点进手机上方最新跳出来的消息，"我的妈！我错了！"她瞪大了眼睛，难以置信地说，"劳什子原则。他在你这儿就没有原则！"

A舞的匿名论坛迅速飘红了的新帖："海底捞一下，今天中午十二点半，校园超市遇见的大帅哥，谁有联系方式啊？重金悬赏！"

"第一眼，好帅；第二眼，小哥哥在看什么？"

"楼主这是捞人还是寻仇，帅哥社死现场？"

"顶锅盖说一句，就算帅哥有什么特殊癖好我也认了！呜呜呜，这脸、这气质无敌了。"

"楼主别捞了，小哥哥大概率是给女朋友买的，嗑到了！"

"楼主这忒不厚道啊，怎么也不加个马赛克？"

"别说捞了，我估计帅哥估计恨不得离开这个美丽世界……"

…………

不过一个午休时间，帖子已经盖了几百层高楼，且还有不断上涨的趋势。到最后，神通广大的网友们成功串联出"神秘帅哥洗劫超市购买大包卫生棉后逃之夭夭"的整个事件。除了身份成谜，能扒的全扒了。最后一条是："帖子都飘红了，大家还没捞到帅哥吗？"

苏念念的指尖点着手机屏幕，心虚地咽下了口中的饭，是她对不起裴言卿。

"你小舅舅刚说，他下午要去开讲座？"

楚宁眼神同情地点点头："没错。"

苏念念沉默了一秒："你觉得，我该怎么委婉地告诉他这个事实？"

楚宁拍了拍苏念念的肩膀："我觉得，你先卷铺盖跑吧。我小舅舅活了这么多年，今天应该让他永生难忘。"

苏念念严肃地摇头："真正的勇士，敢于直面惨淡的人生。他一定能挺过去的。"

下午，A舞的学术报告厅内，苏念念拉着楚宁隐没于观众席，等待讲座开始。场内氛围嘈杂，干什么的都有。她默数着时间，已经开始替裴言卿尴尬了。身边两个女生貌似在刷论坛，她竖起耳朵听。

"那个神秘帅哥捞出来了吗？"

"还没呢。"

"还没？这届网友不行……"

就在此时，陈泽广播道："下面有请我们今天讲座的主讲人，A大医学院博士生导师，A大附院骨外科主治医师……"其间是一大串的履历成就，足足报了快两分钟，才到最后一句，"请大家以最热烈的掌声，欢迎裴言卿裴教授莅临A舞做指导！"

台上的灯光大亮，暖黄的灯光倾泻而下，落在台中央男人的发顶上。裴言卿不紧不慢地起身，朝台下鞠了一躬，优越的外表在此刻显现无疑。男人皮肤冷白，姿态从容谦逊，站在那里像西方神话里的神祇。

苏念念甚至听见了周围传来的吸气声和压抑不住的惊叹。

君子如玉，外表清冷，内里温润。裴言卿的声音平缓，朝台下点头："同学们好，我是裴言卿。"他的声音淡淡含笑，"不敢说莅临指导，只希望能通过今天的分享，让大家在未来的学习生活中做好自我防范。"

果然颜值即正义，打哈欠的，说话的，玩手机的，所有人的目光都被他吸引，场内响起一片雷鸣般的掌声。他的样貌太过出众，带来强烈的视觉冲击，过了片刻，冲浪第一线的同学们才渐渐回过味，这不就是论坛那个批发大量卫生棉的神秘帅哥吗？

苏念念心虚地环视一圈，不少人在窃窃私语，她尴尬得脚趾抠地，垮着脸和楚宁道："我对不起他。"

这么金光闪闪的大佬，染上了污点。

裴言卿调试出连夜做的PPT，正要开口，台下一阵喧闹，他微微蹙眉："如果有问题，等会儿再问也不迟。"

他的态度不算严厉，但带着莫名的威严，场内安静下来。

裴言卿的声音低沉悦耳，且思路尤其清晰，原本枯燥沉冗的医学讲座由他来讲述，也会不自觉入耳。苏念念托着腮，出神地看着他认真的眉眼，突然听到了身后女生的窃窃私语。

"有生之年，我竟然认真听了场医学讲座。"

"我觉得老师好厉害啊，世界上还有这样的神仙。"

"刚刚陈泽说他多少岁来着？他结婚了吗？你觉得我有机会吗？"

裴言卿这个芳心纵火犯！

苏念念倏地扭过头，对上身后女生的视线，一本正经地胡扯道："他三十六岁，孩子都有了。"

身后女生错愕地眨了一下眼："那他……离婚了吗？"

苏念念面无表情道："夫妻恩爱，鹣鲽情深。"

两个小时的讲座，裴言卿从容不迫，几乎没有说一句废话，将要点掰碎了来讲。说完，他深呼一口气，注视着台下："今天我要说的就是这些，大家还有什么问题吗？"

陆陆续续有人举手提问，裴言卿一一解答。刚开始还是些正经问题，到后来，慢慢扭转了方向。前排有个女生大胆站起来，笑眯眯地晃着手机："裴教授，不知道你看没看过我们学校的论坛？"

台下突然传来一阵爆笑。

裴言卿的眼皮跳了跳："怎么说？"

女生边笑边说："想问问您是给您女朋友买的……书包吗？"书包两个字是她给裴教授留的最后一丝体面。

裴言卿的神色一顿，眸中飞快地闪过错愕，所有的从容被打破，他无措地偏头，猛咳一声。

近千人的目光八卦地盯着台上，看着刚刚还淡定清冷的男人，脸色泛红，眉目间染上了些微恼意。台下爆笑声阵阵，整个场地都沸腾了。

在后台的陈泽见场面失控，气得上了台，正要开嗓，裴言卿抬手，冲他摇了摇头。

他重新看向台下，揉了揉眉心，无奈地笑了一下，最终叹了一声："你们啊。"

"裴教授，是不是给女朋友买的啊？"

台下并未罢休，反而乘胜追击，苏念念的心跳得飞快，脸也烧了起来。

"我发誓，这是我第一次见我小舅舅这样。"楚宁摇着她的手，压抑着兴奋，低声说，"你们要不是真的，我就是假的！"

苏念念屏住呼吸，眼睛一动不动地盯着台上，然后她听见裴言卿柔声澄清："不是女朋友。是我们家姑娘。"见女生还想问，他当先堵住了话头，"至于是谁，要保密。"像是想起什么，他低笑着摇头，"给她留点面子。"

他话尽于此，像是说了，又像是什么也没说。见问不出什么，不少人失望地叹了口气。

苏念念的眼睫颤了颤，垂头挡住眸中的失落，她小声对楚宁说："你看吧。"

怕再出什么乱子，陈泽直接结束了提问环节，宣布讲座结束。

苏念念拉着楚宁随着人流往外走。楚宁皱着眉沉思，突然眼睛一亮，摇着苏念念的手："那你就让他意识到，你是个女人，不是小姑娘！"

苏念念的脚步一顿："怎么做？"

"色诱！"楚宁竖起一根手指，简直要佩服死自己这灵光的小脑袋。

"……"

虽然楚宁不靠谱，但她确实提供了一个新的思路，虽不至于色诱那么庸俗，但在裴言卿面前展现得更有人格魅力一些，确实比直接尬聊更有用。

苏念念托着下巴冥思苦想，微信突然来了消息。裴言卿那个木头竟然主动找她了！

"好点儿了吗？"

苏念念转了转眼珠，回复："我还好，你怎么样？"

这下，隔着屏幕她都感受到了裴言卿的沉默，看来是不太好。她又故意问："我什么时候成你们家姑娘了？"

那边显示在输入，可半天又没有消息发过来。

"你也算裴恬半个姐姐。"

等了半天，他只憋了这样一句话。苏念念无语，故意气他道："好的，裴叔叔。"

裴言卿："……"

苏念念皱着鼻子，轻哼一声。她的下巴抵在桌面上，想了想，回复道："我这周六晚新生演出，你有时间来看吗？"

思来想去，苏念念还是觉得自己跳舞的时候最好看，是绝佳展现魅力的方式，最适合刷好感值。

这次，那边回得很快："我有时间。"

回复完这句话，裴言卿退回主界面，找到周元给他发微信："我这周六有事，帮我代一次晚班。"

"周六？不换。"

裴言卿回得很快："我帮你代两个周日。"

"成交。"

这边，苏念念摩挲着指尖，又发了两条裙子照片过去。一条是大红色的吊带长裙，上面闪耀着碎钻，只是后背镂空，像一朵艳丽的玫瑰；另一条是中规中矩的白色布裙，相比之下就少了些特点。她个人更中意前者，但突然想测测裴言卿喜欢的到底是辣妹还是小白花，于是她问："你觉得哪条更好看？"

裴言卿几乎是不假思索地答："白色的。"

"好，那我选红色的。"

裴言卿低垂着眼，指尖放大第一张模特效果图，看到肩背几乎全露在外面。他蹙起眉："这条不适合你。"

苏念念气得笑了，裴言卿的眼光果然有问题："限你一分钟内撤回那句话。"

裴言卿反问："你问我，就是为了排除我的选择？"

苏念念气死人不偿命："没错，这样我就更放心地选红色了！"

裴言卿发了两个微笑的表情，说："你开心就好。"

苏念念看着那两个死亡微笑，翻了个白眼，回击了四个过去。

军训还剩不到一个礼拜，这几天下午结束训练后，苏念念都要去大礼堂排练。这次的新生演出在军训汇报之后，自主报名再筛选。她以专业第一的成绩考进来，一开始就被定了主舞。这天是第一天排练，她赶到的时候，季成星正坐在椅子上笑意盈盈地看着她。

"老搭档。"他冲她招招手，"合作愉快。"

苏念念一愣，随即点头："这次又是我们搭档吗？"

"不然呢？"季成星挑眉，"和我搭档不好吗？"

苏念念连忙摆摆手："没有没有。"

这场舞剧，芭蕾班只有十几个名额，除了楚宁那种懒得动弹的，几乎人人都报了名，竞争很激烈。季成星指了指大厅说："现在里面正在筛选。"

"那我进去看看。"

苏念念拎起包过去，季成星跟在后头进了门。里面人不少，还都穿着军训服，所以她来的时候并不起眼。结果她还没放下包，便听到身后传来一道尖厉的女声。

"主舞已经内定了？凭什么苏念念不参选就能直接主舞啊？"

指导老师还算有耐心："因为她是第一考进来的，这是惯例。"

"呵。"女声嘲讽道，"第一？她能永远第一吗？就因为高考那一次，最好的位置我们就要让给她？她以后能永远顶着第一的名头进'中芭'当'首席'吗？可笑。"

周围一圈女生似乎也被带动了情绪，纷纷跟着附和。指导老师面色难看，正要说话，突然看到了苏念念，便招呼她："念念，你过来。"

所有人瞬间噤声，尴尬地回头，看到身后的苏念念后又默默移开了视线。最开始说话的女生叫舒瑾。她慢悠悠地将苏念念从头打量到脚，冷冷扯了扯唇。

指导老师开门见山道："这件事你怎么看？"

"老师……"

季成星刚要说话，被苏念念制止。她脱下外套，说："老师，我愿意一起参与筛选。"

这个台阶给得极妙，指导老师假意犹豫一会儿，挥挥手甩锅："那就这么定了。"

苏念念平静地看向舒瑾，目光又扫过其他人，问："以什么为评定标准？"

"跳黑天鹅，再跳三十二挥鞭转，我来评。"

众人倒吸几口气，又有几个人能跳黑天鹅呢，更何况还要在消耗体力后跳挥鞭转。

苏念念点头："知道了。"

从初中开始，苏念念就认识舒瑾了。她们总能在各大比赛遇见，从业余组到专业组，再到艺考。大大小小的比赛下来，两个人胜负参半。但最后艺考，苏念念略胜一筹，夺得了 A 舞第一的成绩。

或许是天生气场不和，这么多年，两个人也没搭上什么话，苏念念也隐隐约约感觉到了舒瑾对自己的敌意。也是前几天她才知道，寝室那个申请外住的就是舒瑾。

苏念念换完练功服和舞鞋，抱臂站在台前等待。她环视一圈，有十几个人也换好了衣服，站在台前跃跃欲试。舞蹈生非常珍惜每次舞台演出，争取任何一个曝光的机会。所有想竞选主舞的，分成了四组，每组四人，批次计时。

学芭蕾的人人都知道黑天鹅，但不是人人都能跳得出来，挥鞭转更考验体力，前三批几乎没有人能完整跳完。舒瑾选择了和苏念念同一批，音乐响起时，她冲苏念念倨傲地抬起下巴："我一定能赢过你。"

"拭目以待。"苏念念淡淡一笑。

几十个人的目光同时凝在台上，《天鹅湖》音乐缓缓升起。季成星紧紧凝视着台上的少女。苏念念大概不知道，她跳舞的时候，有多么蛊惑人心。舞台像是为她而生，她也全身心投入于舞台，相辅相成。和芭蕾很多轻巧的剧目不同，黑天鹅讲究力度，如刀般锋利，而力度，恰恰是她的优势。

初中后她才开始正规培训，功底相比从小就专门学的舒瑾稍弱。但她舍得吃苦，有着超乎寻常的毅力和韧劲，用楚宁的话来说，就是"跳起舞来不要命"，全身的肌肉都在用力，展现出蓬勃的生命力。

季成星始终觉得，苏念念未来会是国内首屈一指的黑天鹅。而舒瑾，太讲究技巧，少了黑天鹅那股劲，相对应地，也就失去了精髓。

到挥鞭转的时候，苏念念苦练的优势尽显，三十二圈下来，只在结束后按住心口，轻轻喘息。舒瑾咬着牙撑了下来，停下来的时候差点儿趴在地上，急切地看向台下的老师。老师目露激赏，看着台上，不住地点头："辛苦了，在我看来，能完成就很好。"

舒瑾呼了口气，直接问："所以老师，主舞是谁？"

老师抱歉道："舒瑾，你很优秀，但这次我还是选择念念，你还需要更努力。"

舒瑾瞪大了眼睛，死死咬着唇，连眼圈也红了。

苏念念回望过去，想说点儿什么。她也清楚自己和舒瑾各有优缺点，这次她是占了点儿运气优势，硬拼力气和体力占了上风，下次换个曲目，胜负还不一定。她刚伸出手，就被舒瑾打开，舒瑾投来冰冷的视线，随即一言不发地扭头下了台。

排练结束后，苏念念回到寝室，楚宁给她来了个大大的拥抱："欢迎我们未来的舞坛新星苏丫丫！"

苏念念讶异问："你这么快就知道了？"

"你跳舞的视频都传开了好吗？牛哇！"楚宁一挑眉，竖起大拇指，晃着脑袋开心道，"嘿嘿嘿，这回舒瑾要气死了。啰啰唆唆讲一通，不还是比不上我家宝？"

苏念念正在拿毛巾擦汗，闻言动作一顿："你和舒瑾很熟吗？"

这军训还没结束，楚宁就背着她和人结梁子了？

"熟啊，怎么不熟？"楚宁冷呵一声，翻着白眼，"天天傲得跟什么似的，就她，不知道让我受了多少气。这样说吧，我家和她家世交，从小就被拿出来比较。"她顿了顿，突然想起什么般"哦"了一声，意味深长道，"你不说我都忘了，她喊阮白表姐。"

第八章

叫我小舅妈

　　很快到了新生会演这天。上午军训汇报一结束，苏念念便要马不停蹄地赶去现场。楚宁看着她急匆匆的样子，懒散地拍拍她的肩："慢点儿，等着我去给你送饭啊。"

　　苏念念点头，舔了舔唇，欲言又止："那个，和你说件事，晚上你小舅舅要来，到时候你不要太惊讶。"

　　楚宁用力掐了把苏念念的脸："你可以啊，苏丫丫，背着我单独行动，还真把人请动了？"

　　苏念念眨巴着眼睛点头："不是你说要色诱吗？我这难道不是在积极履行职责？"

　　"你和季成星跳情歌，能诱什么？"楚宁的面色一言难尽。

　　苏念念摸了摸鼻子，嘟囔："我当初哪知道要和他搭档？而且，他要真能因为这个不高兴，我还诱什么诱，早就直接扑上去了。"

　　楚宁："……"

　　下午，在后台等待化妆的时候，苏念念接到了苏焱的电话。

　　"苏丫丫。"苏焱幽幽地喊她，声音低沉沉的。

　　"嗯？"苏念念心虚地咽了咽口水，想起自己自从上次拿了钱后，好像再没主动找过苏焱。他一般隔日打电话来，但她军训太忙，说不了几句就要挂。她总说晚上回个电话，但一来二去总是忘到脑后。

　　总之，苏念念反思了下自己最近的行为，格外像一个跑路的无情渣男。她讨好地笑了笑："哥哥好呀。"

　　苏焱冷冷地嗤一声："你还记得我这个哥呢？卷了钱就跑？"

苏念念转了转眼珠："这不是怕打扰哥哥休假吗？"

"是吗？"苏焱气得舔了一下后槽牙，差点儿笑出声，"不巧，我开学三天了。"

苏念念顿了顿，补救道："这不是怕打扰哥哥学习吗？"

"呵呵。"苏焱从牙缝挤出点笑，突然觉得暑期那个凡事为他考虑、三伏天还给他做饭送过来的苏念念了无行踪了。

苏念念试探着问："哥哥，有什么事吗？"

"没事就不能找你了？"苏焱冷哼，又别别扭扭道，"你难道没有什么事要和我说吗？我今天有空。"

苏念念飞快地琢磨着说辞，最终小声道："那你好好休息？"她又顺着毛捋，"明天放假，我回家给你做饭。"

"谁想着吃饭了？"苏焱怒言。

苏念念无奈："哥，我这马上就要上台排练了，你有什么事……"

苏焱打断她的话，吊儿郎当道："你哥我准备百忙之中抽出点时间莅临现场，给我留张票。"

——还百忙之中？谁要你来啊？

苏念念咽下一肚子的吐槽："哥，你这么忙，就不用为我担心了，就这么定了。"

结果苏焱直截了当地说："挂了。"

"……"

A舞会演向来一票难求，苏念念是参演人员，把自己的票留给了裴言卿，现在苏焱又来掺和一脚，她哪儿来的票！最终，她发消息给苏焱："哥，我没票了，要不……"

"你的票呢？"

"楚宁舅舅要来，就给他了。"

苏焱听起来很暴躁："怎么又是那个老男人？"

"所以哥，这委屈咱不受了，下次我一定给你留贵宾专座。"

那边显示在输入中，苏念念摩挲着指尖等待，直到耳边传来化妆师的呼唤，她才被迫放下手机。

隔壁是个大化妆间，专门给非主要人员化妆，里面人头攒动，衣料摩擦间，满是汗气。

舒瑾极力压抑着不耐烦，冷着脸坐在化妆镜前。化妆师夹睫毛时夹到了她的眼皮，她叫了一声，瞪过去，一把夺过睫毛夹："你能不能小心点儿？我自己来。"

化妆师耸了一下肩，也没再管她，直接走了。

"这都什么人？！"葛佳翻了个白眼，又殷勤地看向舒瑾，"阿瑾，怎么你还要在这种地方化妆啊？"

舒瑾的脸色一寒，扔下睫毛夹，睫毛夹敲击桌面发出"砰"的一声，她冷冷道："不说话没人把你当哑巴。"

葛佳讪讪地闭了嘴，勉强扯了扯嘴角："是我不会说话。"

"帮我倒杯水。"舒瑾连眼皮也没掀一下，就理直气壮地把杯子递给她。

葛佳顿了顿，还是说了声"好"。她端着水杯出了逼仄的化妆室，外面不停地有人走动，透过层层叠叠的人，她目光不经意一扫，顿住。

少女的黑发高高盘起，耳边还别了一枝玫瑰，火红的长裙直直坠下，勾勒出极细的腰。脊背白得晃眼，形状优美的蝴蝶骨随着少女跳动的脚尖而起伏。人群中，仅仅是一个背影，就漂亮到惹人瞩目的程度。

葛佳不自觉地屏住了呼吸，还欲再看，下一秒，少女转过身，是一张明艳到极致的面容，摄人心魄，她低头看着手机，不知看到什么，眉目间尽是笑意。

葛佳的瞳孔一缩，是苏念念！她为什么会在这里？还穿着演出服！难道她考上A舞了？她死死咬住下唇，目光一动不动，似乎想把少女的面容凿个洞。下一秒，少女笑容更甚，甚至点起脚尖转了个小圈，跳着离开了。

葛佳魂不守舍地打完水，回到化妆间。舒瑾一把拿过水杯，冷哼一声："这么慢。"

葛佳终究没忍住问："阿瑾，你知道苏念念吗？"

舒瑾喝水的动作一顿，眼风凌厉地扫过来："你怎么知道她？"

葛佳支吾道："我刚刚在小化妆室门口看到她了。她是你的同学吗？她也是我的同学。"

舒瑾面色不太自然，冷冷道："所以呢？你问她干什么？"

葛佳心中翻滚着酸水，握紧了拳头，轻嗤一声："就她，也能考进 A 舞？也不知道家里塞了多少钱。"

舒瑾睨她，脸色难看。她前几天还输给了苏念念，葛佳说这种话是在编派谁？她不悦地说："你这是什么意思？你照照镜子，看看自己比得上她吗？"

葛佳的脸上红一阵白一阵，眼中妒恨一闪而过："阿瑾，看来你还不知道她的黑历史吧？"

舒瑾的神色微顿，指尖摩挲着杯壁："什么黑历史？你且说说看。"

苏念念化完妆正好六点半。她收到了裴言卿的消息，他已经到了会演大厅的北大门。她赶到时，一眼就看到了站在柱子一侧的他。他身姿挺拔，清清冷冷地站在那里，就好像一幅画。哪怕是等人，他也投入全部的耐心。不停有学生走过，有的是新生，一眼就认出了他，诧异地跟他打招呼，他微微颔首。

苏念念低头看了看自己，确实太过打眼，她转了转眼珠，悄悄从侧面绕到他背后，踮起脚捂住他的眼睛。

纤长的睫毛扫过她的手心，传来一阵痒意，她故意压着嗓子："猜猜我是谁？猜对就放开你。"

少女的馨香充斥鼻间，捂在眼上的手柔若无骨，隔着眼皮传来炙热的温度，像是有羽毛不停地轻挠心尖。裴言卿的眼睫直颤："苏念念。"

"不对。"苏念念皱眉，"再猜。"

裴言卿嗓音低沉，呢喃道："丫丫。"

这寻常的乳名由他口中喊出，无端染上些缠绵悱恻之感，苏念念的手心一烫，差点儿就要松了手，她硬着头皮说："不对，再猜。"

"想让我喊你什么？"

苏念念蛮横道："喊一句仙女，就放开你。"

裴言卿从善如流："丫丫仙女。"

"让你喊就喊。"苏念念得了便宜还卖乖，放下了手，"没立场。"

裴言卿低眼，正对上苏念念昳丽的面容，有片刻的失神。乌发红唇，冰肌玉骨，鬓边的玫瑰娇艳欲滴，但都抵不上少女眉间的张扬。像是被烫着般，他无措地错开视线，又在看到她露出的雪一样白的背后沉下目光。

"好看吗？"苏念念抬起下巴，挑衅般问道。她只要想起裴言卿发的那句"不适合你"就气不打一处来，仙女的衣柜，还能有不适合的衣服？

裴言卿说不出违心话，声音微哑："好看。"他注意到周围或多或少投到苏念念身上的目光，拧紧了眉。

苏念念抱臂，得意一笑："这还差不多。"她正要把票塞给裴言卿，带着他进场，手机突然响起，看到来电显示，眉心突突直跳，一种不祥的预感升起。她心虚地咽了咽口水，冲他比口型："等我一会儿。"

裴言卿点点头。

她背过身，小心翼翼地接通了电话："哥？"

"苏丫丫，快来接你哥，我现在到……"苏焱的声音散漫，环视一周，说，"大概是北门吧。"

"什么?！"苏念念瞪大了眼睛，"你怎么来了？"

苏焱凉凉一笑："你去看看我五小时前给你发的消息。"

苏念念的心"怦怦"跳，握紧手机找到微信界面，看到几小时前那条被她忽略的消息："我花重金买了黄牛票，不要太感动，六点半门口接哥。"

像是有心灵感应般，她倏地抬眸，正好看到台阶下边插着兜打电话的苏焱。她的心脏都快要跳出来，在他抬起头的前一秒，飞快地转过身，直接拽着裴言卿绕到柱子另一侧，死死将他压住。这里正是他看不见的死角。

见那边久久没有动静，苏焱不满地出声："喂？苏丫丫？"

此时，苏焱已经站在柱子后，苏念念慌得恨不得把手机扔了，直接按了挂断。裴言卿张了张唇，正要说话，她的手指已经压在他嘴唇边，慌乱地冲他摇头。

苏焱看着骤然被挂断的电话，冷笑一声："挂我电话？长本事了啊。"

他不经意地侧过头，正看到方柱后露出的一缕明丽的红色裙摆。

裴言卿听到了苏焱的声音，又看了一眼胸膛前埋头装鸵鸟的小姑娘，瞬间了然。他扯了扯嘴角，他是有多见不得人，还要像做了什么亏心事似的躲着苏焱。他抬起苏念念的下巴，在她耳边低声道："躲什么？"

他神色坦然，倒显得她很有问题。但他为什么能这么淡定？苏念念有些丧气，扭过头不说话。

"那就在这儿等我。"裴言卿轻笑着摇头，轻捏了一下她的丸子头。

苏念念把票塞给他，急急地嘱咐："我不等你了，你快把我哥弄走。"说着，她又往柱子中间挪了挪，紧张得直吸气。

裴言卿："……"

苏焱给了苏念念一分钟时间反省，如果她一分钟内把电话拨回来就原谅她。他对着表数秒数，手机没有丝毫动静。很好，他面无表情。那就再打一次，他正要拨通，头顶上突然盖上一片阴影。

"苏焱。"一道熟悉的男声传来，苏焱的手一抖，手机差点儿掉下去。

苏焱抬头，像见了鬼一般看向突然冒出来的裴言卿。他奇怪地环视一圈，僵硬地笑了笑："真巧啊，裴老板。"

"嗯，挺巧的。"

"您也来看演出？"

"嗯。"

"哦。"

接着是漫长的冷场。苏焱心中一万头神兽奔腾，脑袋飞快地转着，正想着怎么快速脱身，就听平时惜字如金、一句废话不和他多说的裴言卿淡淡道："一起进去吗？"

苏焱一脸惊诧，顿了顿，勉强点了点头："好啊。"

临进去前，苏焱还回头扫了一眼方柱。那缕红色的裙摆早已不见踪影。裴言卿随着他的视线看过去，面色平静地问："怎么了？"

"没怎么。"苏焱有些烦躁地抓了把头发，摇摇头。

苏焱按照门票上的座位坐好，发现自己竟然就在裴言卿斜后面。晚会还有十分钟开始，他翻着手机，看到苏念念刚发来的信息，心里的火稍降了些。

"哥，哥，哥，对不起，再也不敢挂你电话了。"

"你刚刚在干什么？"

那边隔了一会儿才回:"在和老师说话。"

苏焱气消了大半:"行吧,原谅你了。"

观众席上,苏焱翻着座位上的节目单,苏念念的节目被放在了后半场,然后又兴致缺缺地看了一眼台上,决定开把黑。

刚打开游戏,前排突然出现了一道身影,光线骤然被挡,苏焱不爽地拧起眉,一抬起眸便愣住了。

女人身着红裙,妆容得体,笑容满面地注视着旁边的裴言卿。苏焱一挑眉,正听到女人喊:"三哥哥。"

怪不得,一切都有了解释。这算什么?金柱藏娇?苏焱掩着面笑,又拍了张照片发给陆玄。配文:"自寻亮点。"

阮白着实没有想到这时能遇到裴言卿。但转念想到和舒瑾同班的楚宁,又反应过来,这样也算是意外之喜。她绞尽脑汁地找着话题,正巧到下个节目,她看了一眼节目单,微笑道:"这是我们家舒瑾的节目呢。"

裴言卿的脊背笔直,目光一动不动地凝在台上,只淡淡地应了一声:"嗯。"

阮白没再多话,心道裴言卿对楚宁这个外甥女还挺重视的,结果刚扭过头就见他右手边突然坐下个人。楚宁大喘着气:"累死我了,总算赶上了。要不是有苏丫丫的节目,我都懒得来。"

裴言卿凉凉地瞥她一眼,目光又回到舞台上。

阮白垂下眼挡住眸中的晦暗,指尖骤然握紧,原来他只是来看苏念念的!

这时,场内灯光骤暗,只有台上闪烁着明亮的光影,暖黄的灯光从上倾泻而下。耳边音乐轻盈,仿若幽静的林间。少女舞步蹁跹,一步一步,踩着节奏,像是踩着羽毛般踏到舞台中央。火红舞裙随着脚尖的旋转、跳跃潋滟起伏,少女扭过头来,人面桃花,竟比耳边的玫瑰还瑰丽三分。

每一个动作看似轻盈,却又带着不轻的力道,她的脊背雪白,弧度优美,纵然跃起时,绷紧的脚背连接着笔直纤细的小腿。那些根本不可能完成的动作,靠着少女惊人的身体柔韧度,变得如此轻易。

阮白承认,这样的苏念念,美得摄人心魄。她不由自主地看向身旁的男

人，心重重一跳。原来，那样不染凡尘、清冷端方的眉眼，竟也会染上属于
人的烟火。

痴慕。阮白脑中浮现这样一个词，不可思议，却又真真切切。

随着音乐的递进，"王子"季成星登场，伴舞一齐涌上。但经过这样惊
艳的开场，后排所有，包括"王子"，似乎也成了少女的陪衬。

双人舞动作亲昵，拥抱，甚至贴面。感受到周身温度骤降，阮白用眼角
的余光扫去，正看到刚刚眼睛还一眨不眨盯着台上的男人，突然低下了
头，眉目含霜带雪。倒是楚宁，不停地拉扯着裴言卿的衣袖："看啊，快看
啊，丫丫跳得这么美，你怎么不看？你不专心！"

裴言卿掀起眼皮，台上的少女整个人埋在少年怀中，少年的手轻轻搭在
她后背，二人的面颊若即若离。他眯了眯眼，深深吐出一口气，心中闷气却
没得到丝毫减少。下一秒，他又低下眼，下颌紧紧绷着，手指一下一下地敲
击着扶手。

"行吧。"楚宁耸肩，"你不看，现在结束了。"

裴言卿抬眸，台上红裙少女双膝微屈，优雅地躬身，修长脖颈弯起优美
的弧度。

他的目光随着少女移动，评价道："前半段更好看。"

楚宁："后半段也没毛病好吗？苏丫丫的动作多标准啊。"

随即她听到裴言卿道："她整场跳得都好。"

楚宁心中无语，这是什么精分发言？什么叫前半场不错，后半场拉垮，
整场又很好？

她琢磨着这句话，怎么听怎么奇怪，她脑中一个念头即将破土而出。

就在此时，灯光大亮。所有人的脸清晰显现。楚宁听到后排传来一道不
确定的男声，带着些懒散："楚宁？"

苏焱的目光凝在楚宁搭在裴言卿衣袖上的手，目光满是疑问。楚宁坦然
地招了招手，跟他介绍："不要误会，这是我小舅舅，叫裴言卿。"说着又
拉了拉裴言卿的衣袖，"这是苏焱，你应该没见过，是苏念念的哥哥。"

楚宁一头热地介绍完，发现除了她以外的两个人都异常沉默。

苏焱的表情古怪，愣怔半晌，从唇中吐出两个字："舅舅？"

他的目光又从裴言卿身上转了几圈，舔了舔后槽牙，一时不知作何反应。

"苏焱是我的学生。"裴言卿淡淡道。

楚宁"咝"了一声，在心中为苏念念啪啪鼓掌，这追个人还带瞒天过海、双管齐下的。她直觉自己捅了娄子，不再去看苏焱怀疑人生的表情，讪讪地回了头。

后排，苏焱幽幽地盯着"野人"的头顶，指尖摩挲着手机，耳边嗡嗡响。他扯了扯嘴角，用力敲屏幕："小鬼，明天给我老实回家。"

后台休息室，苏念念平复呼吸，懒懒地靠在软椅上。季成星站在她面前，竖起大拇指："念念，永远的神。"

"谬赞，谬赞。"苏念念摆了摆手，缓了一会儿，她直起身告别，"那我先走了？"

"好。"季成星的声音有点儿哑，留恋地看着她窈窕的背影。

苏念念背起包，拿着手机，一条条看着消息，看到裴言卿的头像框，心里痒痒的。她还想再见他。结果下一秒，她同时翻到楚宁和苏焱发来的消息。

楚宁："救命啊，宝，我对不起你！我好像翻车了……回来和你细谈。"

她的目光停在苏焱那条意味不明的消息上，额角突突直跳。翻车是怎么翻的？翻了多少？但只要没全翻，她就还能坚持。

苏念念心虚地摸着鼻子，将苏焱的消息标为未读，准备装死，又舔了舔唇，决定顶风作案，给裴言卿发了消息："我送你出去？我现在在后台。"

那边一时没回复，苏念念停下脚步，靠在墙边等消息。直到对面大化妆间的门突然被打开，舒瑾一把将手中的包丢在身后人的身上，转着手腕，颐指气使道："帮我拿着，重死了。"

苏念念抬起眸看去，目光越过舒瑾，落在她身后，重重一顿。几个人面面相觑几秒，最后苏念念先移开视线，就要离开。

舒瑾笑得讥诮，明知故问道："苏念念，怎么见着我就跑啊？"

看见苏念念这般避之不及的模样，葛佳心中积攒了一晚上的郁气一扫而空："对啊，念念，大家都是朋友。"她加重语气，意味不明地补充，"彼此都知根知底的。"

苏念念回眸，定定地看了她们几秒，冷淡道："你们想说什么？"

舒瑾歪头笑了："这不，佳佳想和你叙叙旧吗？"

苏念念笑容嘲讽："叙旧？"

一瞬间，她的目光沉得仿若寒潭，上前几步，居高临下地看着葛佳。葛佳被她看得脊背发寒，不由自主地往后退了一步。她的声音极冷："我告诉你，以前的事，我没有追究，是你幸运，但这绝不是你要挟我的筹码。现在，你要再敢用那些事打扰我的生活，你看我会不会放过你。"

葛佳心头一瞬间发寒，勉强平静下来，硬着头皮正想说话，身后突然传来一道女声。

"阿瑾。"阮白笑容温和，从长廊另一边走过来，"姐姐找了你好久了。原来你在这儿。"

阮白也是一席红裙，优雅地走过来，而在她身后一米远的地方，站着的是裴言卿。

苏念念看到来人，扯了扯嘴角。果然人倒霉起来，什么想碰到的，不想碰到的，都齐聚一堂。

阮白悠悠的目光从苏念念面上扫过，点头示意："苏老师，真巧啊。"

苏念念点点头："阮小姐。"

舒瑾亲昵地勾住阮白的手臂，又皱起眉："姐姐，怎么你也认识苏念念？"

阮白淡淡一笑，抬手别了一下头发："苏老师曾去裴家教恬恬跳舞，有幸见过两次面。"

这话里话外足以透出不少信息，舒瑾的目光从走过来的裴言卿面上掠过，满眼惊艳，她朝阮白耳语："这是……姐夫？"

阮白脸一红，捏了一下舒瑾的鼻尖，嗔怪道："还早呢。"

男人面容精致，全身散发着矜贵的气质，舒瑾正要甜甜地开口叫人，就见男人径直路过她，大步走到苏念念身边，拎起她的包，问："重吗？"

苏念念吐出一个字："重。"

"我来。"裴言卿卸下她的背包。

舒瑾的笑容一僵，难以置信地看向阮白，眼神里满是疑问。阮白轻轻冲她摇头，眼眸中的情绪晦暗不明。她轻拍了一下舒瑾的后背，又看向裴言卿，笑容得体："那三哥哥，我先走了？"

裴言卿颔首，阮白又冲苏念念点了点头，随即转身离去。

站在最外围充当背景板的葛佳咬着唇，目光时不时落在男人精绝的下颌线上，最终拎着包，默默跟在舒瑾后头。

"你怎么来了？"苏念念撇了撇嘴，意有所指道，"连来个后台都有佳人相伴，真不错啊。"

裴言卿无奈道："不是你说你在后台吗？"

"是是是。"苏念念偏过头，轻哼一声，又嘟囔，"听见刚刚我同学叫你什么没？姐夫？"

裴言卿看着苏念念傲娇的后脑勺，觉得有些好笑，目光隐隐闪动："是吗？你不高兴？"

"什么啊。"苏念念岑毛，径直往前走，恨恨道，"明明你是来找我的，怎么就成了别人的姐夫了？"

简直就是不守男德！

苏念念越想越气，把刚刚那些糟心事都抛在脑后，她一边走一边教育着他："有些事情，如果是郎无意妾有情，你就要及时和人家说清楚，现在这样不清不楚的——"她顿下脚步，"说好听点儿，叫温柔，说得难听点儿，简直就是……耍流氓！"

裴言卿跟在小姑娘身后，听着她的嘴像机关枪一样，乱七八糟的话突突地往外冒，眉眼间全是笑意。

"你的意思是，我喜欢一个姑娘，就要让她明白，对吗？"裴言卿的眼睛里闪着细碎的光，描摹着苏念念精致的侧颜。

苏念念霎时惊醒，咬着唇说："你什么意思？你有喜欢的人了？"

裴言卿的桃花眼漆黑如寒潭，包含着诸多她看不懂的情绪。她方寸大乱，掩下眸中的惊疑不定。

然后她听见裴言卿轻声说："嗯。"他的声音含笑，"但是她好像还不知道。"

苏念念的脑中一片空白，鼻子霎时就酸了，她的鼻子一抽一抽的，勉强控制住情绪："那你可千万别让她知道。在不确定对方的心意之前，不能太冒失，要放慢节奏，步步为营。"

裴言卿听着她一本正经地瞎扯，忍笑配合道："你说得对。"他走近两步，看着小姑娘低垂的眼睫，低声道，"我得对她更好一点儿，让她自己明白。不然，怕吓着她。"

两个人正好走到 A 舞著名的燕子湖边，柔白的月光倾泻而下，风吹树动，带来阵阵凉意。裴言卿的声音低沉如大提琴，是她从未体会过的温柔。但这温柔，很可能对着的是别的女孩儿。

苏念念觉得自己再和他谈论一秒这种话题就要暴走了。她用力眨眼，缓解着眼中的酸涩，蛮横道："这种事，不要和我说，你爱怎么办怎么办吧。"她的脸紧绷着，大步往前走，"走快点儿。"

她瞬间炸毛的模样，就像是一只小鱼干被别人抢走的猫。裴言卿摇头，低笑了声，拎着包跟上："我送你回寝室。"

苏念念本意也只是想见他，管他谁送谁，现在却情绪失控，一秒都不想多待。十分钟的路，被她缩减了一半。

到楼下后，她一把夺过裴言卿手中的包："再见。"

裴言卿看着她小没良心的身影，叫住她："等一会儿。"

苏念念脚步顿住："干吗？"

他表情稍顿，正色说："你跳舞很好看。"

苏念念的脸突然有点儿热。她别过脸，缓解着心跳，别别扭扭道："你还是去哄她吧，我不需要。"

裴言卿失笑："好。"

"我走了！"苏念念简直要气死了，用力地呼吸着。她要赶快回去查查，到底是哪个小妖精！

苏念念其实一直有点儿小自恋，心里隐隐有一种猜测，但只要一想，又觉得像是被馅饼砸中一般，一直以来渴求的东西，突然落进怀里，不太真实。

万一就是她自己太自恋呢？毕竟裴言卿这种木头，和她探讨追女生的秘诀，也不是不可能。所以，对待这种情况，她必须慎之又慎。

回去的时候，楚宁正在敷面膜："哟，私会回来了？"

苏念念瞥她一眼，清了清嗓子："注意言辞，什么叫私会？"

楚宁不置可否，语气凉凉的："你哥连他是我舅舅都不知道，我也不知道你哥是我舅舅的学生。"她义正词严地教育，"苏丫头，瞒天过海的本事不小啊，这要搁在古代，你们就是枉顾父母之命，叫私奔！"

晚上发生了太多的事，苏念念一时半会差点儿忘记了这个。她懊恼地拍了一下额头："你们都知道了？"

"哼哼。"楚宁耸肩，同情地看着她，"我知道还不算什么。你想想该怎么跟你哥解释吧，今天他的脸都黑了。"

苏念念无力地靠在软椅上，头痛地揉着头发："那我该怎么办？不管他早知道晚知道，总要知道的。"

楚宁还在帮她分析："不过，这样也好。毕竟这种事情，还是给苏焱一点儿心理准备吧，循序渐进，万一你到后头突然来个猛的，他一时半会儿接受不了，昏厥过去怎么办？"

苏念念点点头："你说得有理。"

她又怔在原地发了会儿呆，突然问楚宁："你小舅舅今晚和我说，他有个喜欢的人。"

楚宁在漫不经心地刷微博，闻言"嗯"了一声，几秒后她才反应过来，差点儿从椅子上摔下去。

"我小舅舅，和你说这个？！"楚宁瞪大了眼睛，声音颤抖着问，"你怎么回的？"

"我就很生气啊。"苏念念愤愤道，"到底是哪个小妖精背着我勾搭他？"

楚宁戳了好几下苏念念的额头，恨铁不成钢地长叹一声："你傻啊，他这和直接表白有什么区别？像他那样迟钝的人，能和你说这个，已经是我家祖坟冒青烟了，你在搞什么啊？"

苏念念顿了顿，捂着脸小心翼翼道："其实我也有这种猜测。但你也知道我一贯有点儿自恋，还是得等我先搞清楚。万一真有别人，还自我代入，那我就可以原地去世了。"

楚宁摩挲着下巴，点头："话是没错。那你再试探试探？"她兴奋地搓着手，想了想，还是觉得不可思议地吸了口气，"有生之年啊，苏丫丫，你是蛊王吧？竟然真有人能把我小舅舅泡到手？"

苏念念勾唇，低垂着眼，细白手指冲楚宁轻勾。

"干吗？"

"你先喊我一声小舅妈，让我过把瘾？"

苏念念是被苏焱的夺命连环电话给逼回家的，电话从早上七点开始，挂了又响，关了机后，楚宁那边又开始响。楚大小姐可没有这么好的脾气，看到来电显示后直接冲到她的床上："快，找你的，早点儿说完，别打扰我睡觉。"

苏念念揉着酸涩的眼睛，忍住没发火，喊了声："哥。"

"回来了没？"苏焱闲闲道，"我下午没课，中午回来要在家里看见你。"

苏念念揉着头发，深深呼一口气："中午的事，你这么早给我打电话？"

"我今天早八……我都醒了你怎么还能睡。"

言下之意就是，他不睡她也别想睡。

苏念念的白眼快翻到天上去了。她觉得苏焱这种人，根本不值得同情！昨天就该翻车翻得更彻底一点儿，给他致命打击！

挂断电话后，苏念念正要把手机塞给楚宁，就见她已经躺在自己床上，霸占了整个位置。

"起来，回自己床上去。"苏念念说，"我也要睡。"

"不走。"她指了指自己眼下的青黑，有气无力道，"你昨晚在床上翻跟头吗？像我这种睡眠质量的人，都能被你震醒。"

苏念念心虚地眨了一下眼。没错，她昨晚失眠了。一闭眼，脑子里全是裴言卿说的话，越琢磨越觉得那个人是自己。大半夜的，她的心跳得飞快，拱来拱去就是睡不着。

A舞的床小，还破，动起来相连的床位都会受到影响，这就委屈了楚大小姐。

"好，你睡吧。"苏念念笑容温和地捏了把楚宁的脸，"小舅妈不对你好，谁对你好？"

楚宁："……"

她骤然想起自己辈分骤降的委屈，拿过小抱枕往苏念念身上一扔："苏丫丫，你这个奸诈的女人！"

在到家之前，苏念念先去了超市，认真挑选了些菜，还买了些苏焱爱吃的零食。

站在门口，她小心翼翼地开门锁，"嘀嗒"一声，门被打开，她探进个头环视一圈后，松了口气，苏焱还没回来。她在最显眼的地方将零食摆盘，又跑进厨房榨了杯西瓜汁放在零食旁。

苏念念围上围裙，拿出刚刚买的牛小排和大虾放在水下冲洗。这回买的全是苏焱最爱吃的，他嘴刁，喜欢吃的全是她不爱做的。但碍于昨天翻个小车，后面预计还有大车要翻，得先把他哄顺了。

苏焱回来的时候，苏念念刚好做完红烧大虾，迈着小步端到了桌上。

"哟。"苏焱摘下头上的鸭舌帽，捋了把头发，语气没什么温度，"终于舍得回来了？"

"哥哥在哪儿，家就在哪儿。"苏念念笑眯眯地指向桌上的零食和西瓜汁，"哥，你先喝点儿西瓜汁解暑，我再炒个菜就开饭。"

苏焱目光扫向桌上丰盛的一片，嗤了一声："我记得你上次做这些，还是你偷拿我的游戏账号，一晚上连跪十局的时候。"

苏念念："……"

"过来。"苏焱灌了一口西瓜汁，又拍拍身边的位置，"自己交代还是我逼问？"

苏念念坐得笔直，黑亮的眼睛乖巧地看着苏焱，秉持着敌不动我不动的原则，一声不吭。

"楚宁都和你打小报告了吧？"苏焱的笑容凉凉的，"解释一下，那个野人的事。"

"啊，是这样的。"苏念念状似诚恳，"我这是和你统一战线啊！摸清敌人脾性，打通敌人内部。"她咽了咽口水，"只是革命尚未成功，我本来是打算成功了再和你说的。"

苏焱怎么听怎么觉得奇怪，皱着眉问："什么意思？"

"裴言卿不是对你不好吗？"苏念念义正词严，"我决定以身试险，和他打好关系，让哥的学习生活更顺利。"

苏焱看着苏念念严肃的表情，突然……有点儿感动？

片刻后，苏焱当先偏过头，挡住快要飞起的嘴角，掩饰般清了清嗓子："行了，行了。哥还不需要你这么操心。"

两个人吃了顿丰盛的午餐。苏念念只有一天假，吃过饭又上楼收拾了点儿东西，便要回学校。临走前，她和苏焱打了声招呼："哥，我走了？"

苏焱转头瞥了她一眼，"嗯"了一声，又低头点手机。

苏念念心中轻哼一声，没再管他，开了门就走。直到坐上车后，手机突然"嗡"的一声，她点开一看，目光顿住，他又给她打了五千块，还附赠一句话："周末给我回家。"

苏念念垂下眼睫，心里突然不是滋味。

她轻点屏幕："知道了，谢谢哥哥。"

"所以你哥就这么轻易地被你蒙蔽了？"楚宁难以置信地问，下一秒又哭喊，"嗷嗷嗷，你轻点儿。"

两个人在学校的练舞室，苏念念毫不留情地帮楚宁踩胯，看她难受的小表情，严厉道："天天摸鱼，现在好了吧？给我忍着。"说完，她偏过头，心虚道，"我和我哥这样的铁血兄妹情，他为什么不相信我？"

楚宁"啧"的一声："你就作吧，你看你哥到时候要不要和你断绝兄妹关系。"

苏念念脚上更用力了些："少废话，练功。"

楚宁疼得脸发麻，嘴上还在说："苏丫丫，你为了泡我小舅舅这个祸水，哥都不要了啊？"

苏念念头疼地吐一口气："不管了，先撩到人再说吧。"

话是这么说，但接下来一周，别说泡到人，苏念念甚至都没机会见裴言卿一面。开学事情多，上课练功再加上一些杂七杂八的活动，　周时间飞逝而过。她翻看着自己每天和裴言卿的聊天记录，脸木了。

周五早上六点，她起床练功时拍了张朝阳的图片过去，配文："早呀。"

然后，下午一点，裴言卿："下午好。"

她一下午都在上实践课，到了晚上六点，她看到他回复的内容，忍住没摔手机，又发了句："你在干吗？"

这回，直接到晚上十点，她都要睡着的时候才收到裴言卿的消息："不好意思，刚下手术，昨晚值的夜班，上午在休息。"

苏念念没有丝毫想回的欲望。

过了十几分钟，那边又发来几个字："你睡了吗？"

苏念念："……"

这都什么弱智问题？她回复："睡了。"

裴言卿："……"

苏念念忍无可忍："能说点有营养的事吗？"

裴言卿："你晚上吃的什么？"

苏念念："……"

她气得捶了一下床，那头打游戏的楚宁探出头："地震了？"

"没有！"苏念念深吸一口气，按着太阳穴，"你应该感谢我，不然你小舅舅真的是没人要的典型。"

楚宁摩挲着下巴，认真道："这也不至于，我觉得为着那张脸，你还是能忍几十年的。"

"那我再忍忍。"

苏念念又躺回去，用力敲屏幕："你什么时候有时间？"

裴言卿："后天。"

"嗯，我也有时间。"

苏念念觉得自己这么个矜持女孩儿，话已经说到这份儿上了，她就不信裴言卿还反应不过来。她等待着回复，看到跳出来的消息，苏念念猛地直起身。

"你有什么想去的地方吗？"

这一瞬间，苏念念简直要泪流满面，这木头终于开窍了。她冷静地反问："你呢？平时都会去哪儿？"

"会在家休息。"

苏念念考虑到他的工作时间，善解人意道："那就去你家休息吧。"

这话发出去，那边沉默了。苏念念反应了半天，突然瞪大了眼睛，她到底发了什么不矜持的东西！她的手一颤，想要撤回表示她不是这个意思，结果急急忙忙之下误点了删除。

得。苏念念捂着脸，自闭地把手机往旁边一扔，在床上扭成麻花，五分钟后才有勇气重新拿回手机，眯着一只眼睛看消息。

裴言卿："你愿意来，就来。"

苏念念心中万马奔腾，脑瓜子都"嗡嗡"的。她难以置信地捂着脸，这么刺激的吗？裴言卿是傻吗？竟然随随便便放一个女人进家门，一点儿防范意识也没有。

意识到这个严肃的问题，她又找碴儿道："你怎么随随便便就答应了？"

那边很快回复："没有随便，我是认真的。"

要命。

苏念念："我懂。想要我去你家就直说啊，还要我主动提。"

虽然这种行为着实有些皮厚。那边显示正在输入中，又消失，反复跳了几次，最终发过来："嗯，是我想。"

为着这次见面，苏念念摩拳擦掌，从周六就开始拉着楚宁逛商场选衣服。她拿着一件小香风连衣裙在身上比画："你觉得这件衣服怎么样？"

楚宁抿唇，摇头："这件不行。"

"不行吗？"苏念念奇怪地看了她一眼，"挺好看的呀。"

"你知道这种做作风格像谁吗？"楚宁架着腿，悠悠道，"阮白。"

苏念念连忙放下衣服："好，你不用说了。"

许是人后真的不能讲人，话音刚落，苏念念的手机就响了，是一串陌生号码。她皱了皱眉头，点了接通，那头传来熟悉的女声，拿腔拿调："苏老师，你今天有时间吗？关十二哥哥，我有点儿事情想和你聊聊。"

第九章

绝不喜欢你

　　阮白定的地方是 A 市有名的销金窟，楚宁曾带她来过几次，据说是名媛们最喜欢打卡的地点之一。她赶到的时候，正看到阮白斜坐在沙发椅上，一下一下搅拌着咖啡，穿着香奈儿经典款上衣，还真就是那种调调。

　　看见她，阮白淡淡地扬起嘴角，指向对面："苏老师，坐。"

　　"不知道阮小姐想和我谈什么？"苏念念坐下，平静地问道。

　　阮白搅拌咖啡的手一顿，将头发别到脑后，轻笑着说："苏老师先看看想喝点儿什么吧。我们不急，可以慢慢说。"

　　——可我急。

　　苏念念无语，随手点了杯果汁："你说吧。"

　　阮白垂首，目光凝在面前的咖啡杯上，良久，她轻声道："苏老师应该知道我和三哥哥是什么关系吧？"

　　苏念念面不改色，坦然地装傻："什么关系？是兄妹吗？"

　　阮白的面色微凝，皮笑肉不笑地扯了扯嘴角："'三哥哥'是儿时的称呼，我和他也算一起长大，从小就这么喊的。"

　　"哦，也差不多吧。"苏念念点头。

　　阮白保持微笑："最近裴爷爷正在着手准备我们两家结亲的事。"

　　正巧服务员送来果汁，苏念念漫不经心地喝了一口："那成功了吗？"

　　"暂时还没。但我想苏小姐应该明白我的意思。"

　　"什么意思？"苏念念抬眸，"让我离裴言卿远点儿？"

　　阮白没说话，算是默认。

　　她笑了一声："你们这不还没成功吗？我也不算介入吧？而且，裴言卿要是松口，你还需要找我吗？"

阮白面上的笑容再也维持不住，冷下脸："所以呢，苏老师的意思是铁了心要插足了？"

苏念念抬手："等等，插足算不上。你和裴言卿不还什么也没有吗？怎么就算插足了呢？"

"苏老师当真是伶牙俐齿，真让我难以想象……"阮白停顿一秒，嗤笑道，"苏老师念初中时会是那样一个小姑娘。"

苏念念倏地抬头，眉目含霜："你什么意思？"

阮白的嘴角上扬，不答反问："你知道三哥哥的智商有多高吗？他十五岁就上了大学，十八岁出国，二十三岁就能在美国从医，在 *JAMA* 上发表文章，二十六岁就已经是博导。他是整个裴家的骄傲，也是裴爷爷最最看重的后辈。"她蹙眉，故作迟疑道，"应该不会接受……这儿不太正常的人？"她用手指点了点头，"你说是吧，苏老师？"

苏念念的指甲快要陷进肉里，竭力压抑住快要失态的情绪，声音极冷："你是没有常识吗？我没有问题。"

"噢……"阮白拖长了嗓音，轻嘲道，"嗯，没有问题。所以一百以上的加减法会算吗？"

阮白见苏念念的脸色骤然变白，喝了口咖啡，垂眼挡住眸中的快意："我已经向裴爷爷转达了这件事情。任何地方有问题他都不可能会接受的，更何况是脑子。"她苦恼地皱眉，"这要是拉低后代智商怎么办？"

看着面前女孩儿越来越差的脸色，阮白越说越觉得畅快："再者，裴爷爷想要的孙媳妇，家世、年岁相当，不抛头露面。家世嘛，你们苏家和裴家从未有过往来；说到年岁，裴爷爷只想让三哥哥安定下来，你能保证三年内给他生孩子吗？还时常抛头露面，和男演员拥抱、贴面。苏老师，你放过三哥哥吧，你是一时新鲜，但他可耗不起。现在还只是我和你说，到后面老爷子出马，就绝不会这么简单了。"

沉默良久，阮白得意地打量着面前低着头看不清表情的苏念念，说："今天是我言重了，但也是为你好，你回去好好想……"

"阮小姐。"苏念念抬头，声音微哑，"你觉得嫁给裴言卿的意义是什么？遵循父母之命，安于室，相夫教子，传承裴家的优良基因？"她笑了一声，悠悠道，"姐姐，封建王朝消亡很久了。"

阮白气急："你……"

苏念念厉声打断："我是有很多不好，但我的过去、我的梦想、我的家世，也不能任由你们指指点点。"

"你是想让裴爷爷直接找苏天泽吗？"阮白全然撕破脸，秀美的脸上闪过一丝扭曲，"让最重脸面的他知道，自家女儿被人拒之门外还不死心地倒贴？"

苏念念骤然握紧手，死死咬住唇，面上再无一丝血色。

阮白面上刻意做出的温和从容尽数消散，从鼻尖哼出一声，拎起包："我言尽于此，该怎么做你自己看着办吧，单我买过了。"

说罢，她起身戴上墨镜，踩着高跟鞋大步离开。只余苏念念坐在原地，失神地盯着某一点，半响，她抬手抹了一把眼。

苏念念一个人在咖啡厅坐到了天黑。回家的时候，家中明亮亮的，电视机旁还放着游戏的音乐，苏焱靠坐在沙发上打游戏。

厨房的王阿姨一直嚷嚷："我的少爷，快来吃饭啦，都热第二遍了。"

"再等一会儿。"苏焱懒懒道，"我让那丫头周末回来，她不敢不回来。"

王阿姨无奈地笑道："就你最宝贝丫丫。你要不再打个电话催催？"

苏焱轻呵一声，冷冷地道："我和她说一遍，就不会再说第二遍。她要敢忘记，看我怎么收拾她。"

话音刚落，王阿姨就看见了在玄关站着的苏念念："丫丫什么时候回来的啊？怎么都没声音呢？"

苏焱倏地偏过头，哼了声，冷淡道："这么晚，还晓得回来。"

"下次不会了。"苏念念低下头换鞋。

"行吧。"苏焱站起身，"过来吃饭。"

苏念念低声应道："嗯。"

王阿姨做过饭就走了。苏念念埋着头，机械地扒着白米饭。

"苏丫丫。"苏焱喊。

没有回应。

苏焱敲了一下碗，声音抬高了些："苏丫丫！你在数米粒吗？我让王阿姨专门做的菜，你不吃？”

苏念念骤然惊醒，慌乱地抬起眼，两行眼泪顺着脸颊直直往下流，她连忙偏过头。

苏焱一顿，难以置信道：“喂，苏丫丫，碰瓷儿也不带这么碰的吧？我不就说了你一句吗？”话是这么说，但他还是急急忙忙站起身，狂抽了几张纸，绕到对面，看着她哭得肩膀微抖，手足无措地拿纸巾糊在她的脸上，“你怎么了？哭什么啊？”

苏焱揉着苏念念的头，语无伦次道：“哥不是在这儿吗？”

苏念念一个人的时候还能勉强绷住情绪，但有苏焱在一旁吵吵，还这样笨拙地安慰，她的眼泪流得更汹涌。

“有谁欺负你了吗？”苏焱的表情阴沉下来，眼中有戾气一闪而过。

苏念念的肩膀一颤，睁着泛红的眼睛看着他，又摇头：“没有。”

“最好没有。”苏焱用指腹擦干她的眼泪，“说清楚，因为什么？”

苏念念垂着眼睫，小声道：“因为要放弃一件很喜欢的东西。”

苏焱拧眉：“有什么东西你得不到？”

“不告诉你。”苏念念说。

苏焱“嗞”了一声，扯起嘴角：“得，不告诉我是吧？爱说不说，我才没这闲心安慰你。”

苏念念的情绪缓和下来，抿了抿唇，真就不吭声了。苏焱在原地等了片刻，见她依旧没有开口的意思，脸色发黑地坐回座位上。他像是堵着什么气一般，吃完饭把碗一放：“你去洗碗。”随即便冷着脸坐到沙发前玩游戏。

苏念念撇了撇嘴，随便吃了几口，洗了碗后便跑上了楼。

两个人冷战了一晚上。

睡前，苏念念抱着腿，靠坐在房间的飘窗上，拿着一叠钱，对着计算器算三位数加减法。越算，目光越黯淡。她连这些都会算错。明明对别人来说，就好像是吃饭喝茶一样简单，但对于她，就比登天还难。

没人认真了解过什么是学习障碍，从小学到初一那几年，她在别人眼里就是智商低下。

但除了对数字不敏感，苏念念真的不觉得自己智商有问题。她能看得懂名著，能流利地说英文，能做很多正常人能做的事。

苏念念闭了闭眼。不是说人各有所长吗？为什么她就要遭来这些非议呢？明明她已经很努力地想要改变，可那些旧事仍要扯着她掉进深渊。

苏念念始终觉得自己和常人一样，能够追求想要的东西。但好像并不是。有的人就如天上月，并肩立于他身边的不该是只作点缀的星星，更该是光芒万丈的太阳。所有人都说她不合适，但她的梦想才刚刚开始，按照阮白所说的，安于室、宜于家，短时间内是不可能的，她只会耽误他。

夜已深，月亮被乌云挡住，只余婆娑的树影在风中摇曳。苏念念咽下喉间的苦涩，沉吟良久，最终将早已编辑好的一句话发给裴言卿："不好意思，突然想起来明天还有事，来不了了。"

破天荒地，裴言卿这天准时下了班。周元赶来值晚班，拍了拍他的肩，酸溜溜道："哟，今天运气不错啊。"

"还可以。"裴言卿换下衣服，也没否认，说完就要走。

"走这么快干什么？"周元喊住他，眼神玩味地笑了一声，"不知道的还以为家里藏着什么小甜心呢。"

裴言卿的脚步一顿，回过头来。

周元见他的表情怪异："不是吧？还真有啊？"

裴言卿不置可否，犹豫半晌，低声问："你知道现在的小姑娘都喜欢什么东西吗？"

"啊？"周元蒙了，"多大的小姑娘啊？"

"就……"裴言卿抿了抿唇，生生咽下了十字打头的数字，含糊道，"二十出头吧。"

周元一拧眉，发现事情并不简单，难以置信道："你这是有情况了？！"

裴言卿未吭声。

"二十出头？"周元轻"啧"一声，几秒后，他好像想起了什么，猛地瞪大了眼睛，"不会是上次那个小女孩儿吧？"

裴言卿没有否认，淡淡地看回去。

"看不出来啊。"周元耸了一下肩，挑眉道，"你这么禽兽的？"

裴言卿扯了扯唇："我走了。"

周元挥挥手："行，行，行，当我没说。你买束玫瑰花，或者口红包包什么的，越贵越好。然后女孩子其实都特爱吃，嘴上说着要减肥，遇到购物节，一箱箱扛回去的一半是零食。你把这些都买得七七八八了，说话时再把你的脸靠近一点儿，我相信没有女人，呸，小女孩儿能逃出你的手掌心。"

裴言卿沉默几秒，思索了片刻后，郑重点头："我知道了。"

楚宁接到裴言卿的电话的时候正靠在床上打游戏。好不容易假期，她回了趟家，正快活得不知天地是何物。

裴言卿单刀直入："有时间吗？"

"没有。"楚宁焦头烂额，没有什么比游戏中途被打断更让人焦心的事，偏偏这电话她还不敢挂。

那边默了几秒，说："是吗？本来说给你买东西……"

"等等，我马上下楼。"

楚宁坐上车后座，慵懒地眯起双眼："小舅舅，怎么突然想起怜爱你最亲爱的小外甥女来了？"

裴言卿看着后视镜倒车，眼皮都没掀一下："你们一般喜欢什么牌子的包和口红？喜欢什么花？喜欢吃什么零食？"

"只要是贵的，我都喜欢。"楚宁说完，车内一片寂静，疑惑地看向后视镜中裴言卿淡漠的眉眼，恍然间发现了亮点，是"你们"不是"你"。

好家伙！终究是她错付了！

"小舅舅。"楚宁卡在前排座椅的空隙，冲裴言卿挤眉弄眼，"你这是准备下手了？"

什么叫下手？说得和违法犯罪似的。

裴言卿蹙眉："好好说话。"

"哼。"楚宁抬起下巴，泼冷水道，"你就那么自信苏丫丫能接受你这么大年纪的？"

裴言卿的面上闪过一丝迷茫，恍惚了片刻，说："我不知道。"

楚宁观察着他的表情，突然乐了。她这小舅舅在情感上还真是一张白纸。

她记得自己曾在某不知名的情感期刊上看过。男女关系中，很多时候，都是女人慢慢下钩子，男人愣愣地咬了钩，最后傻乎乎地以为是自己先将人追到了手。

"那她要是不接受，怎么办？"楚宁突然想逗逗他。

裴言卿的眼波微动，轻声道："那我更努力一点儿？"

"噗。"楚宁笑出了声，故意道，"季成星也喜欢苏丫丫。你觉得苏丫丫图你什么呢？图你年纪大？图你情商低？"

正巧到了商场停车场，裴言卿停下车，握住方向盘的手攥紧，他冷冷地扯了扯唇："楚宁，你还想买东西吗？"

楚宁立即做了个闭嘴的手势。

但裴言卿很快发现，带上楚宁出来逛街是一个极其错误的选择。商场十几层，从第一层逛到最顶层，平时多走几步路就嚷嚷的大小姐，逛起商场来竟然连气也不喘。最后他拎着十几个大包小包，无奈地问："还没好？"

楚宁抱臂，理直气壮道："小舅舅，如果你连这点耐心也没有，那就算了吧。苏丫丫逛起街来的步数相比我只多不少。"

裴言卿的额角跳了跳，深吸一口气："走吧。"

逛完已经是晚上十点。临走前，裴言卿突然想起来送花的事："她喜欢什么花？"

楚宁讪讪一笑，思考了片刻："你追人，那不就是送一大束红玫瑰？如果你抱着九十九朵玫瑰，再出卖一下色相，应该差不多了。"

裴言卿："……"

楚宁只是随口一说，毕竟送花这么庸俗的事，她不信裴言卿会去做。当裴言卿真的抱着一大束花上车的时候，她差点儿没惊掉下巴。

冷冷的月光下，男人抱着一大束红玫瑰，向来清冷的眉眼像是蒙上一层柔雾，黑眸淡淡看过来时，让人止不住地心乱跳。

"这花行吗？"裴言卿询问，将花递过来，握着花束的指尖温凉如冷玉。

行啊，怎么不行。

楚宁就差嗷嗷乱叫了，原来男人送花真的是一件浪漫至极的事情！她忍住想把花一把抢过来的冲动，突然反应过来："苏丫丫明天不会就是我小舅妈了吧？"

裴言卿将花放在后座，闻言，嘴角上扬了一下。

"我送你回去。"裴言卿重新上车，"今晚买的东西，你可以拿走一半。"

楚宁的眼一亮，得寸进尺道："那花我能抽走一半吗？"

半晌没有回应。她扭头看过去，见自家小舅舅面无表情地看着手机，修长的指骨紧紧绷起。良久，他抬了一下眼，语气平静："花你全部拿走吧，明天暂时用不上。"

"啊？"楚宁满脸问号，"为什么用不上？你不是要和苏丫丫私会……见面吗？"

裴言卿启动车，目视前方："她说明天有事。"

楚宁奇怪地挠挠头："她能有什么事是我不知道的？"

话音刚落，她就觉得车内的气氛不太对劲。

楚宁吸了口气，悄悄往旁边瞄了一眼。裴言卿紧紧抿着唇，右手指尖一下一下轻敲着方向盘。她默默坐远了些。一般他做这种动作，就预示着心情极差。她小舅舅就这么被放鸽子了？

回家后，楚宁在微信上狂敲苏念念。

"苏丫丫，你明天有什么大事能比终身大事更重要啊？！"

"快出来！"

"你在干什么？你知道你错过了几个亿吗？！"

"苏丫丫，你人呢？"

楚宁发了这么多条消息，全部石沉大海，她的额角突突直跳，直接一个电话打过去，那边显示手机已关机。难道手机丢了？她无法，垂手摸了一把在灯光下娇艳欲滴的玫瑰，有些可惜地摇摇头。

苏念念给裴言卿发完消息就将手机关了机。她不敢看裴言卿的回应，只敢做一只鸵鸟。

当晚她早早就蒙进了被窝，睡得极其不安稳，梦里的景象光怪陆离。她梦到了以前。那些封存着的、上了锁的记忆，纷至沓来。

有些面孔早已模糊，但那些话记到了现在。

几个用人聚在一起嗑瓜子聊天，目带讥诮地看着她。

"这有钱人家就是好啊，一个傻孩子还这么金贵地养着。"

"可不是嘛，我村里那个天生的傻子，十几岁就被家里卖给隔壁村的做老婆了。"

"所以还是得看命哟。"

"嘘，别说了，当心……"

"哎哟，怕什么，这小傻子到现在一加一等于几都算不清，听不懂的。"

再到后来，她站在门外，听着苏天泽和宋紫的争吵。

"这不就是打娘胎里带出来的毛病？怀孕的时候还非要管你那公司，现在好了吧？这孩子这模样，让我的脸面往哪儿搁？"

宋紫气得回嘴："你这是怪我？说不定是你们苏家的基因呢，你家远房亲戚不就有一个智力残缺的？我有问题？那苏焱怎么就那么聪明呢？"

"算了，算了，生都生下来了，就这么养着吧。"

上了初中，苏念念的同桌是全班最聪明、最受欢迎的男生林书成，也只有他会不厌其烦地跟她说"算错啦"，然后会帮她改正。

尽管他对谁都很好，但苏念念还是格外珍惜这份善意，变着法子给予回报。她会给他带牛奶，会给他做点心。直到班里最聪明漂亮的女生葛佳笑嘻嘻地问他："苏念念是不是在追你啊？你喜欢她？"

林书成的反应很大，一向和煦的笑容骤消，不以为意道："怎么可能？我会喜欢一个连加减法都不会的傻子？"

这句话就像是压死骆驼的最后一根稻草。她想，世人的嘴脸怎么会这么丑恶？

苏念念直接休了学，躲在家里的舞房里，跳了两天的舞。只有跳舞时，她才能感受到绝对的自由，才能突破所有禁锢着她的牢笼。

当她提出转学的请求时，苏天泽严肃地说："如果选跳舞，那你就只有这一条路。因为你别无选择。"

"我不会后悔的。"苏念念记得自己这样回答。

苏念念再次睁开眼时，已经快到第二天中午，枕巾被泪水浸透了一大片。她失神了好一会儿，揉了揉酸涩的眼睛，摸索到手机，开了机手指微颤地点进和裴言卿的对话框，界面还是昨晚的消息，一字一句，极尽温柔：
"那我等你有时间，好吗？"

苏念念愣怔地盯着屏幕，指尖用力到发白。她轻敲屏幕，一行字删删减减，又在发送键那里踌躇良久。

"啊，不好意思，我最近都挺忙的。"

苏念念来来回回看了好多遍，咬着唇，点了发送。手机像是炸弹一般烫手，她不敢再看，神经质地将它丢在一旁。

直到手机铃声响起，苏念念心如擂鼓，做足了心理准备后才拿过手机，看到来电显示是楚宁，她松了口气，接了电话，声音沙哑："喂。"

"你这是刚醒啊？"楚宁一听就听出来了，难以置信道，"苏丫丫，你不要和我说，你拒绝我小舅舅，就是为了睡觉？！"

苏念念默了会儿，说："如果是呢？"

"你这一只脚都迈进成功的大门了，现在又反悔？"

"也不算。"苏念念走到洗手间，看着镜中脸色昏黄的自己，低声道，"只是我突然觉得，不太合适。"

这剧情一百八十度翻转，楚宁一时也不知道该站在哪边，顿了半天，憋出一句："你真嫌弃我小舅舅年纪大、情商低啊？那你早点儿和他讲清楚，他很轴的，你不说清楚，他就一根筋。"

苏念念低垂着眼："知道了。"

"唉……"楚宁还想挽回什么，有点儿语无伦次，"苏丫丫，我再说一句，我小舅舅虽然年纪是比你大了一点儿，但你错过了他，以后说不定真没有更好的……"

"我知道。"苏念念淡声打断，沉默片刻，低低道，"但他值得更好的。"

楚宁没再多说，长叹一口气："那需要我向他转达吗？"

"我找机会亲自说。"

难得的休息日，生物钟使然，裴言卿醒得很早。连日的疲惫没有因为短暂的睡眠而缓解，他仰着头，按压着眉骨，另一只手摸过手机点亮屏幕，打开微信，视线凝在猫咪头像上，并没有消息显示。

裴言卿指尖下滑刷新页面，但无论刷新几遍，甚至重连网络，还是没有。他紧紧抿着唇，又看了一眼时间，六点半，昨晚他是十点半回的消息，说不定没看到呢。他合上眼睛，沉沉地压下所有情绪。

晨练过后，裴言卿来到厨房，正要做几片吐司，目光扫过冰箱里的小蛋糕。楚宁说苏念念最喜欢的就是这家的蛋糕。

"苏丫头天生公主命，很多时候比我还讲究。"楚宁一边说着，一边将价格四位数、巴掌大的小蛋糕放进筐里，"就这家的蛋糕，要不是怕胖，她一次能吃四个。一般男人还真养不起她，小舅舅，你要做好心理准备，不要被她的外表所蒙蔽。"

裴言卿回过神，看着冰箱里静静躺着的白天鹅形状的小蛋糕，精致到每根羽毛都纤毫毕现，仿若艺术品般。他垂下眼，公主当然都要最好的，只要她愿意要。

简单吃过早饭后，裴言卿坐回书房，打开最新的学术期刊，却发现自己连集中心神也做不到。他看向旁边的手机，又看了一眼时间，还是没有消息。他的指尖摩挲着指骨，干脆合上书，拿起手机不停刷新着消息。

直到门铃声响起，一声一声，不急不缓。裴言卿倏地抬眸，平静的眉眼掀起波澜，他抬步走到门口，不假思索地打开了门。

"苏……"话到嘴边，他骤然咽下，看着面前笑靥如花的女人，他的眼神一点点凝固，回归冷淡。

阮白笑看着他："怎么，不欢迎我？"

裴言卿："老爷子告诉你地址的？"

"是的。"阮白笑盈盈地点头，往里看了一眼，"不请我进去坐坐？"

裴言卿身形未动，面无表情道："不太合适。"

阮白的笑意微凝，握着包的手死死捏紧："我今天来，有话要说。"

裴言卿蹙了一下眉，没说话。

"有关苏老师的。"阮白目光紧紧凝在裴言卿身上，"你没有兴趣了解一下吗？"

"这家餐厅据说味道不错。"阮白扬眉，指了指招牌。

裴言卿家就在附院附近，这家餐厅就在医院周围。他漫不经心地抬眸看了一眼招牌，目光顿住。这正是苏念念和楚宁提出让他开假证明的那家饭店。骤然想起小姑娘那次蹩脚的撒娇，他无声地扬唇，垂眼挡住眸中笑意。

两个人找了位子坐下，阮白看着菜单，装作不经意地问："三哥哥刚刚想到了什么？这么开心。"

裴言卿低头滑动着手机，看着依旧静悄悄的消息界面，又按灭屏幕："想到了很想的人。"

阮白的动作一顿，脸上硬撑出的笑意尽数消散："是苏老师吗？"

裴言卿没说话，好似默认。

阮白放下菜单，笔顺着桌子滚到了地上，她的语气似淬着冰："你终于愿意承认了？"

"嗯。"裴言卿坦然地回视，"没什么不能承认的，也是借着这次机会，和你说清楚。"

阮白脸色一黑，指甲甚至快掐进肉里："你打算怎么和裴爷爷说？你觉得裴爷爷可能会同意吗？"

裴言卿抿了口茶："等她愿意，我会和爷爷坦白，至于其他的，就不劳你操心了。"

阮白笑了，嘲讽一声："愿意？那你可能要失望了。"她抱臂，抬高下巴，"苏念念从初中起，就有喜欢的男孩子。"她强调，"喜欢到尽人皆知。"

裴言卿安静地看着她。

阮白沉吟着，上下打量了一眼裴言卿："苏念念喜欢的类型，就是长得好、脑子好，和她初中喜欢的男孩子一样。而这些你都刚好符合，小姑娘找到点儿新鲜感，但说不定很快就要腻了。"

裴言卿："说完了吗？"

"不信？"阮白道，"那个男孩子姓林，苏老师连学舞蹈也是为了他。"

裴言卿握住茶杯的手骤紧，闭眼仔细回忆半晌，默念三个字："林书成？"

"你怎么知道？"阮白瞪眼。

他没有回答，语气极淡："所以呢？"

阮白一耸肩："所以你要搞清楚，小姑娘有自己喜欢了七八年的白月光，现在林书成正到处找苏念念，或许一见面，误会说开了，顺理成章地就在一起了。"

裴言卿冷冷地看过去，眼神几经变换，又回归平静："那时候的感情，能当什么真？"话毕，他的目光投向突然亮起的屏幕，看清内容后，脸色骤沉。

几秒后，裴言卿站起身，自上而下地扫了她一眼："如果你只是为了和我说这个，那我们就没什么好谈的了。我的话也已经带到，饭也不必吃了，再会。"说完，他转身大步离开，步伐失去了一贯的从容。

失态了。

阮白直直地盯着男人的背影，眸中晦暗不明。她绝不相信，她能输给那样一个小丫头。她得不到的人，苏念念这样的也绝不该有资格。

苏念念开始正常地上学、放学，周末去教裴恬跳舞。裴恬依旧捧着脸问她和裴言卿的进展。但她再也没有勇气说这个话题，每每含糊带过，上完课立即就逃之夭夭。

直到裴恬垮着脸问她："姐姐，你是不是变心了？"

"没有。"苏念念几乎是不假思索地回答。

"那你怎么不努力了？"

苏念念张了张唇，说不出话来。她垂下眼："再给我点儿时间，好不好？"

就这样平静地过了两周。苏念念会时不时地盯着和裴言卿的聊天框出神。那天，他依旧回了她，很简单的一句话："最近很忙，那就过段时间。"

苏念念捂住脸，发现自己根本无法抵挡他的任何一丝温柔。怎么会有这样的人？外表清傲如霜雪，内里温柔如暖阳。就这样一个天之骄子，知道她的过去，又给予她最大的尊重，包容她所有的任性。到现在，她甚至连说清楚的勇气也没有。怎么能……怎么能有人舍得推开他？她好不容易快要焐化的冷月，怎么可以不是她的？

苏念念努力让自己忙起来，所有的空闲时间拿来练舞，又报了好几项比赛。这样似乎可以麻痹自己的神经——是不是可以再拖一会儿？

　　这周末，国际芭蕾选拔赛就要开始。选拔地点就在 A 舞，会集了全省舞蹈学院的优等生，胜出后再入围国家选拔。这个比赛她几年前就报过名，入围国赛不难，但由于国际比赛名额太少，最后都止步于国奖。今年她抱着试试看的态度，又报了次名，而楚·咸鱼·宁大彻大悟没再躺平，也报了名。

　　比赛当天，楚宁抱着臂，和她共同站在后台等待。她不经意地说了一句："哦，忘了和你说了。"

　　"嗯？"苏念念低头试着舞鞋。

　　"我妈来了。"

　　"这不挺好的吗？我哥本来也要来，但今天有课。"

　　"还有我小舅舅。"

　　苏念念猛地抬头。

　　楚宁吐了吐舌头："我说我刚想起来，你信吗？"

　　——我信你个鬼！

　　苏念念沉沉地呼出口气，手指不由自主地蜷缩起来。半晌，她低声道："那我就今天说清楚吧。"

　　A 舞的剧场呈椭圆形，盘桓在观众席之下，从高高的座位上俯视，十分恢宏大气。这天气氛相比往常会演庄重了些，座位席上除了参赛者的家长，还有慕名来观看的学生。

　　裴言悦漫不经心地翻看着选手名册，欣慰道："宁宁总算知道要争口气了。不过能不能晋级靠天收。"她摇头轻"啧"一声，对裴言卿道，"喏，你看，这一届的翘楚几乎都报名了。念念，舒瑾，这两个……"

　　裴言悦一个个往下指。

　　裴言卿的目光落在中间那个名字上，再也移不开。苏念念在第五位，名字后面跟着表演的曲目——《睡美人》。

　　裴言悦还在耳边唁叹："念念这孩子，两年前就晋级国赛了，其实她学跳舞的时间还没宁宁长，不知道吃了多少苦，一路扎扎实实冲上来的。宁宁要能有她一半用心，我们裴家祖坟都要冒青烟了。"

　　裴言卿无声地笑了笑："她的努力配得上所有荣誉。"

　　裴言悦偏头打量着自家这清心寡欲的弟弟，讶异地挑眉："你好不容易放个假，怎么不去陪陪阮小姐，却跑来看这个？以老爷子目前这架势，看来是铁了心要阮白做孙媳妇了。"

裴言卿连眼皮也未掀，淡淡地道："不会是她。"

裴言悦刚想说什么，主持人宣布比赛开始。前面几位表现得都一般，她看得兴致缺缺，还不如欣赏美色。她扭头，托着腮看着自家弟弟，脑子转呀转，突然想起什么。什么叫"不会是她"？这意思是有别人？

"老三，你刚刚那句话什么意思？"裴言悦问。

"什么？"

"你这是有喜欢的姑娘了？"裴言悦狐疑道。然后她看见自家那木头弟弟，眉眼间的清冷消融，轻轻弯唇点了一下头。

裴言悦恨铁不成钢道："那你这好不容易放天假，不去追姑娘，跑来看这个？"

台上主持人正在报幕："下面有请五号选手，来自 A 舞芭蕾舞系的苏念念，表演剧目《睡美人》。"

裴言卿的目光紧紧凝在台上，看着少女步履从容地迈上舞台，眉眼神采飞扬，闪着迷人的光彩。他的嘴角噙着笑："这不是来追了吗？"

看到苏念念上场，裴言悦本来已经集中注意力准备看表演，过了好几秒，她才反应过来裴言卿这句话的意思。

什么追？追什么？裴言悦张大了嘴，偏头看裴言卿，又看看舞台，来来回回像陀螺一样转了好几圈："你……你来真的？不是我想的那样吧？"

裴言卿竖起根手指放在唇边，眼睛都不舍得眨："等我看完。"

裴言悦仰着头，在心中默默念了三遍"阿弥陀佛"。虽然一开始，她是觉得两个人很配，但也只是想一想，毕竟年龄摆在那里，自家弟弟又是这般性子。现在裴言卿真要朝和宁宁一样的小姑娘下手，她又觉得十分作孽，很想骂几句禽兽，但毕竟是自家人。

纠结再三，裴言悦选择闭嘴，转而看向台上。相比前几位，苏念念的水平堪称全方位碾压，极其吸引眼球，让人目不转睛。

"真美啊。"裴言悦举起手机摄像，"这样的小姑娘，你要是对她不好，我和你断绝关系，听见没？"

"听到了。"裴言卿说，顿了顿，又低声笑了一声，"我怎么舍得。"

略显嘈杂的剧场渐渐安静下来，好的表演确实能够让人不由自主地投以目光，看着台上的人光芒万丈。

直到突然被前面的人挡住视线，裴言悦无语地看过去，来人是前一位表演的女生。她的分数是前几位里最低的，哪怕是外行人，也能看出她的功底明显不够扎实。好巧不巧，她选的片段和苏念念相同，难度高，技巧性强。有了她的对比，苏念念的表现格外突出和亮眼。

女生刚坐下，就冲她身边的男生嚷嚷道："烦死了，今天运气真差，抽到四号这种数字，一紧张出了好多次错，我的幸运数字明明是五。"

男生没回她，专心看表演。

女生还不罢休："喂，林书成，你听到我说话了吗？"她一指台上，冷笑一声，"怎么？眼睛都不舍得移开了？"

男生烦躁地拧眉："葛佳，你能安静点儿吗？"

葛佳"呵"了一声，嘲讽道："怎么？悔不当初了吧？你想想，当初那句话要是没被她听到，那小傻子说不定现在还愣愣地跟在你后面跑，哪能有今天啊？"

林书成手背上青筋凸起，恼羞成怒道："你闭嘴。"

"可惜了。"葛佳不依不饶道，"人家现在可是丑小鸭变身，一般人可看不上，就喜欢抢别人的未婚夫，那可是 A 市顶级豪门……"

裴言悦的眉头越拧越紧，一向染着三分笑意的眉眼染上冰霜。她正要呵斥女孩儿闭嘴，身边人动作比她更快。她错愕地看着自家那一向端方守礼的弟弟，一脚踹在前排的座椅上，眉目似染着冰，满是戾气。这力道透过厚重的包着海绵的椅背依旧惊人，女孩儿差点儿从椅子上滑下去，生生咬到了舌头。

葛佳被震得舌根发麻，恼怒地回头看过去，在看清男人的脸色后，又转为惊恐。

此时，台上少女刚好完成了最后一个动作，朝着台下优雅躬身，细长脖颈连着雪白脊背，姿态美得让人移不开眼睛。台下掌声排山倒海，掩住这一处的暗潮汹涌。

裴言卿的眸色晦暗，似翻滚着墨色，他看着面前女孩儿躲闪的样子，问："我是不是在哪见过你？"

葛佳更慌了。这些信息都是她从舒瑾口中半拼半凑出来的，现在却被当事人听到了，要是传到阮白的耳朵里，舒瑾第一个不会放过她。

葛佳抖着唇："裴……裴少爷，对不起，这一切都是我乱说……"

林书成也扭过头，看到裴言卿时，目光闪烁了一下："竟然是你。"他又问葛佳，"他是谁？"

可葛佳哪还有心情回他。

裴言卿一个眼神也没给林书成，看着葛佳的表情尽是厌恶，他回忆了两秒："阮白身边那个？"

葛佳的眼眸重重一颤："不，不关她的事。"

裴言卿冷笑了一声："是吗？"

葛佳连连点头。

他右手轻点着扶手，半响，嘴唇微启："可惜了，我都想追究。"

葛佳的脸色煞白。她家境还不错，和舒家沾点儿亲，就算舒瑾再骄纵任性，巴结着她也能享受绝佳的资源，接触顶级的人物。但现在得罪了裴家的人，后果简直不堪设想。

面前的男人气势凛然，显然比舒瑾更可怕，葛佳只能求他放过自己。她不停地道歉："对不起，裴少，真的对不起，我发誓绝不会有下次……"

裴言卿一眼也没再看她，和裴言悦打了声招呼："我先走了。"

"干什么去？"

裴言卿眉目冷肃："打电话。"

裴言悦点点头，不再多问。她知道，裴言卿绝不是外人传的没有情绪，只是站得太高，极难有人或事能让他产生情绪，更何况因为几句话而大动干戈。但现在这样的人，也能因为一个人染上人间烟火，影响他的喜怒哀乐。

苏念念在后台换下了演出服。比赛发挥正常，入围没有问题，她在后台的大屏幕上仔细看完了楚宁的表演，见她的表现也差不多，这才放心地翻看手机，找到和裴言卿的聊天框。苏念念的手心因为紧张而沁出了汗，每打一个字，都要停顿一会儿，难受到手指僵硬。

"我在后台门口的长廊等你。"

那边一时半会儿没回。苏念念一小步一小步地挪到了约定地点，还是上次裴言卿来找她的地方。那天，他告诉她，自己有一个喜欢的姑娘。还好，他没真正和她说清楚。她不知道，如果他说了，自己是不是就会自私地赖着他、拖累着他，怎么也不肯放手。她紧紧贴着墙站着，闭上了酸涩的眼。直到身侧传来脚步声，来人在她面前站定。

苏念念的心一跳，睁开眼，却在看清来人后，目光一点点变冷。她厌恶地拧眉："怎么是你？"

来人竟是林书成。他红着眼，看着面前女孩儿精致的面容。现在的她，没有一处不耀眼。

悔恨和愧疚没日没夜地摧毁着他的心肝。他不止一次想，如果……如果她没有听到，现在是不是眼中仍会只有自己？但还好，现在也不晚。

林书成张了张唇，想好好和她道歉。他试着去拉苏念念的手腕："念念，以前年纪小，不懂事，我对不起你，你能不能原谅……"

"别碰我。"苏念念冷声呵斥，躲开了。

林书成完全沉浸在自己的情绪里，痴迷地看着她，根本控制不住动作，他又靠近两步，将人堵在墙边，伸手就想触碰她的脸。

苏念念没想到他这么无耻，但偏偏躲避不及，眼看着就要被他压在墙上。

下一秒，林书成被掀翻，重重摔在地上。出手的人下了狠劲，她甚至听到了骨头与地面碰撞发出沉闷的声响。

来人身上带着熟悉的药香味，清冽又好闻，苏念念抬起头，正对上裴言卿黑得看不到一丝情绪的眼。

时间仿佛静止。裴言卿眼眸如寒潭，苏念念紧张地摩挲着指尖，不由自主地想往后退，却发现退无可退。她张了张唇，想说什么，却什么也说不出口，最终心虚地垂下了眼。

他们近一个月没见，再见面时，疏离又陌生。

裴言卿的喉结滚了滚，上前一步，想伸手，又觉得和林书成的行为颇为类似，最终垂下了手。

"等我一会儿。"

说完，裴言卿转身面向倒在地上抱着手肘的林书成，居高临下看着他，满眼嘲讽："这就断了？"

林书成咬牙抬起头，怒目而视："你到底是谁？！你信不信我以故意伤害罪告你？"

裴言卿单手插兜，回头看苏念念："告诉他，我是谁。"

两道视线投在苏念念的面上，她踟蹰半晌，平静道："是我叔叔。"

裴言卿一顿，面色变得极其难看。

林书成嗤笑，拖长了声音："啊，原来只是叔叔啊。"

裴言卿神色难辨，冰冷的目光投在地上人的身上，突然蹲下身，似笑非笑地反问："故意伤害罪？"

林书成莫名其妙。

下一秒，"啪嗒"一下，林书成惨叫出声，脸憋得通红，又转为惨白，痛得快要翻白眼。

裴言卿面无表情地将其骨头拧正，修长的手指绷紧，难以想象用了多大的力气。

他的动作干脆，毫不留情，正完骨后，他淡淡地问："还告吗？"

几经波折，林书成疼得快要升天，又气又难堪。还没等他反应过来，男人已经站起身立于一旁，面如冠玉，清冷端方，仿佛什么也没做过一样。怎么……怎么会有这样的人？！

林书成求救般看向苏念念，却见她的眼睛一眨不眨地看着男人，连一眼都没看他。

"走吗？"裴言卿抬步，走到苏念念面前。

苏念念这才想起林书成，下意识地往那边看了一眼。

裴言卿的目光骤沉，抬手拎起她身后的背包，语气没什么温度："走，他没有事。"

林书成："……"

已经到九月末，正是初秋。从会演大厅出来，有一段很长的路，两边都是梧桐树，树叶已经泛黄，微风一吹，打着旋从枝头飘落。这两天降温，气温有些低，裴言卿穿了一件薄款外套，显得肩宽背阔，衣袖处的袖扣闪着淡银色的光，低调雅致。

他走在前面，速度不快，似是刻意压下步伐，但始终没有说话。苏念念跟在他后面，小步迈着。他走得慢，她就走得更慢。

两个人漫无目的地走着，像是在比谁更能沉得住气。苏念念低着头，脑中一片空白，几次想出声喊住他，但终究没有那个勇气。她觉得，对于裴言卿这样的人来说，这些话一说出口，他们几乎就再无可能。她早就已经演练过无数遍的说辞，像是卡在了嗓子眼般，怎么也说不出口。

眼看着就要走到尽头。尽头处有棵最大的梧桐树，一阵风拂过，几片树叶落在裴言卿肩头。苏念念神游天外，没有注意到他已经停下来，整个人撞在他的后背。

裴言卿转身拉住她，低头看她摸着脑袋，她的表情愣怔。所以他一个人气了这么久，她根本不在状态。

裴言卿低叹了口气，按住她的脑袋揉了揉，另一只手抬起她的下巴，目光直直地对上她闪避的鹿眸，低声反问："叔叔？真把我当你叔叔了？"

苏念念的心跳得飞快，偏偏下巴被他温凉的指尖托住，无处可避。与生俱来的气质，让男人极其具有压迫感，光是被他这样看着，她就快要喘不过气来。

情急之下，苏念念的鼻翼扇动着，眼圈也微微发红，手上使劲推他："放开我。"

裴言卿醒神，有些懊恼，放开了怀中的人："抱歉。"

苏念念扭过头，眨了一下酸涩的眼："不然呢？我们还能是什么关系？"

她有些哽咽，再转过头时，看着裴言卿的眼神不闪不避。

裴言卿的目光深邃，似能将人吸进去："你想是什么关系？"

苏念念垂下眼，伸出手，又在空中顿住，最终轻轻扯住他的衣袖，手掌心贴在他冰凉的袖扣上。睫毛像是小扇子般不停地颤抖，她极其艰难地吐出几个字："裴言卿，你放心，我绝对，绝对不喜欢你。"说完，她感觉到了头顶骤沉的视线，咬着牙继续道，"之前都是我的错，是我不停地招惹你，但这都是一时兴起。我们一点儿也不合适，我不能耽误你。"

说这些话，几乎用完了她全身的力气。

裴言卿该怎么看她？冷漠，厌弃，或是一眼也不想再看到她？

苏念念连抬头的勇气都没有，放下了捏住他衣袖的手，等待着最后的审判。

仿佛等了一个世纪那么久。头顶上传来男人微哑的声线，克制而压抑。

"不喜欢我。"他顿了顿，眸中的戾气一闪而过，又被强行压下，"那你喜欢谁？林书成？"

苏念念讶异地抬眸，微微张大了嘴。这都什么啊？是谁也不可能是他啊。可惜她这么剧烈的反应，显然被人解读成了另一种意思。

裴言卿眉目间惯有的温润清冷尽数消散，变得阴沉而沉默。

"可是他不好。"他的声音有些哑。

苏念念："我当然知道。"

裴言卿沉默几秒，垂下眼。片刻后，他低头自嘲地笑了一声："我哪里不好？"

苏念念奇怪地看着他，又在听到下一句话时，瞪大了双眼。

"我改行吗？或者你给我一个努力的方向。"裴言卿有些语无伦次，耳朵泛红，"我不知道你会不会觉得我的品质有问题。但我……确实，无可救药地被你吸引。"

苏念念一瞬间屏住呼吸，眼前仿佛有万千烟花炸开，带着令人眩晕的色彩。

不心动是不可能的。就是这样一个男人，低下了一贯高昂的头颅，把自己放在最低的位置。她怎么可能舍得拒绝。她原本就不坚定的理智，摇摇欲坠，又在顷刻间轰然倒塌。

裴言卿精致的桃花眼上扬，潋滟生波，专注地看着自己的时候，仿佛在看他的全世界。

苏念念捂住眼睛，后退两步倚靠在树干上，颤声道："你是不是故意的？就知道我吃这一套。"

裴言卿立于她面前，脸颊发烫，半晌后，他说："那你吃吗？"

苏念念赌气答："不吃。"

他伸出手，拉下苏念念挡在眼前的手臂，心疼地看着她微肿的眼，指腹轻柔地替她擦去眼泪。

"我不是故意的。"裴言卿微微躬身，轻声说，"我是认真的。我不太会说话，但字字句句出自肺腑。"

苏念念看着他近在咫尺的面容，脸憋得通红，她低着头，声如蚊呐："骗子。没有骗到一百个小姑娘，没你这水平。"

"不巧。还真就只骗过你一个小姑娘，可惜还不上钩。"他低笑一声，"这可怎么办？"

"凉拌。"苏念念紧紧贴着树干，懊恼地推开他，她红着脸，头也不敢回地大步往前走，心中乱如麻。

身后传来不紧不慢的脚步声，裴言卿跟在她身后。她转身强调："我今天拒绝你了。"

裴言卿淡淡一笑："我知道。"

"那你怎么还跟着我？"

"因为我在追你。"

"……"

苏念念猛地转过身，难以置信地深呼吸。这老男人怎么回事？怎么突然这么会了？

她嘴硬道："我是那么容易被追上的人吗？"

裴言卿笑着看她："我等你接受的那一天。"

"万一我一直不接受呢？"

"那我也等。我比你长七岁，本来就该等着你。"

苏念念的鼻子一酸，心中百感交集。她抿了抿干涩的唇："你爷爷不会同意的。"

裴言卿不假思索道："这个我来担。"

苏念念哑口无言。但理智告诉她，她不该这么自私。她抹了一把眼泪，狠下心道："随便你吧，我走了。"

裴言卿拎包跟在她身后，长睫挡住眸中的失落："我送你。"

在苏念念宿舍门口，两个人分开。她拿过包，头也不敢抬地转身跑进了楼道里。裴言卿静静驻足在原地，目光一动不动地看着少女的背影，直至消失不见。

回去接裴言悦的时候，她正看着比赛的成绩单，"苏念念"三个字赫然排在第一位。

裴言悦啧啧称羡："小姑娘真厉害啊。"她偏头看向开车的裴言卿，见他面无表情，疑惑地问，"你刚刚不还去找了人家吗？怎么一副失恋的表情。"

裴言卿未吭声，黑眸瞥过来，隐含幽怨。

裴言悦秒懂："所以你，你这是被拒绝了？"

车内一片沉默，裴言悦"扑哧"笑出了声，又忍住，正色道："这很正常。你以为追人家小姑娘，轻飘飘几句话就行了？安全感，你得让念念有安全感。"

"啪嗒"一声，苏念念关上寝室门，抬眸看去，楚宁正靠在椅背上，一双腿跷在桌上，一下下地晃着椅子。

听到声响，楚宁回头，目光凝在苏念念泛红的眼角。

"念宝，过来坐。"

苏念念沉默地坐在她对面，哑着嗓子道："宁宁，对不起。"

楚宁低眼，翻看着手机上裴言悦对她的提醒："替你不争气的小舅舅套套话，是什么原因让我们念念小宝贝不愿意接受他，除了年龄、性别，别的我们都能改。"

她在心中纠结一秒，决定为自家小舅舅的终身大事搏一搏。

楚宁转着眼珠，小心翼翼地拍了拍苏念念的肩，反其道而行之："丫丫，你的选择是对的。我小舅舅不行，年纪又大，情商还低，还忙得整年整月都见不着人影，这样的男人，要来何用！"

她说得痛快，结果话音刚落，便看到刚刚还丧得要命的苏念念，瞪着圆圆的眼睛看着她："不许这么说他！"

楚宁："……"

——我应该在车底？

她继续不遗余力地抹黑裴言卿："反正谁嫁给他谁后悔，你想想，他不仅有轻度洁癖，吃个饭洗三次手，最重要的是，他不许你晚上熬夜、吃夜宵，早上不让你睡懒觉，还经常值夜班，到时候中年秃顶也不是没可能……年纪又比你大那么多，你正当美貌的时候，他就老了……"

楚宁一边说着，一边观察着苏念念的表情。

"他不是年纪大，那叫成熟！有洁癖是爱干净，早睡早起是习惯好，大半夜值班是工作负责，你怎么能这么说你小舅舅？"苏念念的眼中满是嗔怪。

楚宁："……"

苏丫丫的滤镜已经有八米厚了，看来这些都不是问题。她再接再厉，绞尽脑汁想着裴言卿所有的不好。突然，她的眼神变了变，犹疑半晌道："前面那些都是小问题，最重要的是我家上面那位。"

楚宁伸出手向上指了指："老爷子特别固执，把我小舅舅看得比眼珠子还要紧。"

楚宁说得尤其谨慎，怕一个不小心真把人给吓跑了："如果要和我小舅舅在一起，就要顶着他的压力……"她的声音越来越小，刚刚还气呼呼反驳的苏念念埋下了头，整个人都恹恹的。

片刻后，楚宁听到苏念念闷闷道："所以，我就不该耽搁他了，他连学医都能为爷爷妥协，现在我不该再让他为难。"

楚宁的心陡然下沉，果然是这个原因。她沉默半晌，说："别……别呀……"

楚宁想反对，但发现这根本就是事实，无法反驳，两个人相对无言。

"就这样吧。"苏念念勉强笑着，站起身收拾东西，"双节我要回S市，今晚先回家找我哥。"

今年中秋和国庆节刚好连在一起，明天开始放假。楚宁点点头，说："明天我要回老宅。"

苏念念应了一声，简单收拾出一个行李箱，走之前冲楚宁招了招手："双节快乐。"

第十章

做你的礼物

第二天便是中秋节，一大早，苏焱带着苏念念赶飞机。坐在大厅等待时，他转动着手机，时不时偏头扫一眼她，见她低垂着眸，神色无甚波澜，看起来一切正常，但就是少了些鲜活气。

"你知道爸妈今年回去过中秋吧？"苏焱指尖轻敲着椅背，仔细观察着苏念念的表情。

"知道。"

"往常你不是很想见他们吗？怎么今天这种表情？"

苏念念恍惚地摸了摸脸："我什么表情？"

苏焱眯了眯眼，认真地找了个合适的词形容："和失恋差不多，苦巴巴的。"

"还好吧。"苏念念敷衍道。

苏焱见她这爱搭不理的模样，有些火大，闷闷地扭头，再没说话。

两小时后，飞机在 S 市平稳降落。

苏念念刚放暑假就去了 A 市，本来打算小住几天就回去，结果生生拖到了现在。家里派了司机来接，继续辗转半小时，才到了苏家老宅所在的半山月。苏念念从小就跟着爷爷奶奶在这里长大，初二转学去了全封闭的舞蹈学校才开始住校。

这天过节，苏宅已经满满当当挤了一屋子的人，有很多苏念念只见过一两次面。

此时屋内简直沸反盈天，众多苏家旁支的亲戚挤在客厅前，苏念念站在玄关处抬眼望去，正看到坐在正中心的苏天泽和宋紫。

苏天泽西装革履，端坐在沙发中心，面对身边人左一句右一句的恭维，面上始终保持着疏离的笑容。宋紫坐在一边，面上淡淡的，时不时翻动下手机，显然没有多少社交的兴致。

"苏总，还是您教子有方，听说焱焱保研了？这以后指不定就是附院骨科的活招牌啊，您说出去都有面子。"说话的人脸上带着殷勤的笑。

苏念念回忆了好久，才想起这人，是和她隔了好几层的表姑妈，叫王贞。六七年前，每逢节日她都拖家带口，打打秋风就走，后来不知道为什么，再也没来过，直到这天。

苏天泽："哪里哪里，也只是普通人而已。"

王贞转了转眼珠，恰好看到站在门边的兄妹俩，目光凝在苏念念面上，仔细辨认了半天："哟，这是丫丫吧？"

厅中一众人看过来，苏念念进门，客气地冲人点头打招呼，视线落在沙发中央，乖巧地说："爸、妈，我回来了。"

苏天泽点头，淡声道："回来了。"

"过来坐吧。"宋紫拍了拍身旁的座位。

苏焱跟在身后拿行李，看着家中又是这一大群人叽叽喳喳地围在一起，烦躁地拧起了眉头，他拉住苏念念的手臂，对宋紫道："妈，我们一大早赶飞机回来的，要上去休息。"说完，拉住苏念念就要上楼。

可王贞丝毫不把自己当外人，全场就她折腾得最欢，几步上前来，一把握住苏念念的手，一边跟着走，一边嘀咕："让姑妈好好看看啊，这么多年没见，都出落得这么标致了！"

苏念念没作声，尴尬地扯了扯唇。

"丫丫考上大学了吗？听姑妈一句话，女孩子不用读多少书的，到了年纪嫁个好人家，一辈子吃喝不愁，姑妈正巧认识一个……"

苏念念脸上的笑容渐消，眉目间涌上一层冰霜，她正要说话，身后突然传来"砰"的一声响。

苏焱将手中的行李箱重重地放在地上，懒懒地扯了一下嘴唇，语气没有一丝温度："喂，我之前是不是说过我们家不欢迎你？你哪儿来这么大脸？还敢来？"

王贞吓得全身一抖："焱焱，都是一家人，哪能这么生分？"这般想着，她理直气壮起来，"就算在你爸面前，也没这个理啊……更何况，姑妈不也是为了丫丫好吗？她这样的，不早点儿找个人嫁了……"

苏焱额头的青筋暴起，眼中乌云密布。为了防止他失控打人，苏念念连忙上前拉住他，又挡在他面前，眼神冰冷地看着王贞，轻声反问道："我这样的？我什么样？和你一样四处打秋风？"

"你……看你们年纪轻，我不和你们计较。"王贞忍了忍，又怜悯地扫了一眼苏念念，"你现在容貌不错，还有富豪愿意要你，你看看再过几年……"

苏焱再也忍不住，指向楼下，厉声道："滚。"他压着嗓音说，"我会告诉保安，以后永远不放你们一家人进来。"

"没天理了！"王贞连碰几个钉子，慌得跑下楼，面向苏天泽，"苏总，都是我不好啊。不过多了几句嘴，焱焱和丫丫就要我滚啊，还说永远不让我进来啊。"

厅内安静下来，其余的人都看好戏般看着她。苏天泽自觉面子挂不住，对旁边的用人说："把他们叫下来。"

用人上楼跟兄妹俩转达了苏天泽的意思。苏焱看向苏念念，嗤了一声："真是什么垃圾都能往家里涌。"他俯身弹了一下苏念念的额头，"你上去休息，哥下去扫垃圾。"

苏念念低头，声音闷闷的："谢谢哥。"

苏焱揉了揉她的头，没说什么，吩咐用人："把行李给她拿上去。"随即便转身下了楼。

苏天泽看见只有苏焱一个人吊儿郎当地下来，脸色更差，沉声问："她人呢？"

"我让她休息去了。"苏焱似笑非笑地看向立在一旁的王贞，"告状还挺快。"

"苏焱！"苏天泽冷声喊，"怎么和你姑妈说话的？"

苏焱挑了一下眉，不以为意道："你问问她，和苏丫丫说了什么？七年前，我跟您说过让她滚，您忘了吗？现在又放她进来？"

苏天泽愣了半响才回忆起来，面色僵住，用询问的目光看向宋紫。

宋紫也烦这些乱七八糟的亲戚，但无奈苏老太太年纪大了，爱闹腾，每逢过节乐得让这些人来拜节。她看向王贞，说："我们家两个孩子不懂事，让你见笑了。我和天泽已经在云顶国际给你们开了包厢，现在就让司机送你们过去。双节愉快。"

这明显就是赶客，偏偏在场的人还不敢说什么，道过谢就纷纷离开了。

王贞牵过自己家孩子，走之前还冲宋紫不死心道："丫丫这么漂亮，真是随嫂子您啊。我认识不少青年才俊，想介绍给丫丫，嫂子要不一起相看相看？"

宋紫会意过来，脸上的笑容一点点消失。

苏焱烦不胜烦，忍耐到了极限："还不滚？那么好的青年才俊，你自己嫁去啊。"

他几步上前，把大门一关，发出"砰"的一声巨响。

苏焱做完这一切，转身冷淡地看向苏天泽："您什么时候能多关心一下苏丫丫？这样的人，不断绝往来，还能让她再进来？您的面子是金子做的吗？"

苏天泽摩挲着杯沿，脸色暗沉："七八年前的事了，谁能记得这么清楚？"

七年前，这个王贞每年都要来苏家好几回，她大女儿和苏念念同龄，每回都要偷摸着顺点儿东西走。苏念念对这些并不在意，她却更加肆无忌惮，认为苏念念傻得不配拥有这么好的东西，后来和苏家用人一起奚落苏念念被苏焱听到，一起打包送了出去。

这样的事情，苏天泽竟然都可以忘记。

苏焱无言地点头，拳头攥紧："是，您和妈日理万机。"他自嘲地一笑，"苏丫丫我来护着，既然你们不管她，就不要拦着我处理垃圾。"说完，他插着兜就要上楼。

"等等！"苏天泽喊住苏焱，怒道，"这么久没见，你就这么跟我和你妈说话？"

苏焱："不然呢？"

宋紫拉住苏天泽，柔声冲苏焱道："焱焱，过来，妈有话问你，关于丫丫的事情。”

苏焱脸色稍缓，坐回沙发上：“有什么要问的？”

“丫丫最近的比赛怎么样？今年有没有可能通过总选？毕竟已经有两年止步国赛了，还不能有突破吗？”

“你就是要问我这个？”苏焱冷眼看过去，面前的女人妆发精致，是最极致的完美主义者，她优秀到不允许人生有一丝污点。

宋紫理所当然道：“你和丫丫的生活费是非常充裕的，我需要关心的也只有学业情况。”

苏焱闭了闭眼，疲惫到不想说一句话。

直到楼梯口处传来响声，苏念念一步步下楼，在几人面前站定。她双手背在身后，挺直着背报告道：“妈妈，今年我是以 A 市第一名的成绩入围国赛的，后面我会更加努力的，不会让你失望的。”

宋紫满意地点头：“我们家宝贝真不错，过来给妈妈抱抱。”

苏念念抿唇，小心翼翼的鹿眸透出些光亮，几步跳过去：“谢谢妈妈。”

没坐一会儿，她就对苏天泽和宋紫道：“今天你们回来，我去帮阿姨做一桌丰盛的菜，我们一起过节。”她冲苏焱眨眨眼，“哥哥，你过来和我一起帮忙吧。”

苏焱懒懒地跟着她进了厨房，靠在橱柜上，眉眼冷若寒霜：“苏丫丫，每回他们回来，你都累死累活地准备一大桌子菜，你图什么？”

苏念念洗菜的手顿住，低声说：“我想让他们更喜欢我一点儿。”

厨房内一片沉默。苏焱的喉结动了动，张了张唇，想说什么，最终只揉了揉妹妹的头：“傻。”他没心没肺道，“只要钱到位，想那么多干什么。哥一个人顶三个。”

苏念念将手上的水珠弹到他嘚瑟的脸上：“是，是，是，你顶三个。”

当晚，苏家过了一个清静的中秋，苏爷爷在苏念念上高中的时候去世了，只留下苏奶奶，每逢过年过节就喜热闹，才会来一大帮子人。

下午一大帮人走的时候，苏奶奶正在三楼午休，晚饭时间下来看着空荡荡的屋子，疑惑道：“怎么都走了？”

苏焱懒洋洋地应了一句：“可能都家里着火了吧。”

苏奶奶瞪他一眼："你这孩子。"

"奶奶，过来吃饭啦。"苏念念正好端着最后一份排骨汤走出来，放在餐桌上，甜甜地笑着，"您看看我的手艺退没退步？"

苏奶奶心疼地看着孙女："快快休息会儿，以后别做了。"

苏天泽笑着替她拉开椅子，随口就道："妈，小辈为你做顿饭，这不是应该的？"

苏焱翻了个白眼，呛声道："那你怎么不给奶奶做一顿？"

苏天泽："……"

苏奶奶护着苏焱："就是，只会吃，废话还不少。"

看到苏天泽吃瘪，苏焱得意地一笑，悄悄冲苏念念比了个"V"。

吃过团圆饭，苏念念坐在院子里陪着奶奶赏月。手机响了两声，她低眸看了一眼屏幕，目光一颤。

裴言卿："中秋快乐，等你回来，我给你准备了礼物。"

还真是纯情大直男，追人只会送礼物。

苏念念的指尖摩挲着手机，心中五味杂陈。她犹豫了半天，最终客气地回复："谢谢，但不用了。"

A市裴家。

因为裴勋公司有事，回来晚了，裴家才开宴，一大家人围着餐桌，裴哲坐在主位，众人都在等他下筷。

裴哲提起筷子，目光从坐在下首的裴言卿的脸上扫过，他低垂着眼，不知道在看什么。裴哲皱起眉，对旁边乖巧坐着的阮白说："小阮，别客气，把这儿当自己家。"

"是，爷爷。"阮白甜甜地应声。

裴言卿始终默不作声，仿佛这一切与他无关。

裴哲的声音微沉，吩咐道："老三，今天是我喊小阮来的，等一下你多照应些。"

裴言卿抬眸，未吭声。坐在最边上的裴恬不悦地嘟了嘟嘴："太爷爷，恬恬都能自己吃饭了，阮阿姨怎么还需要小叔叔照应？"

裴哲皱眉，警告性地看了一眼裴言之。

裴言之会意，低声冲裴恬道："好好吃饭，不要说话。"

裴哲提高了声音，再次问裴言卿："听到了吗？"

阮白抿唇笑了笑："没关系的，爷爷，我早就把这儿当自己家了。"

众人都极有默契地沉默着，楚宁翻了个白眼，拿筷子一下下戳着碗。

一直沉默的裴言卿放下瓷勺，与碗碰撞，发出清脆的响声，在安静的席间显得极其突兀。

"爷爷，您应该事先告诉我一声。"裴言卿的眉目冷肃，声音清淡，"我和阮小姐已经全部说清楚了，没有继续发展的打算。所以今天的家宴，请阮小姐过来，不太合适。"

裴哲低头吃着菜，没有说话。席间安静到只有碗勺碰撞的声音。

裴勖观察着老爷子的脸色，冲裴言卿使眼色，可这平时比谁都听话守礼的老三，就像鬼上身了一样，直直地盯着裴哲，誓要在太岁头上动土。

裴哲喝下最后一口汤，抬起眼："说完了？"

裴言卿的眼神不闪不避，继续道："我已经有心仪的姑娘了，所以不会再接受您的安排。"

出乎意料地，裴哲的脸色如常。他擦了一下嘴，朗声问："是来教恬恬跳舞的那个小丫头？"

话一出口，裴言卿的面色骤变，冷冷的目光环视一圈，从裴言悦到楚宁，最后缓缓落在阮白身上。

阮白被这目光看得脊背生寒。好在裴言卿的目光只停留了一瞬，随即移开。

"是她。"顿了顿，他补充，"也只能是她。"

气氛快要凝固，席间所有人大气都不敢出，裴恬惊得连鸡爪也忘了啃。

裴哲定定地看着自己最得意的孙子，表情和十年前那个偷换专业的顽固少年如出一辙，他气得胸膛剧烈起伏。他突然将手中的勺子重重地摔在地上，一拍饭桌，餐盘发出剧烈的声响。

"还真是反了你了！你的脑子是坏了吗，还是那丫头使什么狐媚术迷得你找不着北？"裴哲冷笑一声，"我还真是没想到，小小年纪，心眼倒不少，是我上次的警告不够，还需要我登门苏家亲自拜访？！"

裴言卿的神色几经变换，太阳穴青筋暴起，极其艰难地说："您找她了？"

裴哲不屑道："这样一个小丫头，还轮不到我亲自找。"他淡声问阮白，"小阮，我的意思你转告给那丫头了吗？"

阮白硬着头皮点了点头，阴阳怪气道："说是说了……"听不听就不是她能决定的了。

裴言卿面无表情地瞥了她一眼，极力压制着戾气。接着他垂下眼，长睫不住地颤抖，眼尾泛红，低声喃喃道："原来如此。"

良久，裴言卿抬起头，眼里晦暗不明，坚定地道："爷爷，我曾为您妥协过一次。但这回，我不能让她受委屈，所以我绝不会妥协第二次。"

裴宅一片安静，用人沉默地清理着瓷勺碎片，大气也不敢喘。

裴哲气得手直抖，颤声道："好啊，你这是铁了心和我对着干？想早点儿把我气走？"

裴言卿眼里无波无澜，疲惫地看着主位上的老人。裴哲近九十岁高龄，依旧精神矍铄。但年纪终究是上来了，哪怕极力保养，身体也大不如前了。

他自小在裴哲身边长大，听得最多的便是如何"学为良医"。有时候，他也会想，裴家这么多人，为什么偏偏是他？母亲凌静生他时已到中年，冒着高龄生产的风险。这么大的风险，为什么还要生下他？是不是只是因为裴哲缺一个听话的继承人，还是因为裴勋为了弥补自己年轻时的叛逆？

所有思绪回笼，裴言卿退去所有的情绪，面色平静地直视着裴哲的眼，认真道："爷爷，我不想再违背自己的本心。学医是我个人的事，我可以不为自己而考虑。但这次，是两个人的事，我得给她足够的安全感。"

裴哲气得直哆嗦，指着裴言卿，半天说不出话来，勉强撑住身体，指向门外："滚！马上给我滚！我不想再看到你这个不肖子孙。"

一旁坐着的裴勋和凌静连忙站起身给老爷了顺气，无奈地看着小儿了，斥道："你少说几句！"

裴言卿深深地吐口气，吩咐用人："去房间把爷爷的药拿来。"

裴哲依旧固执地重复："赶快让他滚！他要坚持己见，我就当裴家没这个人!"

裴言悦看不下去,想劝说两句:"爷爷……"

裴哲狠狠地瞪她:"你也闭嘴!"

裴言悦噎住,偏过头不再吭声。

裴言之轻拍了一下裴言卿的后背,低声说:"爷爷正在气头上,你别和他戗,先回去吧。"

裴言卿握在身侧的手松了又紧,最终拿起外套,说:"那我先走了。"走之前,他淡淡地瞥了一眼端坐着的阮白,扯了扯唇,压低了声音,"看来是上次找令尊说的话,对阮小姐不起作用。等我查清楚,会再次亲自拜访令尊的。"

阮白双手紧紧捏住衣角:"你想做什么?不怕爷爷生气?"

裴言卿的眸中满是讥诮,嗤笑一声:"你觉得他还能怎么生气?"

说完,裴言卿又看了一眼裴哲,毫不留恋地转身离开。大门被关上,男人长长的身影消失不见。

吃了药后,裴哲勉强顺下气来,看到空了的座位,咬牙切齿道:"老三一日不松口,就不准放他进来一步!"

楚宁耸了一下肩,小声和裴恬嘟囔:"他看着也不是想回来的模样啊。"

裴恬赞同地点点头,悄悄摸出手机:"我要让小叔叔去找姐姐,过一个开心的中秋节。"

楚宁一把拉住她,恍然道:"等等,我来!每次都是你个小屁孩儿站在第一线,我算什么!"

裴恬:"……"

楚宁抢过裴恬的小手机,点开苏念念的微信,随手就发了好几条。

"姐姐,呜呜呜,我小叔叔被赶出家门了,连饭都没吃,中秋大家都在团圆,他一个人能去哪儿啊?

"算了,姐姐在S市,不用管他,让小叔叔一个人在大街上吃泡面吧,总能凑合着过的。"

没几秒就收到了苏念念的回复:"怎么回事?"

楚宁一脸高深莫测的笑容,又发了几段音频过去,添油加醋地说:"我小叔叔隔空表白姐姐后，被太爷爷赶出家门了。"

楚宁刚刚偷偷地录音，还专门把裴哲的话截掉了，只留下了裴言卿的表白，就跟念情诗似的。

楚宁一边偷吃饭，一边偷瞄着屏幕，苦等苏念念的回复。

此时饭桌上一片和谐。裴哲吃过药，气得上了楼。阮白勉强客气几句，飞速离开了。剩下的全是自己人，除了裴哲，没有人对这件事有什么激烈的反应。

凌静的语气兴奋，满是对自家儿子铁树开花的欣慰："那个小姑娘我只见过一面，只知道长得不错，你们有谁熟悉一点儿吗？"

"我！"裴恬举手，激动表态，"姐姐天下第一好！我只认苏姐姐做小婶婶！"

楚宁得意地挑了一下眉："我的闺密，那还能不好？"想起老爷子让阮白警告苏念念，她冷笑一声，"说实话，我小舅舅一把年纪泡我闺密，是我们家理亏，我们家竟然还有脸去警告人家？"

凌静的笑容僵住，裴勋尴尬地轻咳一声，一时不知说什么好。

裴言悦轻笑一声，语气讥诮："人家也是正儿八经的名门出身，追的人一抓一大把，现在我们家脸大如盆，电视剧里尚且还甩个支票，我们家直接找外人上门，这事放哪里都说不过去吧？"

裴言之摩挲着杯沿，看向裴勋："苏老师我接触过几次，是个踏实的小姑娘，这事确实是我们家做得欠妥。"

裴勋沉吟片刻，说："我知道了，老爷子年纪大了，做事偏激了些。等老爷子消消气，我会和他聊聊，之后再找苏小姐道歉。"

一旁的凌静期待地搓了搓手，问楚宁："宁宁，现在老三和小姑娘进行到哪一步了？今年有望结婚吗？"

裴言悦的面色一言难尽："妈，您儿子连人都没追上。"

凌静："……"

说完，她又云淡风轻地补充一句："而且，人家姑娘还没到法定结婚年龄。"

"这……"凌静拍了一下桌子，严肃道，"出去别说老三是我儿子。"

"……"

饭后，凌静拉着楚宁到屋外散步，突然喊："宁宁啊。"

楚宁："外婆，怎么了？"

"我怀疑你小舅舅追不上人家姑娘，你能不能帮衬着些？人家姑娘因为我们家受了委屈，我这心里过意不去，等国庆后，我会和你外公去找她道歉。"凌静的眼神带着愧疚，"你舅舅好不容易有个喜欢的姑娘，我们都支持他。他这些年吃了不少苦，现在也不该他一个人承受这一切。"

楚宁听得心中一阵酸楚，拍着凌静的手保证道："外婆，只要我们家、我小舅舅不让人家受委屈，我一定会不遗余力地帮忙。念念真是一个特别特别好的女孩儿，大家一定都会喜欢她的。"

苏念念一人坐在家中后院的石凳上，将裴恬发来的录音听了好几遍。

所以，裴言卿这是因为她被赶出家门了？她脑海中浮现出大晚上他可怜兮兮地坐在大街上吃泡面的场景，没忍住笑出了声，只觉得压在胸中的郁闷一扫而空，底气久违地重归。

这样的裴言卿，会因为她打破规则。她捂住脸，接着揉着头发，趴在桌子上笑。

裴言卿已经迈出一步，可以忤逆长辈，可以不顾那些流言蜚语。那她为什么要考虑那么多？这种时候，又需要什么理智？

苏念念想起初一时，将自己关在舞房里的那两天，忘记了世间所有恶毒、中伤、讽刺，身上流淌的汗水告诉她，她很自由，很愉快。现在快要跳动出来的心脏告诉她，她本不该如此。她该突破所有牢笼，她本该自由、愉快。

天上圆月高高地挂着，皎白月光倾泻而下，落在枝叶上，荡漾着阵阵波澜。

苏念念握着手机的指尖微颤，翻着和裴言卿的聊天记录。在她发出那条消息后，他没再回。她生出了一种疯狂的念头。她想见他，就在今晚，或许还来得及说一句中秋快乐。

苏念念屏住呼吸，在"谢谢，但不用了"后加了一句话："不用等我回来，我要你今晚就给我礼物。"

现在是晚上八点，A市到S市坐飞机两个小时，现在过来还赶得上。苏念念觉得自己是疯了，但裴言卿好像……也疯了。她发出消息后不过片刻，他就拨通了语音电话。

苏念念咽了咽口水："喂……"

夜凉如水，四周一片静谧。她能够清楚地听见电话那头低沉的嗓音带着些急促，说话时又仿若温柔的晚风。

"我马上过来，你能来机场接我吗？"

苏念念的心跳得快要飞出来，下意识地就应："好。"

那头低笑了声："那……等我？"

苏念念晃回前厅时，还有些不真实感。

苏天泽出去会见生意伙伴了，宋紫正坐在桌上，和几个牌友推牌九，打得热火朝天。奶奶早早上楼休息了，没人能注意到她的离开。

苏念念猫着腰来到玄关处，刚刚拿起鞋子，就听到楼梯处传来脚步声。

苏焱打了个哈欠，看见她鬼鬼祟祟的模样，问："哪儿去？"

苏念念动作一顿，连忙放下鞋子："去……去倒垃圾。"

"垃圾呢？"

"忘拿了。"苏念念一脸慌乱，转头寻觅了半晌，发现家中的垃圾早就被用人处理完毕。

苏焱眯了眯眼："要出去做坏事？"

"没有！"苏念念心虚地眨了一下眼。

"到底干什么去？"

"给你买中秋礼物。"苏念念不假思索道，"本来想给你一个惊喜的。"

"哦？"苏焱眉尖一挑，拖长了声音，"看来这惊喜被我发现了。快去吧，早点儿回来。"

苏念念松了口气，不再多说，转身就跑出了门。她抱着手机，打车到了机场。到达机场时正是九点半，早到了一个小时。她看着自己身上随意的粉红色卫衣和牛仔裤，有些懊恼，应该换套衣服再来的。

直到大厅传来播报声，宣告裴言卿坐的那班飞机已经降落。苏念念捏紧了手机，紧张地站在出口处等待，她能听见自己快要冲破耳膜的心跳声。

人群涌出来，见到接机的人，或是久别重逢的欢欣雀跃，或是疏离客气的点头致意。

不停地有人擦肩而过，苏念念始终没有等到裴言卿。她垂下眼，藏住眸中的无措，不由自主地往后退了一步，却正好投入一个温热的怀抱，依旧是熟悉的药香，令人无比眷恋。

"丫丫，是我。"男人的声线不太平稳，还在轻轻喘息，"让你久等了。"

苏念念闷声道："怎么这么久！我还以为你不来了。"

裴言卿沉默了一秒，揉了揉小姑娘的头："是我的错。"

苏念念气闷地偏过头，正要严肃教育他竟然敢让她等这么久，结果看到竖在自己侧边的立牌，上面明晃晃写着：T2（南）。她记得裴言卿的出口好像是 T2（北）。

所以他是猜到自己走错了，绕了大半个机场跑过来的？苏念念尴尬地转了转眼珠，厚着脸皮道："知错就好。"

她在他怀里转了个身，抬头看他。

裴言卿一看就是匆匆赶过来的，身上只随意套了件军绿色风衣。

苏念念将他从头打量到脚，发现并没有那个传说中的礼物。她一蹙眉，幽幽地问："说好的礼物呢？"

裴言卿一怔，迟疑了片刻，脸上罕见地出现茫然的神情："我……"

苏念念默了默，挑了一下眉，促狭道："你不会想说，你要把你自己送给我吧？"

机场一片嘈杂，各种声音交织，行人来去匆匆，时不时朝站在 T2 出口处过于惹眼的男女投去视线。苏念念歪着头，好整以暇地看着越发窘迫的裴言卿，静静地等待他的回应。

裴言卿的黑眸潋滟，似蒙着一层雾，默了好几秒，他轻声问："你要吗？"

苏念念："……"

他说什么？你要吗？

苏念念的呼吸一窒，突然手都不知道往哪儿放了，支支吾吾道：

"你……我……"

——什么要？要什么？裴言卿你这么开放的吗？

看着小姑娘满脸局促，连完整的话也说不出来，裴言卿低低地笑了，又上前一步，将人完全拢在怀里，微微俯身，盯着她闪躲的眼睛："不要吗？"他眉目微敛，连嗓音也低沉下来，"我被赶出家门了，无处可去。"

男人的脸凑得极近，堪称加强版的美颜暴击，苏念念的目光掠过他细碎的额发、深幽的眼眸、高挺的鼻梁和凝在鼻尖的那颗痣，心脏快要跳出胸口。偏偏他嗓音低哑，轻轻在耳畔响起时，就像夜半的大提琴声，每一个音符都在蛊惑人心。

苏念念不断告诉自己保持矜持，保持淡定，自己是女王，不能被老男人的美色所勾引。

然而她的嘴比脑子更快，一个字张口就来："要。"

话一出口，苏念念的脸爆红。她怎么就这么不争气？

苏念念恼恨地移开视线，手指用力揪着裴言卿的衣摆，不理他。

裴言卿垂眸，笑得胸膛不住地轻颤，他抬起小姑娘的下巴，低头和她平视，认真道："既然要了，那么——我就是你的了。"

"轰"的一声，苏念念要炸了。一股酥麻从头皮痒到心尖，她硬着头皮看着他染笑的双眸，抿了抿唇，蛮横道："我是那么容易被你三言两语打动的人吗？"她轻哼一声，戳戳他的胸膛，"想得到本公主的宠爱，拿出点儿诚意来。"

裴言卿有些好笑地看着她，坦白道："因为想来见你，礼物忘记带了。所以我能赊账吗？"

苏念念蒙了："赊什么账？"

"公主殿下的宠爱。"

"你，你……"苏念念耳根不受控制地发烫，颤颤巍巍地竖起根手指，"你是不是偷偷去报恋爱班学习了？"

"没有。"裴言卿摸了摸鼻子，"见到你，不自觉地就说出口了。"

苏念念："……"

——是我段位不够还是你成精了？

苏念念好像受不住地后退一步，又瞪了裴言卿一眼，凶巴巴地道："别废话了，走吧。"

小姑娘一个人在前面走得飞快，耳根红得彻底，裴言卿失笑，迈步跟在她身后，从口袋中拿出手机，看到裴言悦发过来的消息："怎么样？我教你的有效果吗？我们念念宝贝是不是很心动啊？男人嘛，追女孩儿就要不要脸。"

裴言卿："她好像不太想理我。"

裴言悦惊疑地问："你怎么说的？"

裴言卿的指尖跳动，将刚刚的情景复述了一遍。

发完，他抬眸看了一眼苏念念，她正在等车，此时抱着臂，悠悠地看着他。

正巧，裴言悦鼓舞道："就这样，听姐的，我们还可以更不要脸一点儿！"

裴言卿的额角抽了抽，摸不准这"不要脸"的底线在哪儿。他按灭手机，连忙走到苏念念身边。

"订酒店了吗？"苏念念问他。

"没有。"

"那赶快订吧。"

裴言卿："你家在哪儿？"

"半山月。"

"那就这家吧。"裴言卿选定酒店，把手机递给她。

苏念念一看，好家伙，赫然就是半山月假日酒店，就在她家所在别墅群的对面。

"要不远一点儿？"苏念念咽了咽口水，有些心虚。

裴言卿淡淡道："近一点儿好。"

"好什么呀？"苏念念欲哭无泪，这也太猖狂了吧？

裴言卿抿唇，耳根红得彻底，还在努力触碰更不要脸的边缘："方便得到公主殿下的宠爱。"

正巧路边来了出租车，苏念念一把将他拉进出租车："进去吧。"

车中光线昏暗，苏念念庆幸裴言卿看不见自己红得冒热气的脸，斜了他一眼，质问道："说！都是谁教你的？"

裴言卿反思了一下自己，确实轻浮，而且好像也没什么用。他默默将锅甩掉："我姐姐。"

苏念念轻哼一声："你刚刚可以去代言油田了。"

裴言卿神情迷茫："啊？"

苏念念没好气道："因为很油腻。"

裴言卿讪讪地闭了嘴，默默消化着"油腻"这两个字。

半山月假日酒店里，前台小姐看着迎面走来的颜值极高的男女，眼睛亮了亮。男人身形修长，气质矜贵，走过来的样子赏心悦目得像是在走T台。她又看向领先他半步的女孩子，目光一顿，这是……未成年吗？这二人什么关系？

"半山月欢迎您！请问先生、女士要几间房？"

近看，女孩子的肌肤白得就像剥了壳的鸡蛋，穿着粉红色的卫衣，上面还画着小猪佩奇，她竖起白嫩的手指："我们线上订过的，一间。"

前台疑惑的视线在两个人脸上打转："请把身份证出示一下。"

裴言卿从皮夹中抽出身份证，递过去。苏念念摸了摸口袋，恍惚道："我好像没带。"

前台的动作一顿，目光更加谨慎地扫过男人精致的眉眼，她端详着身份证，算着年龄，然后清了清嗓子，疯狂地给苏念念使眼色："女士，没有身份证不能办理入住的哦。"

快跑啊！这个男人人面兽心啊！

苏念念"啊"了一声，连忙摇手，红着脸道："我不住，我就是上去看看。"

什么上去看看！上去共处一室还得了！

裴言卿丝毫不知自己已经被当成了欺骗未成年少女的禽兽。他拿回身份证，问道："登记身份信息不可以吗？"

前台冲苏念念狂眨眼，结果这小姑娘眉开眼笑地说："对啊，姐姐，我登记一下信息吧？"

"可以。"前台警示道，"最好二十分钟内下来哦，有什么事，拨打前台电话，我会一直候机的。”

苏念念浑然不觉，拿过笔开始登记信息。

前台小姐拖着腮悠悠地打量着裴言卿，脑中的念头打着转，二十分钟应该也来不及做什么吧？

苏念念接过房卡，就见这个不停地对她眨眼的前台小姐姐突然凑到她耳边低声说："丫头，小心衣冠禽兽。"

苏念念愣了几秒，很快便回过神来，盯着"衣冠禽兽"的脸，没忍住笑出了声。

裴言卿诧异地问："怎么了？"

苏念念没理他，只拉了拉他衣袖，朝前台解释："姐姐，他是我叔叔。不碍事的。"

前台有些尴尬："那……那就好。"

苏念念领着黑着脸的裴言卿进了酒店房间，将房卡插进去，她环视一圈："环境挺好的，不枉一晚上近四位数的房费。"随即便懒懒地往软椅上一靠。

裴言卿还在为刚刚那句"叔叔"耿耿于怀。他伫立在原地，幽幽地看着苏念念："我又是你叔叔了？"

苏念念一愣，想起刚刚那事，笑得在软椅上滚了两圈："你是愿意当我叔叔，还是愿意当衣冠禽兽？"

裴言卿笑着："禽兽总比叔叔好。"

苏念念咽了咽口水："大概是我没带身份证，又长得太过年轻，前台小姐姐以为你是禽兽，诱拐我开房。"

听到"开房"两个字，裴言卿的脸色难看了起来，苏念念见状收敛了些，又绞尽脑汁地想让他好受些，于是她严肃分析："而且，前台小姐姐给我们留了二十分钟，一定是认为你二十分钟做不了什么。"头顶那道视线如有实质，她的声音越来越小，"这大概也是对你的一种肯定？"

裴言卿笑不出来，勉强扯了扯嘴角："谢谢她的肯定。"

裴言卿的目光在苏念念身上停顿了几秒。她抱着膝坐在软椅上，明明有着近一米七的身高，四肢修长，但缩起来依旧是小小的一团，一张脸不施粉黛，尤显幼态。

　　就在这时，苏念念的手机响起。她看了一眼来电显示，心脏突突直跳。

　　"又是我哥。"苏念念拉了拉裴言卿的衣袖，竖起手指放在唇边，"你可千万别出声。"

　　裴言卿无奈地笑了，顺从地点头。

　　电话一接通，苏焱懒散的声音就透过手机传出来："苏丫丫，你人呢？不是说给我买礼物吗？去月球买礼物了？"

　　苏念念心虚地揪紧了裴言卿的袖口："我……"

　　"你看看现在几点了？"苏焱的嘴就像机关枪发射子弹一般，语气暴躁，"十一点零一分了！你还差五十九分钟就是夜不归宿！"

　　那边传来穿鞋开门的响动，苏焱沉着嗓子说："你在哪里？我来接你。还有，中秋礼物要是我不满意，你……你就……"他说了半天也没想出个所以然，"你就等着我收拾你！快点儿发定位过来。"

　　下一秒，"嘟嘟嘟"的声音传来，电话被挂断。苏念念跳起来，拉着裴言卿，惊慌道："我要走了！而且这种时候，我该送点儿什么给我哥啊？"

　　苏念念头痛地揉着头发。

　　"他还是太闲了。"裴言卿淡淡道，"送几本医书吧，我有几本绝版，等国庆后给他。"

　　苏念念表情一言难尽："我觉得我哥会用书打爆我的头。"

　　裴言卿拧了下眉："我会让他忙起来。"

　　苏念念咽了咽口水，在心中默默为苏焱点蜡："我一会儿想办法糊弄他。"

　　裴言卿目光沉沉，不知道在想什么。但苏念念猜想苏焱很可能是要倒霉了。

　　"那我先走了？"苏念念指了指窗户对面，"我家就在对面，现在过去，我哥估计也到门口了。"

　　"我送你下去。"

　　裴言卿握住她的手，温热的手心相印，她的指尖动了动，没有松开。她偏过头，小声补充："那我们快些，要被我哥撞见就糟了。"

　　裴言卿撇了撇嘴："我们这是地下党接头吗？"

"没办法。"苏念念一耸肩，无奈道，"先忍忍吧。不然我怕我哥要灭师。"

裴言卿："……"

"所以这些日子，你要对我哥好一点儿。"等电梯的时候，苏念念扭头看他，"要给他如沐春风的感觉。"

裴言卿笑容温和："好，一定会多加关照的。"

苏念念的脊背莫名一凉。

她拉着裴言卿出了酒店门。已经十一点多，半山月的位置也比较偏，并不在市中心。酒店对面马路上的石头上，龙飞凤舞地写着三个字"半山月"。

"对面就是我家。"苏念念指了指石头，"我哥应该马上要过来了。"

"好。"他语气有些不确定，"那明天见？"

苏念念低垂下眼睫，几不可闻地"嗯"了一声。

裴言卿缓缓放开她的手，低声在她耳畔道："中秋快乐，我今天很开心。"

苏念念的心发烫，点了一下头，转身迈出两步，又回过头，注视着月光下裴言卿精致的眉眼。他依旧站在原地，温凉的晚风吹起他的额发。她握紧了手，突然大步朝他迈过去。

"中秋快乐。"说完，苏念念踮起脚，对上裴言卿诧异的目光，红唇在他的脸颊极轻地触碰了一下。

就像是跳动的羽毛，轻盈地拂过面颊，又痒到了心里。裴言卿全身僵硬，接着听到少女清甜的嗓音。

"公主殿下的宠爱，收好。"

做完坏事后，苏念念连头也不敢回，一路小跑回家。刚进半山月大门，就和拿着手机照明的苏焱碰个正着。

不知道是不是心理作用，手机闪光灯的白光浮在苏焱的面上，鬼气森森。他上上下下将苏念念打量一通，没好气道："有狗追你？"

——有，就是你。

苏念念心中吐槽，面上依旧一脸乖巧。

"我的礼物呢？"苏焱走近两步，眼神像激光一样，把苏念念全身上下扫描了一遍，连卫衣的帽子也没放过。

"那个。"苏念念面色坦荡，"送给你的当然是定制，你等着就是了。"

"是吗？"苏焱的嘴角止不住上扬，"还挺有心。"

苏念念跟在苏焱后头走着，突然问："哥哥假期忙吗？"

"不忙。"苏焱回头，突然笑了一声，"怎么，想让我带你玩？"

苏念念连忙否认："不是！"

苏焱皱了一下眉："那你问这个干吗？"

"想让你在家好好休息。"苏念念撇了撇嘴，"因为我预感你国庆后会很忙。"

苏焱瞥她一眼，冷笑一声："能让我忙的只有裴言卿，现在他可没这时间管我。"

苏念念脚步顿住："什么意思？"

苏焱高深莫测道："他也一把年纪了，最近在忙着谈恋爱吧。"

苏念念的心跳骤停，直接僵立在原地："什么?!"

"大惊小怪。"苏焱手插着兜，漫不经心道，"你表演那天，我还见着他的约会对象了，穿红裙子的。"见苏念念一脸震惊，他难得耐心地解释了几句，"我就坐在他的后面，亲眼所见。后来我把照片发给陆玄，他说这早就不是新鲜事了，附院尽人皆知。"

说完，苏焱还扯了扯唇，吐槽一句："真是，哪个女孩儿这么想不开。"

这事态的走向，有点儿谜。

苏念念硬着头皮跟在苏焱后头，斟酌着语气："怎么就想不开了？"

苏焱轻"啧"："你想想，裴言卿像是个有人气儿的人吗？你信不信，面对女朋友他还能像对学生一样说教，这是找男朋友还是找爹？然后，他要是忙起来，同城都能处成异地，这谁能忍？而且，他一看就没什么情趣，虽然脑子比常人聪明了一丢丢，但刻板得要命，和他在一起还不如选择冰雕……"

苏焱说了一大堆，从大门到家门口，一直在讲，甚至进了门还意犹未尽，真是怨气不浅。

苏念念的脸逐渐发木，原本还想透露点信息的想法消失殆尽。

她跟着苏焱上楼，到自己房间后，"吧嗒"一声关上门，直接隔断了苏焱的声音。

嫉妒！苏焱绝对是嫉妒！

苏念念心中的愧疚一扫而空，决定让这个美好的误会继续下去。

第二天一大早，苏焱还在睡觉，苏念念就背着包，蹑手蹑脚地出了门。临走之前，她和家里的用人打了招呼，如果他问起，就说她出门为他定制礼物去了。

苏念念这天刻意打扮得成熟了些。眼线拉长，微微上挑，将眼睛的无辜感大大减弱，然后涂了颜色最重的口红。除此，她还拿出了压箱底的衣服。以前她只敢买买过把瘾，但没上过身，现在她给自己找了个理由——为了不让裴言卿再被认作禽兽。

约好的时间是八点。苏念念刚刚走到写着半月山的石头前，就看到了裴言卿。他脊背挺得笔直，金色的阳光透过枝叶的缝隙洒在他脸上，站在酒店门前，赏心悦目得像个活体招牌。

裴言卿专注地看着马路对面，看到来人，神情倏地凝住，视线从苏念念裸露的腰移到只穿了短裤的长腿，他眯了眯眼。

苏念念走近，冲裴言卿眨了一下眼，转了个圈："怎么样？够成熟吗？"她低头看了眼自己身上的小吊带和短裤，"是不是很惊艳？"

下一秒，长到小腿的风衣兜头披下，男人面无表情地将衣服给她裹好，声音尤其冷淡："穿好。"

苏念念想挣开："不要，我好不容易穿出来的。"

裴言卿低头瞥了一眼她依旧裸露的小腿和踝骨，白皙得晃眼。

他皱紧了眉，道："走。"

"去哪儿？"

"商场。"

"干什么？"

"给你买长裤。"

"……"

苏念念蓦地想起苏焱说的话，这是找男朋友还是找爹？

"买……买什么长裤啊？"她难以置信，抬眸看向裴言卿。

他表情看起来尤其认真："今天 S 市气温十七度，湿度百分之七十。"

他低头看着小姑娘不服管教的双眸，"不注意防护很容易得风湿。"

苏念念无语得当场翻了个大白眼。

裴言卿又轻轻抬手，抚了一下她的眼皮，疑惑地问："你的眼线是不小心画出来了吗？"

她以为自己听错了："你说什么？"又用力冲他眨了一下眼，"你不觉得我的眼睛更妩媚了些吗？"

苏念念的眼睛本就漂亮，极黑的瞳孔像是含着钩子般蛊惑人心。

裴言卿的心跳快了一拍，移开视线，坦诚道："我还以为眼线画出来了。"

苏念念："……"

她又想起苏焱说的——一看就没什么情趣，刻板得要命。

苏念念忍了又忍，决定换个话题，她说："我计划好了。今天逛一天街，晚上再带你去逛庙会，我们这里节日期间可热闹了……"

裴言卿沉默了一会儿，说："我只有两天假，已经订了今晚回去的机票。"

苏念念笑容敛住，又想起苏·预言大师·焱所说的——忙起来同城都能处成异地。要不要条条都中？！

苏念念闷闷不乐道："那你白天得陪我逛一天。"

"好。"

一进商场，苏念念就把身上的风衣脱下，一把塞到裴言卿手里。在商场明亮的灯光下，她露出的肌肤白得晃眼，商场人山人海，很快便引来许多羡慕的眼光。

裴言卿微微地皱起眉，上前拉住苏念念的手腕，淡淡地环视一圈，直到那些露骨的目光有所收敛。他拉着人就进了右手边的运动品牌，沉声道："进去买衣服。"

苏念念看着店里面厚重的运动服，嫌弃地皱眉："我不要，要买你买。"

裴言卿温声哄着："我买。"

苏念念仍然扭着头，不理他。

直到店员小姐姐微笑着迎上来说："先生、女士，欢迎光临！"店员指向模特身上的白色冲锋衣套装，"这是我们店最新出的情侣款，第二件八点五折哦！我一看，就觉得特别适合你们……"

听到"情侣"两个字，苏念念不由自主地瞄了一眼衣服，然后可耻地动摇了一瞬。她偷偷看了一眼裴言卿，他目光淡淡的，看不出情绪。

"你买吗？"苏念念舔了舔唇。

裴言卿："你喜欢吗？"

苏念念移开视线，别别扭扭道："还行吧。"

裴言卿看着她的后脑勺，眸中的笑意一闪而过，他指向另一件："我觉得那件更适合你。"

苏念念看过去，不是情侣款。很好。她甩开裴言卿的手："我就要那一套！"说完又硬着头皮补充，"第二件八五折，我觉得很划算，你到底会不会过日子？"

裴言卿失笑，对店员说："我们就要这件，麻烦拿一下。"店员点点头去拿衣服。裴言卿在苏念念耳边低声说："你会过日子就好。"

苏念念反应了几秒，脸蛋后知后觉地发烫，她推了一下裴言卿："我也不会！你就等着和我一起喝西北风吧。"

裴言卿忍不住用手掩唇，但喉间仍旧传出细碎的笑声，他说："我争取不让你喝西北风。"

苏念念不再看他，飞快地接过店员递过来的衣服，小跑进了试衣间。

苏念念的私服都属于元气少女风，极少穿这种运动服，她推开试衣间的门，小心地探出头，一眼就看见了正对着她站着的裴言卿已经套上了衣服。

果然人好看穿什么都好看，普普通通的冲锋衣随意套在身上，也是模特效果，店员眼里是呼之欲出的惊艳。

苏念念看着裴言卿身上和自己一样的衣服，脸红了红，小心翼翼地走了出来，问："怎么样？"

长衣长裤，又保守又温暖。裴言卿满意地点头："好看。"

苏念念得意地一撩头发，目光不经意间瞥过镜子，瞬间定住。这是什么？她曼妙的身材曲线呢？！她引以为傲的长腿呢？！这是哪个中学的高中生？！

裴言卿已经拿出手机准备付账，苏念念拉住他："你再说一遍，好看吗？"

"好看。"裴言卿不假思索地说。

"我们是在穿情侣装吗？"苏念念问他。

裴言卿眼睫微垂，耳朵尖泛起些红，他点点头："嗯。"

"错。"苏念念扯了一下嘴唇。

裴言卿拧起眉："怎么？"

"这是父女装了。"

裴言卿偏头轻咳一声，面色泛黑："不是。"

苏念念苦口婆心地说："你懂我的苦心了吗？我费尽心思和你拉近年龄差距，你就非要拉开？"

裴言卿抿了抿唇："你早上穿的会冷。"他顿了顿，声音小了些，"而且，不安全。"

苏念念后知后觉。她笑得眼睛弯起："我懂了，你该不会是……吃醋了吧？"

说完，苏念念促狭地看着他不自在的表情，不给他否定的机会，转身就跑。他想跟上去，却被提醒先付账，他只能先跟着店员去柜台扫码。

苏念念转过弯，一抬眸便看到了来买运动鞋的葛佳，她身边一群人，众星捧月般簇拥着她，全是她初中时的小姐妹，也是苏念念的初中同学。

苏念念想当作没看到她们，直接走过去，但大概是太过美貌，总有人对她念念不忘，葛佳最铁的小跟班名叫周琴琴的，目光在她的脸上打着转，轻声喊："苏念念？"

这话一出，四五个女孩儿全部看过来。葛佳目光惊诧地看着她，面色古怪，欲言又止。

苏念念正奇怪她怎么没有搞事，周琴琴已经接替她的角色："佳佳，你看看，那是谁啊？不是初中那个……"周琴琴指了指脑袋，又看向其他人，"你们还记得？初中的时候啊，我们佳佳学跳舞，她也学，她喜欢林书成，可惜人家压根儿看不上她，还当众说她……"周琴琴掩着唇笑，"脑子有问题呢。"

苏念念抱臂站着，冷笑出声，目光不闪不避地看向葛佳："管好你的狗，没事出来乱吠，很烦。"

周琴琴怒道："你……"她又看向葛佳，"佳佳，你看她……"

葛佳面色难看，但不知为何，没有说话。

苏念念抬起下巴，冷淡道："林书成又是什么东西？初中吃我那么多小蛋糕，也没看见他长出心肝肺。至于我跟着葛佳学舞蹈？"她不屑地轻嗤一声，冲周琴琴道，"你主子学了这么多年，国际芭蕾初选都垫底，算上不错的文化课成绩只考上了三流院校，拿什么和我比？"

听到这话，葛佳的胸膛剧烈起伏，眼中满是怨毒的光，她不管不顾地站起身，似乎是下一秒就要打人。

苏念念半步不让，眉眼冷若冰霜，上前一步："想打架？过来啊，正巧我想打你很久了。"

结果刚刚还霸气十足的葛佳突然往后退了好几步，苏念念有些诧异，她有这么凶吗？下一秒，她顺着葛佳的目光回头，正看到站在她身后的裴言卿。一向清冷淡漠的男人眼睛里似凝着冰，带着极沉的压迫感，冷冷地看着人，似山雨欲来。

苏念念尴尬地摸了摸鼻子，现在装可怜还来得及吗？

不管三七二十一，苏念念用力眨眨眼睛，逼出些水光来，一下躲在裴言卿身后，委屈道："她们欺负我！"

裴言卿温柔地看向苏念念，嘴角浮上淡淡的笑意。紧接着，如寒潭的目光扫过葛佳慌张的面孔，他扯了扯唇："上次的警告还不够吗？"

葛佳连忙摇头："不，不是的，裴先生，您听我说，这回我是真的什么也没做啊。"她指了指周琴琴，"是她，都是她在说。我真的没有说念念一个字。"

说话间，葛佳壮起胆子看了一眼裴言卿，发现他竟然穿着和苏念念一样的衣服。她惊讶地瞪大了眼，他们都已经到这一步了吗？

她想起上次的结果。裴言卿直接打电话给阮家的掌权人，也就是阮白的父亲阮军，半是敲打半是警示地将她上次的话转告给了阮军。

从医的裴家老三，最得老爷子看中，再加上极高的智商，裴家名下的产业拥有的股权只多不少，是A市上层年轻一代里的翘楚。这样一位极得人赏识的年轻人，直接找上阮军，不留一丝情面，狠狠打阮家的脸。

　　阮军知道后，严厉地警告了阮白。阮白一层层查到她身上，断了她在 A 市的所有门路，她前几年苦心孤诣靠着讨好舒瑾得到的资源全部被收回，结识的人全部对她避之不及。而这一切，只不过是因为她说了几句苏念念的坏话！

　　葛佳压下心中的不甘心，等待着裴言卿的审判。

　　男人的声音清淡，又带着极度的宠溺："丫丫，你想让她们怎么向你认错？"

　　苏念念站在裴言卿身后，把玩着他的衣角，她探出头，冲葛佳眨眨眼睛："我想让葛佳和周琴琴当面向我道歉，然后她们要在初中同学群里发十遍，以后见着我就自动躲远点儿。"

　　"噗……"裴言卿没忍住笑，他将身后小姑娘作乱的手握住，毫无原则道，"好主意。"

　　他淡淡看向葛佳："听到了吗？"

　　葛佳沉默着不说话。

　　裴言卿的语气骤冷："还是让阮白或舒瑾亲自找你？"

　　葛佳的面色由白变青，死死咬住下嘴唇，良久，她失魂落魄地点头："我现在就道歉……对不起，苏念念。"

　　葛佳说完，又拍了下一旁的周琴琴，警告地看了她好几眼。

　　周琴琴的头皮发麻，也憋屈道："对不起，苏念念。"

　　苏念念笑眯眯道："等等，再说一遍。"她掏出手机，"我录个音作纪念。"

　　最后，苏念念一遍遍地听着录音，又翻看着一直屏蔽的初中群消息，群里越来越多的人冒出来，苏念念笑得差点儿站不稳。

　　"被盗号了？"

　　"好了，我知道了，不用发这么多遍。"

　　"行了，行了，现在道歉是不是太晚了。"

　　"截图了。"

　　"……"

　　"站稳了……"裴言卿拉住她，将人按在怀里。苏念念埋着头，笑着笑着，突然没了声，他听到了极轻的抽泣声，心一揪。

怀中的脑袋拱了拱，声音闷闷的："我其实有很多黑历史。"裴言卿感觉到小姑娘揪紧了他的衣襟，像一只张牙舞爪的小猫般恶狠狠道，"但你已经被我骗到手了，再也不能离开。如果敢跑，我就……"

裴言卿轻抚她的脑袋，低声问："就怎么样？"

隔着衣服，苏念念一口咬在他的胸膛上，随后抬起依旧染着水光的眸子，软声道："我就咬你。"

隔着衣服，很轻的一口，却让他的心跳错了拍。怀中人仰着巴掌大小的脸，眼圈红红的，纤长的睫毛上还带着水珠，就这么直勾勾地看着他。

苏念念为了看热闹，专门来到商场的咖啡厅开了个小包厢，此时环境清幽，空间密闭，只有他们。

裴言卿快速错开视线，闭了闭眼，缓解心中骤然升起的燥热。有那么一瞬间，他觉得自己真是个禽兽。

裴言卿深吐一口气，抽了张纸巾，覆在她的面上，轻柔地替她擦眼睛。

苏念念嘟囔道："小心点，别把我的妆擦花了。"

"我不敢跑。"收起纸巾，裴言卿突然说。苏念念的目光微顿，就见男人握起她的手，贴到刚刚被她咬的地方，"怕你咬我，疼。"

苏念念瞪大了眼睛："你这还碰上瘾了？"她手下用力，使劲掐了他一把，触手全是紧实的肌理，他疼不疼不知道，但她的手是疼了。

裴言卿按住她放在胸膛的手，眸中玩笑意味褪去，轻轻地叫她："丫丫。"

"干什么？"苏念念有些虚，垂头看着脚尖。隔着衣服，她感受到了他温热的体温，甚至是跳动着的心脏，她的指尖不受控制地蜷起。

"对不起。"裴言卿的声音低哑。

"啊？"苏念念还以为他突然这么严肃，是要来个深情大表白，结果就这？！

裴言卿的神色很认真，继续说："让你因为我受委屈了。"

苏念念注视着他深幽的眼眸，霎时明白了什么，她问："你都知道了？"

裴言卿低应一声，嗓音艰涩："我知道这种话在现在听起来似乎了无意义，但我想让你安心，想给你足够的底气。"

苏念念心乱如麻，承受不住裴言卿眼神的重量。她低下头，躲避着他的视线："如果我没有你想的那么好呢？我的情况，你爷爷都知道，他应该很不喜欢我。"

裴言卿的眸色骤暗，垂在身侧的手握紧，这些本应该他去解决承担的。良久，他直视着苏念念的眼睛："这是他的问题。"

苏念念不知道怎么说，只抿唇摇了摇头。

裴言卿胸中酸涩难言，默了片刻，他沉声道："我会给你一个交代，不会再让你受半分委屈。"

裴言卿是晚上七点的飞机，吃过晚饭，他将苏念念送回家，便要出发去机场。带着凉意的晚风拂面而过，他抬手替她拉紧了松垮的领口，看着她埋在衣领下白皙的小脸，头一回生出些堪称幼稚的情绪来。

他想起这姑娘打起游戏来可以半个月不理他，不由轻蹙起眉，强调一句："有事给我打电话。"话说出口，他又有点儿悔。有事就打，那没事呢？

苏念念双手插兜，似有若无地"哦"了一声。

裴言卿不满地抿了一下嘴唇，又补充一句："没事我给你打。"

苏念念原本想应，但想起自己在家，苏焱时不时就冒出来一下，连忙回绝："不行。"

裴言卿眉目微敛，看着小姑娘无情的眉眼，颇有种冷水淋头的感觉。

"你快走吧。"苏念念挥了挥手，开始赶客，"不然来不及了。"

裴言卿往后退了两步，目光还凝在她的脸上，突然无奈地叹了口气，怎么好像就他不舍得呢？

苏念念一人晃悠悠地到了家。苏天泽和宋紫上午就走了，家中恢复安静，一向闹腾的苏焱也不见踪影。

苏念念拎着手中的袋子，走到苏焱房间外敲了敲门："哥？"

房内传来的声音带着些烦躁："进来。"

苏念念看到本该在躺尸或打游戏的苏焱，背对着她坐着，紧紧盯着电脑上密密麻麻的人体解剖图，头发也揉成了鸡窝状。他靠着靠椅转过身来，将她从头打量到脚，嫌弃地眯了眯眼："哪儿来的小土包？"

苏念念上前两步，将手中的东西往桌上一放，没好气道："这是礼物。"

苏焱伸手打开袋子，看着包装精美的盒子："哟，看起来还不错。"他打开盒子，看清实物后笑容收敛，拿起中间那个眼斜嘴歪的瓷人，"这是什么？我要告它包装诈骗。"

苏念念抱着臂，惊诧地问："你没看出来是谁？"

苏焱托着下巴盯着瓷人，半晌回过神来，气得一口气差点儿没上来："你不会想说，这是我吧？"

"对啊。"苏念念又从另外的盒子里，拿出一个漂亮灵动至极的瓷人，放在"苏焱"旁边，"这个是我。"

苏焱冷笑一声："所以我的是你随手捏的，你的是找师傅做的？"

苏念念心虚地眨了下眼："谁说我随手捏的？我耗费了一下午好吧。"

下午，她带着裴言卿去了这家手工体验馆，本来是打算捏裴言卿的，但一开始就画歪了鼻子，又不舍得放弃好不容易塑成的身体模子，于是转而画苏焱。后来，成果就这样了。

大概裴言卿谈恋爱的灵气全部附在了那双手上，一向拿手术刀的手又稳又巧，最后的成品让苏念念爱不释手。

尽管很难接受那个丑人是自己，但至少是苏念念专门为自己做的。苏焱轻哼一声："哥勉强收了。"他又瞥了一眼苏念念，"你哪儿凉快哪儿待着去，哥要忙了。"

苏念念压下锤爆他的想法，看了一眼电脑："你不是说你最近挺闲的吗？"

"呵。"苏焱扯了扯唇，"我怀疑裴言卿失恋了。他昨晚突然发了份文件给我，说是他正在研究的课题，让我利用假期好好了解。"他咬牙切齿，"回去后就要和他带的博士师兄进实验室。"

苏焱一拍桌子，震起被他揉皱的纸张："你说，他是不是很过分？！"

苏念念酝酿着措辞："过分吗？算不算特别关照？"

苏焱狐疑地看着她："你怎么不和我一起骂？"

苏念念张了张嘴，毫无感情道："实在是太过分了。"

裴言卿是晚上九点到的 A 市，裴勋的司机早已经在机场外等候。他坐上车，夜色如墨，黑色轿车在马路上疾驰。

"爸是在老宅还是在鼎尚？"

在上飞机前，裴言卿就联系了裴勋，约好下飞机后想和他谈一谈。

"在鼎尚。"

鼎尚离裴勋的公司近，平常他和凌静会住在这里。

司机透过后视镜，扫了一眼后座的正在闭目养神的男人。他给裴勋开了三十年的车，这位三少出生时，大小姐裴言悦都已经上了大学。可以说，他几乎是看着裴言卿长大的，从尚在襁褓到一步步长成翩翩少年郎，再到如今这副清冷淡漠、不染烟尘的模样。

也曾数次听到裴勋叹息自己对裴言卿的亏欠。关于三少为了一个小姑娘忤逆家中老爷子的事，他也有所耳闻，不免有些吃惊，猜到裴言卿找裴勋的目的。

"三少爷，裴总会支持您的。"

裴言卿低低地垂着视线，不置可否："是吗？"

他想到十五岁那年，不知是出于什么心态，或是喜欢、或是叛逆、或是单纯地想逃脱裴哲的掌控，在最后一天，他偷改了志愿。

爷爷知道后，勃然大怒。他自以为能掌控人生，但最后，裴勋找回到了他，用着最令人难以拒绝的理由，语重心长地对他说："你爷爷被气得进了医院，他一手将你带大，你不该这么自私。我也对你爷爷有所亏欠，又没有教导好你哥哥姐姐，作为补偿，我会给你公司最多的股权……"

裴言卿闭了闭眼，从回忆中抽离，听到司机说："三少，到了。"

他看过去，车已经停在了鼎尚公馆的门口。

一进门，凌静正坐在客厅上敷面膜，见到他，惊道："老三？你怎么回来了？"

"因为明天要上班。"裴言卿脱下外套，将冲锋衣交给用人，礼貌地吩咐道，"麻烦熨平整，明天我还要穿。"

凌静睨他一眼："追上小姑娘了？"

裴言卿的嘴角止不住地上扬，耳根微红，低声道："嗯。"

凌静本来就没抱希望，一听这话面膜都差点儿惊掉："真是祖宗保佑。"

裴言卿："……"

她几步上前，恨铁不成钢道："一追上你就跑回来，有你这么做事的？万一人家后悔了怎么办？"

裴言卿的眉心一跳，有些蒙："还能反悔？"

凌静无语地看着这傻儿子："你要不是靠着我给你的这张脸，能找到对象才有鬼！"

裴言卿轻咳一声："有点儿事我要找爸谈谈，先上去了。"

"嗯。"凌静按摩着脸，倏地想起什么，"什么时候把我的乖乖儿媳带回家来看看啊？"

裴言卿的脚步顿住，有些无奈："还早。"

"早什么早，你快点儿……"

裴言卿加快步伐冲上楼，末了，深深吐口气，才叩响书房门。

"进来。"

裴勋正坐在桌前忙工作，看见他，指了指面前的椅子："坐。想和我谈什么？"

裴言卿的神色认真："想谈两件事。第一，念念已经和我在一起，无论是爷爷，还是您，还是任何人阻止，我都不会再妥协。"

裴勋神色未变，声音平淡道："第二件事呢？"

"第二，我会去阮家，有些事阮小姐既然做了，就要受到应有的惩罚。"裴言卿的语气无波无澜，"考虑到这可能会破坏我们两家的关系，我先和您说一声。"

"就这两件事？"裴言卿摩挲着下巴，指尖一下下地轻敲着木桌，目光投在对面坐得笔直的小儿子身上。他疏离，甚至带着隐隐的戒备。裴勋沉默着，突然叹了口气："老三，你是不是还在为那件事怪我？"

裴言卿："没有。"

裴勋站起身，走到裴言卿面前："这些年我有过后悔，当年不该逼你那么紧。"他拍了拍裴言卿的肩，"你说的两件事我都没有异议。只要姑娘愿意，我会尽全力支持你。"看裴言卿表情微凝，他好像又想到什么，连忙补充，"不是补偿。"

　　裴言卿抿了一下嘴唇，稍稍抬眸，就见裴勋说："我们家的人都有一次任性的权利。"

　　接到父亲的电话，听到裴勋带着裴言卿亲自来自己家的消息时，阮白正在外面做水疗美容。

　　电话那头，阮军的语气不善："你在哪儿？一小时内给我回家。"

　　阮白的心一沉。阮军虽然宠她，但对她也非常严厉。

　　她所有宛如精密计算过的行为举止都是阮军请人一点点教导出来的，目的就是让她成为人人挑不出毛病的大小姐。他能给她铺路，但也不允许她出任何丢脸面的错。

　　上回裴言卿直接打电话给阮军，阮军严厉地教训了她一顿，还扣了她三个月的零用钱。她恨得直接惩罚舒瑾身边那个小跟班。她想起中秋那晚，裴言卿让人不寒而栗的眼神，以及他亲自上门拜访的事，冷汗流了满身。

　　阮白到家时，客厅里已经没有人，只有用人在收拾着茶盏。她在书房找到了阮军。书房烟雾缭绕，阮军的脸黑得像炭，看过来的眼神极冷。

　　"你知道什么叫成事不足败事有余吗？"阮军吸了口烟，弹掉烟灰，"你真有本事。联姻是为了加固和裴家的关系，现在好了，裴勋上来'啪啪'打我的脸，几个亿的单子啊，没了！"

　　阮白吓得一句话不敢说。

　　"别的就算了，为了一个男人，你竟然自降身价到去欺负一个十几岁的小姑娘，这么些年，书读到狗肚子里去了？"

　　像是被人劈头盖脸扇了几个巴掌般，阮白的脸火辣辣的，哽咽道："我只是不甘心。您说说，我哪里不够好？是裴言卿眼睛瞎，喜欢那个小傻子！"

　　"闭嘴！"阮军低吼，又失望地摇摇头，"你照照镜子，看看自己现在的模样！你还是太浮躁了。这三个月，所有娱乐活动不许参加，在家里好好反思，好好想想我为什么要罚你。"

　　阮白哑然，"砰"地把门关上，胸膛剧烈起伏。凭什么？她的学历、容貌、家世都是顶尖的，裴言卿凭什么这么对她？！阮白用力捏着手心，一把掰断刚做的指甲。她不甘心。她一定要让他们付出代价。

第十一章

我教你接吻

假期一晃而过，七号一大早，苏念念就拽着苏焱急吼吼地去了机场。

苏焱满脸烦躁，白眼快翻到了天上："你为什么要订早上八点这种'阴间'机票？"

苏念念时不时低头看着手机，敷衍道："因为别的时间段抢不到。"

"你以前怎么抢得到？"苏焱拧眉问她。

以前是以前！现在要谈恋爱呀！

苏念念打开手机，给男朋友发微信："你今天有空吗？"

那边回得很快："晚上有。"

"哦……"

裴言卿刚到医院，看着这冷淡的回复，几不可见地皱了一下眉，他知道小姑娘十点到机场，但看了一眼几乎排满的手术，握紧了指尖。

那边再没回复，裴言卿顿了顿，轻敲屏幕："晚上带你吃饭，可以吗？"

这时门外护士敲了敲门，语带急切："裴医生，急诊那边送来了病人，说是要加急抢救。"

"马上来。"裴言卿站起身，放下手机。

苏念念坐在候机室，幽幽地盯着一动不动的聊天记录。她明明都回了"好"了，人竟然就消失了？！

苏念念气不打一处来，正要发点什么提醒他，苏焱敲了一下她的脑袋。

"走了！"他不满道，"一大早就盯着手机，眼睛要不要了？"

苏念念撇了撇嘴，找了个表情"呵，男人"的表情包过去，随即便跟在苏焱身后上了飞机。

与温暖的 S 市不同，A 市最近大降温，一下飞机，只穿着件长袖的苏焱冷得一哆嗦，他偏头看着裹紧了冲锋衣的苏念念，哼了一声，没好气道："苏丫丫，你这衣服怎么都不洗的？天天穿，脏不脏？"

苏念念瞪他："谁说我不洗的？就不能是烘干了再穿吗？你就是冷，嫉妒我穿得暖和。"

苏焱："那你怎么不给我买一件？"

"你不是嫌它土吗？"苏念念道。

"现在不嫌了。你也给我买一件。"

苏念念："不行！"

"小气样。"苏焱气得发笑，拽了一下苏念念的衣领，"走了，先送你回学校。"

苏念念悄悄点开手机，看到依旧没有回应的微信，失落地"嗯"了一声。

她气不过，去找了几个情感类的公众号，转发了好几篇推文。

《男人的劣根性：没追到前是个宝，追到后是根草，得不到的总是最好的》

《恋爱小贴士之这样的男人不能要：1.不回消息 2.突然冷淡 3.聚少离多……》

…………

苏念念到寝室的时候，楚宁还没回来，反而看到一个生面孔，女生看着桌上满满当当的东西，表情有些苦恼。

她有些婴儿肥，目光澄澈、明亮，看到苏念念后，主动打了招呼："你好啊。"

苏念念放下行李箱，恍然道："哦，你是虞娴吧？伤养好了？"

虞娴背着手，点点头，看起来有些局促："是我，你是苏念念吗？"

"是。"苏念念说，又看到虞娴桌上满满当当的东西，一扶额，"那都是楚宁的，她还没回来，我先帮你收拾一下。"

"谢谢，谢谢。"虞娴红着脸，小声说，"你真好看。"

苏念念一愣，没忍住捏了一把她的脸蛋："你也好看。"

虞娴的脸更红了。

不过片刻，苏念念就知道了这个室友是个很可爱的小姑娘，相处起来很轻松。她把楚宁的"宝贝"们全部挪到她的座位上，发了消息给楚宁："快来给你的宝贝们搬家。"

回校途中的楚宁很狂躁："为什么？我好不容易把它们塞下去的！"

"因为室友来了。"

发完消息，苏念念的手机突然振动。她的眼睛一亮，看到来电显示，眼神又黯淡下来。

季成星的声音传出来："念念，我的新歌的 MV 已经在筹备过程中了，今晚主办方这边准备请所有工作人员吃个饭，你有时间吗？"

苏念念顿住，摩挲着指尖："我有约了。"

那边似乎很失望："重要吗？能推掉吗？今天的晚饭挺重要的，投资方和导演都在，你作为主演，还是露个面比较好。"

苏念念低垂下眼，想起忙起来就神龙不见尾的裴言卿，一狠心道："没事，不重要，我会来的。"

季成星的语气带笑："好，那我下午来接你，先带你去做个造型。"

"啊？"苏念念有些奇怪，"不就随便吃个饭吗？"

"参加宴会，总要正式些。"

"行吧。"

苏念念挂了电话，又恨恨地点开裴言卿的聊天框，看到上面全是自己发的消息，顿时气不打一处来。

她引用那句"好"，回复："我要撤回这个字。我有约了，季成星喊我吃饭，你自己哪儿凉快哪儿待着去吧。"末了，还发了个加大版的挥手再见的表情包。

A 大附院。

手术从早上七点半，做到了下午两点半，整整五个小时。

裴言卿揉着眉心，回到门诊室，没急着吃饭，先按亮手机，找到了置顶的消息。五个小时，小姑娘发了七八条消息。

裴言卿点开，指尖轻动，嘴角的笑意渐敛。他的视线凝在"季成星"那三个字上，半晌没移开。

收到裴言卿的消息时，苏念念午睡刚醒，一睁开眼，发现静音的手机亮起屏，是失联了七个小时的裴言卿。她没着急接，故意等到快结束才慢悠悠接通，也不说话，等着对面开口。

"丫丫。"裴言卿的声音微哑，"我刚下手术，不是不理你。"他想起她发来的乱七八糟的文章，沉默了一瞬，"那些营销文章少看，都是没有任何依据的胡言乱语。"

苏念念哼了一声："是吗？我觉得很有道理，一下消失七小时，还不允许我发点脾气了？"

"那你晚上当面和我发。"裴言卿说。

"不巧。"苏念念撑起身子，下了床，"我晚上没空。"

电话那头安静了一瞬，然后裴言卿问："和季成星吃饭？"

他的语气很平静，听不出什么情绪。

苏念念故意道："是啊，不行吗？"

裴言卿反问："如果我说不行呢？"

"你让我不去我就不去，我不要面子的吗？"

"行。"裴言卿的语气很轻，发出这样一个短促的音节后，半晌再没说话。

听着那头浅浅的呼吸声，苏念念蓦地有些心虚。她是不是仗着裴言卿的纵容，作过火了？

苏念念抿了抿唇，小声问："你是不是生气了？"

"没有。"裴言卿否认，声音有些低落，"我只是在想，我是不是做得太不好，你想反悔了？"

苏念念幽幽道："我看起来很像玩弄别人感情的女骗子吗？"

"对，你像。"

虚掩着的大门被人用腿撞开，楚宁拖着个大箱子从门外走进来，随口就回答："你长着这么一张脸，在一棵树上吊死算什么事？听我的，外面的帅气男孩子不比我小舅舅那个寡淡的男人有趣得多？"

苏念念："……"

她怜悯地看了一眼楚宁，指了指手机，对着她说唇语："你要倒霉了。"

楚宁大惊失色，连忙闭嘴装死。

一旁的虞娴笑得眉眼弯弯，饶有兴致的眼神在两个人身上扫过，她小声问楚宁："那个是念念的男朋友吗？"

楚宁看过去，新室友是个软妹似的小姑娘，那双眼睛一眼能望到底，她点头："差不多是吧。"

"那你刚刚说什么小舅舅？"虞娴迟疑地问。

楚宁："就是她男朋友。"

"啊？"虞娴捂住嘴，嘟囔道，"那该有多大了啊？"

楚宁一耸肩，逗她道："快三十岁了吧。"

虞娴难过地瘪了瘪嘴，看起来快要哭了："我不能眼睁睁看着念念被老男人骗，你快去阻止你舅舅，不然，不然我会去报警的。"

"噗……"楚宁笑得直抖，拍了拍虞娴的肩，"我逗你的，没那么夸张。"

苏念念跑去阳台打电话，凭楚宁这张嘴，她觉得自己在裴言卿那里的信用度直线下滑。

"你听我解释。"苏念念说。

裴言卿："好。"

她噎住："你要懂点事。"

裴言卿："……"

"我很寡淡？"裴言卿气得头疼，"所以你去找别人吃饭？"

苏念念："那你想怎么样？"

那头突然沉默。

话一出口，苏念念咽了咽口水，莫名觉得这个台词有些熟悉。就好像她是苦情剧里花天酒地的负心汉，裴言卿是候在家中的小媳妇，她不知悔改，小媳妇字字幽怨。

苏念念被自己的脑补吓了一跳，赶忙解释："我之前答应季成星和他合作拍音乐视频，今晚算是个开机宴，大家都在，我推不了，所以才去的。"她软下声音，"你不要生气了，好不好？"

电话那头沉默了片刻，嗓音清冽，仿佛无可奈何般，低低地"嗯"了一声。末了，又不放心地叮嘱："记得把地址发给我，晚上我去接你。在外面不要喝酒，听到了吗？"

　　苏念念松了口气："好。"说完，她又像哄小孩儿一样，小声说了句，"我想你了。"

　　那头的呼吸重了些，没有接话，却像是非要得到答案般问了句："我真的很寡淡吗？"

　　苏念念："……"

　　最后这个问题也没有答案，因为很快裴言卿被叫走了，电话又被中断。

　　苏念念推开阳台的门，一抬眼就看到楚宁和虞娴两个人叽叽喳喳，不知道在说什么，一看到她，又同时移开眼。

　　"在说什么这么兴奋？"

　　两个人同时摇头："没有，没有。"

　　苏念念狐疑地眯起眼，正要说话，电话又响了，是季成星，说他经纪人的车已经到了学校门口。她应声，即刻拎包要走，走之前还看了看寝室的二人："给我等着，我回来再拷问你们。"

　　楚宁"啧"了一声："你还是先顾好你自己吧，想想怎么哄男人。老男人的醋劲可不小，必要时候牺牲一点儿美色也不是不可以。"

　　苏念念面色酡红，瞪她一眼："去去去。"

　　饭局约在君泽酒店，是 A 市的鼎鼎有名的大酒店之一，富豪、明星有什么大型活动都会早早预约这家酒店。

　　苏念念站在酒店门外，拧着眉盯着"君泽"两个字，想起楚宁说的，她外公裴勋就是个开酒店的，手下掌管着君什么集团来着？

　　对，是君泽集团。苏念念恍然大悟，这酒店难道就是裴言卿家的？

　　她从小过得衣食无忧，从未刻意在这方面上过心，只知道自家条件应该是不错的，毕竟按照苏天泽和宋紫那种玩命的工作态度，也不会赚不到钱。

　　这是苏念念第一次直观地认识到何为有钱。

　　苏念念低头滑动手机，将定位发给了裴言卿，又揶揄道："三少爷，晚上能开着你的法拉利来接我吗？"

　　刚发完，还没等到回应，身后的季成星跟了上来，她收起手机。

　　季成星定定地看着站在前面微微垂首的少女。她这天不过随意做了个造型，乌黑的长发松松地挽成一个髻，露出雪白修长的脖颈，白色纱裙勾勒出纤腰，纱裙下的长腿若隐若现，在夜色下，整个人好像泛着仙气。

　　季成星心中一动，几步走到她身侧："走吧，念念。"

　　苏念念应了一声，又问："我们今天大概几点结束啊？"

　　"你还有事吗？"季成星轻轻蹙眉。

　　"也不算。"苏念念说，"只是有人来接我，我和他约定个时间。"

　　季成星不以为意道："具体时间我也不知道，但我可以送你回去。"

　　苏念念淡淡摇头："不用了，谢谢。"

　　"不用和我客气。"季成星说，"专门让人来接太麻烦了，不如我送你。"

　　"他不会嫌麻烦的。"苏念念说得极其笃定，又笑弯了眼，"他不敢。"

　　季成星的心一沉，升起一种不太好的猜想，他的眼神晦暗不明："来接你的是谁啊……"

　　话还没说完，便被一道粗嘎的男声打断："小季啊。"

　　苏念念回头，对上一道浑浊的视线。来人身量不高，身材粗壮，肤色黢黑，偏偏西装革履，看起来格外别扭。

　　他叫的是季成星，目光却时不时朝苏念念扫过来，苏念念稍稍往后退了一步。

　　可季成星对他尤其客气，甚至躬身双手握住他的手，语气热情："张总，幸会，幸会！"

　　这个张总点点头，细细将苏念念打量了一番，笑出一口黄牙："小季啊，这就是你专门请来的老搭档？"他摩挲着下巴，半开玩笑道，"小姑娘叫什么啊？一看就是进娱乐圈的料，考虑考虑成为我的人？"

　　季成星目光微顿，侧过身，稍稍挡住了张总也就是张临的视线："这是我在 A 舞的同学，苏念念。"

　　张临意味不明地笑了声："念念？好名字啊，听着缠缠绵绵的，有种梦中情人的感觉。"

　　苏念念忍住不适，扯了扯唇道："张总，您理解错了。只是因为我妈生我的时候想吃西瓜吃不了，所以叫念念。"

张临大笑，眸中的兴奋不减反增，他哈哈大笑道：“有趣啊。”

油腻。苏念念翻了个白眼，看到季成星一脸为难，这才没有当场走人。

好在到了包厢，里面人很多，这个张总显然有点儿来头，纷纷让他坐中间，至于她这个“女主角”，根本没人理睬。

季成星语带歉疚，低声说：“念念，张临是投资方，不能得罪，让你受委屈了。”

苏念念摇了摇头：“我没事。”

季成星带着她，想找个离张临远点儿的位子，谁知，下一秒张临拍了拍身边的位子：“小苏，坐我身边来。”

“张总，她有些怕生……”季成星委婉推拒。

“做这一行可不能怕生，张总这是看中小苏呢，你说是吧？”经纪人方洁打断他的话，又警告地看了他一眼，转头对张临笑得殷勤无比。

正在僵持间，苏念念站起身，笑容澄澈，她冲他眨了下眼，缓步走到张临旁边的空位：“那就感谢张总抬举了。”

她仪态优雅，天鹅颈修长白皙，连走路的姿势也赏心悦目得让人移不开眼。张临眼睛都看直了，笑得两个绿豆眼眯起。

苏念念心中冷笑，端坐在张临身边，悄悄摸出手机，看到裴言卿半小时前的回应。

“好。”

她有些惊讶，还真有法拉利啊？

苏念念轻点屏幕：“那你八点到，在君泽酒店 8025 包厢。”

没过多久，一旁的张临就开始作妖，他举起酒杯，眯着眼睛问：“小苏啊，能喝酒吗？”

“不能。”

张临倒也没生气，反而笑了一声：“那就为我破个例，陪我喝一杯？”

苏念念：“……”

她默默喝了口茶，缓解被油到的心脏。

被这么冷待，张临失去了耐心，冷冷地问：“你知道我是谁吗？”

方洁一直关注着这边，见苏念念这么不上道，急忙冲过来：“念念呀，这可是我们最大的投资方，快叫张总！得张总赏识，可是撞大运了，你以后还想不想在圈里混下去了？"

苏念念如实回答："不想。"

张临彻底冷下了脸，威胁道："那你也别拍了吧，真以为我找不到人了吗？"

气氛剑拔弩张，包厢安静下来，众人怜悯地看着这个不知天高地厚的新人。

苏念念皱了一下眉："不要我拍了？"

张临以为她害怕了，表情缓和下来，暗示道："当然这也不是绝对的，你要陪我喝几杯，晚上再陪我聊天……"

方洁直接将酒杯塞到苏念念手里："快，快，陪张总喝一杯，再好好认个错。"

苏念念接过酒杯，说完了后面的话："那你们是不是要付我违约金啊？"

张临扯了扯领带，面色阴沉道："敬酒不吃吃罚酒。方洁，我今天偏要她陪我喝一杯，你看着办吧。"

季成星倏地站起来，被方洁一个眼神严厉禁止，他僵在原地，看着苏念念，偏头躲开了眼神："念念，要不你就喝一杯吧。"

他闭了闭眼，不停地在心中安慰自己，不过是喝一杯酒而已。

听到这句话，苏念念愣了一瞬，谈不上失望，反而很平静。她低头看了一眼时间，七点五十八分。她冲张临勾了勾唇，鹿眸像是含着钩子，说："那我敬张总一杯？"

张临轻哼了声，从鼻尖哼出一句："喝吧。"

他定定地看着美人仰脸，尝了一口红酒，红唇上水光潋滟，心中蠢蠢欲动，他得意道："早点儿听话多好……"

下一秒，张临还没来得及眨眼睛，一股辛辣的液体直冲眼睛，酒精刺激得他睁不开眼，他抹掉脸上的酒水，暴怒道："你好大的胆子！苏念念是吧？你信不信我整死你？！"

桌上的人似乎都被这变故惊呆了，苏念念泼完酒，居高临下地看着跳梁小丑般的张临。

她抽了张纸巾，细细擦着手："张总，你的眼睛太脏了，我拿酒精给你洗洗。"擦完手，她扔下纸巾，"不用谢我。"

"快点儿，给我擦眼睛……"张临嗷嗷叫着，周围的人这才反应过来，顿时一阵鸡飞狗跳。

酒店包厢隔音太好，裴言卿立于门外，不清楚里面发生了什么事，只是眉心一下下地跳着，心中的烦躁越来越盛。他推开门，里面传来一个中年男人不堪入耳的谩骂声。

"你们给我拦住那个小婊子！看我今晚不把她搞死……"

裴言卿抬眸看了一眼包厢号，没错。

他正准备进去找人，下一秒，一个柔软的、带着馨香的身体扑上来，洁白的玉臂环住他的腰。

苏念念抬眸，仿佛受了巨大的委屈般在他怀中拱了拱，声音颤抖："他们都欺负我……"

包厢内一片喧闹，张临号着，嘴里还在不干不净地骂着，字字句句清晰入耳。

酒店经理江进匆匆赶来，看着这久不露面的三公子抱着个仙气飘飘的小姑娘，手上的动作温柔，轻拍着姑娘细瘦的脊背，可表情冷得似冰，眼眸漆黑如墨，沉沉地盯着包厢内，看一眼就让人不寒而栗。

"抱歉，裴先生，我来晚了。"江进低声道歉。

裴言卿淡淡地瞥过来，声音没有一丝温度："你们跟我进去。"

"是。"

江进环视四周，包厢内一片混乱，坐在主位上肥头大耳的男人还捂着眼睛，疯了似的骂人，餐盘被砸落了一地。从男人不堪入耳的脏话中不难猜出发生了什么事，他忍不住又看向裴言卿怀中的姑娘，正看到她露出的面容，眉眼如画。长得和天上的仙女似的，怪不得连裴三公子也能为之折腰。

江进带着身后的保镖，跟着裴言卿进了门。

张临瘫软在椅子上，喘着粗气，眸中满是血丝，看到苏念念，以为她被自己的人逮了回来，狞笑道："想不到吧？还不是落在我手里？你跪下来给我磕三个头，再伺候我一晚，我还可以放……"

裴言卿捂着苏念念的耳朵，冷声打断："江进，清人。"

江进递了个眼神给保镖，同时心中默默给张临点了蜡。

这个张临臭名昭著，以往的腌臢手段圈内都有所耳闻，但他有点儿势力，一般人管不了，不一般的人又懒得管，这就造就了他的肆无忌惮，这回算是踢到铁板了。

江进看了一眼裴言卿的脸色，猜不准一向冷静自持的三少爷会做什么。

屋内其余人看着裴言卿身后跟着的几个人高马大的保镖，心知来者不善，纷纷起身离开。

季成星经过时，看着苏念念满心依赖地站在男人身后，想说些什么，却触及裴言卿冰冷的、满是嘲讽和讥诮的眼神，他的心一慌，什么话也说不出来，抬步离开。

裴言卿看着怀中小姑娘有些酡红的脸，黑亮的眼睛像是蒙了层雾，一眨不眨地看着他。

他拧眉，捏了一把她的脸："喝酒了？"

哪怕是喝醉了，苏念念也知道自己不能喝酒。她不回答，就直勾勾地看着裴言卿傻笑，答非所问："你真好看。"

裴言卿无奈，将她抱到包厢的小沙发上坐着，哄道："乖乖坐好。"

苏念念抱着膝盖，乖得不得了，声音也软软甜甜的："嗯！"

裴言卿的眼神一下子柔和起来，摸了摸小姑娘的头："等着我去把人欺负回来。"

江进眼观鼻鼻观心，默默地移开了视线。

张临原本还架着腿，甚至点了根烟抽，察觉到不对的时候，包厢内的人都走空了。他使劲儿眨了眨火辣辣的眼睛，看到站在最前面的男人一步步走近，后面还跟着几个保镖，他的心跳不由自主地加快，慌张道："你……你是谁？我告诉你，别乱来啊！你知道我是谁吗？信不信我让你在 A 市混不下去！"

裴言卿充耳不闻，连眼皮也未掀一下："江进，拆一瓶红酒。"

张临看着男人平静的眉眼，完全探不出深浅，两腿甚至开始颤抖："你……你要干什么？"

见威胁裴言卿无用，他粗声喊：“江进！我可认识裴总，在他的酒店这么乱来，你信不信我叫他让你滚蛋！”

江进差点儿笑出声：“我不信。”

裴言卿扯了扯嘴角，缓缓蹲下身，眉目间尽是凉薄：“不是喜欢喝酒吗？”他一招手，冲身后的保镖说，“灌，灌到他闭嘴为止。”说完，他搬了一把椅子坐下，居高临下地看着张临狼狈的模样。

保镖听命，拿起酒瓶就往张临口中倒，红酒顺着张临的嘴角流到衣襟，昂贵的西装沾满了酒液，一片狼藉。

“好了，裴先生。”保镖放下空酒瓶。

张临的脸涨得发紫，不停地咳嗽，最后忍不住全部吐了出来。

裴言卿皱了皱眉，站起身，淡淡道：“今天的损失全部记他账上。”

张临一边吐，一边颤着手指威胁：“你好大的胆子，你信不信我……”

“还想再喝一瓶？”裴言卿回头瞥他一眼。

张临立即闭嘴，死死地盯着裴言卿，眼中全是狠戾。

“这只是小惩罚。”裴言卿的嗓音清冷，“如果不服，你做的随便哪件事，都可以送你进局子待段时间。”

张临的表情一僵，难以置信地张了张唇，只看到男人像失去了所有的耐心，转身就走，在路过沙发上的少女时，小心翼翼地脱下风衣包住她，又一把横抱起来，步伐稳健，一步步离开。

屋内重归寂静，江进抱臂看着他，轻嘲道：“张总，眼界还是窄了啊。以后出去别说和裴总认识了，不然会连裴三公子也不认识？”

一听这话，张临的面色由黑变白，一片灰败。

苏念念的脑子一片混沌。她明明记得自己只喝了很小很小的一口酒，目的就是给张临来个出其不意的惊喜。然后，然后她就等到裴言卿啦！

只是现在怎么这么颠簸？苏念念被颠得胸闷，不舒服地动来动去，想找个舒服的姿势，结果头顶传来一道沙哑的嗓音：“别动。”

——你叫我别动就别动？就要动。

苏念念变本加厉地拱，感觉到抱她的臂膀更加用力，自己像是要被箍进他的胸膛。有点儿可怕，她老实地不再动弹，接着她感觉到自己躺在了软乎乎的软垫上，她睁开沉重的眼，眼前是一张放大的俊脸。

细碎的额发垂下，裴言卿低垂着眼，眼睫鸦羽般浓密，鼻梁上的小痣无端地显得妖冶。

苏念念看得入迷，在酒精的催发下，心中某些不可言说的想法蠢蠢欲动。

"卿卿。"她嘟囔。

裴言卿在给她披风衣，一时还以为自己听错了："你喊我什么？"

苏念念睁着迷蒙的眼，无意识地喊："卿卿呀。"她顿了顿，笑着说，"你的名字真好听。"

小姑娘本就清甜的嗓音在酒精的催发下，变得更加软绵，喊这两个字时，语调微微上扬，像是酿着蜜。

在夜色笼罩下，裴言卿的脸越来越红，便是连指尖也开始发烫，他看着苏念念在夜色映衬下更显莹白的小脸，眸色渐深。他闭了闭眼，再睁眼时，恢复些许清明："乖乖坐着。"

苏念念笑嘻嘻的，嘴上应着"好的"，实际上动来动去，滑不溜秋的。

裴言卿无奈地摇了摇头，将人按住，摸索安全带想给她扣上，下一秒，鼻尖传来一阵轻柔的触感，她亲过就跑，随即睁大双眸无辜地看着他。

"你的鼻子上有东西。"她指着那颗痣，借口道，"我看看能不能亲掉。"

裴言卿有些好笑地看着她："亲不掉。"他推开她的脑袋，"不许亲了。"

苏念念气呼呼地瞪着他："你好小气，都是我的人了，还不让动手动脚？"

裴言卿低头，成功给她扣上安全带，戳了一下她的额头："不让。"

"为什么？"苏念念失望地看着他，连眼眸都黯淡了。

裴言卿看着她的表情，眯了眯眼，开始怀疑这姑娘是不是真的只喜欢他的脸。他故意冷着脸："因为你今天犯错了，这是惩罚。"

苏念念绞着手指，委屈巴巴地看着他："我犯什么错了？"

这眼神一般人受不住。裴言卿移开视线："在外面喝酒。"

苏念念低着头沉默。

裴言卿还以为她在反思，结果下一秒，她抬起头来，伸出细白手指，出其不意地触碰他的唇，无辜地问："那我明天不喝酒，是不是就可以亲这里了？"

裴言卿连忙按住她的手，眸中仿佛氤氲着浓雾，挡住所有强烈的欲望。他不断告诉自己，她并不清醒，他是清醒的。

苏念念皱着眉，等待着回答。她只觉得今晚的裴言卿格外磨叽，小媳妇一样扭扭捏捏的，等死个人啦！

苏念念决定教他做人。她一把勾住裴言卿的脖子，往自己身上带，又凑在他的耳边，闷笑着说："来，我教你接吻。"

裴言卿的瞳孔骤缩，全身僵硬，感受到小姑娘清浅的呼吸从他的耳郭转移到鼻尖。

他闭上了眼，唇上传来轻柔的触感，鼻畔全是小姑娘身上的果香味，带着淡淡的酒气，他的眼睫剧烈地颤抖，强压下将人压在坐垫上的想法，只是一动不动地任她作怪。

苏念念轻轻碰了一下他的唇瓣，又觉得不尽兴地咬了一口，末了，她移开眼，餍足地眯起眼："好啦。"

裴言卿只觉得他才闭眼，就结束了。

他难以置信地看着苏念念，见她笑眯眯地歪头靠在坐垫上，显然已经心满意足。

半晌，裴言卿扯了扯唇，颇有些不满："就这？"

苏念念自觉做了坏事，老实地垂下眼睫，静静地等待着男人的反应，却听到他幽幽地说"就这？"，她本就不清明的大脑卡了机，蒙了半晌，目光似有若无地扫向他的唇瓣，语气有些危险："你这是不满意我的教学？"

裴言卿忍住笑，不吭声，算是默认。

苏念念气得鼓着脸："说得你很厉害一样。"

裴言卿低笑着摇摇头，温凉的手轻挠她的下巴，故意逗道："应该是比你厉害一点儿。"

"你……"苏念念气得脸更鼓了，扭过头恶狠狠道，"我不伺候了，你走开。"

裴言卿将她安置好："坐好，我去开车。"

苏念念眯着眼睛，骄矜地"嗯"了一声，她看着车顶，反应了半天，突然瞪大眼睛："这是法拉利呀？"

裴言卿刚坐上驾驶座，闻言，嘴角上扬："才发现？"

"是你的？"苏念念屏住呼吸，小脸上满是震惊。

裴言卿忍俊不禁："不是。"

"哦。"苏念念松了口气。

"是我哥的。"裴言卿点火挂挡，补充说。

裴言之从少年时期就爱车，车库里豪车不知有多少。裴言卿一贯对这些没有追求，小姑娘这天突然发了消息过来，这才去问他借了车。

"我们没有就算了。"苏念念摇头晃脑，老神在在地道，"做人不能虚荣。"

裴言卿："……"

结果前一秒叫他不能虚荣的小姑娘，后一刻激动地道："美人，快把车顶打开！带我兜风。有音乐吗？我要放歌，嗨起来！音乐一放，我就是整条街最靓的仔！"

裴言卿的嘴角一抽，表情一言难尽。

"不开。"

"呜呜呜，你不爱我了。"苏念念变脸变得极快，低泣道，"果然，男人就是这样，追到前是个宝，追到后是根草……"说着，还唱起来，"像一棵海草海草海草，随风飘摇……"

裴言卿的额角突突跳，恨不得把人拎过来堵住嘴。

"快点儿开车顶！放歌！"苏念念的反应激烈，看样子还想站起来。

裴言卿深深吐了一口气，开了车顶，沉声道："我以后不会让你再喝一口酒。"

可惜这威胁起不到一丝作用，苏念念充耳不闻，软着嗓音命令："放歌！"

裴言卿："想听什么？"

他觉得苏念念这种在《胡桃夹子》《天鹅湖》熏陶下成长的姑娘品味应该不俗。

苏念念沉吟了片刻，笑着说："我要听《姐就是女王》。"说完，还补充一句，"打碟版更带劲点！"

裴言卿："……"

这是什么歌？

跑车正行驶在车流拥挤的市区，裴言卿面无表情地听着耳边的音乐。

后排小姑娘一边听，一边跟着大声唱，没一句在调上，偏偏一个人嗨成整个乐队。

"美人，声音再开大些！我要体会露 KTV 的感觉！"

正是下班高峰期，有些堵车，在停车的空隙，左左右右不知道多少人饶有兴致地看过来。

裴言卿如坐针毡，从包中摸出黑色口罩戴上，又递给苏念念一个："丫丫，听话，戴上。"

苏念念兴奋得小脸通红，不屑地拍下他的手："姐就是女王，自信放光芒！戴什么口罩？"

裴言卿："……"

对峙半晌，他放弃挣扎："你明天会后悔的。"

苏念念强制裴言卿带着自己兜了三四圈，到后头实在玩累了，睡了过去。

裴言卿松了口气，看了一眼时间，十一点。

手机突然响起，是楚宁打来的。怕吵醒苏念念，裴言卿压低了声音："怎么了？"

"小舅舅。"楚宁语气焦急，"你联系得上苏丫丫吗？她下午就被季成星接走了，现在还没回来，寝室都要关门了。"

裴言卿看了一眼睡得脸通红的小姑娘，将她耳边垂下的碎发拂到耳后："她和我在一起。"

那头顿时安静不已。

沉默半晌，楚宁的声音有些颤："小舅舅，苏丫丫真的还小，你不能，至少不应该……"

裴言卿修长的指尖停在苏念念的耳畔，闻言，顿住："你想说什么？"

"你……你……"楚宁支吾半天，"小舅舅，你真的没有哄骗苏丫丫吗？这……这实在太快了些。"

裴言卿反应了半天，才弄明白楚宁在说什么，气得笑了："你把我当什么人了？"

"那她怎么还不回来？"楚宁咽了咽口水，"大半夜的，孤男寡女……"

裴言卿想起晚上发生的一切，脸色青了些："不是你想的那样。"

楚宁"哦"了一声，也不知道信没信。

"今晚我带她回我家，明天上午我会把她送回来。"

"我们明天上午三四节才有课，晚一点儿也没关系。"楚宁说。

"知道了。"

苏念念是被颠簸醒的。她微微睁开了些眼，只觉得头重脚轻，她揉着眉头，嘟囔道："这是哪儿啊？"

已经进了家门，裴言卿空出一只手关门，低头看她："我家。"

"啊？"苏念念呆住了，话不经大脑就蹦了出来，"这是不是快了点儿？"

裴言卿："……"

他开了灯，将人小心地放在沙发上，同时敲了一下苏念念的额头："你想得美。"

苏念念轻哼一声。她环视四周，房子很大，却显得十分空旷，只有黑白灰三个色调，干净得一尘不染，看起来没有一丝人气，像是久无人居。

果然是裴言卿的风格。

"我睡哪儿啊？"苏念念打了个哈欠，又揉了揉眼睛，"好困呀。"

裴言卿顿了顿："除了我的卧室，还有两个……"

"我能睡你的床吗？"酒壮怂人胆，苏念念打断他的话，"你不介意吧？"

裴言卿喉结滚了滚，半晌，声音有些哑："你愿意就好。"

苏念念又问："我在哪儿洗澡呀？"她脱下裴言卿给她套上的风衣，里面穿的是白色纱裙，露出瓷白的手臂和小腿。

裴言卿这才看清楚她这天的装扮，眸色暗了暗，垂在身侧的手微微握紧，他偏开视线："跟我来。"

"我没有换洗的衣服。"苏念念晃着脑袋，"这怎么办？能穿你的吗？"

裴言卿闭了闭眼："我有没穿过的衬衣。"说完，他进卧室，拿出一件给她。

"那内衣呢？"接过衬衣，苏念念的声音小了些。

裴言卿吐了一口气，带她来了浴室，教她怎么放水："先等等，我去找人给你买。"

喝了酒的苏念念浑然不知害羞为何物。她点头，坦然地问："那你知道我的尺寸吗？"

裴言卿："……"

她垂眸看了看，喃喃道："看得出来吗？"

裴言卿的额角直跳，握在身侧的手松了又紧，他面无表情道："看不出来。"

"那你猜猜？"苏念念歪了歪头，笑得满脸无辜。

裴言卿揉了揉眉心，觉得再这样下去要出事。他克制道："我喊阿姨过来。"

"不用啦。"苏念念笑得直抖，往前走几步，在裴言卿耳边小声说了几个字，"听到了吗？不要告诉别人哦。"

裴言卿的脸色通红，本能让他的视线不由自主地下移了些，隔了几秒，他猛地回神，懊恼地移开视线。

苏念念感觉女性尊严受到了冒犯，恼道："你这是什么眼神？不相信？我可是货真价实……"

裴言卿捂住她的嘴："别说了。"

他后退一步，倏地转身关上浴室门，隔着门安抚道："先洗澡，再乖乖等一会儿。"

裴言卿找到家中阿姨的联系方式，打了电话过去："抱歉阿姨，麻烦你这么晚跑一趟了。"

他说明情况后，阿姨激动地表示半小时就到。

裴言卿坐在客厅，听到浴室传来的哗哗的水声，呼吸微沉，他抬手灌了杯凉水，无用，最终无可奈何地去了阳台。

站着吹了会儿冷风，裴言卿平复下心中的躁动，转身回了客厅，一抬眸，就看到站在浴室外四处环顾的苏念念。她身量高，白衬衫到膝盖上，还露出一大截细腿纤长笔直，连膝盖也泛着粉。她还洗了头，水珠顺着头发从锁骨往下流，衣服前襟都湿了一片，领口松松垮垮的，露出一片雪白的肌肤。

裴言卿的头皮发麻，全身血液倒流，眼尾也微微泛着红。他大步走向前，拿起沙发上的风衣，将人从头裹到脚，挡得严严实实。

苏念念莫名其妙，还在乱动，裴言卿将她揽紧，声音满是压抑："别动，真的别动。"

"我在找吹风机。"苏念念顺着湿发的发尾，皱了皱鼻子，"不舒服。"

裴言卿默了会儿，说："我给你吹。"他刚起身，又回头，语气有些凶，"衣服披好。"

苏念念的动作一僵，躲在风衣后面，末了，还委屈地控诉："你好凶。"

裴言卿一言不发地从卧室拿过吹风机，插上插座，替她捋着头发，语气严厉地教训她："以后不许喝酒。"

"我要是喝了怎么办呢？"苏念念不以为意，笑嘻嘻地问。

裴言卿的眸色晦暗，隐隐压着欲念，他一下又一下顺着少女漆黑的头发，似笑非笑道："要是再喝，我就不会再放过你。"

秋风徐徐，吹开飘窗的窗帘，外面天光明媚，阳光从缝隙爬进房间，洒落在床上。苏念念被刺激得动了动眼睫，往下滑了滑，又扯过床单盖在头上。她揉着柔软的被子，吸了口气，舒服地嘟叹一声。这被子好香，床也好软，根本不想起来。

一分钟后，床垫剧烈颤了颤，苏念念猛地弹起来，揉着头发环视四周，死机的大脑才渐渐开始转动。

卧室陈设简单，装修低调，但达到了最大程度的舒适。她低头，是深灰色的床单，往上看，是近乎光裸的双腿，白衬衫皱巴巴地挂在身上，胸前的纽扣几乎全开，露出大片肌肤。

所以她，几乎什么也没穿。

苏念念蒙了，她按着脑袋仔细回忆昨夜，一些零零碎碎的记忆浮上来。

"我能睡你的床吗？"

"能穿你的衣服吗？"

"你知道我什么尺寸吗？"

"……"

苏念念闭上眼，双脚抠着床，恨不得当场离开这个美丽的世界。

直到门外传来轻巧的叩门声，裴言卿的声音听起来还挺正常："丫丫，醒了吗？"

苏念念捂住脸，生无可恋道："没有。"

门外安静了片刻，裴言卿轻声问："有没有不舒服？我能进来吗？"

苏念念："不行！我没穿衣服！"

门外彻底安静，半晌，裴言卿才出声："衣服在床边，是我昨天让阿姨准备的。"说完，他还补充一句，"是按照你的尺寸买的。"

苏念念："……"

听着脚步声渐远，苏念念的目光扫向床边叠放整齐的衣服，焦躁地揉着头发，满脑子都是"尺寸"两个字。

衣服上身格外好看，雪纺质地的长袖配半身裙，还是 R 牌当季新款。苏念念洗漱完毕，对着镜子整理形象，确定和昨天那个醉鬼判若两个人后，才敢出房间。

裴言卿正坐在餐桌旁看手机，看见她后，视线顿了顿，眸中闪过一丝微妙。

苏念念有些心虚："你在看什么？"

"过来吃饭。"裴言卿拍了拍旁边的位子。

桌上有三明治，还有鸡蛋和粥，苏念念俯身坐下："你做的？"

"嗯。"裴言卿低声应着，指尖摩挲着手机，目光又扫到裴言之一大早发来的消息。

"二十分钟内澄清，昨晚带着女朋友开跑车放音乐绕三环开四圈的人是你，不是我。不然以后兄弟没的做。"

这辆车整个 A 市也没几辆。昨晚实在闹得太过火，有人拍下车牌号，圈子里认识这辆车的人不少，导致裴二少风评被害。

苏念念专注于吃东西，尝了一口三明治，眼睛瞬间亮了："你的手艺不错啊。"她又喝了口粥，满足地眯起了眼。

裴言卿笑看着她，按灭手机放在一旁。

苏念念正想问他怎么不吃，突然发现他眼下的青黑。他的皮肤本来就白，这点青黑格外明显，没熬个大夜达不到这效果。

"你昨晚没睡好？"

裴言卿的动作一顿。

苏念念有些不好意思："是不是因为我占了你的床啊？"

裴言卿的目光渐深，声音有些哑："不是。"

苏念念又喝了口粥，眨巴着眼问："那是什么原因啊？"

裴言卿的目光凝在她红唇边染上的白粥，随即，修长的手指捏住她的下巴，拇指轻轻拂去："暂时不能告诉你。"

这种动作明明很正常，但裴言卿做起来莫名地让人脸热，苏念念看着他抽出纸巾，慢条斯理地擦着那仿若艺术品般的手指，眼睫微颤，鸵鸟般低下了头。

屋内安静下来，苏念念吃着早饭，时不时瞄一眼裴言卿。大概是职业习惯，他吃东西很快，但动作依旧赏心悦目，她吃完的时候，他早就吃完，在安静地注视着她。

裴言卿看了一眼时间，问："吃饱了？"

苏念念点点头。

"吃饱了我们就谈谈。"

苏念念的呼吸一窒，脑中有些空白，她看着男人略显严肃的表情，一颗心上上下下，这是要秋后算账，还是觉得她不太合适，想分手？她纤长如鸦羽般的眼睫颤了颤，咽了咽口水："这难道是散伙饭？"

裴言卿的脸色一黑，掐了把小姑娘的脸："想都别想。"

苏念念底气足起来，散漫地挥了挥手："说吧，什么事？"

裴言卿："还记得你昨晚做了些什么事吗？"

苏念念心虚，揉着眉心，故作高深道："你等我想想。"

裴言卿还真就一动不动地看着她："想，反正现在还早。"

苏念念本来不想回忆，但被迫去想，还真就想出来不少东西。她兴奋道："我昨晚是坐法拉利兜风了？真是酷毙了！"

裴言卿的眉心一跳，提醒道："那你记得在兜风之前做了什么吗？"

苏念念拧着眉思索，随后摇头，眸中一片空白："不记得了。"她托着腮，笑得眉眼弯弯，"不过坐法拉利兜风真的好舒服。我们什么时候再来一次？"

裴言卿抿唇，指尖一下一下轻点着桌面："你再想想，兜风前，你做了什么？"

"睡觉啊。"苏念念应得理所当然，"就是昨天玩得太疯了些，不过别人都不认识我。"

裴言卿目光流转，意味深长道："你难道忘记你压着我……"话说了半句，他顿住，不说话了。

苏念念的笑容僵住："我干什么了？"

"算了。"裴言卿站起身，漫不经心道，"有些人做过就忘，我又能怎么办？"

这"茶"味超标了吧……苏念念在心里吐槽，也跟着站起来，气死人不偿命道："算了就算了。"

直到裴言卿拿着一个装饰精美的包装盒从书房出来，当着她的面，慢条斯理地拆开盒子："这是欠你的礼物，是我姐姐帮忙挑的。"

苏念念定睛一看，便再也移不开眼。

这是一只玉镯，上面还雕刻了一只栩栩如生的玉兔，镯子质地通透，光泽温润，映衬着裴言卿如玉般的手。

"喜欢吗？"裴言卿问她。

"喜欢。"苏念念点头，鹿眸快要发光。

裴言卿冲她招招手："那就过来。"

苏念念满心欢喜地奔过去，想去触碰手镯，被裴言卿用手按住头，他凑近，嗓音低沉："苏老师，再想想，昨天教了我什么？"

苏念念怔住，讷讷地抬眸看他，这样近的距离，实在太有冲击力，和昨天的状态差不多，她潜意识里忘记的东西一齐涌上。

"来，我教你接吻。"

字字句句，刻入脑海。苏念念的眸中闪过惊涛骇浪。原来她真的是一个女色魔。她捂住脸，只露出一只眼睛，试探着问："我强吻你了？"

裴言卿"嗯"了一声，一只手抚摩着她宛如绸缎般的长发："你要为自己的行为负责。"

苏念念硬着头皮道："谁让你不躲开？说不定就是你故意的，想碰瓷我。"

"行。"裴言卿短促地笑了一声，收起玉镯，"走吧，送你上学。"

苏念念难以置信地看他把东西收起来："你这礼物难道就是拿出来给我看看的？"

"礼物只送给有责任心的人。"

苏念念："……"

这老男人什么时候变得这么狗了？苏念念不为五斗米折腰。她抿了一下嘴唇，倔强道："不给就不给。"

法拉利一夜使用券已到期，苏念念坐上裴言卿的副驾驶座。

"停在我学校前面的那个路口就行。"苏念念说。

裴言卿皱了一下眉："那里离你学校还有些距离。"

"主要是停在校门口太惹眼了。"苏念念摸摸鼻子，有些心虚，"毕竟学校不让在外面住，我这一大早从路虎上下来，说明有问题。"

裴言卿："有什么问题？我见不得人？"

"不是。"苏念念斟酌着措辞，"我们这不是得循序渐进嘛！"

裴言卿未吭声。苏念念偷偷瞄了他一眼，见他神情疏淡，不知道在想什么，识趣地没说话。

"循序渐进？"裴言卿反问，扯了一下嘴唇，"亲都亲了，也不负责。苏念念，这就是你的循序渐进？"

苏念念："……"

这老男人什么时候这么难缠了？

她恼羞成怒，咬牙切齿道："你不就被亲了一下吗？我还没说你呢！你昨天都快把我看光了，你怎么不说负责？"

裴言卿轻咳一声，脸都红了，张了张唇："我没看。"

"怎么？"苏念念睨他，"你这是很失望？"

裴言卿："……"

苏念念抱臂，得意地一挑眉，小样。

裴言卿最终还是听话地把车停在了前一个路口边。

苏念念拎包就要下车，手腕被人握住，她回过头，看见裴言卿将礼物盒打开，修长如玉的手指握住手镯，小心翼翼地给她戴上。玉兔娇憨可爱，羊脂白玉泛着光泽，衬得少女的手腕纤细白皙。

苏念念垂眸，能看见男人漆黑的发顶，他低垂着眼睑，虔诚而专注。

"很适合你。"裴言卿说，目光细细描摹着她的眉眼，半晌道，"去吧。"

苏念念晃了晃手，看着玉镯露出温润的光泽："不是只送给有责任心的人吗？"

裴言卿笑了笑："那你能有吗？"

"你要我怎么负责？"苏念念摸了摸玉镯，触手温润，爱不释手。为了它，她也要牺牲一下人格。

裴言卿眸色流转，低笑了一下："苏老师，教人应该教到底。"

"教什么？"苏念念愣了愣，视线触及裴言卿殷红的唇色，脑中"轰"的一声，炸了。

她红着脸，一把推开裴言卿，嗔道："走开。"说着，她下了车，没心没肺道，"我就是没有责任心，最喜欢白嫖。"

裴家名为"红红火火一家人"的家人群中炸开了锅，消息直逼 999+。除了裴哲，裴家人都在群里。

昨晚，大半夜还在网上冲浪的裴言悦将路人拍摄的视频发到了群里，直接 @ 裴言之，透过手机屏幕都能窥见其嫌弃。

裴言悦："这是你？出去别说是我弟弟。"

其余人点开视频，拍视频的人还算有分寸，将人脸都打了马赛克，但能看清车牌号，正是裴言之的车。

人潮拥挤的街道上，红色法拉利敞篷车放着广场舞大妈最喜欢的歌曲，响彻云霄，后排还坐着个女孩儿，时不时跟着乱唱一句。

群里整齐地排起了队伍。

凌静："这是你？出去别说是我儿子。"

裴勋："这是你？出去别说是我儿子。"

裴恬也胆大包天地发了一句语音："出去别说是我爸爸。"

但不到一分钟，她就发现，那个唱歌跑调的小姐姐，好像是苏念念。

早起的裴言之看到群里刷了屏的嘲讽，脸都黑了。他气得直接私信了裴老三，可那头保持一贯的装死风格，连个句号也懒得回。

裴言之在群中严肃声明："@裴言卿，请你自己出来解释为了哄女朋友开心而毫无下限地抹黑亲哥名声的恶劣行为，不然我会通知苏老师，让她看清你不负责任的真实面目。"

他的消息一发出去，炸出了无数条消息。

自家夫人程瑾最先冒泡："这是老三呀？好浪漫。"

凌静："哟，老三，这次做得不错，哄老婆开心是最重要的，妈支持你。"

裴勋："同上。"

楚宁："原来昨晚苏丫丫夜不归宿就是在做这个？小舅舅，是我高看你了。"

裴言悦："夜不归宿？展开来讲。"

裴言之："我的名声。"

但这条消息很快被顶走，下面全部是在询问"夜不归宿"的具体内容。

直到凌静突然发了一大片感叹号："@裴言卿，你给我出来。昨晚你把人家姑娘怎么了？怎么家里阿姨刚才和我说她昨天大半夜去你那儿送衣服？"

裴言之发了个冷笑的表情："禽兽。"

楚宁："@裴言卿，你说清楚，不是说什么也没有吗？人不能，至少不应该……"

裴言悦："@凌静，我们家可以准备彩礼了。"

裴言卿打开手机，看着群消息，眼皮直跳。

群中分为两派，一边是骂他禽兽，另一边已经开始讨论他结婚时的四件套应该买真丝还是纯棉的。

裴言卿想起自己如今在小姑娘那儿依旧见不得光的身份，扯了扯唇，轻点屏幕："什么也没有，你们想得太多了。"

刚刚还热火朝天的群骤然沉默。

凌静咬牙切齿地发了几个字："真没用！"

裴言卿："……"

第十二章

卿卿误我呀

苏念念回寝室的时候，楚宁和虞娴已经背上了书包，准备去上理论课。楚宁正在家人群中聊得火热，和裴言之一起吐槽裴言卿的禽兽行为，一抬头，看到当事人，她愣了愣，说："我都打算帮你请一上午假了。"

苏念念走到座位上，收拾课本，奇怪地看她一眼："请假干什么？"

楚宁狐疑地跟在她背后，视线像雷达一样在她的脖颈处扫描。

苏念念转身，戳戳她的额头："你看什么呢？"

看见干净白皙的一片，楚宁心虚道："没什么。"她看了一眼群内的最新消息，赞同地点点头。确实没用。

下午舞蹈课结束，苏念念按照惯例准备加练，就见难得来上课的季成星挡在她面前，面带愧疚地喊了一声："念念。"

苏念念的动作一顿，面上没什么表情，客气道："有事？"

"我就是想来道个歉。"季成星急切道，"对不起，真的对不起，昨天那种情况，我实在……"

苏念念打断他："违约金已经打给我了，这件事就算过去了。"

说完，她抬步就要离开。季成星又挡在她的面前。

"还有什么事吗？"

季成星抿了抿唇，迟疑地问："昨天那个男人……"

苏念念干脆地回答："是我男朋友。"

季成星的眸色晦暗，顿了顿，启唇道："可是你们不合适，你要小心，他可能只是一时新鲜，在骗你……"

"够了。"苏念念的语气冰冷，往后退了一步，"我把你当朋友，才会答应你拍 MV。昨天的事情我没有追究，是因为我知道他能赶来保护我。"

她抬起眸，犀利的眼神直击人心魄，"而你的所作所为，说真的，挺逊的。"说完，她转身，不再去看季成星苍白的脸色，"就这样吧。"

季成星眼睛猩红地看着少女窈窕的背影感受着她拒人于千里之外的态度，突然道："苏念念，我早上看见你从他的车上下来了。"

苏念念的脚步一顿，冷漠地回头看他。

季成星靠近几步，眼中满是嘲讽："你和他做了，还是被他包了？不想进娱乐圈，是因为他能给你更多东西吗？"

许是这番话无耻到了一定境界，除了脏话，苏念念一时还组织不出什么能将人骂哭的话，冲动下，她直接将手中的舞鞋扔了过去。

季成星躲闪不及，被舞鞋砸得正中面门，他屈辱地瞪大了眼睛："你……竟然打我？"

苏念念的目光不闪不避，嗤了一声："打你就打你，还挑日子不成？"

季成星愣在原地。在他的印象中，苏念念从来都是温和礼貌的，但此时，少女眉眼间全是骄矜，视线冷冷地扫过来时，竟隐隐神似昨晚那个男人。是因为背靠那个男人，所以才这般有恃无恐吗？

万千情绪拂过，季成星握在身侧的手松了又紧，眼中戾气横生。

这天上午，方洁就通知他 MV 拍不了了，张临要撤资，公司还赔了一大笔违约金给苏念念。就这么一件事，还惊动了公司上层，方洁挨了批，转而迁怒他。

他大受打击，询问方洁有无解决办法，方洁却讳莫如深，连原因也不肯细说。总结起来大体是，昨晚那个男人来头不小，而且也不打算将这件事轻易放过。张临自顾不暇，经纪公司上层受了波动，当然最倒霉的还是他，丢了好几个代言和剧本。

直到早上，他都没有怪过苏念念，却看见她从那个男人车上下来，清丽眉眼间是他从未见过的明媚娇羞。昨晚发生了什么，不言而喻。他觉得可笑，自己当女神般小心供着的女孩儿，表面清高，私底下却这么轻浮随便。

季成星的眼睛泛红，胸中的嫉妒和恶意压也压不住，他冷冷道："你就这么自甘堕落？"

苏念念气极反笑："你的脑子有病？"她再也不看季成星一眼，"道不同不相为谋，我们就当从没认识过。"说完，她转身就要走。

"等等。"季成星长吐一口气，哑声道，"我的事业因为他而受阻了。"

苏念念愣了愣，反问："所以呢？"

"你让他最好收手。"季成星的语气僵硬，"我就可以为你保密。"

"谢谢你的免费宣传。"苏念念笑了，漫不经心道，"需要我给你递一个话筒吗？"

少女头也不回地离开了，季成星死死咬着牙，下颌紧绷，眸中一片深黑。突然，身后传来响动，他猛地回神："谁?!"

练舞室并没有人，他目光扫视一圈，落在货物间的小门处，那里缓慢走出一道身影。

"是你?"季成星表情难看。

舒瑾抬步走近，歪了歪头，说了声"抱歉"，可语气里没有任何歉意。

"你都听到了？"

"我又不是聋子。"舒瑾懒懒地掀起眼皮，问道，"看样子，这裴言卿朝你下手了？"

季成星眯了眯眼："你认识他？"顿了顿，他又问，"除了医学院教授，他还是谁？"

舒瑾轻蔑地笑了一声："A市裴家三公子，你进娱乐圈这么久了，没听过？"

季成星猛地抬眼，目光剧烈一颤："是我想的那个裴家？"

"不然呢？"舒瑾好整以暇。

季成星脑中一片纷乱。他在娱乐圈这个名利场混了这么久，还从来没搭上过顶级豪门，而那个男人，竟然是裴家人！

"那苏念念……和他是什么关系？"

舒瑾没有正面回答，只冷笑着反问："你觉得呢？"说完，她又意味不明地加了一句，"裴言卿的未婚妻本该是我表姐。"

她说得含含糊糊，却更加印证了季成星心中的猜测。他的表情一沉再沉，几乎已经掩饰不住眼中的妒忌和愤怒："所以呢？你和我说这些干什么？"

舒瑾笑容凉薄："你女神宁愿倒贴也不把你放在眼里，我这是替你不平啊。"说完，她饶有兴味地观察着季成星的脸色，"而且她害得我表姐那么惨，来点惩罚不过分吧？"

回寝室的路上，苏念念收到消息，今年"国芭"的国赛提前了一个月，于下月中旬开始。国赛会集各省舞团和艺校的尖子生，但最后能去英国比赛的选手寥寥无几。前两年，她仿佛进了瓶颈期，次次止步国赛。

原本算好的时间骤减到一个月，苏念念的心绪微沉。

此时楚宁正带着新手上路的虞娴一起开黑，隔着门都能听见里面震天响的声音。

"小鱼，快点儿跟紧你宁姐，封烟，快点儿封烟！"

虞娴声音发颤："烟，烟在哪儿啊？怎么封？"下一秒，她的表情发木，"宁姐，我们又死了，不是说这把肯定能吃鸡吗？"

苏念念开门进来，正看到楚宁生无可恋道："小鱼，我要把你逐出师门。"

"别听她的。"苏念念走到自己座位，"她自己也是一个菜鸡。"

"噗！"虞娴忍俊不禁。

楚宁直觉被下了面子，恼羞成怒道："苏丫丫，你不也是个菜鸡？"

苏念念一耸肩，气死人不偿命道："我菜，但我不教别人。"

楚宁语塞，幽幽的视线扫向苏念念："你怎么舍得回来了？我还以为你要在舞房练到天亮。"

"舞房太吵。"

直到虞娴突然道："哇，你们好厉害啊！"她看着群里老师发的消息，眼睛瞬间发光，"A舞进国赛的就五个，你们都进了。"说完，她的语气低落下来，"可惜我那时候伤没好，无缘国赛了。"

苏念念安慰道："比赛年年都有，身体养好最重要。"

一旁的楚宁"啊"了一声："完蛋了，本来时间就紧，还提前？我这回肯定是去打酱油了。"

苏念念低垂下眼睫，语气低落："谁不是呢？"

"苏丫丫，别'凡'了。"楚宁瞪了她一眼，"给我等平民一点儿生路。"

苏念念认真地摇头："我是真的没把握。前两年都没成功过，我都怀疑，是不是就这样了。"她的声音越来越低，自嘲地扯了扯嘴角，偏偏她还跟苏天泽与宋紫立下了军令状。

虞娴轻声鼓励："不要给自己太大压力。在我眼里，念念最棒了。"

楚宁哼了声："我不棒吗？"

虞·端水大师·娴连忙道："棒，大家都棒的。"

苏念念忍俊不禁，用小到听不见的声音重复了一遍："我也觉得我是最棒的。"

从那以后，苏念念几乎完全将自己封闭在舞房。楚宁被她这凶狠的劲头吓到了，看她深夜才汗水淋漓地从舞房回来，瞪大了眼睛："苏丫丫，你这一天天的，不要命了？"

虞娴放了些热水，用毛巾浸透，递给苏念念："擦擦脸，再去洗个热水澡，放松一下。"

楚宁担忧地看着苏念念，低头拿出手机，猛戳自家小舅舅："小舅舅，五天了，你人呢？！苏丫丫练舞都要练疯了！你快点儿管管你的女朋友！"

裴言卿收到消息的时候刚下晚班。他盯着手机屏幕，久久未动，想起自己被冷落的五天。他会在每一个工作间隙找时间联系小姑娘，结果那头就像人工客服，固定时间回消息。苏念念常常只会在深夜统一回复全天的消息。

几次没有晚班的晚上裴言卿想见她，可小姑娘全部以练舞理由推拒了。他低头站了会儿，抬眸看向刚刚来换班的周元，斟酌再三："我有一个朋友……他刚刚确认恋情不久，但女朋友突然就不怎么理他了，这是为什么？"

周元正在套白大褂，闻言随口道："还能因为什么？得到了就没新鲜感了，不珍惜了呗。"

裴言卿的指尖收紧，目光颤了颤："那我朋友该怎么办？"

"分！不分等着被甩？"

"不可能。"裴言卿目光凉凉的，脱下白大褂说，"我走了。"

周元看着裴言卿略显匆忙的背影，脑子转了半天，突然反应过来："所以你是被那小姑娘玩弄感情了？"

裴言卿的动作一顿，目光凉凉地扫过来。

周元摸了摸鼻子，讪讪道："哦，不，我说错了，是你朋友。"

裴言卿："……"

不知是说给谁听，他淡淡地回答："我觉得我朋友的女朋友很爱他。"

周元目露同情地附和："我也这么觉得。"

裴言卿走得很急，一边走一边翻看着自己和苏念念这几天少得可怜的聊天记录。

"今晚我来见你？"

"要练功。"

"今晚一起吃饭？"

"我还要练功。"

"在做什么？"

"累了，准备睡了，晚安。"

裴言卿到家，看了眼时间，正好十一点半。他摩挲着手机，终究压不住心中的烦躁，发了信息过去。

"睡了吗？"

半晌，那头终于有了回应："还没，刚洗完澡上床了。"

苏念念靠坐在床头，一手拿着手机，一手揉捏着小腿，心中的慌乱一重压过一重。

按照以往的经验，她有种不好的预感。这几天好像确实练得过些，肌肉又酸又疼，根本不知道接下来还能不能练。

手机突然响起，来电显示是裴言卿。像是抓到根救命稻草般，苏念念接过电话，软着嗓子道："明天我想见你。"

那头的呼吸似乎是乱了一拍，不假思索回答："好。"

"我早上来接你？"

"嗯。"苏念念闷闷地应。

沉默了片刻，低沉男声重新响起，带着些别扭："是想我了吗？"

苏念念点头，又想到他看不见，极其小声地"嗯"了一声，又在心里补了一句"特别特别想"。

曾经她觉得，没有什么能重要到影响她跳舞，但现在有了。她拿出了所有的自制力，克制着自己不去见他。

"那为什么不见我？"男声似乎有些幽怨。

苏念念抱着腿，老实回答："因为你会影响我练功。"

鉴于寝室还有两双耳朵，她不好意思说出剩下的那句话，于是拿出手机，在微信框内编辑了四个字："卿卿误我。"

清晨，楚宁听着对面床上连绵不绝的手机铃声，生无可恋地抓了抓头发，从床上弹起身，几步跨过去摸苏念念的手机，刚准备关掉，看到来电显示，动作顿住，转而按了接通。她看了看睡得小脸通红的苏念念，电话打了这么多遍，当事人却连醒也不带醒。

"丫丫，我到你学校门口了，给你带了早餐。"

楚宁麻了。她发誓，从小到大，就没听过她小舅舅用这种温柔如水的语气和她说过话。

她又看了一眼时间，刚刚七点半。谁这种"阴间"时间约会啊！

楚宁清了清嗓子："小舅舅，您女朋友还没醒。"

那头沉默了会儿才说："那就让她再睡一会儿，八点还没醒，就喊她起来，要吃早饭。"

楚宁才没那么多耐心，直接掐了把苏念念的脸："苏丫丫，起来了！"

"你舍不得喊，我来喊。"楚宁酸溜溜地冲电话那头道，"苏丫丫要睡，我就不用睡的吗？"

裴言卿嗓音淡淡："你等会儿可以睡。"

苏念念被喊醒，不耐烦地皱起眉，起床气一上来，拍开楚宁的手："别吵。"

楚宁把手机放到她耳边，没好气道："是你男人吵，不是我。"

"让他也别吵。"苏念念把被子拖到头顶，无意识道，"再吵继续打入冷宫。"

电话那头沉默了片刻，忍气吞声道："给她设置个八点的闹钟，我挂了。"

楚宁："……"

她裴家要亡！

苏念念快九点才慢悠悠到校门口。本来出门时只穿了件白 T，出门那一刻，还是套上了上次买的冲锋衣外套，拉链拉到了最上头，小脸缩在衣领后。

拉开车门时，裴言卿正专注地盯着手机，连她上来了也没注意，她扫过屏幕，还没看清楚，屏幕瞬间被按灭。

本来她还不觉有问题，但裴言卿硬生生将其变得很有问题。

苏念念眯了眯眼睛："大白天的，你在看什么羞羞的东西？"

裴言卿："……"他伸手敲了敲她的额头，表情无奈，"脑子里都装的什么？"

苏念念已经自觉地从台上摸出早餐，咬了口吐司，张口就说："你呀。"

裴言卿的动作顿住，想起她为了睡觉把他扔在这里一个多小时，气笑了："少来。"

"你还没说刚刚在看什么呢？"苏念念扫过他的侧脸，见他的嘴唇抿直，憋了半晌也不说话。

苏念念故意气他："不说话在我这里就是默认搞黄色。"

裴言卿开着车，目不斜视地盯着前方，顶着旁边那道如有实质的视线，耐着性子解释："在看跳舞。"

"嗯？你竟然背着我看别人跳舞？"苏念念炸毛，用力咬着口中的吐司，恶狠狠道，"我们冷战一天。"

裴言卿无奈地笑了："你怎么就知道不是看你呢？"

苏念念瞬间安静。半晌，她偷偷瞄了一眼男人，嘴角止不住地上扬："这就是被人疯狂爱慕的感觉吗？"

裴言卿："……"

下了车，苏念念从衣领中露出脸，抬眸看了一眼公寓，撇了撇嘴："怎么又来你家呀？"她捏了捏裴言卿的手指，"司马昭之心！"

裴言卿敲了下她的脑袋，拉住人就进了电梯，淡淡道："到底谁是司马昭？主动亲我的是你，亲了就跑的也是你。"

苏念念：“……"

这还有完没完了？

她轻车熟路地进了家门，左看看又看看，没骨头似的往沙发上一躺。动作有点儿大，牵扯到练伤的肌肉，她疼得一拧眉，但终究没吭声。

苏念念找了个舒服姿势躺好，一抬眼，看见裴言卿拎着个箱子，朝她走过来。

放下箱子后，裴言卿半蹲在她身前，低垂着眼，慢条斯理地解着袖扣，露出一节白皙劲瘦的小臂。

苏念念耽于美色，出神地盯着他的动作。片刻后，他抬头，平静道："把外套脱了。"

苏念念惊呆了："大白天的，你要干什么？"

裴言卿黑眸如点漆，藏着一丝笑意，语气有些耐人寻味："你说呢？"说完，他不等苏念念回答，"我帮你脱？"

苏念念僵住，不自然地摸着头顶翘起的两撮呆毛，躲闪着他的视线，声如蚊蚋："这次不行，我还没准备好。"

裴言卿再也忍不住，偏过头，声音里满是笑意："不用准备，交给我就好。"

苏念念绞着手指，看见裴言卿朝她的腿伸出手，如惊弓之鸟般躲开，小脸涨得通红，鹿眸中满是羞恼："怎么可以在沙发上？太随便了吧。"

"噗！"裴言卿实在忍不住了，笑得胸膛直颤，他抬手敲了敲小姑娘的额头，"你呀，脑子里都装的是什么？"

苏念念反射弧极长地"啊"了一声："难道不是你想和我……"

话未说完，她看到裴言卿拎过来的药箱，半晌，反应过来，原来他只是想要卷起她的裤腿。

"啊啊啊！"苏念念哀号着，哪里还敢看裴言卿玩味的眼神，夺过一旁的抱枕，捂住脸，"裴言卿，你这个大浑蛋！"

裴言卿忍住笑，看着抱着枕头自闭的小姑娘，想顺着毛哄哄，结果刚伸出手就被一把打开："我要和你冷战三天，我生气了。"

裴言卿顺从道："好。"

话毕，他伸手放平小姑娘的腿，轻轻卷起她的裤腿，看清情况后，目光顿住。

从脚踝开始，原本纤细白皙的腿上一片青紫，原本泛着粉的膝盖满是伤痕，他脱下苏念念的袜子，脚趾上全是伤口。

裴言卿握住女孩儿脚踝的手微颤，黑眸沉得看不清情绪，不由自主地握紧了手指。

苏念念闷声道："疼。"

"抱歉。"裴言卿回过神来，嗓子里似乎塞着团棉花，"我先给你上药。"

怕裴言卿担心，苏念念道："其实就是看着严重，过两天就好了。"她悄悄看了一眼低着头不说话的男人，他正在给她的脚上药，鸦羽般的眼睫毛挡住了眸中情绪。

裴言卿一直未吭声，嘴唇紧紧抿着，手上的动作更轻。

苏念念蜷起手指，试探着安抚："你真别当一回事，都当这么久的医生了，见过那么多大病小灾……"

她的话未说完，便被男人打断："可他们都不是你。"

苏念念愣愣地抬眸，看见裴言卿沉着脸，向来难起波澜的眼眸泛红。

裴言卿情绪不佳，沉默地替她上药。上完药，他修长的指尖落在她的外套拉链上，解释道："我给你疏通筋骨。"

苏念念总算明白他让她脱衣服是干什么了，愤愤道："早这么说不行？非要让我一上来就脱衣服。"她一边脱着衣服，一边嘟囔，"你要以后没饭吃了，开一家按摩馆也不错。"

可惜裴言卿依旧没开玩笑的心情，从箱中摸出好几种药酒，倒在手上，看着苏念念里面的长袖，迟疑了片刻："这件还要脱。"

苏念念眨了眨眼，突然拧眉，严肃道："不行，你以后还是不准开按摩馆，再赚钱也不能开。我怕有富婆天天来，指定要你给她按。"

裴言卿："……"

"你别怕，只需把我当医生看。"他低垂下眼，认真道，"我不会……"

话还没说完，苏念念已经背对着他脱去了上衣，脖颈修长，肩颈平直，脊背皎白如美玉，一对极其漂亮的蝴蝶骨随着呼吸轻轻起伏，优美的线条一直绵延到纤细的腰。

一瞬间，裴言卿的呼吸乱了。他喉结微滚，克制地闭上眼。

苏念念也有些脸热，眼睫微颤："这样行吗？"

"嗯。"裴言卿的声音喑哑，深呼口气，强压下所有燥热。

他将摩挲至热的手心贴在她的肩膀上，沿着经络往下按。

苏念念意识到不对的时候，已经晚了。心里的旖旎被这种仿佛钉透骨架的疼给冲得干干净净，一瞬间，她只想把身后的人打爆。

她恍然想起，身后这个魔鬼曾经面不改色地给她按下了手腕的鼓包，现在又不打一声招呼，开始折磨她！

这叫什么按摩！这叫受刑！

苏念念猫下腰，想跑，可那漂亮的手偏偏就能把她按在原地，动弹不得。

裴言卿的嗓音轻柔，偏偏不容置喙："第一个疗程都是这样，忍一忍。你身上藏着伤，需要一点点治。"

苏念念委屈极了，泪水在眼眶中打着转："好疼，我不要，你快停下。"

裴言卿轻声哄着："相信我，很快就好了。"

苏念念一点儿也不相信他，还是想跑："差评！我不要找你治。"

裴言卿抿了抿唇，将小姑娘散在耳边的碎发拂到耳后，说："刚刚我想了很多。"他黑眸晦暗，似乎翻滚着波涛，"如果可以，我甚至不想让你继续跳舞。"

苏念念愣愣地回过头，对上男人晦暗不明的神色。

"别怕。"裴言卿笑着摇头，"我知道我没跳舞重要。"

苏念念动了动唇，一时不知说什么，只安静地看着他。

裴言卿继续道："你去追求你的梦想，但我的梦想是你健康平安。所以，你能帮助我实现梦想吗？"

苏念念的睫毛剧烈地颤抖，指尖紧紧揪紧了沙发，像是被一万根羽毛搔动着，从脚尖痒到心尖。

她眨了眨酸涩的眼，乖乖地趴下身体，抬起下巴应了句："嗯，谁让我这么善良呢？快叫我圆梦大使。"

裴言卿失笑："嗯，圆梦大使。"

苏念念想着，自己既然已经答应了，就不该再鬼哭狼嚎的，丢面子。

结果刚立的目标倒得猝不及防。裴言卿就像长了透视眼般，手上每一次发力，都能让她疼得眼泪哗哗的。经年的伤痛要拔除，必须要经受莫大的痛楚。

"别忍着。"裴言卿手指轻柔地拂去她的眼泪，"可以喊出来，还可以骂我。"

"裴言卿，你这个浑蛋！"

裴言卿："……"

与此同时，凌静站在公寓楼下，冷冷睨着一和她出门就电话不断的裴勋："好没好？"

裴勋面露难色，冲她比个少安毋躁的手势。

凌静翻着白眼，不耐烦地道："我不等你了，你自己在下面打吧！"

说着，凌女士拎着包，踩着高跟鞋优雅地迈进公寓楼。她已经计划好了，这天要美美地见未来儿媳妇，所以一大早就来找自家那个木头儿子，准备让他带自己去见见小姑娘，顺便带着裴勋给人家道个歉。想起这件事，她连被裴勋气着的心情都瞬间变晴。

她一边哼着歌，一边从包包中掏出钥匙。

老三这公寓，平常冷清得不像人住的，她专门配了把钥匙，想起来就会来一趟。

凌静以为会和往常一样，家里安静得不像话。她轻轻地开了门，正准备喊人，却透过影影绰绰的磨砂屏风，看到沙发上模模糊糊的身影。与此同时，屋内传来小姑娘颤抖着的声音，带着低泣。

"裴言卿，你这个浑蛋，怎么还没好？"

"就不能轻点儿吗？我好疼啊，以后别来了，好不好？"

凌静如遭雷劈，一时不知道做什么表情，站也不是走又怕被发现，只能僵立在原地。随即她听到自家那木头儿子低声哄着："忍一下，快好了。"

裴勋挂了电话，一抬眼，就见自家夫人拎着包，急匆匆走出电梯。他奇怪地看了她一眼，问："怎么了？老三不在家？"

凌静没说话，面色复杂，做了好几个深呼吸："我们走吧。"

"好不容易来一趟，走什么啊？"裴勋疑惑地问。

"我让你走就走！哪来这么多废话？"凌静捐了他一把，催促道，"赶快回家。"

裴勋默默闭了嘴，不和夫人正面交锋，只低头给裴言卿发了条微信："你是不在家吗？你妈刚去家里找你，没一会儿就下来了。"

回去的路上，裴勋时不时地扫一眼心不在焉的凌静："今天还见儿媳妇吗？"

凌静的手指飞速地敲动手机，不知道在干什么，半晌，意味深长地说了句："下午我问问老三，看我乖乖儿媳有没有力气来。"

裴勋："什么？"

"你不懂。"凌静瞥他一眼，又看到老三和他有几分相像的眉眼，深深吐口气，低骂了句，"真不是个东西。"

裴勋："我怎么不是东西了？"

可惜凌静根本没心思理他，只低头和裴言悦聊天。她反复确认着："念念确实成年了吧？"

裴言悦："我听宁宁说念念当初转学留了一级，成年是肯定成年了，但肯定没到结婚年龄，你想让人家今年结婚是不可能的。"

凌静松了口气："那明年可以结了吧？"

裴言悦："只要人家念念家愿意，当然是可以的。但苏家那几位也不像好说话的，我怕我们会被人家赶出家门。"

凌静："……"

她犹疑半晌，还是把刚刚的事委婉地透露给了裴言悦："我们家是一定要负责的。"

那边突然没了声音。

凌静翘着手指等待，就见裴言悦发了个语音过来，连声音都变了："妈，说真的，裴言卿要不是我弟弟，我一定要把他打死。"

凌静："……"

半小时后，苏念念奄奄一息地裹紧外套，窝在沙发一角，生无可恋地发着呆。

裴言卿进了洗手间洗手，出来后，抽了张纸巾慢条斯理地擦着手，手指骨节分明，白皙如玉，连指甲都泛着粉。而这只手刚刚触碰过她背部每一寸皮肤，抚过每一节骨头。

苏念念的脸颊倏地发烫，看着裴言卿蹲下身收起药酒瓶，又重新放进药箱。屋内一片安静。没一会儿，身上每一处被按过的地方开始隐隐发着热，就好像肌肉在释放着疲惫，酸酸麻麻的，她舒适地眯起了眼。这感觉，确实还不赖。

裴言卿从冰箱里拿出早就准备好的小蛋糕放在桌上，看着苏念念舒服的小表情，笑着摇头。

"吃东西。"裴言卿坐在她身旁，"宁宁说这是你最喜欢的。"

苏念念连眼睛也懒得睁，冷淡道："不吃。"

裴言卿低头点开手机，温声道："那就等会儿吃。"

他低头，目光凝在裴勔刚刚发来的信息上，手指僵住，猛地扭头看向玄关，脸色变了又变。

裴言卿起身走向门边，环视一圈，最后顿在被踢倒的鞋上，明显是来人走得太匆忙，来不及收拾导致的。

手机又"嗡"的一声，他打开手机，看见凌静刚刚发来的消息："一定要做好措施！人家小姑娘实在太小了，今年都结不了婚，你千万不要乱来。"

裴言卿的额角突突直跳，回复："你误会了。"

那头显示正在输入，身后传来苏念念的声音。

"你在看什么？"苏念念懒懒地掀起眼皮，看见裴言卿对着门发呆，纳闷地问了句，下一秒扫到桌上的小蛋糕，她眼睛发亮，"啊，是小天鹅！"

裴言卿回过神："吃吧，还有三个。宁宁说你最多能吃四个，我就买了四个。"

苏念念："……"

"你养猪啊？"她瞪了他一眼。

裴言卿坐回她旁边，一时不知道该不该告诉她这件事，捏了把她的脸颊，低笑道："是养猫。"

"你才是猫。"苏念念打掉他的手,指了指小蛋糕,"手疼,你喂我。"

裴言卿拿过碟子,将小天鹅弄成两半,刚叉起一块,就听苏念念心疼地号着:"小天鹅这么可爱,你怎么可以这么对它?"

他看着被自己弄下来的头,无奈地问:"最后不都要吃掉吗?"

苏念念理所当然道:"所以要一口吃掉啊!让它完整地离开。"

裴言卿:"……"

他无可奈何地威胁:"到底吃不吃?"

苏念念夺过小碟子,得意地说:"给你表演个原地消失术。"

她拿过叉子,将小天鹅的头复位,勉强凑成只天鹅,随即张开嘴一口把一整只小天鹅吞了进去。她一边鼓着腮,一边还得意地冲他挑眉,一脸"快夸我"的嘚瑟表情。

裴言卿看着她灵动的眉眼,忍俊不禁,偏过头直笑。

苏念念又踢踢他:"给我抽张纸擦嘴。"

裴言卿盯着她唇边的奶油,没有动,只问她:"甜吗?"

"甜啊。"苏念念一挑眉,"这可是荷兰那边的奶牛……"

话未说完,便收了声。她看着头顶骤然压下的黑影,瞪大了眼睛,纤长的眼睫上下起伏,带着些无措。裴言卿的鼻息落在她的脸侧,殷红的嘴唇若即若离,她的后脑被他的手掌按着,动弹不得。他低沉的嗓音带着致命的蛊,一下在苏念念脑中炸开。

"我能尝尝吗?"

不等她回答,男人的吻就落在她的嘴角,轻柔又缱绻,不过片刻,他微微后退了些许,黑眸深邃,声音染着笑意:"不用纸,我替你擦干净了。"

苏念念全身紧绷着,脑中就像是烟花一样炸开。她一动不动地盯着男人,无意识地舔了舔唇,却对上其更加晦暗的视线,带着从未有过的侵略性。

她头皮发麻,不敢看他,想要躲开,却被男人微凉的指尖捏住下巴,凑近她耳畔:"不太甜,我能再试试?"

苏念念避无可避,只能仰着头,看着男人一寸寸逼近,无助地将手环在他的后颈。

原以为裴言卿和她半斤八两，最多不过五秒钟。可是她却一口气差点儿上不来，她伸手推他的胸膛，小声呜咽："不来了……"

裴言卿笑得胸膛直颤，捏住她的手腕，退开了些，他的目光凝在面前绯红的面颊上，眼眸微动，评价道："这次甜了。"

苏念念的目光扫过他似染了色的红唇，像被触了电般，气恼地不看他："走开。"

"你变了。"她握紧了拳头，气呼呼道，"你原来不是这样的，现在做这种事怎么脸也不红一下？"

裴言卿退开些，嗓音清冽，平静地答："都是苏老师教得好。"

苏念念要气炸了："是你越来越没下限，还要怪我！"

裴言卿将快要炸毛的人拉进怀里顺毛，下巴抵在她头顶上，刚要说话，手机响了。

一种不太好的预感袭来。

果然，是凌女士。

苏念念看着他快要凝固的表情，问："怎么不接啊？"

裴言卿默了会儿，说："一会儿我再告诉你吧。"

话毕，他按了接听，同时降低了手机通话音量，但凌女士清亮的嗓音依旧打破了屋内安静的氛围。

"老三，你刚刚是不是又在欺负人家姑娘？我怎么生了你这么个小浑蛋……"

裴言卿伸手，想捂住苏念念的耳朵，但被她扯下来，苏念念抓住了重点："什么叫又？"

那头的声音像是被按了停止键，凌静卡住了好一会儿，才小心翼翼地试探："我乖乖儿媳妇在旁边啊？"

裴言卿的眼皮直跳，他捂住怀中人的唇，对电话那头道："妈，您有什么事？"

"我和你爸本来想在今天见念念，但一大早你就不做人，还被我撞见，你让我哪里还有脸见人家？"

裴言卿揉着眉心："妈，您真的误会……"

"别辩解了，我都懂。"凌静的语气听起来特别纠结，"我这到底该不该高兴呢？一高兴，就觉得是在践踏道德底线；但不高兴吧，又不太可能。"

裴言卿脸都木了，放弃了挣扎。

"算了，我也不做人了，今晚念念还有力气来吗？我和你爸想请她吃个饭，再道个歉，顺便看看什么时候把事定下来……"

"今天没有时间，我还有事，挂了。"

"哎，记得做好措……"

裴言卿当机立断挂掉电话，和快要爆炸了的苏念念大眼瞪小眼。

苏念念挣脱开他，手指颤颤巍巍地指着裴言卿问："阿姨到底误会了什么？"

"你听我解释。"

苏念念："我不听你狡辩。"

"早上，我妈来了。"裴言卿平静地道出事实，"你想想你那时候在骂我什么。"

苏念念瞪大了眼睛，回忆起某些虎狼之词，差点儿昏死过去。这个星球已经容不下她，今夜她就要远航。

苏念念狂躁地揉着头发，控诉道："都是你，你妈肯定觉得我很随便！"

"不会。"裴言卿道出事实，"她只会觉得我不是东西。"

苏念念动了动被吻得发麻的舌尖，点头说："你本来就不是东西。"

裴言卿："……"

屋内的安静又被苏念念的手机铃声打破，看到来电显示，她心虚地眨了一下眼，强调道："我哥打来的，你别出声。"

裴言卿意味不明地扯了一下嘴唇，一把将人重新拉到怀里，胸膛贴着她的后背，亲密无间地抱着。

"松开些。"苏念念吓了一跳，恼怒地瞪他。

裴言卿未动，目光沉沉地盯着显示苏焱来电的手机，用唇语说："接电话。"

苏念念满头冷汗，将手机放在耳边，小心翼翼地喊了声："哥？"

那头懒散地问："你刚才在干什么呢？让谁松开些？"

苏念念默默回避了这两个问题，咽了咽口水："哥哥，有事吗？"

"有，很大的事。"苏焱煞有介事道，"这周末怎么不回家？"

"啊？"苏念念一噎，"你不说你也不回家吗？"

"呵。"那头冷笑一声，"我不回你就不回？你再算算，这周你给我打电话了吗？你心里还有没有我这个哥？"

"有的，哥哥是最重要的！"苏念念闭着眼睛胡扯，"你最近不是进了实验室吗？要专注学业，我不能打扰你。"

说完，头顶上传来一声轻笑，苏念念头皮发麻，掐住裴言卿的手腕："别出声。"

电话那头，苏焱平静了些，得意地"啧"了一声："这些对哥来说还是小意思。"他轻飘飘道，"裴言卿以为这些能难住我？他不过比我早出生几年，要搁现在，这医学院一哥是谁还不一定……"

"哥！别说了！"

苏焱不满道："为什么不说？你不是和我统一战线，说他是变态吗？"

顶着头顶如有实质的视线，苏念念麻了。

"苏丫丫。"半天没得到回应，那边的声音渐渐有些不耐烦，"下午给我回家。挂了。"

"喂！"苏念念还来不及辩驳几句，电话便被挂断了。

屋内一片沉默。苏念念咬了咬唇，戳了戳裴言卿的手背："那我回家了？"

半晌没有回应。她试着拉开裴言卿的手，小心翼翼地挪开身体，一转身，却对上男人枯井无波的眼神。

裴言卿扯唇："我变态？统一战线？"

识时务者为俊杰，苏念念头摇得跟拨浪鼓一样，干巴巴地憋出一句："你听我解释！"

裴言卿的表情看不出什么。他摸出手机，淡淡道："我倒不知道苏焱对我意见这么大，既然这么想当医学院一哥，周末还回什么家。"

苏念念硬着头皮，抢过他的手机，急切道："别，别，别，你不要把我哥得罪狠了，万一他知道我们……到时候新仇旧恨……"末了，她的声音越来越弱，"毕竟，你很可能，要喊他一声哥。"

她偷偷观察着裴言卿的脸色。他表情凝固，似乎真在思考这个可能。片刻后，他面不改色，漫不经心道："是吗？反过来让他喊你师母，不好吗？"

"这……"苏念念控制着表情，想说这样是不是有些欺人太甚，终究克制不住，"扑哧"一声笑出声来，补充完后面的话，"实在是太好了。但我还是要回家。"

裴言卿深深地看了她一眼："陪我不好吗？"

苏念念顿了顿，声音小了些："我怕我哥怀疑。"

裴言卿抿唇，意味深长道："你也听见了，我妈有点儿急。你也经常说我一把年纪……"

苏念念屏住呼吸，就见他面无表情地问出下面这个问题。

"所以你打算什么时候给我正个名？"

苏念念的心一跳，躲闪着视线，绞着手指道："这不是还早吗？"她咽了咽口水，"还不太稳定，未来也还有很多可能。"

"所以。"裴言卿的眉目淡淡，声音沉下来，"你这是准备玩弄我的感情？"

苏念念脑子一抽："如果玩弄了……呢？"

"你姑且试试。"裴言卿将人提溜起来，扯了一下嘴唇，"我会让大家都知道，未来的'中芭首席'曾经对我始乱终弃。亲也亲了，摸也摸过……"

苏念念："呸！我什么时候摸过了？"

裴言卿已经带着她走到冰箱前，将其余几个小蛋糕打包，认真道："开学那天，挂蚊帐的时候，你摸到我了。"

苏念念一把捂住他的嘴："那也算？"

怎么会有人能一本正经地说出这种话？他现在怎么变成这样了？

"不算？"裴言卿看了她一眼，眼睫挡住眸中的情绪，"做过的不承认，算不算玩弄感情？"

苏念念夺过小蛋糕，恼怒道："我就是玩弄了，就是不给你正名，你想怎样？"

裴言卿气得心肝疼。他吐了口气，说："行。"

他跟在她后面，见她拿着小蛋糕，蹦蹦跳跳地到电梯跟前，仿佛蛋糕都比他重要。

苏念念按了电梯，门打开后，她才想起回头找人。看到裴言卿站在她身后，眼眸似含着星辰，最终化为万般无奈，他稍稍低头，捏了捏她的鼻尖。

"玩弄就玩弄吧。"他顿了顿，嗓音清淡，"玩我一辈子也行。"

到了家，苏念念的心跳频率还没恢复正常。她打开门，靠着门板，深深她吐了口气，缓解脸上不正常的红晕，一抬眸，就看见苏焱插着兜，懒洋洋地下楼。

苏焱瞥了她一眼，皱了一下眉："你发烧了？脸这么红。"他目光凝在她手上拎着的蛋糕盒上，勾唇道，"哟，给我买了小天鹅？"

苏念念还没反应过来，手上的蛋糕袋就被人勾走了，苏焱当着她的面就吞了一个小天鹅，评价道："还挺新鲜。"

"这不是给你的！"苏念念气炸了，想把蛋糕抢回来，被苏焱避开。

苏焱咽下蛋糕后说："你怎么这么小气？"说着，他又从袋子里抢了一只，将最后一个小天鹅放回她手里，大发慈悲道，"给你留一个。"

苏念念气得血液倒流。每次都是这样，面对苏焱的愧疚，总能在他窒息的操作下，一瞬间化为乌有。

"你走开。"苏念念瞪他，"你就不该拥有周末！"

苏焱气笑了，盯着她快要炸毛的后脑勺，吊儿郎当道："就是玩，有本事你去和裴言卿说呀，哥就是厉害，气不气？"

苏念念握在身侧的拳头松了又紧，忍无可忍地扭过头："你会后悔的。"

苏焱不以为意地嗤了一声，插兜慢悠悠晃上楼梯，一耸肩："我好怕。"

苏念念："……"

第十三章

有我心疼你

　　新的一周开始后，时间漏过五指的缝隙，过得飞快。

　　学校非常重视这次的比赛，入围的五个人，每天都要挤出时间集训。集训老师名池尹，是 A 舞的特聘教师，国内芭蕾界鼎鼎有名的人物，当过好几个舞团的"首席"，还获得过"国芭"的金奖，得她教导，着实是个不可多求的机会。

　　周末的时间更是全部被用来训练，中途休息时，苏念念盘腿坐在地板上，低头看着手机，汗水顺着额头一滴滴掉落。

　　她拿起毛巾，擦掉额上的汗，侧着头听着手机那边裴恬发来的语音。

　　得知自己的空闲时间都要用来集训，苏念念联系了裴言之，表示自己无法再继续教裴恬，同时又私信了裴恬，生怕小姑娘难过。

　　结果隔着手机，苏念念都听到了裴恬掩饰不住的笑声："嘿嘿嘿，小婶婶快去和小叔叔约会！"

　　和裴恬聊完，苏念念的指尖轻移，找到裴言卿的微信，犹疑半晌，还是发了条消息："晚上有时间吗？"

　　"晚上要值班。"

　　"那我去给你送饭吧？"

　　"好。"

　　那边顿了会儿，又说："这算是给我正名吗？"

　　苏念念哼了声："不，我只是学生家属，这叫贿赂导师。"

　　"贿赂只是送饭？"

　　"不然呢？"

　　"不太够。"

"还想要什么？"

那边半晌没有回应，却显示在输入中。

苏念念等了会儿，还是没得到回应，中场休息已经结束，她连忙放下手机。

池尹站在最前面，虽然她已经年过四十，但由于保养得当，眉眼间尽是超脱的自信，整个人依旧风采卓然。但她异常严格，眼风扫过来时，苏念念明显感觉到身旁的楚宁受不住地后退了一小步。

苏念念低垂下眼睑，也有些紧张。因为她发现，池尹格外喜欢单点她出来，把她当成样本做示范。所有她自以为规范的动作，总被重做调整，往往能达到身体极限，每次结束，她都有种窒息感。

果不其然，池尹淡淡道："苏念念，出列。"

苏念念心中直叹气，无可奈何地往前踏了一步，正要接受洗礼，身旁的舒瑾却挺直了背，她的脸上隐隐有不满："老师，这次让我来吧。每次都是她，老师，您都快成她的私教了。"

池尹面色不变："要是私教，我早把你赶走了。"

舒瑾气结，冷声道："这不公平吧？大家都是去参加比赛的，难道就苏念念高人一等？"话毕，她意味不明地又补充一句，"说不定又是止步国赛呢。"

"我呸。"楚宁抱臂，冷笑一声，"舒瑾，你刚吃大蒜了吧？你又哪一回没止步国赛啊？"

"都闭嘴。"池尹冷冷看向舒瑾，"知道我为什么不喊你吗？因为你受不住。"

舒瑾的脸色一变，咬牙道："什么意思？"

"你每天练习的时间有多少？苏念念又练多久？不要拿每次比赛的成绩给我看，我有判断，有多厚的底子，我很清楚。"

原来这算是……对自己的肯定？苏念念的嘴角止不住上扬，又极力压下。

楚宁得意地嗤笑一声："有的人啊，就喜欢自讨没趣。"

舒瑾气得握紧了手，眸中的不甘一闪而过，但不过片刻，她又平静下来，冷冷地扯了扯嘴角，眼中尽是势在必得。

池尹看了一眼愣在原地傻笑的苏念念，无奈地摇了摇头，忍俊不禁地戳了戳小姑娘的额头："还不上来？怎么呆头呆脑的？"

苏念念："……"

训练结束后，直到目送池尹彻底离开，楚宁才松了口气，揉着腰龇牙咧嘴道："真是魔鬼。"

苏念念给她按着腰，轻声道："放松点。"

"晚上去哪儿吃饭？"楚宁问她。

苏念念愣了会，小声说："我去给你小舅舅送饭。"

楚宁一蹙眉："你不累吗？我告诉你，男人是不能惯着的。"

"我还好。"苏念念一边说，一边摸出手机，看到一小时前他回的消息，手机差点儿没掉下去。

苏念念："还想要什么？"

裴言卿："你。"

时隔半月再回裴宅，家中一片冷清，便是用人也压着步子，生怕产生一点儿噪声。书房门被不轻不重地叩响，裴哲放下手中的书，一只手抬高老花镜："进来。"

门被推开，来人穿着简单的衬衣黑裤，表情平淡："爷爷，听宋妈说，您想见我。"

时隔两周，依旧是这副模样，看不出一丝悔过或是歉意。

裴哲的胸膛剧烈起伏，吁了口气："我不喊你，你打算什么时候回来见我？"

裴言卿沉默片刻，说："等您接受念念。"

裴哲一把扔下手中的书："我要是一直不接受呢？你准备等到我死吗？"

裴哲沉着眼，紧紧盯着裴言卿，半晌，听到他说："等到她愿意和我结婚。"

屋内一片安静，空气仿佛快要凝固。

裴哲突然古怪地笑了一声："所以，现在还是你求着人家愿意？"

裴言卿的眼睫动了动，未言，好似默认。

裴哲的眼眸深幽，哂道："能把你迷成这样，你爸妈还专门跑到我面前当她的说客，我倒想看看她有什么本事。"

裴言卿倏地抬眸，目光微冷。

裴哲摘下老花镜，喝了口茶："我可以答应。但有几个条件，你问问她能不能做到。第一，不准再跳舞了；第二，明年结婚，就考虑要孩子，以后待在家里……"

"爷爷。"裴言卿冷冷地打断，"这不可能。"

"什么不可能？"

"哪个都不可能。"他说。

裴哲握紧茶杯，手背上隐隐泛出青筋："你算算自己的年龄，年后就二十七岁了！她呢？十年内能不能生孩子都另说，再加上天天在外面抛头露面，她对你的新鲜感能到几时？"他重重地吐口气，眼中尽是失望，"我培养你到今天，可不是眼睁睁看你执迷不悟的。"

裴言卿沉默良久，屋内只能听见挂钟嘀嗒嘀嗒的声音，他的嘴唇绷着，道："这些我都想过了，都不重要。"

瓷器划过空气，重重落在地面上，发出震耳的脆响。

躲在门外偷听的裴恬吓得一抖，眼睛瞪得大大的。下一刻，大门被打开，裴恬差点儿一头栽进去，下意识地抱紧来人的大腿。她还看不清里面的场景，门就被关上，身体倏地腾空，被人抱起。

裴言卿抱起裴恬，一言不发。迎面而来的宋妈看到他额上冒着血的伤口，担忧道："三少爷，我去给您拿药箱……"

"我自己来就好。"裴言卿连眼皮也未抬，"你去看一下爷爷，他的情绪不太好。"说完，他再没回头，抱着裴恬就下了楼。

裴恬这才注意到自家小叔叔额上的伤口，冒着血。她的眼睛倏地就红了，伸出手又不敢碰："呜呜呜，叔叔，你是被打了吗？"

裴言卿看着她快要哭了的表情，心软了软，正要安抚，便听她道："这下要破相了怎么办啊？呜呜呜，婶婶最喜欢你的脸，万一不要你了，该怎么办啊？"

裴言卿："……"

苏念念到达附院时已经快七点了。她专门回家洗了澡换了身衣服，还顺便炒了几个菜，才拎着饭盒去了附院。

距离上次来，已经隔了好久，苏念念踏进骨外科的长廊时，发现找不到裴言卿的办公室了。最后，她来到护士台前，双手搭在台上，笑眯眯地问："小姐姐，请问裴言卿的办公室是哪一间啊？"

这时候不忙，韩蕊正在微博上极力为季成星反黑，忙得不亦乐乎，许是这声音太过好听，她懒洋洋地一抬眸："谁？"

"裴言卿。"苏念念重复一句。

韩蕊的目光凝住，眼神快要挂在苏念念身上了，半晌，她舔了舔唇，细声细气道："美女，你好，直走第三间，裴医生已经来了，现在也没有手术。"末了，她还加了一句，"没有人会打扰你们。"

好热情。苏念念冲她致谢，一转身，还没走出几步，就听到了后头传来的声音，压抑着兴奋："这就是那个啵啵奶茶，是不是?！"

她疑惑地回头，就见刚才的小护士拉着另一个护士的袖子，满脸求"瓜"若渴。

被当场抓包，韩蕊连忙放下黄芩的袖子，清了清嗓子，满脸正经问："美女，还有事吗？"

苏念念："……"

她来到裴言卿办公室门前，探了个脑袋，远远就看见男人低头写病历，白大褂穿得一丝不苟，衬衫也扣到了最上面的一颗，看起来禁欲又冷淡。

苏念念站在门前，想起他越来越没下限的话，翻了个白眼。她敲了敲门，故意嗲着嗓音道："裴医生……我来看病。"

裴言卿的眼皮一跳，抬眼看过来，正看见小姑娘拎着饭盒，一双眼睛顾盼生辉，他的声音染笑，顺着她演："看什么病？"

苏念念几步走上前，坐在他对面，捂住胸口装模作样道："心口痛。"

裴言卿挑了一下眉："为什么疼？"

"因为卡了个你。"苏念念放下饭盒，撑起脑袋，朝他眨巴着眼。

裴言卿猛咳一声，脸涨得通红，半晌缓不过神来。

苏念念笑得快要捶桌子，冲他挑衅地招招手："小样。"

她将饭盒打开："尝一尝。距离我上次给你送饭，是不是有种恍如隔世的感觉？"她拿出自己的那份饭，指着菜说，"这些都是你爱吃的。"

裴言卿拿起筷子，好奇地问："你怎么知道我爱吃什么？"

她一挑眉："猜的。我可比某位阮姓小姐贴心多了吧？人家上次送给你的川菜，吃得烫嘴不？"

裴言卿咽下口中的饭，指尖动了动，好像回忆起什么，眸中闪过一丝兴味："你怎么知道阮白给我送的什么？"他抬起她的下巴，直视她的眼睛，"也是猜的？"

苏念念的动作一顿："没错，我猜的。"

"哦。"裴言卿应声，意味深长道，"猜错了，她给我送的不是川菜。"

苏念念一愣："怎么可能？我明明……"说到最后，她卡住了。

裴言卿拖长了声音，不咸不淡道："哦，我又记错了，好像是川菜。毕竟没吃，记不太清了。"他撑着手肘，不知是说给谁听，"你这猜的，比我记得还清晰。"

阴阳怪气！苏念念气得想摔筷子。她撑起桌子站起来，怒目而对："裴言卿！你是不是故意的？你信不信我打爆你的狗头？"

她睁着眼，不经意一扫，目光顿住："你这头已经被打爆了？"

裴言卿："……"

苏念念伸手想要拂开他的额发，被他一把拉住，他长睫轻敛，轻声道："别看。"

她何时见过他这么脆弱的模样？没有！

"我就要看。"苏念念又伸出另一只手。但这回，裴言卿只是稍侧了侧头，随即任由她拨开头发，鸦羽般的长睫微颤，看起来极其无奈。

苏念念一下子就心酸起来，紧紧盯着伤口。伤口只是被简单处理过，最严重的地方已经结了薄薄的一层痂，旁边肿起高高的一大块，偏偏他肤色冷白如玉，这样的伤口看起来就疼。

"怎么弄的啊？"她的声音微颤。

裴言卿拿下她的手，移开视线："碰着了，不疼。"

苏念念说："我不信。是不是你爷爷砸你了？"

"不是。"

"我现在就去问恬恬。"

"别问。"裴言卿拉住她。

苏念念："那就是了？"

裴言卿没有言语，似是默认。他的唇色淡红，脸色苍白，看起来气色真的很差。

苏念念难受地吸了吸鼻子："是因为我？"

"不是。是我惹他生气。"

一瞬间，苏念念什么脾气都没有了："那有没有什么我能改的？"

裴言卿定定地看着她："有。"

苏念念："什么？"

"早点儿给我个名分。"

男人的声音低柔缱绻，响在耳边，让苏念念失了片刻神，那个"好"字差点儿就顺着口边滑出来，却在最后一刻咽回去。

苏念念后知后觉地眯了眯眼，伸手轻轻碰了一下他的头，悠悠地问："这么久了，这伤怎么也不好好处理一下？"

裴言卿面色稍顿："简单处理过了。"

"我曾看过不少八点档偶像剧，男主角受了伤，都会藏着掖着，不让女主角知道，就是怕她心疼。"她抬眸，不动声色地观察着对面的表情。

裴言卿面上无甚变化，垂下眼帘："一点儿小伤而已，不用心疼。"

苏念念见他还真装上了，转了转眼珠，轻声道："要心疼的。"

裴言卿抬起眼看她。

"吃哪儿补哪儿，明天我给你做点猪脑花，怎么样？"

裴言卿："……"

一口饭不上不下，他没忍住，笑了起来："你故意的？"

对面的女孩儿表情装作无辜的样子，伸手捋他的头发："这么聪明的脑袋，可别砸坏了。"

裴言卿面无表情地拿下她的手，捏她的指尖："谢谢你的'心疼'。"

苏念念眨了眨眼睛："不客气。毕竟相于于名分这种虚的，猪脑花更实在些，不是吗？"

"我不吃脑花。"

"那，鱼头？"注意到他凝重的表情，苏念念放下筷子，咬了一下嘴唇，"都不行？你知道你为什么不是偶像剧男主角吗？"

裴言卿看过来。

"因为你和偶像剧男主角之间，差了十朵'白莲花'。"

裴言卿："……"

吃完饭，苏念念绕到裴言卿身旁，低下头仔细看他的伤："我给你重新上点药吧？"

裴言卿移开头："不，吃点儿脑花就好了。"

苏念念低声笑，像是逗猫一样挠他的下巴，被他一把按住，警告道："苏念念。"

她环顾一圈，很快就在桌上看到了一些常见的药水："紫药水能涂吗？"

裴言卿皱眉："不行。"

"这不是常见的消毒药水吗？"苏念念说。

"涂了很丑。"

苏念念将紫药水放回去，嘟囔道："偶像包袱还挺重。"

她又拿了另一瓶无色的消毒药水，面对着裴言卿往桌上一坐，俯身挑起他的下巴，用棉签沾了点儿药涂在伤处。她已经极力放轻动作了，但他不知道怎么回事，眼睫毛时不时颤一下，像是在忍耐着多大痛苦。

苏念念低头看他："装上瘾了？"

"没装。"裴言卿抬手，撩起唇边她垂下的长发，黑眸潋滟生波，"痒。"

这一眼看得苏念念心里像过了电般酥麻，手一抖，正中伤处。

"嘶……"

苏念念连忙收手："不能怪我。"

见她推卸责任推得这么快，裴言卿拧了一下眉："那怪我？"

"当然怪你，怪你过分美丽。"苏念念涂着药，目光时不时扫向他的唇瓣，突然色胆包天道："如果我现在亲你，被发现了，你会不会被扣工资？"

裴言卿沉默半响，喉结滚了滚，仓促地移开了视线："影响不好，你下来。"

苏念念故意挑起他的下巴，凑近道："那你就当是我轻薄你。"

裴言卿知道她在开玩笑，也没躲，静静地看着她，无端有些挑衅的意味。

苏念念被激起胜负欲，一点点靠近，口中还在恐吓："还不躲开？"

裴言卿不动如山。

直到身后突然传来一道女声："裴医生，有病人家属找，我……"

话说到一半，韩蕊自动收了声，看清屋内的场景，差点儿没把眼珠瞪出来。刚刚那个漂亮姑娘背对着她，坐在裴医生的桌上，微微俯身挑起男人的下巴。两个人靠得极近，近乎耳鬓厮磨。

韩蕊深吸了口气，连忙缩回头，和身后一脸疑惑的病人家属大眼瞪小眼。

"稍稍等一会儿，裴医生现在不太方便。"

"没事，没事。"家属大度地挥挥手，"裴医生忙嘛，我知道的。我只是想找裴医生道谢，等多久都没事。"

屋内，苏念念差点儿从桌上栽下来，好在被裴言卿扶住。她一把推开他站起来，朝脸上扇着风："她会不会误会了什么？"

裴言卿的表情淡淡的："或许？"

"你怎么一点儿都不慌？不要名声了？"

他沉吟片刻，说："影响确实不太好，一天内，科室里都会知道我们的关系。"想到这儿，他轻笑了声，"这算不算变相正名？"

苏念念瞪他一眼，拿起饭盒，恼怒道："然后大家都知道你老牛吃嫩草。"

裴言卿："……"

走出两步，苏念念又退回来，扯了扯他的衣角："以后不要那么轴。你爷爷砸你，躲开就好了啊。"话毕，她踮起脚，凑到他的耳边说，"毕竟，我会心疼。"

话毕，不等裴言卿回应，苏念念忙扭过头，小跑着出了门。一出来，正对上韩蕊的目光，仿佛 X 光一般，看得她心里发虚。她抱歉地笑笑，韩蕊拍拍她的肩："我都懂，能理解。"

"裴医生在里面，请吧。"韩蕊将家属送进去，随即，她自来熟地拉住苏念念，像是对暗号一般，"芋泥啵啵奶茶，不要芋泥。"

苏念念自觉地补了后面一句："不要奶茶。"

"真的是你！"韩蕊兴奋地将苏念念从头打量到脚："苓姐说上次来的那个人太端着，没那种味儿。"

上次那个人应该是阮白。

"果然，裴神仙就需要你这样的来降伏。"

苏念念："我这样的？"

韩蕊兴奋道："一把压在椅子上亲这样的。"

"我没有，我是在给他上药……"

虽然她确实想亲，但根本没亲上啊！这黑锅不能乱背！

"不用解释，我都懂。"韩蕊不给苏念念反驳的机会，拿出手机，"美女，加个微信吧？以后我替你看着裴神仙。"

苏念念摸出手机，让她扫了码："备注苏念念就好。"

"我叫韩蕊。"韩蕊扫了一眼她的资料卡，指尖顿住，"妹妹，你十九岁？"

"嗯。"苏念念应道，低头备注。

"那裴神仙比你大七八岁？"韩蕊摇摇头，惊诧道，"看不出来他竟然老牛……"说到这里，她意识到不妥，连忙咽下后面的话，又问，"苏念念？是念念不忘的念吗？"

"是的。"

韩蕊的指尖有点儿抖："你认识季成星吗？"

这个名字着实令人扫兴，苏念念抿了一下嘴唇："脸熟。"

韩蕊蒙了："你是不是和我家哥哥传绯闻那个……"

苏念念连忙制止："别，我和他不熟。"

韩蕊竟然喜欢季成星，苏念念拧了一下眉，又不能直接告诉她季成星是个渣渣，只好保持沉默。

韩蕊到现在还觉得事态的发展十分魔幻，失神半晌："怪不得我家哥哥传绯闻那天，裴神仙看起来心情那么差。果然，哥哥是清白的，我的房子没塌，呜呜呜……"

苏念念的面色一言难尽，实在不想戳破追星少女的美好幻想，只问："他那天心情很差？"

"对啊。他拿着我的手机看微博，脸色一下就黑了，我当时还纳闷。"韩蕊指了指头，"原来啊，是头上有点儿绿。"

苏念念点头："这样啊。"

原来这么早就开始了。

回去后，苏念念给裴言卿发了个消息："难为你坚持了这么久。"

临睡前，苏念念才收到回应。裴言卿回复道："什么意思？"

苏念念："坚持装作不喜欢我，其实内心早就为我哐哐撞大墙了。"

那边沉默了片刻："韩蕊是不是和你说什么了？"

苏念念："别转移话题。"

裴言卿慢悠悠回："那也难为丫丫等了我这么久。"

"谁等你了？"

"嗯，没谁。"

苏念念有种所有心思都被看破的窘迫感："你可别膨胀啊，最开始你也就一张脸吸引我。脸好看的人多了去了，我随便招招手，外面就有一堆小哥哥，谁稀罕等你。"

这回那边彻底安静了。苏念念咬着指甲，有些心虚。她灰得撤回了后两句话，补充了句："但只有你最美。你怎么不回我了？在干什么？"

裴言卿："为你哐哐撞大墙。"

"……"

第二天是周日，苏念念训练间隙，突然收到了苏焱发来的图片。她点开一看，呼吸差点儿都停了。

"我偷拍的。啧，你和裴言卿这什么迷之审美？同时买这种土了吧唧的冲锋衣？疯了吧？"

苏念念放大图片，拍摄地点应该是 A 大，拍摄角度非常清奇，属于典型的直男拍摄，就这种死亡原相机，裴言卿硬生生扛住了。

苏念念摩挲着指尖，一时半会儿不知道怎么回。沉吟片刻，她试探着问："你觉得，我和他一起穿这件衣服，般配吗？"

苏焱看到消息的时候，手机在手里打了个旋，差点儿没掉下去。他用力眨了眨眼，怀疑自己看错了，他的目光投向仍在实验室里和博士师兄低头耳语的裴言卿，那边像是有预知般，看过来。

苏焱连忙扭头，荒谬地扯了扯嘴角，指尖用力，像是要敲碎屏幕："苏丫丫，你疯了？怎么会有这么危险的想法？般什么配？哪种般配？叔侄装的般配？"

那边一片安静，苏焱嗤了一声，怀疑苏念念是练舞练痴了，竟然敢问他这种大逆不道的问题。

身后传来脚步声，苏焱回过头，看见裴言卿，他脱了白大褂，像是拍电影似的，在他面前慢条斯理地套上外套。

苏焱的眼皮直跳，张了张嘴，最终扭过了头，眼不见心不烦。他听见裴言卿问师兄陈景："苏焱最近怎么样？跟得上吗？"

"跟得上的。"陈景沉迷于学术，不遗余力地说着苏焱的好话，"焱弟学东西很快，是研究的一大助力。"

"很快？"裴言卿挑了一下眉，"现在时间这么紧张，组里每个人都该不遗余力，充分用尽每分每秒。"

苏焱："……"

苏焱据理力争："老板，我妹让我每周末都回家一趟。您知道，她还小，特别依赖我，一周一定要见我一面，我不想让她难过。"

场面一度十分安静。苏焱感觉到裴言卿的视线在自己身上扫视，最后停在自己脸上。他感觉自己被侮辱了。

"继续编。"裴言卿扯了一下嘴唇。

苏焱："……"

裴言卿的目光平静，像是在道出什么事实："你妹也不小了。"

苏焱额角突突跳，心中像是有什么东西要冒出来。

几个人走在去食堂吃饭的路上。苏焱的目光又落在裴言卿的衣服上："老板，您这衣服从哪里买的？"

裴言卿："怎么？"

"挺好看的。"

"S 市。"

苏焱顿了顿："真巧，我家也在 S 市，我也想买一件。"

"卖完了。"裴言卿连眼皮也未抬。

苏焱懒洋洋道："看来还是爆款啊。"

陈景见他们一直在讨论衣服，也瞥了一眼这件冲锋衣，评价道："确实好看，男女皆宜。"作为裴言卿的资深粉丝，他又添了句，"裴老板真是穿什么都好看。"

苏焱："……"

明明土不拉几的。

第十四章

生日翻车记

时间一晃到了十一月，气温逐渐下降，起床也越来越艰难。集训的时间越来越长，几乎每天，苏念念和楚宁都要早起训练。

池尹的时间观念极重，迟到一分钟，加训十分钟，这招对付楚宁极其有用，所以苏念念跟着楚宁，也没迟过到。

深秋的早晨，似乎能寒到心里，热身后，才好一些。

距离比赛还有不到两周的时间，越临近比赛，苏念念的心态反而越稳，也渐渐地从池尹眼里窥得些许赞赏。但舒瑾最近的状态肉眼可见地差，池尹常常摇头，犀利地指出她太过浮躁。

这天，舒瑾又被加训。她这早上迟到了，再加上这节课低级错误太多，池尹专门留下了她。

楚宁瞥了一眼舒瑾，低声在苏念念耳畔道："你最近小心点。舒瑾这个人我知道，从小就好胜，攀比心强。"她的语气有些担忧，"你处处压她一头，还得罪了阮白，最近她的状态这么差，做出什么偏激的事也未可知。反正这段时间，你一定要小心她。"

苏念念正在穿外套的动作顿住，看了一眼舒瑾，沉吟片刻，道："我知道了，以后我每次穿鞋一定看看里面有没有针头。"

楚宁赞同地点头："跳舞的时候，再看看地上有没有水啊油啊什么的。然后回去再去刷一遍热播宫斗剧。"她握紧了拳头，"我们钮祜禄·念绝不认输。"

钮祜禄·念："……"

这段时间，因为忙于训练，苏念念又冷落了裴言卿两周，而且见面了还要"受刑"，也是在裴言卿三番两次的催促下，她才不情不愿地露面。

回去的路上，楚宁睨了一眼苏念念："你这恋爱怎么谈得一点儿激情都没有？每天除了练舞就是练舞，我小舅舅都忍得了？"

苏念念一耸肩，悠悠道："每个成功的女人背后，都该有一个贤惠的男人。"

"噗！"楚宁笑了，"那他生日，你总要表示点什么吧？"

"生日？"苏念念愣在原地，"他什么时候生日？"

"明天……"

苏念念松了口气："那就还来得及。"

"我已经开始替我小舅舅委屈了。你的礼物准备了？"

"他有什么喜欢的吗？"苏念念问。

"你。"

"我难道还能把我送给他？"

"也不是不可以。"楚宁若有所思道，"这必定让他永生难忘。"

苏念念点点头："你说得对。"

回寝室后，苏念念洗了个澡，随意收拾了一下就要走。出门前，她和寝室的两个人打了个招呼："我晚上不回来了，记得帮我混过查寝。"

楚宁惊掉下巴："我下午是开玩笑的，你别一时冲动乱来啊。"

虞娴也嗅出些不寻常："对啊，念念，你一定要保护好自己啊！"

"想什么呢？"苏念念横了她们一眼，"放心，要真的发生点什么，也是他吃亏。"

"……"

苏念念先回了趟家，家中一片静悄悄的，苏淼并没有回来。正好，她打开手机，给裴言卿发消息："你在哪儿呀？"

"A大。"

"晚上我想见你。"

那边显示正在输入，半晌才发过来："原来你还记得我。"

看看，这铺天而来的怨气。

苏念念胡搅蛮缠："想见你，想见你，想见你！六点在你家门口等你，你看着办吧。"

　　下午五点半。苏念念躲在礼物盒里，只露出两只黑珍珠似的眼睛，看着外面。她翻着手机消息。

　　在她的消息后，裴言卿又回复："我去学校接你吧。"

　　"不好，来你家接我。"

　　"今天我想带你出去吃饭。"

　　"别废话，回家。"

　　五点四十分的时候，电梯响起提示音，苏念念屏息凝神，电梯大门打开，男人修长的身影一步步靠近。

　　裴言卿走近，看着面前半人高的礼物盒，黑眸微凝。他在礼物盒前站立片刻，眸中的笑意一闪而过。他淡定地开了门，对面前这么大一个礼物熟视无睹。

　　苏念念难以置信地睁大眼。她忍不住，正准备自己把自己拆了，下一秒，整个人一轻，连人带盒被端回了窝。

　　裴言卿半蹲下，看着礼物盒上的大蝴蝶结："这是送给我的？现在能拆开吗？"

　　苏念念故意着捏着嗓子说："不行哦，得先回答我一个问题。"

　　裴言卿失笑："你问。"

　　"我和你一起去吃蛋糕，有水果蛋糕、巧克力蛋糕、香草蛋糕，你考虑先吃哪一个？"

　　裴言卿思忖片刻："水果蛋糕。"

　　"错。"

　　"为什么？"

　　盒子里传来一声得逞的笑："你不该先考虑我吗？"

　　裴言卿足足愣了好几秒，目光缓缓下移，对上盒子通风孔里那双染笑的眼眸："苏念念。"

　　"来啦！"里面传来少女清脆的嗓音，大盒子像是触动了什么机关，自内而外地打开。少女笑靥如花，抱着蛋糕站起身。

　　裴言卿有片刻失神。

苏念念身着大红色礼服，露出的肩颈修长，锁骨平直，腰间别了个大蝴蝶结，头上戴着巨大的兔耳朵发箍，整个人明艳不可方物。

她捧起蛋糕，装模作样地叹了口气："你在我和蛋糕之间选择了蛋糕，我真是太失望了。"

裴言卿紧紧盯着她："我能重选吗？"

苏念念跳出盒子，蓬松的裙摆飘动，瞪他一眼："想得美。但慷慨的未来'首席'苏念念愿意免费请你跳一支舞，作为额外附赠。"说着，她后退一步，做出个标准的邀请手势。她按了一下遥控器，盒子里藏着的小音响开始震动，一首欢快的华尔兹音乐响起。

裴言卿笑了，从善如流地握住她的手："谢谢慷慨的'首席'大人。"

"这首曲子，你会吗？"

裴言卿凝神听了会儿，轻笑一声："你这是想和我提前跳了？"

这首曲子常常作为婚礼的第一支舞出现。

苏念念瞪他，同时脚下开始踩节拍："你想多了，是不是你还不一定呢。"

裴言卿的笑意收敛，搂住她的腰的手收紧，他凑近，黑眸深不可测，似乎能将人吸进去，说出的话也犯规："除了我，别人想也别想。"

苏念念被看得发愣，脚上的动作开始出错，她听到头顶传来一声闷笑："'首席'，踩到我的脚了。"

苏念念恼羞成怒，更有种专业领域被侵犯的羞恼。接下来，她铆足了劲跳，发现裴言卿的华尔兹竟然跳得真的不错，一点儿也不落下风。

"你还不赖。"苏念念难得夸他一句。

"谢谢'首席'夸奖，小时候学过。"

说完裴言卿突然低头，额头与她相抵，她察觉到他富有侵略性的眼神，仓皇地想别开脸，却被扣住后脑勺，男人另一只手固定住她的下巴，一下下轻轻摩挲。

吻落在她的唇上。

随即苏念念便发现，第一次的吻简直可以叫作春风细雨。而这一回，自己像是要被拆吃入腹。

起先她还能站直，到后头，腿越来越软，几乎倚在裴言卿怀里，纤长的睫毛似小刷子般上下颤动，白皙的指尖紧紧攥住男人的衣领，手心沁出汗珠，一片湿热。她的目光落在男人的鼻尖上，失神地盯着那颗痣。

"丫丫还要再练练体力。"一声轻笑传来，男人的桃花眼潋滟，隐隐地藏着欲望，温热气息洒在她的脸上。

高个鬼的高岭之花！这明明是个吸人精气的男妖精！苏念念碰了碰下嘴唇："你这是要吃人吗？哪有你这么亲的啊？"

裴言卿微怔，伸手，如玉指尖轻碰少女的红唇，被她躲开。

苏念念推开他，下了结论："看来是你的吻技太差了。"

"你说什么？"裴言卿蒙了一瞬。

苏念念走到桌前拆蛋糕，重复一遍："就是你的技术太差了。"

屋内一片安静。苏念念心里直打鼓，想着自己是不是伤了人家的自尊心，下一秒，手腕突然被人攥紧，男人眼眸幽深，鼻息若即若离。

"是，技术太差了。"他嘴唇越靠越近，"还需要苏老师陪我练习。"

苏念念被按在桌上，细白的手腕脱力地攥住男人撑在桌前的手臂，柔软的腰抵在桌上。

她闭着眼，呜咽着求饶："我错了。"

"你没错。"裴言卿抬手抹去她眼边生理性的泪珠，淡淡道，"我要虚心接受意见，积极练习，才能不断进步。"

苏念念搂住他的脖颈："你的技术很好，特别好，我从没遇见过像你这么厉害的。"

男人声音微沉："你的意思是，还有别人？"

察觉到危险，苏念念慌忙否认："只有你。"

裴言卿看起来很愉悦，鼻尖和她的相碰，缓缓吐出四个字："学无止境。"

苏念念忍无可忍："你是变态吗？"

"这话你也跟苏焱骂过我。"裴言卿连眼皮也没抬，"你说是，那就是了吧。"

下一刻，一种失重感传来，她的腰被劲瘦的手臂揽住，她慌乱地抬起腿，环住男人的腰，瞬间便察觉到他僵硬的动作。

"下去。"裴言卿的声音微哑。

苏念念愣住，现在男人都是这么喜怒无常的吗？又让她下去，那腰上箍得那么紧的手臂又是谁的？

她眯了眯眼，眼神挑衅，腿还往上磨了磨，隔着布料都能感觉到男人滚烫的体温，她拖长了语调："我就不下去。"

少女的眼眸漆黑，还含着水光，头上的红色兔耳朵耷拉着，黑发红唇，露出的肌肤白得晃眼，简直是引人犯罪。

裴言卿灼热的掌心不小心碰到她的大腿，滑腻如凝脂，像是被烫着一般，他连忙放下手，喉结滚了滚，声音更加低沉："下去。"

"那你以后别想抱我！"苏念念没好气道，一动腿，倏地感受到什么，瞪大了眼。

下一秒，她连滚带爬地跳出老远。

"你……你……"苏念念满脸通红，极快地瞥过那处，又移开眼，"怎么办？"

"等一会儿就好。"裴言卿的声音微哑。

"我放首大悲咒吧。"苏念念摸出手机，小心翼翼地观察着他的表情，"你静静心。"

裴言卿："……"

过了会儿，苏念念问："你好了吗？"

裴言卿的额角突突直跳，无可奈何地闭上眼："你别说话。"

"那你好了和我说一声，我还订了餐厅。"

裴言卿："……"

苏念念低垂着头，听着耳边的大悲咒，脑瓜子嗡嗡的。

大悲咒放了三分之一，裴言卿深吐口气，揉了揉眉心："关了。"

苏念念默默按了中止键，问道："好了？"

裴言卿并没有回答这个问题，把苏念念头上的兔耳朵拿下来，沉沉的目光打量着她，嘴唇微启："有带衣服吗？"

苏念念点点头："带了。"

"天气冷，换身衣服。"

苏念念看了一眼外面被寒风吹起的树叶，答了声"好"，她转身走出几步，突然回头，抢过裴言卿手上的兔耳朵发箍，直接套在他的头上，又迅速"咔嚓"一下，拍了张照。

裴言卿愣了一秒，立刻去夺手机。

"不给。"苏念念早有准备，看着照片上男人傻里傻气的模样，笑得两眼弯弯，"真可爱！"

裴言卿有点急了，冷硬道："删了。"

"略——"苏念念吐了吐舌头，"不删。你要珍惜，过了今晚，你就又老了一岁，二十七岁了吧？"

"是满二十六岁。"

苏念念轻哼一声："也差不多，一个男人这么计较年龄干什么？"

裴言卿："……"

苏念念不再管他，跑到房间换衣服，换完后给图片加了个少女滤镜，画了两团腮红，悄悄把图片设置成了屏保。

苏念念穿了冲锋衣外套，看着裴言卿穿的同款衣服，她的嘴角微弯："你把蛋糕拎着。"

裴言卿照做。

"都是你打乱了我的计划。"苏念念瞥他一眼，"本来时间是用来吃蛋糕的，结果你都在干什么？"

裴言似笑非笑地看了她一眼："我觉得那比吃蛋糕有意义。"

苏念念："……"

两个人下楼、上车，裴言卿问她："餐厅在哪儿？"

"我看看。"苏念念打开手机，"是新开的一家烤肉店，南山路的，叫'二师兄'。"

"这家店口碑很好？"

苏念念摇摇头："不知道，我听楚宁说，这家店最近在做活动，生日当天多送一盘五花肉。"

裴言卿正在开导航，听到这句话忽然动作顿住，说："我明天生日。"

苏念念猛地反应过来，一拍脑袋，控诉道："那你要赔我五花肉！"

裴言卿："……"

深秋的天黑得尤其早，苏焱站在广场上，天有些冷，他只穿了件单薄的黑夹克，他裹紧外套，看着周围花花绿绿的餐厅招牌，拨通了陆玄的电话。

"你说的那家店叫什么？"

"叫'二师兄'，新开的。"

"行了，我看到了。"

苏焱来到店门口，从外往里看，满满当当都是人。陆玄订的位子在大厅，他请的人不少，一群人挤在一起。看着吵吵嚷嚷的环境，他将手中的礼物盒抛给陆玄，皱眉问："怎么不订个包厢？"

"没订着。"陆玄接过盒子，一耸肩，"里面是有个包厢，但也不知道是哪个土豪，上午交了两倍押金订的，结果到现在还没来。"说完，他还唉叹一声，"比不过啊。"

苏焱瞥了一眼包厢的位置，扯了一下嘴唇："真是钱多没处使，这样你还不如换个地方。"

陆玄摸了摸鼻子，讪讪道："这不是寿星多送一盘五花肉吗？我哪里舍得。"

"行了，行了，人多不热闹嘛。"王晨拉着苏焱坐下，"少爷，您就忍一忍吧。"

其余人也跟着附和："就是，就是，少爷来晚了，怎么也要自罚三杯啊？"

苏焱也没矫情，当先灌了三杯啤酒，"啧"了一声："我现在都快要被裴言卿榨干了。"他摇摇头，"这日子真不是人过的。"

陆玄幸灾乐祸地笑："谁让你是我们的二哥呢？任重道远啊。"

苏焱最烦听到"二哥"这个叫法，推了一把陆玄的脑袋："滚。"

陆玄也给自己倒了杯酒，眉飞色舞道："我们裴老板谈恋爱了，你们知道吗？"

其余人也没多大反应："这不整个附院都知道的事吗？"

苏焱眼皮也没动一下，嗤了声："说实话，这女的真是想不开。"

"不对。"陆玄突然高深莫测地摇了摇头，"最新消息更劲爆些。这裴老板的女朋友，不是上次那个。"

众人沸腾了。

"啊？"

"还好几个呢？"

"男人的榜样。"

掌握一手八卦的陆玄得意地笑了笑："上次送饭的那个最多是追求者，最近出现的那位才是正宫。这正宫，前几个礼拜还在医院，把我们老板按在椅子上亲，被韩护士撞见了。"

有人倒吸一口凉气："这么刺激的？师母是不是风情万种那挂的？"

陆玄眨了一下眼："具体是谁，韩护士为了保护隐私没和我说，但据说是比裴老板小七八岁。"

众人唏嘘一片。

"这十几岁的小姑娘，也风情不起来吧？"

"真看不出来啊，裴老板竟然喜欢清纯的。"有人调笑道。

"说来说去，还是男人。"

苏焱一言不发，只一杯一杯地倒着酒。他的右眼皮不停地跳，心中泛起一股不知名的烦躁，听到他们的话题越来越露骨，他不耐烦地站起身："我去一下厕所。"

苏焱离开后，几个人还在津津有味地讨论，陆玄喝得有点儿大，直到耳边突然出现一道有些熟悉的女声，清脆又干净，此时还带着从未有过的甜美。

"美人，你帮我找找包厢在哪儿，这里人太多了。"

接下来的男声可真是再熟悉不过了，是夜夜作为恐怖素材入梦的那种，此时却温柔得像是变了个人般："慢点儿，别碰着了。"

陆玄都怀疑自己是不是喝多出现幻觉了，他扭过头，眯着眼打量身侧的二人。两个人身上穿着同款运动服，举手投足间自然而然地亲近。他们只顾着找包厢，并没有看到陆玄。

陆玄捂着脸，尽量降低存在感，直到他们走远，才放下手，和桌上的伙伴们面面相觑。

王晨抖着唇："裴……裴……你看到了吗？"

"看到了。"陆玄又灌了杯冷饮，想要清醒一下。

他们的目光一起落在苏焱刚刚坐的位子上。

"他知道吗？"

"估计是不知道。"

苏焱回来的时候，察觉到大家用怪异的目光紧盯着他，他的眉头拧在一起，说："看什么？看我脸上有花？"

见这些人的目光丝毫不知收敛，苏焱一一瞪回去。

陆玄轻咳一声，收回目光，故作轻松道："焱哥，你妹最近怎么样？"

苏焱警告地看他一眼："干什么？我告诉你，想都别想啊。"

陆玄："她这年纪，也该谈恋爱了吧？"

苏焱理所当然道："她没有，我不点头，她也不敢谈。"

桌上一片安静，苏焱觉得奇怪："问这个干什么？"

"要是她背着你偷偷谈了个你不满意的呢？"

苏焱不假思索："打断她的腿。"见陆玄呆住，他又补充道，"打断那个男人的腿。"

隔壁桌人声鼎沸，偏偏这处安静得仿佛不在一个世界。苏焱听见陆玄喊他："焱哥，到目前为止，你这辈子有没有什么过不去的坎？"

虽然是烤肉店，但装修风格很优雅。包厢隔绝了吵闹声，橙黄的灯光落在黑木桌上，有种曲径通幽的氛围感，所以苏念念才斥巨资订下了包厢。她拆开蛋糕盒，数着蜡烛，一根根插在蛋糕上，认真道："我觉得无论多大，过生日都要有种仪式感，一定要吃蛋糕。你是我第二个亲手为他做生日蛋糕的人，有没有觉得很荣幸？"

裴言卿："第一个是谁？"

苏念念讪笑一声："我哥。但他这只狗根本就不爱吃蛋糕，不吃还偏要我做，说是为了吹蜡烛许愿望，讨个吉利。"说完，她深吸一口气，咬牙切齿道，"上次带回去的三个小天鹅蛋糕，他当着我的面抢了两个。"

不知怎的，这次骂完苏焱，苏念念的后背有些发凉。她摇了摇头，说："算了，不提他，有点儿瘆人。"

裴言卿的右手指尖一下下轻敲着黑色桌面，含笑道："我记得，苏焱曾在科室说过他是你最崇拜的人。"

像是听到什么离谱的玩笑一般,苏念念连蜡烛都插歪了:"我最崇拜的人明明是莱利斯!他就这样到处败坏我的名声?"

裴言卿的眼眸微敛,显然放错了重点:"莱利斯是谁?"

"这你就问对人了。"苏念念连蜡烛也不插了,清了清嗓子才说,"芭蕾王子莱利斯,是全世界所有芭蕾舞者最想共舞的人,也是我的男神。"

"哦。"

苏念念握着拳,兴奋道:"要是这次国赛能晋级,说不定我就能在英国见到他。"

"哦。"

饭桌上有了片刻的安静,对面的小姑娘明显兴奋起来,估计满脑子都是那位"王子",裴言卿扯了一下嘴唇:"我记得你暑假,给苏焱做了大半个月的午饭。你们这也算是兄妹情深。"

苏念念轻哼了声:"大概就是这件事给了他什么错觉吧。"

"那你天天跑医院,不为你哥,是为什么?"

"还能为什么?当然是为了见……"话说到一半,苏念念猛地顿住,"我就爱闻医院的消毒水味,一天闻不到就难受,你不服?"

裴言卿好像故意跟她作对:"哦,那我送你几瓶,你可以天天喷在身上。"

苏念念恨恨地插上所有蜡烛,嘟囔:"狗男人。"看着这么多根蜡烛,她又加了句,"还老。"

裴言卿:"……"

点上所有蜡烛,苏念念把包厢里的灯关上,又坐回裴言卿对面,看着烛光映照下男人精致的眉眼,撑着下巴道:"许个愿。"

裴言卿定定地看着她,目光温和,不假思索道:"许好了。"

"这就好了?"苏念念拧眉,不满道,"这么随便?"

裴言卿吹灭蜡烛,轻声说:"目前就这么一个愿望,日夜都想。"

"什么愿望还日夜卡在心里?"苏念念疑惑地看了他一眼,"我能帮你实现吗?"

她对上男人深邃的目光,他的目光停在她脸上几秒,说:"暂时不能。"

苏念念哼了声："那肯定与我无关了。"

就在这时，苏念念的手机响了一声，是苏焱发来的消息。

"在家吗？"

"不在。"

"那在学校？我钥匙没带，等会儿去找你拿。"

苏念念连忙回："也不在！"

不过几秒，那边突然拨了个视频电话过来，苏念念吓得魂都要飞了，连忙挂断。

"苏焱？"裴言卿瞥了一眼苏念念手中亮着的屏幕，了然地笑了一声。

苏念念点头，一脸纠结："竟然还要和我视频！"

裴言卿无奈道："接就是了，我也不会入镜。"

苏念念捂着心口："今天不知道怎么回事，心跳得飞快。"

裴言卿没什么反应，抿了口茶："他总要知道，只不过时间早晚问题。"

"可是。"苏念念慌得不行，"我怕他接受不了，而且，他会不会打你？"

裴言卿的语气依旧没什么波动："我让他打一次。"

那边视频电话又打了过来，苏念念像接了个烫手山芋般，站起身，背对着墙，将手机高高举起，镜头正对着墙面。

这家店的墙纸很有特色，上面还印着敦煌壁画的彩绘，一看就知道是个正经地方。

与此同时，包厢外。

已经快八点半了，走了一部分顾客，清静了不少。

苏焱借口上厕所，站在外面吹着凉风。他今晚喝得有些多，陆玄他们不知道发什么神经，一个个轮着来灌他酒，一边喝，一边还说着"人生很长，没有什么过不去的坎"。

他受不了，再加上心里一阵不知名的烦躁，所以跑了出来，准备查查苏丫丫的岗。

苏焱看着手机屏幕里的画面，一时有些恍惚，他揉了揉眉心，觉得自己是眼花了。他把目光投向店内，不断比对着墙纸，听着苏念念喊他："哥？你在吗？"

苏焱应了一声，语气如往常一般，懒散地问："你在哪儿？"

"我在外面吃饭。"视频里的苏念念笑容乖巧，朝他眨了一下眼，"南山路这边一家新开的烤肉店。"

"和谁？"

"朋友。"

"男的女的？"

"女的。"

苏焱突然笑了一声："行。"

"那你还要来拿钥匙吗？"

"不用拿了。"

说完，苏焱就挂了视频，吸了口冷气，重新转身回了店内。陆玄他们几个只顾着喝酒，锅里的肉都烤焦了，他受不了，拿起夹子帮着烤。

"焱哥一会儿回学校吗？"陆玄问他。

"回家，我在这儿等我妹。"

桌上骤然安静下来，陆玄一口酒差点儿没喷出来："你妹？"

"嗯。"苏焱心情看起来不错，甚至主动将烤完的肉分到了几人盘中，"我等她一起回去。"

陆玄和其余几人面面相觑，最终决定快速结束饭局，这种场面，他们受不住。几人把酒干了，沉默地埋着头吃肉。

苏焱这一通电话打得没头没脑的，但好在只是雷声大雨点小，苏念念一脸轻松地挂了电话。

"苏焱找你有事？"裴言卿已经切了块蛋糕放在她面前，修长的手指握着夹子烤肉。

苏念念放下手机，随口道："没什么事，他估计就是无聊了。"她盯着蛋糕和烤肉，叹了口气，"我闻闻味，看着你吃就好了。"

裴言卿顿住："要控制体重？"

苏念念咬了口生菜，可怜巴巴地点头："最近要比赛，一点儿也不能长胖。"

"嗯。"裴言卿伸手，拿走她面前的蛋糕，慢条斯理道，"那最好还是别看了，视觉刺激味蕾，我怕你忍不住。"

苏念念幽怨地绞着桌布："标准男友根本不是你这样子的。"

"那该是什么样？"

"他会怕我饿着，然后威逼利诱我吃东西。"苏念念盯着他碗里的五花肉，狠狠地咬了口生菜。

"我逼你，你吃吗？"

"那我当然还是要坚持立场。"

裴言卿看了她一眼："那我就不逼你了。"

苏念念看着他慢悠悠吃了口蛋糕，细嚼慢咽，末了，还评价一句："手艺不错。"

苏念念泄愤般将生菜嚼得嘎吱响："我问你，要是我胖了，你是不是就不喜欢我了？"

裴言卿没有回答，只反问了一句："如果是我胖呢？"

"那我当然不喜欢。"苏念念理所当然地道。

裴言卿瞥了她一眼，顿时觉得胃口全无，他放下勺子："故意的？"

苏念念得逞，笑嘻嘻道："所以你也少吃点儿。"

"均衡饮食。"裴言卿撇去蛋糕上的奶油，又将烤好的鸡胸肉放在餐盘里，递过去，"吃一点点。"

苏念念看着餐盘疯狂心动，硬着头皮伸手接下，嘴上还说："我就吃一口。"

裴言卿眼睁睁看着她吃了一口又一口，很快餐盘见底，善解人意地没有出声。

"我真的只想吃一口的。"一不小心吃光后，苏念念懊恼地捂住脑袋，"实在是不小心。"

裴言卿的表情平静："我相信你。"

苏念念推开餐盘，抽出纸巾擦了擦嘴："自律如我。"

鉴于点得不多，蛋糕还可以带走，这餐饭吃得很快。

临走前，苏念念看着盘中刚刚被裴言卿撇下的奶油，动了歪心思。她冲男人勾了勾手："过来。"

裴言卿走近，看着她歪了的领子，低头给她扣拉链。

"今天还有最后一个环节，你知道是什么吗？"苏念念笑得人畜无害。

"什么？"

苏念念手疾眼快地从餐盘上沾了一手的奶油，糊了男人半张脸，趁他发蒙的瞬间，弯腰逃走，边跑边笑："给你化妆。"

说完，她打开门就往外跑，绕过大厅，直接溜到了店门外的广场上，店内只留下一串笑声。

她站在外面，紧紧盯着大门，想着待会儿怎么求个饶。等了半天，也没等到人，她有些心慌。直到被人从身后抱住，她吓得浑身一颤，想要挣脱开，结果下一秒，脸上就被抹了一团奶油。

男人的声音低沉："还玩吗？我这儿还有很多。"

"我错了。"心知时局不利，苏念念软声求饶。

"你从哪儿出来的？"她明明死死地盯着大门。

"后门。"

"失策了……快帮我擦掉，这里这么多人，我不要面子的吗？"

裴言卿笑了一声，将怀中的人转过来，还不忘嘲笑一声："小花猫。"说完，举起手机给她拍了张照。

眼看着小姑娘就要暴起，他将人按住，拿起纸巾一点点擦去她脸上的奶油。

"浑蛋。"直到擦完，苏念念才敢骂一句，"一会儿给我看看拍得怎么样。"

裴言卿倒是心情不错，问："走吗？"

"还要回去的。"苏念念扯了扯他的袖子，"押金可比晚餐贵多了。"

两个人本就离店门口不远，裴言卿拉着她的手往回走。

走到店门口，苏念念推开店门，一抬眼，察觉到一道存在感极强的视线，她扭头看去。

苏焱正面无表情地半倚靠在墙边，目光从上到下地打量着他们，最后停在两个人交握的手上，他的脸色冰冷："解释一下。"

时间像是静止了。

苏念念眼睁睁看着苏焱握在身侧的手，不断攥紧再攥紧，仿佛下一刻就要跳起来打人,她的头皮快要炸开,不受控制地往前迈了一步,挡在裴言卿面前。

人到了一定的危急时刻,很容易破罐子破摔,苏念念对上苏焱压抑的双眼,咽了咽口水:"要不……你喊我一声师母?"

已近晚上十点,店内的顾客几乎都走了,除了没来得及逃遁的陆玄一桌,只传来服务员收拾餐桌的声响。

苏焱气得浑身血液上涌,再加上酒喝得有些多,头晕目眩,勉强扶住桌角,才差点儿没栽下去。这妹妹,不能要了。

见苏焱一副快要休克的模样,裴言卿几步走上前将人托着,同时掐他的人中,皱眉道:"深呼吸。"太窝囊了。

苏焱竖起一根手指,凶狠道:"裴言卿,你等着,等我醒了再跟你算账。"

下一刻,他不做抵抗,任自己晕了过去。

裴言卿:"……"

苏念念吓了一跳,走上前,看了一眼人事不省的苏焱,焦急地问:"我哥怎么了?"

裴言卿将人背起来,淡淡地说:"没大事,酒喝多了。你去退押金,我去车上等你。"

裴言卿这淡定的模样,让苏念念放下心来,拿回押金后,迎面撞上陆玄。她尴尬地冲他点头,陆玄摸了摸后脑勺,欲言又止半晌,突然退后两步,朝她拱了拱手:"这声师母我先叫了,以后裴老板那边还请多多照应。"

上道。

苏念念从善如流地拱了拱手:"小事,小事。"

苏念念打过招呼,正欲离开,陆玄喊住她:"那个,告诉裴老板,小心焱哥。焱哥可能要把他的腿打断。"

苏念念认真地思考了片刻,觉得苏焱吹牛的可能性更大一些。她说:"要不等他醒了再说?"

陆玄:"……"

苏念念到停车场找到裴言卿的车,透过后车窗,她看见了横躺着的苏焱,裴言卿还贴心地给他摆了个很舒服的姿势。

她拉开后座的门，把苏焱的腿放下去，坐了进去："回我家吧。"

裴言卿回头看她："不坐前面？"

"我心虚。"苏念念说。

裴言卿笑了一声，没说什么，伸手挂挡，发动了车。

不知怎的，苏念念看不出他有一点儿慌乱，反而很愉悦？她找了个抱枕垫在苏焱头下，手扶在前排的靠背上，小声问："你不怕吗？"

裴言卿："怕什么？"

苏念念恐吓道："我哥说要把你的腿打断。"

"你舍得吗？"

苏念念噎住，道："他要打，我能怎么办？"

"那我就在医院躺几个月，就当休息了。"裴言卿的眼睛一眨也不眨。

苏念念有些害怕了："你是打不过我哥吗？"

裴言卿扯了一下嘴唇："我站着不动，他才有可能打断我的腿。"

"那你明天避一避风头吧。我哥找不到人，等过段时间就消停了。"

"不用。我的心理素质应该比他好一点儿。"

苏念念："……"

到了家楼下，裴言卿将苏焱从后座拉下，极其轻松地就将人背了下来，苏念念跑到前头，开了门。

"他的房间在二楼。"苏念念看了一眼楼梯，当机立断道，"直接把他放沙发上吧。"

裴言卿显然也没有将人背到楼上的耐心，苏焱被放在了沙发上，难受地皱了皱眉。

苏念念去给苏焱煮了碗醒酒汤，硬生生地将人拍醒："哥，喝点儿汤。"

苏焱醉得真的有些厉害。他睁开眼睛，一向上扬的丹凤眼耷拉下来，直直地盯了苏念念十几秒，幽幽道："我妹没了。"

苏念念："……"

"我妹被猪拱了。"

苏念念下意识地看向坐在侧首的裴言卿，他的表情没什么温度，淡淡瞥了一眼苏焱。

"我有罪。"苏焱看起来很崩溃，一向懒散的声音听起来正经又严肃，"是我没保护好我妹，让裴狗有机可乘。"

苏念念听得眼皮直跳，又看了一眼"裴狗"本人。他看着苏焱，不说话。

"从一开始我就不该让我妹送报告。"苏焱仿佛在念经般忏悔着，"如果时光能够倒流，我宁愿毕不了业。"

裴言卿的表情很认真："那在你心里，什么样的人才配得上丫丫呢？我尽力……"

像是才察觉旁边有人，苏焱猛地偏头，眯着眼睛仔细辨认片刻，眼尾渐渐变得通红。他突然起身，一拳砸了过去，拳头触碰皮肉发出沉闷的声响。

苏焱像是完全失去了理智，揪着他的衣领按在沙发上打："裴言卿，你竟然背着我骗我妹！苏丫丫都喊你叔叔了，你也下得去手！枉你还是我的导师，我今天就是上法制栏目，也要揍得你找不到家。"

裴言卿一下也没还手，目光不闪不避，似乎是感受不到痛，一声未吭。

苏念念看得心惊肉跳，心疼地拉住苏焱："哥，别打了。"

酒精麻痹下的苏焱，比往常冲动得多，他冷笑一声："怎么，你心疼了？"

这件事是自己理亏，势必要承受苏焱一顿火，苏念念一抖机灵："我是心疼你的手。"

苏焱再也不吃这套，嗤了声："一边去。"

苏念念看到裴言卿被打青的眼眶和泛着血丝的嘴角，他皮肤本来就白，看起来更加触目惊心，她再也受不了，拉着苏焱的袖子，软声道："哥，你别打了。"她护到裴言卿面前，咬了咬唇，"你要打，就打我。"

"丫丫，我没事。"裴言卿温柔地将人拉开，语气平静，"他的手劲儿还差点儿。"

苏焱"啧"了一声，一句废话不说，将苏念念拉到一旁，指着楼上："给我上去。"

裴言卿说："丫丫，你上去。一会儿就好了。"

苏念念站在原地踟蹰片刻，可怜巴巴地看着苏焱，却没换得一个眼神，她说："哥，以后你想吃什么，我就做什么，我……"

"你再多说一个字，我多打一下。"

苏念念顿住，不停地跟裴言卿使眼色，想让他走，结果男人只冲她摇了摇头，她只好上了楼。

大厅重回安静，苏焱居高临下地看着男人，他精致的脸上，错落着伤痕。

裴言卿指了指下巴，浅声说："还打吗？"

"呵。"苏焱根本不和他客气，铆足了劲一拳砸过去。

裴言卿闷哼一声，抹去嘴角的血："这次劲大些。"

"为什么不还手？"

要是他还手，苏焱觉得自己还能正儿八经地揍他，可现在这模样，怎么打心里都有一股气出不来。

"因为丫丫。"

苏焱的目光骤冷："你以为你不还手，我就能同意了？"

下一秒，"砰"的一声，一股剧烈的痛感袭来，苏焱被打翻，蒙在原地。他早就知道裴言卿的力气大，没想到这么大，脸直接麻了半边。

裴言卿站起身，活动着指骨："那我就不和你客气了。"他蹲下身，拎起苏焱的衣领，"你了解我的作风，也该知道我对丫丫是认真的。你同不同意，对我没有影响。但为了她开心，我会尽力做到让你开心。"

苏焱气笑了。他怎么没发现，原来这人这么狂呢？

"如果我逼着苏丫丫离开你呢？"

他感觉到衣领被揪紧，裴言卿的眼眸深不见底。他笑了："你不会。"

"为什么？"

"因为你也怕她讨厌你。"

"你还挺自信啊？你凭什么觉得她会因为你讨厌她最崇拜的人？"

"最崇拜？"似乎是想起什么，裴言卿实在没忍住，"你为什么这么自信，以为她最崇拜你？"

"给我送报告，给我做饭，和我一起骂你。"苏焱桩桩件件地数着，"连中秋礼物也专门给我定制。而且，她从小到大，周围的人除了我，还有谁能入得了她的眼？"

苏焱看向裴言卿，不知怎的，从他那仿佛能窥见一切的眸中看到一丝同情，让人极其不适。

裴言卿没说什么，站起身，问道："药箱在哪儿？"

苏焱指向柜子，嘲讽道："这就要上药了？"

裴言卿拿了药箱开始给自己上药，慢悠悠道："毕竟丫丫很喜欢我的脸。"

"呸。"苏焱忍不住，端过醒酒汤一头闷了进去，结果牵动脸上的伤口，疼得要命，他冷冷地说，"上完药你可以走了。"

裴言卿涂完药，收拾好药箱，也没准备再去找苏念念，他不想让她看到自己这副模样。

临走之前，他看了一眼坐在沙发上闭目养神的苏焱，说："你放心，等丫丫愿意了，我就会娶她。"

苏焱倏地睁开眼睛，气得想爆炸："五年之内，不可能！"

"嗯。"裴言卿坦然道，"但还是感谢大舅子承认我们的关系。"

不待苏焱反应，裴言卿关门就走。片刻后，屋内的人才反应过来，里面传来愤怒的拍桌声。

苏念念心神不宁地待在房间里，直到收到裴言卿的消息，表示他没什么事，已经回去了。

苏念念悄悄下了楼，看到半靠在沙发上的合着目的苏焱。他关了灯，窗外隐隐透进来的光亮洒在他的脸上，投射出半边阴影，看起来很疲惫。

苏念念突然有些迈不动步子。她绞着手指，低声喊："哥。"

苏焱张开眼，没说什么，只拍了拍身侧的位置，示意她过来。

苏念念开了灯，看到苏焱不适地眯了眯眼："对不起。"

没听到回应，她又说了句："对不起。"

苏焱的酒醒了大半，火气也冷却了大半："对不起什么？"

"没早点儿告诉你。"苏念念老实说。

"什么时候的事？"

"中秋那天。"

苏焱拧眉思考了片刻，笑出了声："给我去买礼物那晚？"

苏念念不敢吭声。

"很喜欢他？"

苏念念郑重地点头："喜欢。"

"喜欢他什么？"

"都喜欢。"苏念念的声音越来越小。

"分得开吗？"

苏念念一愣，紧张地摩挲指尖："哥，你不会是要棒打鸳鸯吧？"

苏焱还以为自己幻听了，故意说："我就是不让，你想怎么样？"

"那我以后也不让嫂子进门，我们就互相伤害，孤独终老吧。"苏念念瞪他。

不知怎的，苏焱笑了："看来我比他重要。"

"所以哥，你同意了吗？"苏念念小心翼翼地看他。

苏焱不回答，只甩了甩手："把药箱拿来，给我上药。"

苏念念这才注意到他另一侧脸上的红肿："哥，你也受伤了？"

苏焱："嗯，你一走他就打我了。"

"他这么过分的？"苏念念心疼地看着他。

苏焱轻哼一声，没说话。

苏念念上完药，忍不住又问了句："哥，你同意了吗？"

苏焱："你让他喊我声哥，我就考虑一下。"

苏念念："……"

睡前，苏念念躺在床上，给裴言卿回了消息："我哥的意思，好像是同意了。"

那头很淡定："嗯。"

"就是要委屈你，喊他一声哥。"

"让他当面和我说。"

苏念念看到这句话，猛地坐直身子，她头痛地揉了揉头发，为什么你们两个都这么难搞？

"我不管了，你们随意吧。"

次日一大早，裴言卿就接到凌静的电话，让他回鼎尚公馆一趟。

“老三啊，今天妈亲自下厨，给你过生日。”

裴言卿沉吟片刻，回复：“我一会儿就回来。”

“你能把念念带来，让妈妈见见吗？”

裴言卿看了一眼镜子中的自己，当机立断道：“她要训练。”

凌静失望道：“哦，我想起来了，宁宁好像也说要训练。”她叹了口气，“唉，这菜也做了，真是可惜了。”

裴言卿：“……”

裴言卿到达时，发现裴言之一家也在，他一进门，裴恬就跑了过来，正要和往常一样抱他的大腿，在看清楚他的脸后，一下退得老远。

“叔叔，呜呜呜，你怎么变成小猪佩奇了？”

刚刚才摘下口罩的裴言卿：“……”

这个声音当即吸引了屋内其他人的目光。

裴言之视线扫过来，慢悠悠地叹了声：“咦？”

程瑾也吓了一跳：“老三，你这是怎么回事啊？”

在厨房跟着阿姨忙活的凌静听到声响，跑了出来，看到小儿子的模样吓了一跳：“你被谁寻仇了，还是遇到医闹了？”

颜控裴恬已经不敢直视他：“叔叔，你可千万不要被婶婶看到啊。”

被人像观猴一样看着，裴言卿忍无可忍，重新摸出口罩戴上。

在凌静的再三逼问下，他坦白道：“是丫丫的哥哥打的。”

这话一出，凌静像是被点了穴般，心虚得不作声了。

“原来是那个臭叔叔！”裴恬握紧了小拳头。

裴言之笑了一声：“果然禽兽自有人收。”

凌静瞪她一眼，又问裴言卿：“那她哥哥怎么说？打一顿解气了吗？”

“差不多。”裴言卿说。

“那这顿打也值。”凌静满意地拍了拍小儿子的肩，“乖乖儿媳进门，指日可待。”

裴言之淡淡道：“妈，您和爸上次还被老爷子赶出来了，老三也被砸得一头血。您说，这怎么指日可待？”

凌静对裴哲的行事方式实在喜欢不起来，撇了撇嘴：“我把户口本偷出来也要让老三去登记。"

"不行。"裴言卿摇头，"我会让她光明正大地进门。"

裴言之继续泼冷水："人家姑娘什么时候答应嫁给你了？想太多了。"

裴言卿："……"

凌静："……"

第十五章

男友存在感

深夜的寒风吹过，枯黄的枫叶打着旋从枝头飘落而下。

距离比赛只有三天，苏念念独自从练舞教室出来，想着刚刚池尹单独和她说的一段话。

"舞蹈这条路，最难得的是从一而终的初心和热爱，是十年如一日的坚持和毅力，暂时的得失都不重要，无惧挫折、无愧于心就好。我很看好你。"

像是被打了强心剂，苏念念觉得自己像踩在云间，整个人都非常愉快，她踮起脚尖，转着圈圈往前走。

突然，头顶上传来一道沙哑的男声。

"念念。"

苏念念的动作一顿，面无表情地抬眸看去，绕过他就要走。

而这一动作显然激怒了季成星，他瞪着满是血丝的眼吼道："站住！你是不是很得意？"

季成星这段时间都没怎么来上课，苏念念有很久没见过他了，也不知道这段时间他干什么呢。

苏念念点点头："我是挺得意的。"

"你知道裴言卿做了什么吗？"季成星咬着干裂的唇，愤怒道，"他堵了我所有路。在娱乐圈，没有资源，就是死路一条。"

苏念念非常平静："所以呢？"

"我给你最后一次机会，告诉他，让他收手。"

"他的事，我管不着。"苏念念"啧"了一声，"而且，我为什么要帮你？"

季成星眸中的愤怒渐渐冷却，表情变得更加阴沉："我真是可笑，竟然还顾念着旧情，对你有恻隐之心。你会后悔的。"

季成星这状态，像是精神病院刚放出来的病人，又像电视剧里很快就要领盒饭的反派。苏念念没把他当回事，专心准备两天后的国赛。

当晚，苏念念简单收拾了去比赛的行装，临睡前才看到韩蕊给她发来的消息。

韩蕊发了好几张截图，是季成星的官方粉丝群的聊天记录，全是饭圈用语，戾气越来越重，看得人头晕眼花。

刚开始还只是在群里骂，现在这些粉丝已经自发地在微博刷词条＃请资本放过季成星＃。

韩蕊给了解释："最近哥哥的资源很虐，几个大粉坐不住了，联合找了工作室，那边给出的回应我感觉很奇怪，妹妹，不会是因为你吧？"韩蕊大概是怕她误会自己的立场，还在后面补充了句，"别怕，妹妹，我绝不是怪你，况且，你都有我们裴神仙了，也没必要倒贴我哥哥呀。"

苏念念盯着"倒贴"那两个字，一时不知道做什么表情。季成星以为他是502胶水吗？谁都能贴上去。

苏念念这边还在吃力地看粉丝发言，床那边突然动了一下，楚宁扒开床帘："念念，你看到了吗？"

她表情很难看，指了指手机："微博。"

"热度起来了？这么快？"

苏念念正准备点进微博，被楚宁制止。她按住手机："你别看，季成星有病，他的粉丝也有病。"

苏念念移开她的手，淡定道："别怕，我看看细节。"

微博上，词条热度不断上升，甚至直接空降热搜榜第三，很明显有人花了钱。

有一篇粉丝情真意切的声讨小作文，思路严谨，情感到位，将矛头对准了两方，一方批判经纪公司不作为，另一方……

苏念念辨认许久，才意识到文中那个倒贴她家哥哥、炒热度不成反咬一口的圈外十八线，好像是自己。

她在文中代号某S姓金丝雀，A市P家大佬的情人，捆绑季成星炒情侣失败后恼羞成怒，利用潜规则封杀季成星。季成星反倒是将自己择得干干净净。

下面的评论也是多姿多彩。

前排是铁血粉丝控评："舞台上，你是芭蕾王子，全能'爱豆'；荧幕上，你是玉容仙骨，是铁血将军；现如今，星星沉泥，小行星救你出图圈。"

"星星本该闪亮，弟弟放心，这一路有小行星为你披荆斩棘。"

苏念念还是第一次关注粉圈的言论，笑得直抖："她们这是在写歌词吗？"

楚宁本来还担心地绷着脸，听到这话，她戳戳苏念念的额头："你再往下看看，都是骂你的。"

苏念念继续往下翻，才看到有"路人"爆出了她的个人真实信息，连她马上要参加的比赛都了如指掌。好在因为之前苏天泽的强硬手段，她的照片并没有在网上流传。

楚宁紧张地观察着苏念念的表情："你没事吧？"

"平白无故被人骂，还是有点儿事的。"苏念念勉强笑笑。

楚宁冷笑："我是真没想到他是这样的人，竟然还敢跟我说喜欢你。"

"是吗？"苏念念波澜不惊，"那我还挺倒霉的。"

楚宁疑惑道："季成星到底做了什么，才会逼得我小舅舅出手？"

苏念念犹豫了会儿，还是讲了大致经过，但隐瞒了被张临辱骂的那一段。楚宁气得要命，撸着袖子就要向裴言卿告状，被她拦下："别，他明天一早有手术，让他好好休息。"

"那你怎么办嘛？"楚宁急得眉头紧锁。

苏念念看起来无比冷静，低着头缓缓摩挲着手机："我可以明天找我爸爸。"

苏念念本以为这件事影响不了她，但当天夜里，她还是失眠了。她果然高估了自己的心理素质。

睡不着，苏念念鬼使神差地摸出手机，打开微博，点开热搜词条，看到实时更新后，她的瞳孔一缩，猛地坐了起来。

相比粉丝那没什么根据的小作文，这篇爆料显然有人存心操控，而季成星绝对没这个本事。或者说，其真实目的，也只是为了借季成星的热度来炒作这个话题而已。

"S姓金丝雀的最新爆料来了，初中同学笑称其智商不超过五岁。"

后面跟着几张微信聊天记录，头像被打了马赛克。

"她叫苏念念，是我的初中同学！"

"她人怎么样？真是热搜里那样吗？"

"人品不太清楚，反正脑子有点儿问题，都初一了，连加减法都算不来，没想到现在还能和大明星传绯闻。"

"学生证上也没多好看啊，像豆芽菜一样。"

"谁知道呢？可能后来整容了呗。"

苏念念放大一看，还有她初中学生证上的照片，后面还附了参加活动时的集体照。

苏念念没再看帖子，更没有看评论，她慢慢下了床，轻轻地拉开阳台门，走了出去。

她看了一眼时间，快凌晨三点了，晚秋的深夜，仿佛凉到骨子里，一阵冷风吹来，她裹紧了外套。

她举起冰凉的双手，哈了口热气，静静地盯着宛如墨色的夜晚。足足有一刻钟，她才活动了下僵硬的指尖，拨通了一个电话。

响了好久，那头才接起，声音里压抑着被吵醒的不悦："喂？"

苏念念说："爸，我出了点儿事。"

她还算平静地说完了全部。

电话那边久久无言。

"你还记得我和你说过什么吗？"苏天泽的声音很冷，"上次的事情我帮你处理了，这次捅了这么大娄子，你让苏家的脸往哪儿放？"

苏念念握紧了手，黑眸中的忐忑情绪渐渐凝固，最终尽数消融，再无波澜。良久，她淡淡道："爸，我没做错什么。您可以不帮我，但这所谓苏家的脸面，也可以不要？毕竟，明天一早，所有人就都知道了这个品德败坏、智力缺陷的苏念念是您的女儿。"

苏天泽低声斥责道："苏念念！你敢这么和我说话？"

"那您想我怎么和您说话？"苏念念无所谓道，"这件事您看着办吧，反正这些年我都习惯了，只是您习不习惯的问题。"说完，不等那边回应，她直接挂了电话。

她很清楚，苏天泽为了苏家，会使用最强硬的手段回击。她一夜没睡，眼睁睁看着热搜一点点降下去，在太阳升起前，所有帖子都消失得无影无踪。为了不想让楚宁看到自己的疲态，她一个人回了家，头晕眼花地横躺在自己的床上。

苏天泽的强硬反而起了反作用，这个瓜越刨越大。早上七点，再次有人爆料："S姓金丝雀插足豪门联姻，第三者上位成功。"

这次对方显然下了狠手，话题点击量一下破亿。这个热搜一出来，幕后主使是谁，已经显而易见。不是舒瑾就是阮白，或者是她们二人联手，选在比赛前这么一个好时机。

网上的拉锯战看得人心累，苏念念揉着酸涩的眼睛，想了想，还是明天的比赛比较重要，得等她把舒瑾按在地上摩擦了再说。

于是她心安理得地关了手机，一闭眼睛，窝进被子里睡得天昏地暗，浑然不知道外面快要翻了天。

上午十点，裴言卿结束了两个小时的手术，回到办公室，刚拿起手机，就看到上面几十通未接电话。大半是楚宁打来的，还有凌静和裴言悦，便是连裴勋也打了好几个。

就在裴言卿愣神的瞬间，楚宁又打了过来。他刚刚接通，那头就传来带着哭腔的声音："小舅舅，你总算接电话了。"

"怎么了？"裴言卿皱眉。

楚宁快要急疯了："苏丫丫不见了，她在你那儿吗？"

"我在医院，她怎么了？"

楚宁惊了："你不会到现在还什么都不知道吧？她到现在也没联系过你？"

"你说清楚。"

楚宁用最快的语速将所有的事情说了个明白。电话那头越来越沉默，仿佛带着灭顶的压力，她不自觉地放轻了呼吸。

"这些已经是最轻的了，我没想到舒瑾那一伙能这么卑鄙，专门挑现在欺负人，昨晚我都不知道她一个人怎么过的，现在网上全部是骂她的，她人也找不到，也不知道什么时候走的。"楚宁哽咽起来，"我就怕她一个人钻牛角尖，走不出来。小舅舅，昨晚丫丫怕影响你做手术，所以不让我找你。但你怎么能真的什么都不知道，她要是没和你在一起，肯定就没这么多破事了。"

激动之下，楚宁颠三倒四地说了很多连自己也解释不明白的话，直到说完，她才发现这些话有多伤人："对不起，小舅舅。"

良久，那头都没声音，楚宁甚至以为电话挂了。

下一刻，电话里突然传来极其艰涩的声音，像是塞了团棉花，带着从未有过的沮丧："你没说错，是我无用。"

中午十二点，季成星将睡未睡时，被一阵电话铃声惊醒。他近乎彻夜未眠，这会儿被吵醒，一阵烦躁袭上心头，摸出手机刚要挂断，却看到来电显示是方洁，只能无可奈何地按了接通。

他揉着太阳穴问："姐，有什么事？"

"你自己看看，网上发了什么。"方洁的声音很冷漠。

季成星心中骤然升起一股不祥的预感。他拿过身旁的平板，点开微博热搜，全是足以让他被雪藏的黑热搜。

季成星点进词条，呼吸骤停。发帖人竟是张临！张临作为投资人，在圈内名气不小，粉丝都知道他。

"因苏念念女士的个人形象贴合要求，聚星娱乐的季成星再三引荐其为新歌 MV 的女主角，苏念念女士碍于同学情分答应，绝无捆绑他炒热度之意，还请广大粉丝朋友理性看待。"在最后，张临还极力撇清关系，"本次事件与我本人、与张氏没有任何关系。"

季成星眼前一阵阵发黑，口中一直重复着："不可能，明明上午他们还毫无办法，我背后可是有阮家。"

"上午裴家根本没下场！"方洁的声音尖厉，劈头盖脸就是一顿骂，"当初我让你老实点儿，裴家你惹不起，你非要一意孤行，现在我是救不了你了，你自求多福吧。"

"我马上就联系舒瑾，这件事都是她和她表姐一手操纵的，她们肯定有办法的。"季成星的声音有些颤抖。

"你是真蠢还是假蠢？人家只是把你当枪使，都到这种时候了，谁还会管你？"

季成星机械地摇着头，失神道："我不信。"

"这件事还没完，你预计有八位数的违约金要赔。而且，这还是最好的情况，裴家那边要是不松口，后果不堪设想。你想想怎么让裴家、特别是裴言卿放过你。"

挂了电话，季成星的眼睛通红，拨通了舒瑾的电话。

隔了好一会儿，那边才接，她的声音懒散："你打我电话干什么？"

"你看微博了吗？"季成星问，"现在怎么办？"

"什么怎么办？"那边装傻。

季成星握紧手机，低吼："你这是什么意思？当初是你说不会有事。"

舒瑾轻蔑地笑了："对啊，我是不会有事啊。"

季成星霎时明白了什么，表情几经变化："你利用我？"

那头无所谓道："我也不知道裴言卿能这么狠啊。苏念念这个傻子抢我姐的男人，还想和我抢国赛的名额，就要受点儿教训。"

季成星的胸腔像是要爆炸："你不怕我把你供出来吗？"

舒瑾笑嘻嘻道："你以为他们猜不出来吗？但我就是做了，这就是我和你的不同，懂了吗？"

说完，那边就挂了电话，季成星目眦欲裂，一脚踹翻了茶几，蜷在地上懊恼地抓着头发。

阮家。

阮白坐于桌前画画。舒瑾靠在软椅上，全身无比放松："出了这种事，我看苏念念这次考试基本是废了，我肯定能晋级。"

阮白笑了笑："裴言卿不正急着帮她翻盘吗？"

"我的本意也只是想让她心态崩掉。"舒瑾打开手机，懒洋洋地翻着手机，"名声都这么臭了，估计明天连上场也不敢了吧。"她得意地看着微博，

"让我给你读读昨晚那些骂她的评论，可真是解气……"

舒瑾的话没说完，视线骤然顿住，她难以置信地看着最新的热搜，半晌也吐不出一个字

"君泽董事长认领儿媳妇！"这个话题后面，跟着个"爆"。

君泽集团在网民心目中常常和低调奢华挂钩。低调是大家只知道他家开酒店，并不知道君泽集团的业务范围之广；至于奢华，每到慈善晚宴，君泽集团的捐款数目都令人咋舌。

董事长裴勋往常半年也不见得发一条微博，更学不会紧跟时事，像是落后于时代的老古董。就在一小时前，裴勋冷不丁发了条微博："针对网上的不实言论，我澄清一下。念念是我们家的准儿媳，我家老三千辛万苦才追上的，至于破坏联姻，从来没有的事。再有诽谤者，律师函警告。"

裴勋的粉丝不多，还顺便给自己买了个热搜。网友一时还以为裴勋被盗号了，前排满满的问号，到后头，网友们才慢慢意识到，这好像是真的。

于是，本年度最好笑的笑话，"她倒贴我"登上了话题榜。

季成星的粉丝想维护他，但完全打不过看热闹的网友，很快湮没在跳动的评论区中。同时，一条评论慢慢被顶上了前排："那个，我曾在君泽酒店当过服务员，有幸见过三少一面，那才是真的人间绝色。"

还真有人上传了张很糊的图，男人穿着长款风衣，站在金碧辉煌的酒店长廊上，身姿挺拔优雅，露出的小半边脸精致如玉，通身矜贵。

舒瑾气得面色扭曲。她看向阮白："姐，裴家刚刚发微博公开承认了苏念念。"

阮白手上的动作一顿，墨滴在宣纸上晕染了荷花，一幅刚画好的画就这么毁掉了。

舒瑾说："昨晚的热搜被苏天泽压下来了。不然大家都知道她是小傻子多好。"

阮白嘴角一弯："是啊，多好。不过裴家肯定都知道了，不知道他们家老爷子如果知道了，会不会再气得进医院。"

苏念念这一觉睡得极其安稳，连梦也没做。她睁开眼睛，看见飘窗上的

窗帘被风吹起，外面天色昏暗，一时分不清今夕何夕。

苏念念又伸了个懒腰，撑起身，懒洋洋地抬眸，突然瞥到床边一抹黑影。尖叫到了喉咙，又被硬生生咽了回去。看清来人，她愣在原处和他大眼瞪小眼。

"醒了？"男人的声音清冷。

半晌，苏念念憋出一句："你怎么来了？"

裴言卿靠坐在床边木椅上，衬衫领口解开两颗，姿态很放松，黑色眼眸紧盯着她。苏念念被看得后背发凉："你怎么了？"

裴言卿没有回答，站起来两步走到床边坐下，朝苏念念倾过身体，他步步紧逼，带来巨大的压迫感，将人逼至床头。她退无可退，只是睁着无辜的眼眸看着他。

不知怎的，她觉得裴言卿生气了，还是很难哄好的那种。她眼睁睁看着男人的脸凑近，漂亮的唇线抿得平直，黑眸深若寒潭，带着从未有过的冷淡。

"苏念念。"

苏念念："到……"

"我是谁？"他修长的指尖抬起她的下巴，微凉的体温透过皮肤直凉到她的心底。

"裴言卿。"苏念念观察着男人的锋利的眉目，又试探着补充，"医生。"

"神仙。"

"美人。"

见裴言卿的脸色越来越差，苏念念再也不敢开玩笑，白皙手臂环住他的脖颈，嗓音清甜："那你说是谁，就是谁。"

裴言卿的面色总算有了丝波动，目光慢悠悠落在女孩儿殷红的唇瓣上："是要长点记性。"

下一秒，所有言语淹没在唇齿间，苏念念只来得及呜咽一声，随即便被压在床上，手腕无力地挂在男人肩上。

苏念念觉得裴言卿受的刺激可能有点儿大，又或是他本来就是这么凶残。吻仿若疾风骤雨，细细密密地将人包围，仿佛要烙印进灵魂。她满面通红，偏偏躺在下面，连地理位置也极其劣势，只能无助地任其索取。

良久，裴言卿微微退开些许，如玉的指尖轻抚少女泛红的唇瓣，眼眸幽深："我来告诉你我是谁。"他缓慢道，"我是你的男人。"

苏念念到现在都不明白他到底怎么了，根本不敢吱声。

"昨晚的事，你是怎么做的？"

苏念念不敢看他，长睫微颤，声音越来越低："你今天早上要手术，所以……"

"那我在你眼里，到底是什么？"裴言卿的声音冷沉，自嘲地扯了扯嘴角，"所有事情，我都是最后一个才知道。你对我又有几分信任？"

苏念念的心一跳，连忙否认："不是的。"

"我是……"她卡住，是什么？

顶着男人晦暗不明的目光，苏念念轻声说："这些事情都不太好。我不想让你知道，也不想让你麻烦。"

话一出口，苏念念就知道糟了，连忙抬眸看裴言卿，只能看见他下颌绷紧，紧紧抿唇，似是极力压抑着情绪。

沉默良久，裴言卿轻笑一声，黑眸直视苏念念："晚了。全网都已经知道你是裴家的人了。以后你的事，第一个知道的，也只能是我。"

苏念念瞪大了眼睛，一把摸出手机："什么啊？你干了什么？"

她指尖微颤地点开热搜，看完了裴勋发的微博，脸上满是难以置信的表情："有你们这样的？"

裴言卿一言不发，目光落在下面的评论上，他的脸色微变，一把抽过手机："别看了，这一切我会处理。"

苏念念耿耿于怀道："我也没同意嫁给你啊，哪有你们这样的？"

裴言卿的目光落在她的红唇上，突然笑了一声，俯下身还欲亲吻："来不及了，怎么办？"

就在这时，房门被一把推开，王阿姨的声音传来："念念，阿姨听到你的声音了，是醒了吗……"

话未说完，王阿姨"哎哟"一声，僵在原地。过了片刻，她放下手里的粥，睁大眼睛，四处环顾，总算找了个趁手的鸡毛掸子："你真是好大胆子，竟然登门耍流氓！"

"没有。"裴言卿面色一僵，下意识地站起身。

王阿姨看见苏念念满面红晕，气愤道："我呸，你敢说你什么都没做？我一进来，你都要……"

裴言卿额角直跳，揉了揉眉心："苏焱没和您说我和丫丫是什么关系吗？"

"哼。"王阿姨嗤了声，"未经承认的不稳定情侣关系。"

"噗！"见裴言卿吃瘪，苏念念笑了。

王阿姨重新端起刚煮的八宝粥递给苏念念："天凉了，丫丫喝一点儿粥，你哥一会儿就回来了。"

"嗯。"苏念念点头。

看着小姑娘状态还不错，裴言卿稍放下心，低声说："那我先走了。"

苏念念动作一顿，哼了一声："你走吧。"

"很快我就回来陪你。"

"谁要你陪。"

王阿姨见不得这么漂亮的闺女被臭男人盯上，一把将人送出门："走吧，走吧。"

裴言卿："……"

一碗粥快要喝完的时候，房门被人敲响，苏念念抬眼看见苏焱走进来，又低下头。

"苏丫丫，你真是不得了了啊。"苏焱坐在裴言卿刚刚坐过的木椅上，"全世界都在找你，你一个人跑家里睡觉？出这么大的事，你怎么不找我？"

苏念念老实道歉："对不起，哥。"

苏焱翻出手机："你知不知道，你这睡一觉，就成了人家的准儿媳了？我怎么早没发现，他们家人这么不要脸的？"

一旁的王阿姨听得云里雾里，插了句嘴："刚刚来的那个还对丫丫耍流氓呢，还好被我抓住了。"

苏念念的心"咯噔"一下，心虚地看向苏焱。

果然，苏焱脸色很难看："你们到哪一步了？"

苏念念连忙摇手："没到哪一步，什么都没有，就随便亲了一下。"

苏焱提高了声音："亲了？！这还叫什么都没有？"

苏念念连忙岔开话题："我其实没什么事，爸不也在帮忙处理吗？"

苏焱皮笑肉不笑道："老头子说这次背后的人绝不止那个小明星，上午要不是裴家发声，还真很难搞。所以，还有谁？"

苏念念说："我猜是裴言卿那个所谓的联姻对象，还有她表妹。"

苏焱按了按指骨，站起身："我知道了。你继续睡吧，哥还有事，先走了。"

临行前，他又跟王阿姨说："以后，那人要再和苏丫丫单独相处，你看着点儿。"

王阿姨郑重点头："那必须的。"

从中午到下午，季成星都宛如行尸走肉般，不知道自己是怎么过的，楼起楼落，俱在顷刻之间。

直到接到一个电话，那头男声沙哑，说是要和他做个交易。

"下午四点，君泽酒店 0615 包厢，你应该懂得是谁要见你了吧？"

季成星的心陡然一沉，握紧了手机："请问，找我干什么？"

电话里的人笑了笑："这我就不知道。来不来，看你自己。"

季成星失神良久，最终戴上口罩和鸭舌帽，只身前往了君泽酒店。他明白这一趟的必要性。去，可能有事；但不去，一定有事。

等待季成星的时候，苏焱抱臂靠在墙边，看着端坐在沙发上的裴言卿，闲闲道："真没想到啊，裴老板这是教我做坏事？"

裴言卿淡淡地瞥他一眼，没说话。

苏焱笑了一声，突然觉得这样的裴言卿尤其新奇，本来清高到不食人间烟火的他因为某个人屡屡失控，做尽一切俗事。但想到这个人是他妹，他的笑容又收了回去。

门口传来叩门声，江进得体地将人引进包厢。

季成星深呼吸，步入包厢，听着身后"啪嗒"的锁门声，他的心头涌上一股惊慌，环顾四周，目光最终落在沙发上的男人身上。

不得不说，上天真是偏心，几乎给了他最好的一切。男人只是静静坐着，却带来灭顶的压迫感。

季成星勉强保持镇定，刚想要说话，突然被人从身后一脚踹翻在地。

相比裴言卿，苏焱可没这么多的耐心，拽起季成星的衣领，一拳砸在他脸上。他痛叫一声，捂住鼻子。

苏焱甩了一下手："尿货，你爷爷可没用力，怎么鼻子就歪了？"他轻啧一声，"是假体啊。这脸可真脆。"

下一拳捶在腹部，季成星毫无还手之力，躺在地上任他打，狼狈至极。

裴言卿淡淡地看着，连眼也没眨一下。

苏焱嘲讽道："真没劲，就你这样，我妹都能一脚踹翻你。我长这么大，就没见过你这么不要脸的，我妹的眼睛再瞎，也不可能看上你。"

季成星不还嘴，也不敢还。他捂着脸，缓缓坐起身，破罐子破摔道："你们找我来的目的只是为了侮辱我？"

"啧。这就侮辱了？要不要我给你拍个视频发到网上？"

季成星的面色更加惨白，不说话了。他看了一眼坐在沙发上一直没说话的男人，高高在上，仿佛自己只是一粒尘埃。

"有想过自己会落到如今的境况吗？"男人低声问。

季成星警惕地看着他。

"被人利用的感觉不太好吧？我可以给你个机会，做成了，这件事就此揭过；没做成，八位数违约金变九位数也未可知。"

舒瑾第五次挂断季成星的电话后，第六次很快打来。她烦躁地看向阮白："姐，该怎么办？这人一直骚扰我。"

阮白喝了口茶，沉吟片刻："你接，别把人逼急了，像疯狗一样反咬就不好了。"

舒瑾无可奈何地接通电话，不耐烦地说："你到底想怎么样？"

不过片刻，舒瑾握着手机的手微微颤抖，她低声道："我会来的。"

挂断电话后，舒瑾看向阮白："姐，他威胁我，让我现在去见他。要是不去，他就闹自杀上新闻曝光我们。"

阮白皱眉："还真是条疯狗。那你就去见他，看看他到底要做什么，能用钱打发，就用钱打发了吧。"

季成星约定的地点就在君泽酒店。舒瑾有些心虚，快步走进去，只想快点儿了事。

季成星戴着口罩和帽子，只露出一双眼睛。

"你有什么要求，尽快提。"舒瑾拿出一张支票，填好金额放到季成星面前，"先说好，我只能给你这个数。"

季成星瞥了一眼支票，讥笑一声："你打发叫花子呢？我买营销号发通告黑苏念念的钱都不止这么多了。"

舒瑾冷冷道："我劝你见好就收，趁我现在还有些耐心。"

季成星慢悠悠地拿过支票，看到舒瑾眸中的不屑，突然问："你知道你为什么一直跳不过苏念念吗？因为你的心思太脏了。"

舒瑾脸色一黑："闭嘴。"

季成星说："这次国赛晋级，有她就一定没你。"

舒瑾神情剧变："不可能！我做了这么多，就是为了让她翻不了身。"

"翻不了身？"

"我放的料，足以让她没脸上台，她凭什么和我争晋级名额？"

季成星又问道："她真的抢你表姐的未婚夫？"

舒瑾一耸肩："假的啊，但在我眼里她就是第三者，就因为她，我表姐嫁进裴家的事黄了。"

季成星的眸色晦暗："你做这些，不怕遭报应吗？"

舒瑾满不在乎道："我和你们这些人能一样吗？你们不过是被牵着鼻子走的小丑罢了。"

"很好。"季成星露出一抹微妙的笑容。

舒瑾到现在也没明白他喊她出来的原因，以为他只是为了要钱，于是翻了个白眼，不屑道："我要走了，和你说话真是浪费我的时间。"

他冷冷地看着她离开的背影，说："你自求多福吧。"

季成星来到另一个包厢，将录音笔放在桌上，裴言卿打开录音笔，包厢内响起两个人的对话。

听到最后，苏焱看向裴言卿："你打算怎么办？"

傍晚，一段录音空降微博热搜，发帖人季成星自带热度，很快就有了几个亿的阅读量。

季成星："在这里，我想向苏念念女士郑重道歉。我做错了很多事，也受到了应有的惩罚。不管她接不接受，我都想表达自己的歉意。此事其实另有他人指使，录音为证。"

但他的这一通道歉，并没有得到网友的同情，录音也彻底挑起了网友们的愤怒。

"说到底，你季成星道歉不过是因为惹不起。"

"所以录音里这个女的是谁？优越感溢出屏幕了……"

很快，舒瑾的身份被曝光，背后的舒家和阮家露出水面。一时间，网络上掀起一片抵制的声浪。

就在网友们忙着骂人时，裴勋的微博下迎来这样一条回复。

苏天泽："请裴董说清楚，我女儿什么时候成你儿媳妇了？我同意了吗？"

区别于裴勋，苏天泽作为老牌电器生产商的董事长，名声在外。苏天泽的作风比较高调，常常参加颁奖典礼、访谈节目、高校演讲等活动，关注度一直居高不下。他的回复很快被顶到了前排。

凌静作为裴勋微博的幕后操控者，和裴言悦合计一番，最终决定将不要脸进行到底："苏董，都是一家人，和气生财。"

阮军狠狠地将手中的文件夹砸到舒成的脸上，斥责道："都是你那个草包女儿干的好事！事情闹这么大，我怎么收场？"阮军深吸一口气，额角青筋直跳，"现在网上一片抵制，再加上裴家施压，好几个投资商撤资，你知道光这一会儿，我损失了多少钱吗？"

舒成瑟缩着，垮着脸道："大舅子，看在小玉的面子上，您消消气吧！"

阮军怒气冲冲地看向他，吼道："我最后悔的就是把小玉嫁给你！你说说这些年，你做出了什么成绩？养出的女儿这么不知天高地厚。"

舒成不敢吭声，毕竟舒氏实业是完全背靠阮氏的资源和声望才走到如今。

"那我们现在怎么办啊？"舒成低声问。

阮军面色阴沉："你等我打个电话。"

舒成大气不敢出，看着阮军拨通一个号码，一秒内变了脸："裴兄，没打扰到你吧？"

他隐隐听到电话那头不咸不淡的男声："阮董客气了，不该打扰也打扰了。"

碰了个软钉子，阮军的面色变了变，笑着说："最近发生的事，实在是家中小辈不懂事，给裴兄带来了困扰，我在这儿给你道个歉，今后我一定严加管教她们。"

裴勖淡淡道："管教？怎么管教？"

"我让阮白和舒瑾去给那个小姑娘道个歉。"

裴勖笑了声："光道歉就行了吗？且不说你们给君泽造成的损失，只说人家小姑娘刚成年，你们就这么污蔑她这件事，这是诽谤，是犯法，这是道歉能解决的吗？"

阮军连忙点头："裴兄说的是，这次是要让她们长个记性，您说怎么处理？"

裴勖说："请她们公开自己做过的事情，检讨自己的错误，并向我们念念道歉。"

阮军面色僵硬："裴兄，她们都是女孩子家，这种事……"

"我们念念不是女孩子吗？她们既然做了，就要为其付出应有的代价。"

阮军沉吟片刻，声音冷了些："裴兄，我们认识这么久，非要因为这件事闹不愉快吗？"

"阮董不答应，那我也没什么好说的，我们的友好关系只建立在互相尊重的基础上，阮董的态度让我怀疑继续和阮氏合作的可行性。我想其余合作方知道阮董的行事态度后，应该也会重新定位整个阮氏。"

阮军的脸色越来越差："裴董是在威胁我？"

"阮董言重了，我不过是在阐述事实罢了。"

阮军额角隐隐冒出青筋，最终，他沉沉地呼出一口气："这件事是我们的责任，我会依照裴兄的意思，转告两个小辈。"

挂掉电话后，阮军揉着眉心，极冷的目光从舒成的面上扫过，一把将桌上的文件扫到地上，烦躁地指着门："滚！"

阮军这么不留情面，舒成的脸色也不太好看，但也不敢出声，压着步子离开。

舒成刚走，阮军的手机就响了，他沉着脸，接了电话。

电话里传来阮白焦急的嗓音："爸，阿瑾不见了，电话也打不通。怎么办啊？是不是裴言卿蓄意报复……"

阮军怒吼道："我管她是死是活？要我说，裴言卿把她剐了我都懒得管。你要不是我的女儿，我现在就让你滚出阮家！"

阮白吓得面色苍白："爸，我错了，您就帮我们这一次，我再也不敢了。"

"我帮不了你。"阮军的声音毫无温度，"裴勋都逼到我面前来了，要你们全网道歉。"

阮白的瞳孔震颤："不行，这样我的脸往哪搁？爸，我会活不下去的。"

"我会把你送出国。你就待在国外，能不回来，就不要回来了。"

苏焱走后，苏念念又沉沉地睡了过去。这段时间过得太辛苦，宛如一根紧紧绷着的弦，一放松，才发现自己已经耗光了力气。

她再次醒来时，屋内一片漆黑，她愣愣地靠在床头，有种被全世界抛弃的感觉。裴言卿说好的马上回来呢？这就是马上？他就是这样对她的？

一时之间，所有的委屈堆积，她的眼泪涌上来，哗哗地往下流，怎么都止不住。

苏念念觉得自己是全世界最悲惨的人。

她重新躲进被窝，还放了首"网抑云"悲伤神曲，气氛一烘托，她哭得更大声了。

大概是哭得太投入，苏念念并没有听见门外的脚步声，依旧沉浸在悲伤氛围中难以自拔。苏焱一推开门，就听见鬼哭狼嚎般的声音，大为震撼："苏丫丫，你哭丧呢？"

身后的人影比他更快步进入房间，当着他的面，将床上的人抱起来，手指轻柔地拂去她的眼泪，低声哄："怎么哭了？"

骤然被抱住，苏念念愣愣地看了裴言卿半响，才反应过来，委屈找到了宣泄口，她一把勾住男人的脖子，抽噎着："你明明说马上就回来，可我醒来天都这么黑了，你还没回来。你骗我。男人都是骗子。"

裴言卿将人搂在怀里，安抚地揉着她的长发："我不走了，我就在这陪着你。"

苏焱牙齿都要被酸掉了，实在看不下去，用力敲了一下门，冷嗤一声："你想得美。"看着他们还没有松开的迹象，他扯了扯唇，"你们能不能注意点儿影响？"

裴言卿眼皮都没抬一下："这种时候，聪明人应该懂得避嫌。"

苏焱："……"

他捋了一把头发，在原地打了个转，最终冷着脸，"砰"的一声关上门。

屋内安静下来，苏念念后知后觉地发现自己有些矫情，讪讪地推了推男人的胸膛："好了，松开我吧。"

裴言卿没放，只抽了张纸巾，一下下擦着女孩儿脸上的泪痕："我很开心。我希望，不论发生什么事，不论有什么情绪，你都能像现在这样对我毫无保留。"他低头，极其珍重地吻她的额头，"让我有点儿作为你男朋友的存在感。"

苏念念有些害羞，半晌才低低地"嗯"了一声。

两个人没说几句话，门外突然传来"砰砰"的敲门声，苏焱不耐烦的声音传来："说完了吧？出来吃饭，饭都要凉了！"

裴言卿几不可见地皱了一下眉："饿了吗？"

苏念念点头。

"那我们下去吃饭。"

结果，到了楼下，苏念念看见王阿姨在淘米，她诧异地问："饭呢？"

王阿姨笑道："还没煮呢。"

苏念念："……"

她叉着腰，瞪着苏焱："这就是你说的饭快凉了？"

苏焱一脸理直气壮："孤男寡女待在楼上，像什么样子？"

裴言卿坐在沙发上，冷冷地看着苏焱的后脑勺，扯了一下嘴唇，没说话，屋内气氛还算不错，但就在此时，玄关处突然传来一声响，下一刻，大门被打开。

苏念念的心一跳，下意识地扭头，和来人对视两秒，然后仓皇地垂下眼睫，半晌，她低声喊："爸。"

屋内只有电视机的声响，即便是向来话多的苏焱一时也不知道说些什么。

最先反应过来的是裴言卿。他从容地站起身，伸手朝苏天泽问好："叔叔，您好，我是裴言卿。"

苏天泽没有说话，只缓缓放下公文包，以审视的目光上下打量着面前的人，裴言卿并没有逃避他的眼神，最终，他伸出手，皮笑肉不笑道："久仰。"

裴言卿面不改色，温声道："叔叔客气了。"

苏天泽不欲再和他打哑谜，目光落在沙发上发呆的一双儿女身上："我今晚回来，主要是为了处理家事，麻烦裴先生回避一下。"

裴言卿的眸色微沉，看向苏念念，只见她朝他点点头。

"那我先走了。"裴言卿从沙发上拿过外套，安抚性地揉了揉小姑娘的头发，在她耳畔低声说，"有事全部推给我。"

苏念念心里有些酸，没说话，轻轻捏住他的衣角，又放开。

裴言卿说完，又和苏焱对了一下目光，朝苏天泽轻轻颔首后，关门离开。

苏天泽在客厅里来回踱步，脸绷得像一块铁板，屋内安静得仿佛空气都凝固了。

还是苏焱打破了宁静，他摸了摸鼻子，说："爸，您要说话就说话，瞪人干什么？您的眼睛又不大。"

苏天泽怒目瞪过去，厉声道："闭嘴。"

苏焱："您话还不让人说了？"

苏天泽连一个眼神也懒得给他："你上去。"

苏焱盯着不知所云的电视剧，胡乱编了个理由："这电视还挺好看的。您怎么能让我看一半就走呢？苏丫丫，是吧？你说老头过不过分？"

苏念念的手指捏着膝上的抱枕，一抬眸，正对上苏天泽深幽的眼睛，她定定地看着他："过分。"

苏天泽的脸色越来越黑。苏焱一向油嘴滑舌的，可苏念念从来不会忤逆他。想到这儿，他心中越发不舒服。他不再理苏焱，坐到沙发一侧，对她道："你应该知道我很忙，非常忙。"

苏念念低头，没有说话。倒是苏焱突然嗤了一声，察觉到苏天泽冷冷的目光，他淡定地指了指前方："我看电视呢。"

苏天泽没理他，继续说："我昨晚一夜没睡，一大早就从 S 市赶过来。"说到这里，他的表情变冷，"我希望你能明白，我的时间很宝贵。"他接过王阿姨递过来的茶，喝了口，"再者，你和裴家那小子的事，我不看好，最好能及时止损。"

别的苏念念都毫无反应，听到最后一句，她倏地抬起眼："为什么？"

苏天泽见她的反应这么大，还跟自己顶嘴，一时间脸色更差："为什么？这次因为他，惹了这么大的麻烦，还不能让你清醒吗？你现在才多大，他多大了？你现在最应该做的就是好好跳舞。早早和他在一起结婚生子，在裴家老爷子面前唯唯诺诺，我苏天泽的女儿就这点儿追求吗？"

苏念念咬着唇，道："我有好好在跳舞，我也知道自己在干什么，而且，他很尊重我，你说的情况不会出现。"

苏天泽冷笑，不置可否："苏家和裴家一直没有生意往来，和裴家联姻，对苏家的助益不大。"

这话一落，苏焱"啪啪"鼓起了掌，指着电视，笑着说："这部剧真是精彩，主角这前面一大段话说得冠冕堂皇，连我都要信了。"

自己这个儿子从小就是刺头，常常和他对着干，他忍无可忍："苏焱！滚上去！"

苏焱脸上的笑意褪去，插着兜站起身，冷冰冰地道："怎么了？评论一下电视剧也不行？"

苏念念一把拉住他："哥，你别冲动。"

看到苏念念的举动，苏天泽的脸色缓和了些，以为她听进去了自己的话："你现在主要任务就是好好跳舞，以后我会在 S 市给你找一个门当户对的年轻人，不会比裴家这个差。"

"您就直言想找一个稳定的合作伙伴不好吗？"苏念念扯了一下嘴唇。

"你什么意思？"苏天泽的眸色微沉。

苏念念平静道："和您唱反调的意思。"

苏天泽猛地放下茶盏，冷笑道："翅膀硬了？你还记得你姓什么吗？"

这句话一出口，苏念念像是被点着了某种情绪，抬高声音："你以为我想姓苏吗？我早就受够了！你这么嫌弃我，怎么不早点儿把我赶出门？正好，趁现在，赶紧把我扫出门，这样您金光闪闪的人生履历上就再也没有我这个污点。"

"还反了不成？"苏天泽的胸膛剧烈起伏，手已经抬在半空中，触及苏念念坚定的眼神，又猛地顿住。

苏焱一把将苏念念拉到身后，满身戾气："你还想打她？"

苏天泽懊恼地收回手，揉了揉眉心，他再次抬眼看向苏念念，想从她的眸中窥出些什么，但没有，她的眼睛里没有愤怒，也没有失望。

明明之前不是这样的。这个女儿从小就听话，他一年回家次数不多，但在这为数不多的记忆里，总有她的身影。

她小一点儿的时候，他只要回去，小脑袋马上就会从房门中探出来，甜甜地喊他，还喜欢黏人地坐在他身旁。大一点儿了，她总笑眯眯地说她喜欢做饭，每次回家，他总能看见一桌子菜。但不知道从什么时候开始，她找他的次数越来越少了，高考后，她回 S 市的次数更是屈指可数。

苏天泽起先也没把这种小事放在心上，却在昨天得知她背着他谈恋爱后，心中涌上从未有过的烦躁，他看到裴勋的微博，甚至觉得他是在耀武扬威。

他将苏念念改变的原因全部归结于裴言卿，下意识就是反对，因此难以控制自己的情绪。

屋内一片沉默。苏天泽看着一双儿女疏离冷淡的眼神，不知名的情绪翻滚在心头，极为头疼。他纵横商场多年，从未面临过如此棘手的境况。

良久，苏焱拉着苏念念走向饭桌，让她先吃饭，又走到苏天泽跟前，说："聊聊？"

苏焱懒散地靠在书房的藤椅上，把玩着收藏的航模，他瞟了一眼沉默着的苏天泽："怎么？憋大招呢？"

苏天泽拿起桌上的书扔过去："你能不能有点儿正形？"

"啧。"苏焱冷淡地扯了一下嘴角，"我可不是苏丫丫，能因为你一句话改变自己。"

苏天泽的脸色一僵。

"不过这丫头最近长进不少。"苏焱冷眼看向苏天泽，"我就喜欢看她顶撞你的模样。"苏焱细细观察着他的表情，"而且，人的感情一旦被消磨殆尽，基本就再难回头，我想这些年，苏丫丫对您的耐心，也耗得差不多了。"

苏天泽握紧了拳头，怒道："你这个不肖子，你以为念念和你一样？"

"她这次肯定不会听你的。"想起苏念念对裴言卿的紧张程度，苏焱冷冷地笑了一声，"我的建议是，趁着她还没完全对你失望，还愿喊你一声爸，不要干涉她。不然你以后肯定会后悔。"

"我是她的父亲，她还能为了那小子跟我造反不成？"

苏焱冷冷道："为什么不会？你作为父亲，只会享受她对你的好，你有哪一点够格？"

苏天泽的脸色变了又变，几次欲言又止，脸色越来越黑。

"你不能给的，裴言卿都能给。"说完，苏焱慢悠悠地站起身，"您再好好想想，现在同意，还能和裴家叫叫板，不同意可就是把苏丫丫往裴家塞。"

苏念念小口吃着饭，时不时看一眼楼上。她不知道苏焱会和苏天泽说什么，也不后悔自己刚刚的口不择言，甚至在说完后，心里一阵暗爽。就像丢掉一个自以为很重要的包袱，丢完后，以为会失落，实际上只有轻松。

不一会儿，苏焱独自下来吃饭。

苏念念问了苏焱好几次他们聊了什么，但他什么都不肯说，还故意卖关子："你会感谢我的。"

当晚苏天泽没有再下楼。

第二天，苏念念六点起床，背着包，在客厅看见了苏天泽。他看起来很疲惫，眼下一片乌青。两个人对视了几秒，都没有说话。

苏念念僵硬地捏住书包带，低头看着脚尖，正准备出门，就听苏天泽说："你今天比赛，我和司机送你去。"

苏念念说："我现在去学校化妆，而且，他过来接我。"

苏天泽面色顿了顿："正好，那我跟你们一起去。"

苏念念有些不情愿地"嗯"了一声。

两个人一出门，就被外面的冷空气刺激得一激灵，苏天泽低头看了一眼苏念念，见她只套了一件单薄的外衫，僵硬地问："你冷吗？"

"不冷。"苏念念摇头，但细听声音都在发抖。

苏天泽不知道该说什么，看着她小跑到车前，早有人等候在车内，皱着眉下车，将手中的外套套在她身上，裹得紧紧的。而他的女儿，乖巧地站在原地看着男人，眉眼里是他很久没有见过的光彩。

男人抬头望过来，苏天泽的目光和他的对上，不知为什么，他心中发堵，连忙移开了视线。

裴言卿看见苏天泽也没有丝毫意外，开了车门："叔叔，请。"

苏天泽上下打量他一眼，几不可见地皱了一下眉。作为男人，裴言卿虽气质极好，但长相实在过于清秀。

众多情绪萦绕在心中，苏天泽一时间不知道说什么好，只轻轻颔首，坐上了车。

他往里坐了些，等苏念念上来，结果她把门一关，自然地坐上了副驾驶座，还顺手从位置上拿过早餐，皱着眉抱怨："怎么又是牛奶？不想喝。"

"必须喝一点儿。"裴言卿盯着她，又从袋中拿出另一块三明治递给苏天泽。

苏天泽的动作微顿，还是接过说了声"谢谢"。

苏念念问裴言卿："你吃过了吗？"

裴言卿点了点头，苏念念将吐司掰了一半直接喂到他唇边，故作凶狠道："吃过还得吃。"

裴言卿了然地笑了一下，就着她的手咬了一口："遵命。"

苏天泽坐在后面，看着两个人自然而然的亲昵，脸色发黑，心里更堵。他自然猜到裴言卿没有吃，他的女儿也知道，然后用她一贯的周全懂事对他好。

苏天泽确实挑不出这个男人任何一丝毛病。他能在冷天的清晨，准备好一切等在门口，这样一个堪称天之骄子的少爷，正面不改色地喝完苏念念剩下的牛奶。苏天泽甚至恶劣地想让他出问题，这样自己可以找到足够的理由反对。

车平稳地行驶着，苏天泽疲惫地揉了揉眉心。昨晚他近乎一夜没睡，眉心突突直跳，一向被工作充斥的脑海一幕幕放映着这些年来他以为快要忘记的场景。

他和宋紫因为她吵架，一推开门，幼小的她就扒在门边，眼中尽是无措；家中换了好几批用人，她拉着苏焱的衣角，一脸茫然地看着他们；每逢过年过节，一向热闹的客厅极少看见她的身影……

苏天泽心里骤然涌上一股后怕，背后嗖嗖冒着凉气。

接下来的路程，没人说话，到了 A 舞后，有专门的老师准备造型和妆发，苏念念跟他们招招手就离开了。

苏念念赶到指定的化妆间时，离约定时间只差五分钟。池尹看她进来，指了指位置："快点儿。"又问，"舒瑾怎么还没到？"

没人回答。

五个人里，有两个是高年级的，和她本就不熟，而楚宁更是连听到这名字都反胃，最后只有苏念念回答："我不知道。"

"电话也打不通。"池尹深深吐了口气，压抑着火气，"我看她也不必来了。"

话音刚落，门口传来凌乱的脚步声。苏念念偏头看去，目光微顿。舒瑾的脸色蜡黄，眼下一片青黑，唇色也苍白得近乎透明，身上的衣服皱巴巴的，头发也很凌乱。

池尹抱臂看着她，眉头紧紧蹙起："你昨晚干什么去了？就这状态，你不用上台我就知道结果了。"

舒瑾定定地看着她，双眼通红："你胡说！我既然来了，就肯定能拿第一！"

她低下头，一闭眼，脑中又是网上那些闲言碎语，如同一把犀利的剑，直刺进血肉里。不过是一群穷酸又妒忌的"键盘侠"罢了！她一定要拿第一，然后狠狠打他们的脸！

虽然舒瑾的气焰很嚣张，但从进门，舒瑾的眼神就没放在她身上一秒，似乎是在刻意回避。她径直坐下，口中喃喃自语："我一定要拿第一，我一定要拿第一，没人比我强。"

她对苏念念的恨已经深入骨髓，都是苏念念毁了她的一切，她一定要拿第一。

不方便说话，苏念念给楚宁发了消息："舒瑾的状态大概是心态崩了，网上那些评论也确实太难听了。"

楚宁冷哼了一声，说："心理素质不够好。早知今日，何必当初，季成星和舒瑾狗咬狗，真是活该啊。"

苏念念叹了口气，说："网上那些评论也确实太难听了。"

楚宁发过去了一个"猫猫发火"的表情包，又说："你快别说了，苏丫丫，你多心疼心疼自己好不好？她污蔑造谣你，就要承担责任，我都想揍她，忍了很久了！"

苏念念连忙给她发了十个"亲亲"安抚她："我们宁宝最乖了！"

比赛地点在大剧院，裴言悦一口气订了一整排，是全场除了评委外最好的位子。

裴言卿到的时候，裴言悦冲他不停地招手："过来，在这儿。"

顷刻间，他愣在原地，因为他发现，这一整排已经快被坐满，除了裴哲，几乎是全员出动。凌静的脖子上挂着个单反，旁边的裴恬头上戴着一个星星发箍，头顶上"婶婶加油"四个大字闪闪发光。

裴恬旁边坐着一个十岁左右的小少年，少年面颊白如玉，丹凤眼懒洋洋地耷拉着，头上戴着和裴恬一样的发箍。

裴言卿定睛一看，才发现是陆家的小少爷陆池舟，他坐到裴恬旁边，故意逗她："'小竹马'都带来了？"

裴恬笑眯眯地挥舞着手中的荧光棒，理所当然道："我一个人戴不了两个呀，正好缺个头。"

陆池舟："……"

距离比赛还有半小时，观众席已经座无虚席。

"还好票我抢得早。"裴言悦环视一圈，得意地挑了一下眉，"余票秒没，现在黄牛那边票价翻了十倍。"

凌静竖起大拇指："不愧是我闺女，做事靠谱。"

"昨天主办方还打电话过来，说有人出十倍价格订我一个座位。正好我们这排还有个位子，有冤大头愿意买单，我就答应了，我们的票都由他买单了。"

裴恬听见，指向裴言卿旁边唯一的空位，问："姑姑，冤大头的位子是在小舅舅旁边吗？"

话音刚落，头顶就传来一道男声："请问五排一座，是这儿吗？"

苏天泽拧着眉，拿着秘书刚给的票，走到空位，裴言卿一怔，随即站起身，朝他轻轻颔首："是这里，叔叔，您请坐。"

直到这时，苏天泽才看清空位旁边的人，面色一僵，淡淡地应了一声："哦。"

将苏念念送走后，苏天泽就称有事，两个人分道扬镳，结果又在这里碰见。两个人都极其默契地保持沉默。

"小叔叔，婶婶什么时候出来呀？"裴恬喊他，声音清脆。

"第八个。"旁边的陆池舟扫了一眼节目单，小声道。

裴恬："我是问我叔叔，你是我叔叔吗？"

陆池舟哼了一声，抿唇不再说话。

结果裴言卿没应，倒是吸引了旁边那个冤大头，苏天泽抬眼看过去，目光落在她头上的发箍上，然后他接连看到了凌静和裴勋。此时裴勋也看过来，两个人的目光对了个正着。

裴勋反应极快，连忙起身，隔着几个人伸出手："幸会，苏董。"

苏天泽的表情凝固两秒，但教养使然，他不得不伸出手，不咸不淡道："幸会。"

旁边的凌静又惊又喜，连忙朝苏天泽招了招手："亲家，真巧啊！"

苏天泽虽极力保持礼貌，但这句"亲家"还是差点儿让他破功。小的已经喊婶婶，大的直接叫亲家。谁是她亲家？他闺女的比赛，裴家拖家带口、整整齐齐看比赛，苏念念到底是谁的家人？

苏天泽的表情变幻莫测，最终勉强地对凌静笑了笑，他松了松领口，实在是后悔订了这个位子。

苏天泽的到来，让裴家人瞬间变得安静，所有人不约而同地摸出手机。

凌静："这冤大头，是亲家。"

裴言悦："妈，您喊那一声'亲家'，人家脸都绿了。"

凌静："亲家是不是不满意老三？裴言卿，你是不是哪里得罪人家了？"

裴言卿："没有。"

裴言之："莫名其妙就成了人家亲家了，谁能开心？"

裴言悦："也是，要是哪家的老男人把宁宁骗走了，还叫我亲家，我没当场把人轰走就不错了。"

凌静："……"

就在这时，比赛开始了。巨大的帷幕被拉开，台上灯光闪耀，极具视觉美感。这是苏天泽第一次来现场看苏念念的比赛，他心中涌起从未有过的情绪。

他突然问身旁的男人："你看过念念的舞台吗？"

"看过。"裴言卿点头，又补充，"她的每一场，我都不想错过。"

苏天泽顿住良久，嗓音沉沉："可这是我第一次看。"

裴言卿的表情怔住，苏念念从没和他提过，到目前为止，他对她的家庭所有的了解都来自苏焱。从苏焱的讲述中，不难猜出他们的相处状态。

半晌，裴言卿语气肯定地说："今天您会为她骄傲的。"

在后台等待的期间，苏念念眼睛一眨不眨地看着电视，本次比赛是直播的。屏幕左下角的弹幕疯狂地跳动着，大部分是由热搜引过来的网友。

此时，三号选手表演完，轮到舒瑾，她这天多上了好几层粉，堪堪挡住蜡黄的脸色，表情也有点儿古怪，带着些奇异的兴奋，但能看出她整个人都紧绷着。

弹幕跳动着，铺天盖地的恶意。

苏念念安静地看着，作为曾经的受害者，面对现在倒戈的局面，心中并没有半分喜悦。

网络暴力如同雪崩的雪花，所过之处寸草不生。哪怕对方罪大恶极，随便中伤他人也终究是不可取的行为。

舒瑾这次选的曲目是《天鹅湖》里白天鹅独舞的一段，她跳得并不好。苏念念猜测，她是受刺激了，尽管她尽全力地表现，但整个人就像一只紧绷的弓，做出的动作非常僵硬。

楚宁一边看弹幕解气，一边道："她这是在自暴自弃吗？"

池尹的表情也很难看，最终实在看不下去，转过身。

临场发挥本就会随着情绪的波动而变化，状态好时，全身的肌肉血液仿佛都能融进舞蹈；状态不对，再用心也是徒劳。

最后一个大跳，舒瑾没站稳，直接跪倒在地上。比赛的过程中失误受伤并不稀奇，她很快便被人扶了下去。

评论区一片嘲讽，苏念念安静地看着，心中并不痛快。她拿起遥控关掉了弹幕，对着即将上场的楚宁说："加油，想和你一起晋级。"

楚宁很清楚自己的水平，根本没有任何压力，她耸耸肩："我清楚自己的水平，能跳完就好了。"

看着楚宁潇洒的背影，苏念念突然有些羡慕。她是不含任何杂念地喜欢舞蹈。跳舞很重要，但也只是生活的一小部分，是让她快乐的爱好。

苏念念想，大概也只有裴言悦那样洒脱的母亲，以及家人的全力支持，才能让楚宁始终保持这份初心。而自己，终究是俗人，甚至在某些方面和舒瑾一样，热爱里掺杂了功利的因素。

楚宁跳得很轻松。她选的片段难度不大，动作如行云流水，至少唬住了网友，弹幕里一片赞叹的声音。

很快轮到苏念念。她站起身，默默在心中倒数着时间。音乐轻响，练习时已经在耳边过了无数遍的节拍，敲击着耳膜。她拂去所有杂念，缓缓闭上眼，等待着帷幕拉开。

皎白的光线从头顶倾泻而下，巨大的舞台上，身姿窈窕的少女面容精致，姿态优美，仿若八音盒里翩然起舞的芭比娃娃。随着音乐推进，少女足尖轻点，轻盈宛若羽毛，仿佛踏在了观众的心尖上，每一帧截下来，都是一幅绝佳的画面。

评论区全部是对苏念念的"花式赞美"。

"这气质、这美貌值，这种仙女是真实存在的？"

"这个动作好美，大家难道没有发现，这支舞的难度特别大吗？"

"聪明人已经开始喊老婆了。"

"虽然我是外行人，但我还是想说，第一名不是小仙女，我会伤心！"

"……"

音乐结束，苏念念行了个标准的致敬礼，台下掌声轰鸣。

她走下舞台，看到池尹冲她点点头："不错，正常水平。"

苏念念的眼睛一亮。这是她第一次听到池尹对她说不错。

她平复着呼吸，刚刚坐下，不远处来了个人凑在池尹耳边说了句话："舒瑾的伤势挺严重，脚踝脱臼，小腿骨折。"

当天中午，微博空降一条仙女跳舞的热搜，是所有参赛者的精彩片段，评论高达好几万，一瞬间将大众对芭蕾舞的关注度拉到了顶峰。

但此时，舒瑾拖着打了石膏的腿躺在病床上，时不时往门口张望一眼，焦急地等待着家人，恨不得立即向他们诉说委屈。

舒瑾从下午等到晚上，迷迷糊糊地快要睡着的时候，病房门被推开，她惊喜地睁开眼，看到阮白，委屈一下涌上心头，抹了一把眼睛，说："姐！你总算来了……你知道今天比赛最后的结果吗？"

阮白并没有任何反应，目光冷淡，看不出一丝亲热。

"姐？"舒瑾试探性地又喊了一声。

下一秒，阮白手上的包砸到桌子上，冷冷地吐出两个字："蠢货。"

舒瑾被骂蒙了，失魂落魄地问："怎么了？"

阮白不答，脸色阴沉沉的。

舒瑾咬了咬唇："你知道我昨天受了多少苦吗？他们骂我，都骂我！"

"那是你活该！"阮白咬牙切齿地说，"季成星那么明显的套，你还傻乎乎地往里钻，还胡言乱语，录音被放到全网，你不倒霉谁倒霉？"阮白的胸膛剧烈地起伏着，"我们全家都被你拖累了，你知道吗？"

舒瑾失神良久，脑子像是停止了转动。她擦了一下快要落下的眼泪："那我能怎么办呢？"

她扑到阮白身上："姐，求求你，让舅舅救我，我怎么办啊？"

"闯出这么大的祸，我爸怎么救你？"阮白紧紧握着拳，额头上青筋暴起，"你连累到我了，你知道吗？！裴家放了话，让我们全网公开道歉。"

"他们欺人太甚！"舒瑾瞪大了眼睛，"不可能，我不可能道歉的，苏念念凭什么？！"

阮白勉强克制住情绪，嘴角扯出一抹冷漠的弧度："我管不了你了，我爸以后也不会管你们。反正他们也不知道我的模样，而且不出意外，我以后都不会再回来。"

"你什么意思？"

"让你自求多福的意思。"

阮白说完，戴上墨镜，拎起包转身离开了。舒瑾反应了半天，才明白阮白的意思。她揪紧了被单，死死地盯着阮白，似乎要将阮白的背影盯出一个洞。她从没想过，自己一贯依赖的表姐，骨子里竟然是这样冰冷自私。

除了因为舒家需要依附阮家生活外，舒瑾认为自己待阮白是存在两分真心的。这次整苏念念的原因，除了想让她比赛失利，更多还是因为阮白和她的纠葛。这一切的谋划，大多出自阮白之手，事到如今，阮白却想全身而退。

病房内重归安静。直到阮白的身影彻底消失不见，舒瑾才缓缓收回晦暗不明的视线。

第十七章

无赖也爱你

下午。国际芭蕾的官方微博公布了本次比赛的晋级名单。

该比赛含金量极高，所有省份的佼佼者一起竞争国际比赛的八个名额。就这八个名额，还分为少年组和成人组，成人女子组参赛者几十人，晋级者只有两个。网友们很快就在名单里找到了苏念念的名字。

"念念仙女晋级了，裴三夺妻之仇，不共戴天！"

"……"

裴言卿看到这条评论时，凉凉地扯起嘴角。

比赛结束后，裴言卿给苏念念发了消息，说好在剧院门口等她。裴勋不咸不淡地站在一旁，裴言悦和凌静满脸笑容地和苏天泽套近乎，隔着远远的距离都能听到"亲家"两个字。

裴言之的车开过来，程瑾在车里隔着车窗冲裴恬招招手："恬恬，你是跟着奶奶，还是先和我们回去？"说完，她的目光又看向陆池舟，"小几何呢？"

有热闹哪有不看之理，裴恬毫不犹豫道："我跟着奶奶！"说完，她推了推陆池舟，"他回去。"

裴恬拉着他就往裴言之车上塞，关门前，还没心没肺地取下他头上的发箍："谢谢你的头啦。"

陆池舟看着她乐颠颠地关了门就走，抿唇，丹凤眼里一片哀怨。程瑾笑看陆池舟一眼，揉揉他的头发："这丫头疯疯癫癫的，小几何是哥哥，别跟她一般见识。"

"阿姨喊我的名字吧。"经常被喊小名，陆池舟脸颊泛起薄红。

程瑾不以为意，笑眯眯道："小几何多好听啊，一听就觉得有学问。"

陆池舟："……"

这边，苏天泽觉得自己所有教养都要在这天消耗殆尽，裴勋自己不出声，默许夫人和女儿过来，糖衣炮弹一样，左一个亲家，右一句苏董。

凌静挎着包，笑容得体又客气："亲家啊，今天这么个大好日子，丫丫晋级了，我们碰巧见了面，择日不如撞日，大家一起吃个饭共同庆祝一下，多好的事啊。"

"就是啊，苏董，所谓有缘千里来相会，我们这还不是一般的缘分，好不容易聚在一起，不吃个饭怎么过得去？"

正所谓伸手不打笑脸人，苏天泽皮笑肉不笑地客气推拒着，心中早已经怨气冲天。纵横生意场这么多年，他从没见过，这么……这么难缠的人。话说得好听，不过一餐饭的事，这饭一吃，那还得了？不真成亲家见面了？

苏天泽打着太极："多谢裴夫人和裴小姐的盛情相邀。"他看了一眼手表，"实在是有要事在身，改日，改日再约。"

这时候，剧院门口出现两道窈窕的身影，是换了衣服的苏念念和楚宁，长腿踩着阶梯，一步步往下迈。哪怕在熙攘的人群中，二人依旧是亮丽的风景线，一举一动都引人注目。

苏天泽的目光凝在自己女儿身上，那边似有感应一般，也看了过来。视线在空中交汇，不过片刻，他的手指不由自主地捏紧，先移开了视线。

正巧有电话打来，秘书要汇报工作，似乎是突然找到了落荒而逃的理由，苏天泽低声说："我马上回去。"挂了电话，他抱歉一笑，"真的有事，先走一步。"

说完，苏天泽再次看向不远处的苏念念，停顿了几秒，仓皇地转身离开。

苏念念也收回视线，低头看着脚尖。

楚宁还以为她是看到了自家人而局促，安慰说："别怕，我家人你不都见过吗？他们都很喜欢你的。"

苏念念低声"嗯"了一声，听不出情绪。

楚宁还以为她紧张，拉着她就往前走："放心，你就是一句话不说，我外婆和我妈也能从天侃到地，再加上一个裴恬，闹哄哄的，吵得要命。我们全家最闷的闷葫芦你都拿下了，还怕他们？”

　　感觉到楚宁的好意，苏念念回神，压下别的情绪，小声问："他们是在等我吗？我今天什么都没准备。"

　　楚宁拉着苏念念走快了些："你还用准备什么？人来了就行了。"

　　楚宁说得不错，苏念念刚刚走近，就感受到了裴家人超乎寻常的热情。裴言卿刚想上前牵住她，凌静和裴恬早已先一步一左一右牵住她的手，他难以置信地愣在原地，最终只能跟在三个人后面。

　　凌静之前只见过苏念念一面，那回还是陪着裴哲相看阮白，只记得是个漂亮得令人印象深刻的小姑娘。现在近距离一看，更是连眼睛也挪不开。

　　小姑娘还有些腼腆，笑着喊了她一声"阿姨"，又喊裴勋"叔叔"。

　　"哎！"凌静连连应声，怕把人吓着，她忍了忍，还是没让人立刻喊妈。裴勋也微笑点头。

　　苏念念的目光落在裴言悦脸上时，停顿了几秒。她想起自己之前叫裴言悦阿姨，现在……纠结片刻，她还是喊了声"姐姐"。

　　裴言悦："哎。"

　　楚宁的额角直抽，和裴言悦说："我也喊你姐吧。"

　　裴言悦伸手戳她的额头："你想造反？"

　　这时候，两辆车开过来，一辆是裴勋的，一辆是裴言悦的，几人准备上车。站在最角落的裴言卿见状，目光微凝，正想上前拉住小姑娘的手，就听凌静说："对了，念念啊，今天我准备了好多好吃的，来我家吃饭好不好？"

　　苏念念有些犹豫，想看看裴言卿的意思，但凌静根本不给她这个机会："来，来，来，上车，上车。"凌静拉着她不愿撒手，直接冲裴勋道，"你去坐老三的车吧，念念和我坐。"

　　裴言卿的眉心一跳，刚想开口，小姑娘连头也没回，跟着凌静就上了车。裴恬怜悯地看了他一眼，偷笑着跟着爬上了车。

　　楚宁和裴言悦二话不说，早已经上了自家车。

　　两辆车飞驰而去，只余裴言卿和裴勋二人在原地两两相望。

　　原本苏念念还担心自己跟凌静上车会冷场，谁知完全不会。凌静加裴恬，一左一右，车里就没有超过一秒的安静。

凌静照顾她的想法，从舞蹈说到 S 市的风土人情，声音好听又柔和。凌静问什么她答什么，她迟钝到上了饭桌，发现满桌都是自己喜欢的口味时，才后知后觉地发现自己的习惯和口味全被人摸了个底朝天。

晚饭地点在鼎尚公馆。裴家人除了裴哲在老宅，其余人陆续到达。

凌静进了厨房，跟着用人一起忙活。这么多人，似乎是生怕她局促，全部坐在客厅里陪着她。

"听宁宁说你喜欢吃小天鹅蛋糕。"裴言悦拿着满满一袋蛋糕，"我刚才特地和她一起去买的。"

"谢谢姐。"苏念念连连点头，额头冒汗。

这还是第一次见，供不应求的小天鹅，被人成袋买、成袋送。

懒洋洋地躺在她身边玩手机的楚宁瞥她一眼："谢什么谢，你以前偷吃我蛋糕的时候，和我说一句谢了？"

苏念念："……"

大概是裴言悦的行为刺激到了程瑾，她一把拉过裴恬，小声低语："你婶婶还喜欢什么，我让你爸去买。"

裴恬淡定地看她一眼，老神在在地道："不用买。"

程瑾捏捏她的鼻尖："小没良心的，你婶婶还教过你跳芭蕾，再说你姑姑都出手了，我们家总不能一点儿表示都没有吧？"

裴恬翻了下身，从自家老爸兜里摸出皮夹，抽出一张卡："聪明人都直接送钱。"

程瑾接过卡，重重地点头，狠狠地亲了裴恬一口："真是妈妈的小甜心。"

她越过裴恬，和裴言之合计片刻。

"这张卡我打算送给念念，里面有钱吗？"

裴言之盯着卡，辨认了好几秒，表情有些茫然："我也忘了有多少。"

"你怎么这么不靠谱？"程瑾瞪他一眼，又重新打开皮夹，从里面抽出好几张，"哪个有钱？"

"都有。"

"最少的大概是多少？"

"两百万元吧。"

程瑾随意抽出两张："那我就放心了。"

苏念念靠着楚宁，看她打游戏，时不时看一眼门边，裴言卿还没到。等回过神，她就看见程瑾笑眯眯地朝她走近，两枚重型炸弹被强塞到手中，她看着两张卡，吓了一跳，连忙就要塞回去。

程瑾按住她的手，霸气侧漏："收着。今天来得匆忙，什么都没准备，这是一点儿零花钱。"

苏念念目瞪口呆地看着两张卡，要不是她知道这种金卡普通人根本申请不到，她就信了这是一点儿"零花钱"。

救命！她推又推不掉，求救般看着裴恬，结果这小人精正闭着眼睛假寐，感受到她的呼唤，还懒懒地翻了个身。

苏念念轻声喊："楚宁。"

楚宁塞紧了耳机，眼皮也不掀："打游戏，听不见。"

苏念念："……"

就在这时，玄关处传来动静，有用人迎上前帮忙拿包："裴董，三少。"

像是找到救星一般，苏念念幽幽地盯着刚进门的裴言卿，冲他无声地喊："救命。"

她指望着裴言卿能站出来，替她拒绝这一片盛情，树立起她不卑不亢、不为钱财折腰的高大形象。结果下一刻，他走近，弯唇道："我替丫丫谢谢大嫂。"

苏念念："……"

事已至此，再拒绝就有些矫情，她只好朝程瑾点点头，真诚道谢。程瑾微笑着点点头，心情舒畅地坐了回去。

而楚宁盯着头顶如有实质的视线，默默翻了个白眼，不情不愿地往旁边挪了挪，让裴言卿顺利地挤在了苏念念旁边。

微凉的掌心包住她的手，他低声在她耳畔说："收着。"

苏念念悄悄瞪他，动了动手，结果被得寸进尺地十指相扣，他从她手心里抽出两张卡，放进她的外套口袋里。

这么多人坐在这里，苏念念不太好意思，想抽回手，结果被男人肆无忌惮地紧紧扣住，手心相贴的地方滚烫。

"你离远些。"苏念念的脸有些热，此地无银三百两地偏过头。

她这么局促的模样很少见，裴言卿的眸中笑意一闪而过，看着她泛着红的白皙耳珠，起了坏心，他凑近她的耳畔，鼻息拂过，唇瓣若即若离地触碰她的耳郭："就不。"

苏念念一个激灵，轻声骂他："无赖。"

裴言卿低笑了一下，桃花眼潋滟生波，他捏她的耳垂："无赖也喜欢你。"

苏念念快要炸了，这老男人绝对是故意的。

她心虚地移开视线，环视四周，见包括裴勋在内的所有人都不约而同地盯着电视看。

什么电视这么好看？她下意识地瞄了一眼，嘴角抽了抽。原来是裴恬最爱看的小猪佩奇。

苏念念愣了一秒，很快从用人满脸"我嗑到了"的笑容里发现了蛛丝马迹。

简直无脸见人！苏念念的脸上越来越红，用力掐了下男人的手心，在他松开手的瞬间，坐到老远。

她从桌上拿起水杯喝了口茶，装作若无其事地向程瑾笑笑。裴恬托着腮，笑眯眯地看着她："婶婶，小猪佩奇很好看的，大家都爱看。"

苏念念装作听不懂的样子，勉强地说："嗯，真好看。"

总算到饭点了，凌静喊了一声"开饭啦"，然后直奔苏念念而来，拉着她的手就往饭桌上引："丫丫，来，和我坐一起。"

苏念念乖巧地坐下，右手边是凌静，她看着左手边的空位，触及裴言卿悠悠的视线，她二话不说，把旁边的裴恬抱了上来。

完美，这样狗男人就黏不过来了。

谁知裴恬失去了一贯的善解人意，冲苏念念眨了一下眼，无辜道："婶婶，我怕叔叔给我买作业。"说完，她跳下位子，坐到了对面。

苏念念："……"

小叛徒！

裴言卿自然又顺理成章地凑到了她的身边。随即她眼角的余光看到几个用人目光交流，满脸"我又嗑到了"的笑容。好在饭桌上他还比较收敛，除了时不时地给她夹菜，没有其余的举动。

凌静更是恨不得将所有菜都夹给她："丫丫啊，你这么瘦，可心疼死我了，一定要多吃点儿啊。"说着，给她夹了块大排骨。

苏念念晚餐一贯吃得少，正纠结着怎么委婉拒绝，裴言卿拿碗接过排骨："妈，我爱吃，给我，她小鸟胃。"

"噗。"楚宁笑出声来。

家教使然，裴家人吃饭很安静，一顿饭的时间不长。吃完饭，裴言卿便说要带着她出去走走。所有人默契地不说话，关门的用人笑容灿烂，不用想，可能又嗑到了吧。

和繁华喧嚷的市区比起来，别墅区环境清幽开阔，来来往往的人也不多。

苏念念一出门，就狠狠掐了一下裴言卿："我这么视金钱为粪土的一个人，怎么可以收那么贵重的卡？"

裴言卿任她撒脾气，漫不经心道："一点儿见面礼而已。"

苏念念咽了咽口水："你们就不怕我是骗子，拿了钱就跑了？"

夜色下的树影婆娑，两个人的背影紧紧靠在一起。苏念念盯着影子走神，手被裴言卿牵住，面对着面，对上他含笑的黑眸。

"骗钱的同时，顺便把我也带着。"裴言卿专注地看着她，"骗钱送人，这不更划算一点儿？"

"钱可比你有用。"苏念念缩了缩脖子，用衣领挡住弯起的嘴角，"有了钱，我可以找很多漂亮男孩子。"

裴言卿的目光深邃，一动不动地盯着她，带着些危险。

苏念念往后退了两步，下一秒，被男人逼到路边的巨大的梧桐树下，她靠着树干，干巴巴道："我只是想想而已。"

"你还真想过？"裴言卿不满地扯了一下唇。

她讪讪一笑："也只能想想，我又没做。"

"想都别想。"裴言卿冷声道。

他紧紧扣住她的手，渐渐靠近。

苏念念意识到什么，紧张地瞄了一眼周围环境："你要注意场合。"

裴言卿笑了："那我们快点儿？"

"昨天不是亲过吗？"

"昨天也吃饭了。"

"你是接吻狂魔吗？"

裴言卿盯着她的唇，想起网上一片嗷嗷叫"老婆"的，轻笑了一声："我家丫丫魅力太大了。"

他心里涌出强烈的、这么多年来从未有过的独占欲，恨不得向全世界宣告，她只能是他的。

所以他想在这里吻她。

这种想法病态又阴暗，却带来最刺激的兴奋。裴言卿开始觉得，做个禽兽也挺好的。他抚着少女的脸，声音沙哑："你要是再长快些就好了。"

苏念念有些愣怔地对上男人的目光，看着他眸中深不可测的情绪，心尖微颤。到这一刻，她才隐约意识到，他隐藏在矜贵外表下的危险。

他会酸、会嫉妒、会生气，而这些情绪，日益明显到难以隐藏。而这些，全部是因为她，就好像他彻底臣服于她。

苏念念感受着自己逐渐变快的心跳。男人的脸逐渐凑近，她不再躲避，感受着下巴被抬起，呼吸缠在一起。

一道汽车鸣笛声响起，远光灯照在他们身上，苏念念眯起眼，有些羞涩地推开裴言卿，可他的动作不停，根本不管后面的车。

原以为是过路车，可车竟然在公路上停了下来，一个女人从车上下来。苏念念看清楚来人，脸瞬间发烫："阮白，是阮白！"

裴言卿眉眼间隐隐掩着不耐烦，在她的唇上停留一瞬，随即退开，目光淡淡地看向来人。

想着刚刚刺眼的一幕，阮白阴阳怪气地道："好巧啊，这里也能碰到，这光天化日的，打扰二位雅兴了。"

"不巧。"裴言卿看了一眼表，"距飞机起飞的时间还有一小时，你要加快速度了。"

苏念念疑惑地看了他一眼。

"你……"阮白默了默，冷笑着说，"真是难为你们裴家这么针对阮氏，和我家交恶，杀敌一千，自损八百，值得吗？"

裴言卿连眼皮也没掀，拉住苏念念转身就走："你还是好好想想，道歉信该怎么写吧。"说完，他又补充了一句，"毕竟还有半小时，找代写也要点儿时间。"

阮白气得眼圈通红，看着两个人离开的背影，咬牙跺了跺脚。

直到走出好远，苏念念才一把抽出手，抱着臂幽幽地看着他："你到底干了什么？什么道歉信？怎么还逼得阮白出走？"她越想越气，"你还说我不信任你，你做这些，告诉过我了吗？"

裴言卿看着她绷着的脸，表情空白了两秒，想去拉她的手，却被甩开。

"其实我没做什么。"裴言卿答。

他看起来很老实。当然，只是看起来而已。苏念念恨恨地推了他一下："事情都让你做完了，好吗？"

裴言卿正色道："有些热搜是叔叔压的。"

也就那个说她智商有问题的，被苏天泽全部压下去了。一股心酸涌上心头，她沉默了半晌，整理好情绪，又问："这个对你家有影响吗？"

裴言卿试探着重新拉住她的手，漫不经心地说："影响不大，阮家早就不是最佳的选择，现在也算是及时止损。"

苏念念低垂下眼："不许骗我，我会找人问的。"

"哪敢。"

二人重新回到家，屋内热热闹闹的，凌静开了桌麻将，凌静、程瑾、裴言悦和楚宁爸爸楚莫四个人打麻将。楚宁坐在一边，拿着手机打游戏。裴言之陪着裴恬坐在沙发上看电视，看见二人，"啧"了一声："还舍得回来？"

凌静刚输了一局，长长地叹了口气，看到裴言卿，忙冲他招手："过来。"

苏念念好奇地跟过去，发现凌静的情况不太妙，桌上的筹码比别人少了大半。

裴言卿瞪着裴言悦："对你亲妈下手这么狠？"

裴言悦莞尔："牌场无母女。"

"丫丫，会打吗？"凌静问她。

苏念念连牌都算不清楚，只好尴尬地摇头。

凌静极快地转移了这个话题，一把拉过裴言卿，并警告道："老三，你来。不打赢，今天你别走了。"

裴言卿被按在麻将桌上，眉心直跳。

程瑾笑着说："妈，你开挂了！老三会算牌，谁打得过他啊？"

"那就靠你的本事了。"凌静得意地挑眉，挽住苏念念的手，"我要和我的宝贝丫丫聊聊天。"

苏念念乖巧地跟着凌静上了楼，又进了她的房间。

凌静神神秘秘地关上门："丫丫，我给你看样东西哈。"

苏念念被勾起好奇心，亦步亦趋地跟在凌静后头，看她从柜中拿出好几捆相册。

"这是我们家的相册，想不想看？"凌静的眼睛转了转，含着笑问她。

苏念念的双眼发光，舔了舔唇："想！"

她伸手想去拿，被凌静躲开，还朝她眨眨眼。她满脸疑惑。

看着小姑娘白里透红的脸，凌静实在没忍住，上手捏了一把，诱哄道："你喊我一声妈，我就给你看。"

苏念念的眼睫一颤，脸颊也变得通红，她睁着水灵灵的眸子看了凌静半晌，凌静都快被看化了，只好道："算了。"

苏念念垂下眼睫，有些不好意思："对不起。"

太乖了，怎么这么乖！凌静简直要热泪盈眶，老三何德何能，娶了这么个小可爱回来！

"不碍事，不碍事。"凌静一把将人抱住，开始了自己的卖儿大业，"阿姨现在就给你看。"

凌静指着一张照片，问她："猜猜这是谁？"

照片上的小人两三岁的样子，扎着两个小揪揪，穿着白色纱裙，长得粉雕玉琢，冲着镜头腼腆地笑着，把人心都看化了。

苏念念："这是恬恬吗？"

"猜错啦！"像是料中一般，凌静促狭地一笑，对上苏念念疑惑的眼，说，"这是老三。"

苏念念一瞬间瞪大了眼睛。

凌静又翻了好几页，"小姑娘"从两三岁到五岁，穿着各式各样、五颜六色的小裙子，漂亮得像个洋娃娃。关键是表情乖巧软萌，对着镜头笑得满脸开心，看不出一丝勉强。

"太乖了吧！"苏念念看得热血沸腾，摇着凌静的手，撒娇道，"我能拿几张回去做纪念吗？"

凌静出卖儿子毫不犹豫："当然可以。"

苏念念精心挑选了三张，笑眯眯地盯着照片看，又喟叹一声："比女孩子还好看。"

"那是。"凌静得意地说，又放低了嗓音，"老三从小长得就漂亮，我就骗他穿裙子，那时候他还小，让穿就穿了，还配合着让我拍照片，多乖啊。"她说着，又将相册往后翻了几页，"不像现在，整天冷着脸。你看这后面的，一点儿都不乖了。"

苏念念看过去，照片上的小孩儿七八岁的样子，穿着颜色明亮的短袖衬衫，端正地坐于书桌前抄医书，面容专注沉稳，眉目间隐隐现出清冷。

她的目光追随着凌静的动作，看着小孩儿一点点长大，仿佛也经历了一遍裴言卿的成长线。

小孩儿的笑容越来越少，稚嫩的眉眼也随着时间的推移而越发硬朗。

"这张是十五岁照的。"凌静的声音平和，指尖抚着照片上少年的清秀眉眼，"不知道他有没有和你说过这年发生的事。"

"我知道的。"苏念念仔细看，注意到这是全国物理竞赛的比赛现场，裴言卿的身姿如松，意气风发，站在一众少年间，依旧耀眼得发光。

凌静叹了口气："三个孩子里，我最对不起的就是老三。这么多年了，我这心里依旧过不去。"

苏念念抿唇，没有说话，只安抚性地握住凌静的手。

"但还好。"凌静抹了一把眼睛，真诚地看着苏念念，"现在有你陪着他。"

苏念念愣住。

凌静弯唇道："这么些年，老三从来没有对任何人或事拥有过这么深的执念。我看得出，他真的很喜欢你。"

苏念念的脸有些红，乖巧地看着凌静。

想起之前的事，凌静面带愧疚，紧紧握着苏念念的手，诚挚地说："而我们，让你受委屈了，对不起。"

苏念念连连摇头，凌静严肃地说："之前的事，是我们家做得不妥，老爷子作为大家长，管惯了老三，处理事情的方式过于偏激。我向你保证，你以后不会再因为我们家受一丁点儿委屈。我们也支持你所有的选择，不要因为年龄或是任何流言，有任何的压力。"

苏念念的眼睫微颤，张了张唇，半晌，睁着泛红的眼睛道："谢谢阿姨。"

她的话音刚落，手腕上突然传来冰凉的触感，她低眸一看，发现是一个通体碧绿的镯子，成色极好，一眼就可以看出价值连城。

凌静拍拍她的手，说："不许拒绝，我们家媳妇人手一个，你必须收着。"

这时，门突然被叩响，裴言卿的声音传来："妈，聊完了吗？我要带丫丫回去了。"

凌静佯怒地跑去开门："看你这没出息的样子，才多久？"

"已经半个小时了。"裴言卿理直气壮道。

"是，是，是。"凌静受不了他，"你给我把钱赢回来了？"

裴言卿淡淡地应了一声，走进房间。苏念念趁他还没看到，猛地合上相册，坐得笔直。她表情无辜地问："要走了吗？"

裴言卿点点头："嗯。"

苏念念偷偷把三张照片往包里藏了藏，眨巴着眼："那走吧。"

回去的车上，苏念念在脑海中盘算着自己这一趟的收获，恍然发现，她好像一夜暴富了。

她摸了摸手腕上的玉镯，生怕磕着碰着，正犹豫着是不是要取下来，耳边突然传来一道男声："是妈给你的？"

"嗯。"

裴言卿目光微动，嘴角弯弯："戴上这个，就是我的人了。"

闻言，苏念念毫不犹豫，当着他的面就要取下来，她理直气壮道："太贵重了，还是不戴了吧。"

正巧赶上红灯，裴言卿停下车，扭过头，黑眸定定地看着苏念念，满眼都是"你取下来试试"的意思。

苏念念更加坚定了决心，飞快地取下镯子，珍重地放进包包的夹层里，动作一气呵成，气死人不偿命。

裴言卿气笑了，沉沉地看了她一眼，这时信号灯转绿，车流重新流动起来。她看了一眼路，问："你带我去哪儿？不是送我回学校吗？"

"明天周日。"裴言卿目不斜视，淡声答。

"那这也不是回我家的路啊。"

"回我家。"

苏念念愣了一瞬，偏过头看着裴言卿，眯了眯眼："你是不是有什么不好的想法？"

裴言卿握住方向盘的手微顿，骨节分明的指尖一下下轻点着，他转过头，玩味地勾唇："本来没有，经过你提醒，现在有了。"

苏念念睁圆眼睛，紧张地攥紧手袖："那你东西准备了吗？"

"什么东西？"裴言卿难得地愣住。

"你怎么连这个也没准备啊？"苏念念控诉一般地盯着他，"不要做……措施吗？"

车已经驶进停车场，在倒车时突然熄了火，裴言卿全身僵硬，手掌紧握方向盘，手背上青筋突起。他没作声，只沉默地重新启动车子，将车停好。

苏念念安静地坐着，看他解开安全带，利落地关门下车。她拿起包，也跟着开了门，才一下车，一股大力袭来，还没反应过来，就被半抱着进了电梯。

电梯里就他们俩，苏念念一抬眸，便被男人咬住耳垂，从耳后侧吻到脖颈。他连名带姓地喊她，声音极哑，咬牙切齿地说："苏念念，我不是柳下惠。所以不要总说这种话刺激我。"

她的心跳得飞快，大脑一片空白，耳边只有他粗重的呼吸声，她盯着不断上升的楼层，舔了舔唇："我也没说不行啊。"

电梯内的空气一瞬间就稀薄了起来，不知名的暧昧流动，仿佛能灼烧心脏。

她的后颈突然被温凉的指尖紧紧扣住。她缓缓伸手，轻搭在他腰上，隔着衣服也能感受到坚实的肌肉。

下一秒，温热的气息萦绕在耳郭，男人的呼吸滚烫，她听见他说："东西我很早就买了。"

苏念念："……"

"叮"的一声，电梯门缓缓打开。

苏念念还没反应过来，便被裴言卿打横抱起。他大步迈出电梯，极快地开了门，下一刻，她便被紧紧压在门板上，挎包落在地上，发出沉闷的响声。

屋内一片漆黑，眼睛来不及适应黑暗，苏念念只能被动地承受男人炙热的吻。

外套的拉链被拉开，微凉的指尖沿着她纤瘦的腰线抚上她细腻的后背，所到之处，泛起细细密密的酥麻。她的眼睫颤抖着，下意识地嘤咛出声："别。"

裴言卿止住动作，亲吻她的眼睫，低笑了一声："这就受不了了？"

苏念念红着脸反驳："谁说的！是你怕了吧？"

裴言卿深深地看她，嘴唇在夜色下泛着妖冶的红，他的目光放肆，眉眼间的清冷荡然无存："想在哪儿？浴室，房间，还是……沙发？"

苏念念的头皮快炸了，逃避般地扭过头，又被男人捏住下巴动弹不得。她抿着唇，不答。但裴言卿似乎极有耐心，放在她腰上的手一下下轻柔地摩挲着，好像非要等到一个答案。

苏念念的脸红到滴血，声如蚊呐："随便。"

随即她感到男人侵略性极强的视线，在她的脸上流连。

男声低沉喑哑、慢条斯理道："那沙发？不行，你之前嫌弃太随便了。"

这种逗弄人的语气让苏念念恨不得锤爆他。她抬起恼怒的视线，还没看清，身体便悬空了，她下意识地抱住他，心跳如擂鼓，脚尖不由自主地蜷缩着，一声不吭地把头埋在他的脖颈。

苏念念被放在洗漱台上，浴室灯被打开，她不适应地眯了眯眼，裴言卿的面容渐渐清晰。

他的眼尾泛着红，黑眸里似乎含着磁石，仿佛能将人吸进去。

空气变得稀薄，苏念念不自在地低垂下眼睑，下一秒，他凑过来，和她十指相扣，唇沿着她的脖颈往下移。

苏念念刚闭上眼，突然听到一阵手机铃声，裴言卿没有理睬，动作不停顿，手掌扣住她的后脑勺。铃声停了，但几秒后再次响起，带着誓不罢休的底气。

"有电话。"苏念念推了推他。

男人的气息不稳，眼底升起淡淡的戾气："不管他。"

"会不会是医院有事？"苏念念咬了咬唇。

裴言卿的动作顿住，几秒后，他深吐了口气，从外套口袋摸出手机，压着情绪接通电话："宋妈。"

听到"宋妈"二字，苏念念的神情微顿，抬头看着裴言卿的表情，见他的眉眼渐渐凝固，握住手机的指尖用力到发白，片刻后，他回答："知道了，我马上过去。"

苏念念的心中升起一种不祥的预感。她观察着他的神色，轻声问："怎么了？"

裴言卿沉默地将她从洗手台上抱下来，手掌轻拢住她的后脑勺，歉疚地说："对不起，今晚你在这好好休息，行吗？"

苏念念诧异地看着他："那你呢？你要走吗？"

裴言卿紧紧抿着唇，声音沙哑："嗯，爷爷摔倒了。"

第十八章

独念卿卿呀

裴言卿走后，屋内静悄悄的。苏念念洗了好几次脸，才给发烫的脸颊降了温。裴哲什么情况他没有多说，估计不太乐观。她曾听楚宁提过，裴哲明年初就九十岁了，这么大年纪摔了一跤，严重程度可见一斑。

苏念念洗完澡，晃悠到客厅，摸出从下午就没怎么碰过的手机，翻看消息。

她看了一眼时间，已经是晚上十点了。

苏焱一小时前还发来消息，问她在哪儿，五分钟前又发了一次。

苏念念回复："我在他家里。"

苏焱："是自家不够温暖了，还是配不上现在的你了？"

顿了会儿，那边又发来："我来接你。"

苏念念："他不在，今晚就我一个人。"

"为什么不在？"

"他爷爷突然摔倒了。"

苏焱直接打了个电话过来："怎么回事？"

"我也不知道。他接了个电话，就很着急地走了。"苏念念靠在沙发上，"你还来接我吗？"

那边的声音懒洋洋的："困了，不来了。"

苏念念翻了个白眼。

"对了，你知道老头今天去看你跳舞了吗？"苏焱"啧"了一声，"活久见啊。"

"我看到了。"

她低垂下眼睫，想起今天站在阶梯上看到苏天泽的那一幕。从初中到现在，她大大小小的比赛参加过无数次，也有几次，他答应她会去现场。但因为各种各样的事情，他都没来成。所以，她也不期待他能来。但他偏偏来了，而她疲惫得难以再去理解他、体谅他。

苏焱好奇地问道："老头子有没有和你说，他是什么态度？"

苏念念的语气漠然："没有，随他吧。"

苏焱没说什么，转移了话题："明天我去医院有点儿事，你也过来，可以看看他家老爷子。"

苏念念抿了一下唇，犹豫地说："我不知道该不该去。"

"怎么？"苏焱声音扬起。

"没怎么。"

"成。"苏焱也没强求，"随便吧。"

两个人没说几句就挂了电话。苏念念愣了两秒，找到楚宁的聊天框，敲下几个字："裴老爷子怎么样了？"

那头回得很快："没站稳，原地摔倒，盆骨骨折了。"

楚宁靠在墙上，往病房内看了一眼。病床前围满了人，裴哲闭目躺在床上，附院几个骨科专家倾巢出动，裴言卿站在一旁，下颌绷得很紧，表情异常冷肃。他正在和旁边的医生讨论着什么。

这时裴言悦从病房里走了出来。楚宁捏紧了手机，忐忑地问道："妈，怎么样了？"

裴言悦揉了揉眉心，担忧地说："几个专家讨论过了，做手术，成功率只有一半；不做手术，可能会瘫痪。"

楚宁失神地说："由我小舅舅来做手术，成功率也只有百分之五十吗？他那么厉害的啊。"

裴言悦沉默地点点头。

楚宁低头，轻声问："那最终怎么决定呢？"

"三天后，你小舅舅会主刀。"

"啊？"楚宁难以置信地叹了一声，"这得多大压力啊？"

裴言悦拍拍女儿的肩，回答："这是他自己做的决定，你要相信他。而且无论结果如何，我们都不会怪他。"

苏念念在等楚宁回复的时候，韩蕊发了一条消息过来。这个曾经的狂热粉已经换成了新的偶像。

"你看到热搜了吗？陷害你的人全网道歉了！"

阮白全网公开了道歉信，只言片语的几句。相比于她，舒瑾显得要真诚得多，发了一篇手写信。

所以阮白那边吸引了大片火力。

但舒瑾并未善罢甘休，甚至祸水东引，将阮白的所作所为都公布在网上，甚至是她用了多年的社交账号。这下，她连漂洋过海都不得安宁。

苏念念看着被搅和得乌烟瘴气的微博，疲惫地揉了揉眉心。

现在，过度的娱乐化使得网络成了不负责任的发言地，任何不相干的人都能在这片土地上征伐鞭挞。很少有人会意识到，有时候他们高高挂起的嘲讽、事不关己的冷漠，会成为压死骆驼的最后一根稻草。

屋内开着暖气，暖风徐徐，醺得人脑袋发昏，一天的疲惫袭来，苏念念不知不觉就躺在沙发上睡了过去。

她是被颠簸醒的，脊背被坚硬的手臂揽着，特别不舒服。她懒懒地睁开眼，入眼便是男人弧度优美的下巴，满鼻都是消毒水味，她嘟囔："你怎么回来了？"

男声很哑，带着一夜未眠的疲惫："见你。"

苏念念被放在主卧的床上，眯眼看向窗外，天光熹微，已经是黎明时分。

看着小姑娘迷蒙的眼神，裴言卿揉了揉她的长发："你再睡会儿。"

"你去哪儿？"见他要走，苏念念拉住他的衣角。

裴言卿："先去洗澡。"

苏念念这才放心地嘤咛了一声，往被子里拱了拱，又睡了过去。

不知过了多久，她的背后突然贴上一个坚硬的胸膛，带着灼人的温度。

苏念念睁开眼，察觉自己整个人都被男人从背后抱在怀里。她缩了缩身体，翻了个身，稍稍抬起头，面对着他。

裴言卿的皮肤冷白，经过这一宿，眼下的乌青尤为明显，他闭着眼，唇色很淡，整个人看起来尤其疲倦。

昨晚苏念念都快睡着了，依旧没等到楚宁的一个确切的回复，楚宁只和她说，裴哲要做手术。她知道楚宁是怕她有心理负担，也不想让她多想。所以直到现在，她也不知道裴哲的情况到底如何。

苏念念抬起手，心疼地摸了摸他的脸，又往他怀里拱了拱。

裴言卿穿着棉布睡衣，入鼻皆是带着中药香的沐浴露味，和她昨晚用的一样，就像拥有着绝无仅有的亲密。她私藏着这点小心思，嘴角止不住上扬。

下一秒，男人拉上被子，一手贴上她的脊背，将她紧紧地抱在怀中。下巴抵在她的头上，声音嘶哑而疲惫："再陪我睡一会儿。"

苏念念的脸贴上他的胸膛："嗯。"

再次醒来时，苏念念悄悄摸出手机，看了一眼时间，是上午八点半。她悄悄挪动身子，决定起床。

谁知刚动，腰便被禁锢住，她抬眼，正对上男人睁开的眼，还带着些微的血丝。

"你再休息一会儿吧。"苏念念说，"我起来做吃的。"

她欲起身，谁知依旧被男人拉住。裴言卿靠过来，头埋在她脖颈，声音带着从未有过的脆弱："等会儿，先给我抱抱。"

苏念念愣住，不动了。她伸手，拂过他柔软的发丝。她猜到可能是因为裴哲的事，忍了忍，还是没问。

良久，裴言卿的嗓音艰涩："做手术，成功率一半；不做手术，爷爷大概率会瘫痪。所以，我替爷爷应下了三天后的手术。"

苏念念顿住。她没想到会这么严重，让向来从容的裴言卿这般束手无策。而后面的一句话，让她瞪大了眼睛。

"我决定主刀。"

苏念念的心揪紧，低下头，注意到他通红的眼眶。

"我相信你。"苏念念看着他，认真地说，"而且裴爷爷一直以你为傲。"

裴言卿没说话，从背后将她紧紧搂住。

"丫丫。"他的气息有些不稳，"我想无耻一次。"

"嗯？"

"明年就嫁给我，好吗？"末了，他还郑重地添了一句，"你答应了，我也心安一些。"

苏念念怔住，一时说不出话来。是够无耻的，他对自己的认知还挺清醒，就掐准了这种时候她说不出一个不字。

放在她腰上的手越来越紧，她难耐地移开视线，嘴硬道："我要大钻戒。"

"好。"

"要九百九十九朵玫瑰。"

"依你。"

苏念念绞尽脑汁，灵光一闪道："要你穿女装。"

"可……"裴言卿猛地顿住，拧眉道，"不行。"

苏念念推开他，跳下床，居高临下地看着他："小时候都穿了，现在怎么就不能穿了？一点儿诚意都没有。"

裴言卿蒙了好几秒，才反应过来。

他眯了眯眼："妈给你看照片了？"

苏念念一耸肩："你猜？"

这照片之事，自然是不了了之，从凌静那要来的三张绝版私照，被苏念念藏得死紧，裴言卿根本探不出一点儿口风。

休息几小时，裴言卿便又要离开。

临走前，他问苏念念去哪儿，先送她过去。

"我就在这儿。"苏念念低头看着脚尖，"裴爷爷的情况现在怎么样？"

裴言卿平静地回答："意识清醒，各项体征正常。"

"那就好。"苏念念点点头，往前走了几步，捏住他的手，"我虽然帮不上什么忙，但我一直都在，你有什么话没人可以说，就找我，随叫随到。"她的眼眶有些发红，"不要给自己太大压力。"

"嗯。"裴言卿低声应着，又按住她的后脑勺。

苏念念顺势埋在他的胸膛，隔着衣服，也能听见他有力的心跳。良久，她又加了句："你要好好听话，保持好的心态，我就不让你穿女装了。"

裴言卿知道，苏念念是在特意哄他，他无奈地揉了揉她的头："我谢谢你。"

　　Ａ大附院。

　　裴哲喝着宋妈喂过来的粥，脸色灰白，深深地叹了一口气。他的目光投向坐在一旁看护的凌静，平静地问："我还有多少时间？"

　　凌静眨了眨眼，回答说："爸，您这说的什么话？您的身体这么硬朗，一点儿小伤不碍事的。"

　　裴哲一点儿不上当，冷哼一声："你别哄我，我自己的身体自己清楚，做手术连一半成功率都没有。"

　　凌静的面色一僵，说不出话来，也知道这种东西不可能瞒得过裴哲。

　　屋内一片安静。倒是宋妈突然替裴哲说话："昨天家里只有先生一人，要是有人在，可能也不至于出现这种情况。"

　　凌静冷下脸："我雇你们照顾老爷子，你们是摆设吗？我没追究你们的责任，你们倒反过来指责我们了？"

　　宋妈在裴哲身边时间久了，脾气像老爷子一样顽固，她反驳道："夫人，因为一个未被先生承认的姑娘，将先生一人放在家里，怎么都不妥当吧？昨晚，先生就是因为这个而生气的。"

　　凌静抱臂，冷冷地说："宋妈，我们家的事，还轮不上你插嘴。"

　　"可是……"

　　"好了！"裴哲闭上眼，烦躁地抬手，宋妈立刻噤了声。

　　他问："打算怎么治疗？"

　　凌静正斟酌着怎么开口，病房的门突然被打开，裴言卿后面跟着个推车的小护士。裴哲看到来人，立即闭上了眼，冷冷地扭过头。

　　裴言卿走到床前，低声喊："爷爷，我来查房。"

　　韩蕊听到裴言卿喊爷爷，惊讶地睁大了眼。她可听说过，裴神仙的爷爷可是个了不得的人物，医学界泰斗。可惜这位泰斗和孙子的关系好像不太好哇。

　　例行检查后，裴言卿朝韩蕊点点头。她推着车上前，给裴哲扎针输液。

　　裴言卿背着手站在一边，说："爷爷，三天后我主刀给您做手术。"

　　裴哲倏地睁开眼睛："你来做？有多大把握？"

　　裴言卿如实说："一半的成功率。"

"我不做。"裴哲冷冷地说，"你也做不了我的主。"

裴言卿抿唇，没有吭声。韩蕊安静地给裴哲打着针，感觉病房里的空气都快要凝固了。

凌静看不下去，帮着儿子说话："爸，老三的医术您还不放心吗？您要相信他啊。"

裴哲淡淡地说："我不想死在手术台上。"他又扯了扯嘴角，瞥了裴言卿一眼，"他说不定盼着我早点儿死，好早点儿把那丫头娶回家。"

裴言卿的脸色瞬间变了，声音沉沉地喊了一声："爷爷……"

凌静深深地吐口气，在没人看见的地方翻了个白眼。韩蕊震惊得连针都差点儿扎歪，忍不住抬眼看了一眼裴哲。他也知失言，抿着唇，僵持着不说话。

最终还是裴言卿先打破了沉默，岔开话题："我有几种手术方案，一会儿您自己看看，决定选哪一种。"说完，他朝凌静点点头，步履轻缓地迈步出去。

刚打开门，一个五大三粗的中年男人举起手中的小刀，怒目圆睁地大喝一声，就冲了过来。锋利的刀尖划开空气，直达面门，裴言卿的瞳孔骤缩，来不及后退，只能抬手握住中年男人的手腕，刀片从他手背上划过，瞬间便渗出血珠。

中年男人面色紫红，几欲发狂。一切发生得太快，周围的人目瞪口呆，没反应过来，也不敢靠近。而裴言卿失了先机，正处于劣势，眼看着刀尖快要扎到他的胸膛，中年男人突然被人从后面掀翻在地，裴言卿顺势拧了一下对方的手腕，小刀掉在地上。

苏焱的胸膛剧烈起伏，一脚踩在男人的背上，让他不能翻身。中年男人还在不停地挣扎着，但被苏焱死死摁在地上，围观的人进来帮忙，将中年男人的双手反剪，这才将其彻底制伏。

裴言卿目光镇定，看着手背上的伤口。凌静吓坏了，眼圈通红地大步奔过来，看着他的手背，碰又不敢碰："有没有事？快点儿……快点儿找医生包扎。"

裴言卿摇摇头，宽慰道："没事，皮外伤。"

凌静松了口气，依旧心疼地注视着他的伤口。

被制住的中年男人没有死心，依旧双目赤红地大声怒骂："裴言卿，庸医！杀人犯！我九十岁的老母亲就是死在你手里，今天算你走运，下次看我不杀了你！"

苏焱闻言，满目怒气，直接一拳砸在他的脸上。男人哀号一声，更加肆无忌惮地谩骂，整个楼道都能听到他不堪入耳的骂声。

韩蕊拿来来纱布和药水给裴言卿包扎。

仿佛这些字字诛心的话不是在骂他一样，他只是淡淡地向韩蕊道："报警吧。"

韩蕊气愤地点头："好。"

听到要报警，男人露出真实面目："赔钱，我要你赔钱！医院赔钱！"

裴言卿包扎完，极冷地看了他一眼："我觉得你母亲离世，是最好的解脱。"

"嘴巴真臭。"苏焱拿过剩余的纱布，一把塞进男人嘴里，"熏着我了。"

这时，医院的保安才赶到，将呜呜乱叫的男人带走。围观的人群也散开了。

凌静感激地看了一眼苏焱，声音有些哽咽："小伙子，谢谢你救了我儿子，不然我都不知道会发生什么。孩子，你有什么想要的吗？"

凌静有些语无伦次，除了金钱这种俗物，她一时间竟想不出别的东西。

苏焱还没答复，裴言卿当先一步拍了拍苏焱的肩，说："妈，一家人。"

"……"

——谁跟你一家人？

苏焱的表情变幻莫测，顶着凌静亮晶晶的目光，最终心不甘情不愿地"嗯"了一声。

凌静疑惑地看向自家儿子。

裴言卿瞥了一眼苏焱，坦然说："丫丫的亲哥，苏焱。"

"啊！"凌静兴奋得一拍手，"原来是大舅子啊！"

苏焱的嘴角抽了抽，碍于礼貌，他轻轻颔首："阿姨好。"

凌静由衷赞赏："真好，和丫丫那孩子一样，长得真俊啊。有女朋友吗？

要不要阿姨给你介绍一个？"

苏焱："……"

"他还有事。"裴言卿止住这个话题，冲苏焱点点头，"先去吧。"

苏焱和凌静打了个招呼，又看了一眼病床上躺着的老人，说："我一会儿再过来看老人家。"

看着苏焱转身离开的背影，凌静抹了一把眼睛，无比感动地说："这孩子真好，只有他愿意第一个冲上来，我们还是沾了丫丫的光。"

裴言卿点点头："其实他也是我的学生。"

凌静更感动了，喃喃道："真好，他还能以德报怨。"

裴言卿："……"

说完，裴言卿便带着韩蕊继续查房，病房重归安静，凌静却心情沉重地坐在一边一言不发。

良久，宋妈看了一眼快要滴完的点滴，按铃喊了护士来。

韩蕊拿着新的药水过来，屋内一片沉静，空气好像快要凝固。她屏息凝神，突然听到身后的凌静问她："姑娘，你知道今天来闹事那个，是怎么回事吗？"

病床上的裴哲猛地睁开眼睛，好像也在等答案。

说起这个，韩蕊也一肚子恶气，咬着牙说："这是个人渣，老太太一个人在家，摔得很严重，还是被女儿女婿送来医院的。手术难度很大，裴医生主刀，手术很成功。可出院没多久，老太太就因为感染去世了，这个人渣非说是我们裴医生害的，经常来医院闹着要赔钱。今天……"韩蕊气红了眼，说不下去了。

凌静的眉头紧紧蹙起，闭了闭眼，问："这种事，他这些年遇到得多吗？"

韩蕊叹了口气："我来得晚，这样偏激的倒是头一回见，但平时一些小场面，就不知道有多少了。别的医生遇见这事，还会发泄地骂一骂，但裴医生每次都轻描淡写地处理了。"她拧眉，斟酌说辞，"所以科室的人都叫他裴神仙，没有情绪，可不就是神仙了吗？"

凌静抹了把脸，很勉强地冲韩蕊笑笑："谢谢你，姑娘。"

"没事，没事。"韩蕊挥了挥手，临走前看了一眼躺在床上的老者，他微合着眼，面容清癯，整个人透露出沉沉的暮气。

不知怎么，韩蕊蓦地升起一股冲动，说："不过现在好了，裴医生有了念念，整个人都比以前开心多了。"

她悄悄观察着老人的神色，看见他的眼皮微动，胸膛轻轻起伏，最后沙哑地咳了一声。

凌静眸中波光粼粼，红着眼点点头："念念是个好孩子。"

韩蕊走后，凌静静静地注视着裴哲，哑着声音说："今天这事，我看得分明。如果不是苏焱及时到场，老三可能会被人当场用刀刺穿胸膛。"

裴哲的嘴唇干裂，抖着手想要拿茶杯，宋妈赶紧递过去。

凌静捂住眼睛："这些糟心事，他从来……从来没告诉过我们。刚刚那姑娘的话您也听到了，这么多年，他真的快乐吗？"她的声音越来越抖，"我只看得到他取得的成就，您骄傲于他完美地继承了您的衣钵。您教导他谨记'德术兼善，学为良医'，但没有人问过他到底想做什么。"

看着情绪快要崩溃的凌静，裴哲的嘴唇颤抖，半晌说不出一句话，整个人看起来苍老又枯槁。

凌静拿湿巾擦干净脸，站起身，平静地说："爸，我再也受不了让老三失望了。我迫切地恳请您，接受他喜欢的姑娘。"

苏念念去超市逛了一趟，回来后细心地炖了锅排骨汤，又炒了几个清淡的菜，赶在晚饭前装上饭盒。

裴言卿的住处离附院很近，她拎着几个饭盒，在附院门口给苏焱打了个电话。

隔了很久，那头才接通，苏焱压低着声音："什么事？"

"哥，你在忙吗？"

"今天有外院专家来附院交流，我来学习。"

"我马上也到了。"

"来看他家老爷子？"苏焱问。

"嗯。"苏念念眨了一下眼，"你还去看吗？"

"成。"苏焱说，"我这儿一会儿就结束了。"

和苏焱通完电话，苏念念进了医院电梯，有些惴惴不安地看着不断上升的楼层。

来到护士台，苏念念望见了值班的韩蕊。

韩蕊的眼睛一亮："裴医生在办公室，现在可能在忙，你先去看看，要是在忙，可以坐着等会儿。"

苏念念笑着冲她点点头，正要转身，又被韩蕊拉住。

韩蕊突然凑到她耳边，将白天的事一五一十地说了。

苏念念安静地听着，手中的袋子越握越紧，眼里也惊慌不定，韩蕊安抚地拍着她的肩："裴医生没什么事，就是最近压力太大了，还遇到这种事，你让他开心点。"

苏念念迈着迟缓的步伐来到裴言卿办公室门口，想探头往里面看，身后突然被人轻轻揽住，男人的声音低沉，隐隐含着依赖："你来了。"

苏念念转身，一言不发地抱住他。

门外人来人往，裴言卿左手按住她的脑袋，前进几步，反手关上了门："不怕影响不好？"

苏念念不理这话，只细细地打量着他，从眉眼到下颌，再到他被纱布包裹着的手，她抿紧了唇："疼吗？"

"你都知道了？"裴言卿的目光缓缓落在她微红的眼眶上，突然想起上次受伤的事，他故技重施，"挺疼的。"

苏念念沉默着坐下，慢慢打开饭盒，再抬眼时，眼泪直掉。

裴言卿的目光一颤，连忙俯身要替她擦眼泪。

她哭得一把鼻涕一把泪，任性地嘟囔："你干完这票就辞职吧，以后我养你。"

裴言卿被逗笑了："好啊，不过要等等。"

"真的？等到什么时候啊？"

裴言卿坐在她对面："等到你资产百亿吧。"

苏念念瞪他："你看不起谁呢？"

"我这是给你设定个小目标。"

"哼！"苏念念将饭盒推过去，又看着他抱着纱布的右手，"你可以自己吃饭吗？"

话音刚落，裴言卿松下拿筷子的手，平静地抬起眼："好像不行。"

凌静来的时候，就看到这么一幕。自家那个只划伤了手背的好儿子，坦然地接受着小姑娘的喂饭。她揉了揉眉心，转移了视线，看不下去了。

凌静怕裴言卿抑郁不振，本来想着来给他做个心理疏导，结果撞见这种场面。

凌静转过身，正和迎面走来、拎着水果篮的苏焱撞上。

透过凌静打开的门缝，苏焱很轻易地看了个清楚。

"咝……"苏焱没眼看，嘴角直抽。他皱着眉，用力敲了敲门，打断了屋内二人的说话声。

苏念念连忙放下手，此地无银三百两地把最后一口吃了。

"苏丫丫，你来干什么？"

苏念念看了一眼带来的另一份汤，沉默了几秒后，问道："我能去看裴爷爷吗？"

裴言卿静静地看着她，心突然揪成一团。

没有任何一个词能让他形容此时的无力。嘴上说着不让她受委屈，但现在连让她名正言顺地去看望裴哲的底气都没有。

苏焱并不知晓这一切，又敲敲门，催促道："苏丫丫，快点儿。"

裴言卿知道，要是苏焱知道裴哲的态度，立即就会带苏念念走。万千思绪被凌静的声音打断，她推开门走进来，拉住苏念念的手，赞叹道："哇，闻着好香啊。来，来，来，阿姨带你去，老爷子最爱喝排骨汤了。"

苏念念有些诧异，但看凌静这么淡定的模样，也就放心地跟在她身后。

几人来到病房外，凌静开了门，还没说话，就见自家儿子紧紧扣住苏念念的手，全面戒备一般："爷爷，我带着念念和苏焱来看您了。"

裴哲正在闭目养神，看起来状态还不错。听见声音，他睁开眼睛，目光悠悠地从来人面上扫过，最后落在几乎被裴言卿全部挡住的小姑娘身上。

"来了？"出乎意料地，裴哲的声音很平静，甚至称得上从容。

裴言卿："嗯。"

"我没问你。"裴哲扫他一眼。

苏念念推开挡在前面的裴言卿，稍稍颔首："裴爷爷，我来看看您，希望您早日康复。"

她将手中的饭盒递给宋妈，笑着说，"这是我下午煮的排骨汤，您可以尝尝。"

苏焱单手插着兜，将手中的果篮放在柜子上，面无表情地看着这位名字写进教科书里的老人，静静地等待着他的答复。

"拿来给我尝尝。"裴哲淡声吩咐宋妈，又冲苏念念点点头，"麻烦你了。"

苏念念眨了眨眼："应该的。"

许是太过顺利，苏念念一时怀疑裴哲是不是在憋大招。但没有，一切都很平静、顺利，裴哲喝了一碗汤，再次跟她道了谢。离开时，他甚至还朝她挥了挥手。

凌静将他们送出病房，真诚地跟她和苏焱道了谢，又安抚地揉了揉她的脑袋："早点儿回去休息。"

和凌静道过别，三个人一起离开，一直没怎么说话的苏焱拉了拉苏念念的帽子，说："走了。"

苏念念盯着裴言卿的侧颜问："你不回去休息吗？"

裴言卿摇摇头，说："这几天我都在医院。"

苏念念其实有很多话想问他，但被苏焱幽幽地看着，最终还是没问，只点点头，转身离开了。

苏焱问："回学校？"

苏念念点点头："明天要上课。"

苏焱打了车，跟司机报了位置，懒懒地靠在座椅上，语气没什么温度："那老头对你有意见？"

苏念念愣住了，今天裴哲的态度，简直可以用和蔼可亲来形容，不知苏焱从哪儿看出来裴哲对她有意见？

"笑都不笑一下。"苏焱扯了扯唇，"跟谁欠他钱一样。"

苏念念松了口气："毕竟是大佬，你见过哪个大佬天天傻笑的？"

苏焱听后，依旧冷嗤一声："反正要是被我知道他们家有人欺负你，立刻让裴言卿滚蛋。"

"你敢吗？"苏念念咽了咽口水。

苏焱："我为什么不敢？"

到了 A 舞门口，苏念念临下车前，扯了扯苏焱的衣角。

苏焱："怎么？"

"没怎么。"苏念念抿了一下唇，"就是想提醒哥哥以后要注意安全。"

苏焱愣了一瞬，随即懒洋洋地勾唇："知道了。"

时间到了周三。一大早，裴家人就都到齐了，看着裴哲被推进手术室。

临进去前，裴哲握住裴言卿的手腕，枯瘦的手轻轻从他已经结了痂的手背上拂过，察觉到爷爷有话要说，他微微俯身。

"等我出来，带苏家那姑娘回老宅看看吧。"

裴言卿怔住，握紧了裴哲的手，声音有些发抖："爷爷，谢谢您相信我。"

裴哲看起来很从容："不要激动，从医者，忌骄、忌躁。"顿了顿，他又意味深长地补充了句，"但也要记得开心。"

怕引起裴哲的心情动荡，苏念念并没有去医院。但没有去的结果就是，她一上午都在走神，神经质地盯着手机，上理论课被老师提醒了好几次，最后干脆逃了课，跑到舞房滚来滚去。

她知道，医者向来有不自医的说法，她也问过楚宁，为什么裴言卿要接下这个手术。楚宁说，裴言卿在做盆骨创伤方面很有研究，附院其他的医生，连一半的把握都没有。

她好像也隐隐约约理解了裴言卿的骄傲。他的傲气藏在骨子里，外表温润如玉，实际铮铮如石，于不见处锋芒毕露。

下午一点半，苏念念收到楚宁发来的消息，成排的小鞭炮放着，在最后还跟着个火柴人跳舞的表情包："老爷子活个一百岁不成问题！"

继逃课后，当晚苏念念又从寝室潜逃，来到了裴言卿的家门口。之前他给过她一把钥匙，她神不知鬼不觉地打开门，进了房内。

她来的时候已是傍晚，屋内一片昏暗，只有飘窗的窗帘乘着风悠悠地飘进屋内时，才隐隐透进些光亮。

苏念念问过楚宁了，确定裴言卿做完手术就被强制要求回家休息。

她轻轻地走进主卧，正看见床上拱起的一块，男人精绝的五官笼在黑暗里，闭着眼睛，呼吸绵长。

苏念念又凑近，视线顺着他流畅的鼻骨到嘴唇，再往下移，到露出的白皙锁骨，越看越着迷，甚至还有点儿上头。这张脸简直就是狂戳她的审美点。

裴言卿睡得很沉，被她这么火辣辣地盯着，也没有一点儿醒来的迹象。

苏念念拨了拨他纤长的睫毛，忍着将人疯狂蹂躏一番的欲望，长吐一口气，正要出房间，又回过头。她转了转眼珠，坏心眼藏也藏不住。

苏念念开了床头的小灯，从包里拿出好几个小皮筋，轻轻捋起男人的额发，扎了一个冲天辫，绑完这个，她还不罢休，又在右侧扎了个小揪揪，后来更是直接跨坐到男人身上，在左边也绑了一个。

她聚精会神，根本没有注意到身下的人已经睁开了眼睛，注视着她的一举一动。扎完小辫子，她从口袋里摸出手机，得意地嘟囔："来吧宝贝，拍几张照。"

她点开相机，正要对焦拍照，一低头，就和裴言卿睁开的黑眸对了个正着。

"妈妈呀。"苏念念连滚带爬就要翻下床，结果一条腿被拉住，下一秒，她被死死压在身下。

"胆子不小。"

裴言卿的声音还带着刚睡醒的哑，尾音拖得长长的，听得人耳朵都酥了。苏念念咽了咽口水，莫名地觉得他现在特别危险，连忙低声示弱："我错了。"

"然后呢？"裴言卿拿下头上的小皮筋，漫不经心地问。

苏念念："然后，放过我？"

裴言卿顺着头发，捏了一下她的脸："放过你，下次还敢？"

苏念念满脸"你怎么知道"的表情，但这话她自然不敢说出口："我都没来得及拍照啊。"

裴言卿气得发笑，翻了个身，将人抱住，突然意味深长地挑了一下眉："今天周三，算了。"

"啊？"苏念念有些蒙，"什么算了？"

裴言卿笑了一声，幽暗的视线凝在女孩儿的红唇上，修长的手指抚过她的嘴角，声音有些轻佻："那晚没做完的事。"

苏念念半晌才反应过来，脸红得彻底，恼怒地想要下床，却被裴言卿按着腰。

"抱一会儿。"

苏念念将头埋在他的胸膛，闻着他胸膛带着沐浴乳的香味，突然说："我没洗澡。"本来良好的气氛凝固了，"我还在舞房滚了几圈，出了一身汗。"

裴言卿愣住，但他没松手，意味深长地说："你说这个，是要我给你洗吗？"

"去你的。"苏念念怒目瞪他，"流氓。"

裴言卿低笑了一声："这就流氓了？"他摸了摸她的头发，"以后还得多加适应。"

他说完，苏念念感觉整个人一轻，被轻而易举地抱起来，走向浴室，她吓得开始结巴："你……你不会真的要帮我……"后面那两个字她没好意思说出来。

裴言卿没答，迈步进了浴室，关上门，将她放在洗漱台上。

苏念念正觉得头皮发麻时，男人转开洗漱台的水龙头，慢条斯理地洗着手。

"刚刚摸到你的头发，有点儿油。我来洗个手。"

苏念念惊呆了，火气"噌噌"往上涨，她狠狠地踹他一脚："你滚！我们冷战一晚上！"

裴言卿退出浴室，还替她关上了门。她慢吞吞地洗了个澡，出来时看见他下了两碗面。她只冷淡地扫了一眼，就移开视线。

"丫丫，过来吃点儿。"裴言卿态度自然，像没事人一般。

苏念念理都不理，裴言卿索性将面端了过来："要我喂你？"

说起这个，苏念念想起之前在医院被他哄骗的事，看了一眼他已经结痂的手背，怒了："你这点小伤口，也要我给你喂饭？"

"不冷战了？"裴言卿勾唇笑了起来。

苏念念冷笑一声："我看你不是想冷战，是想分手！"

"分不了了。我家人都认定你了，你要分手，就是对我始乱终弃。"

"什么啊？"

"老爷子让我把你带回老宅认认门，你要是反悔，老爷子年纪大了可再受不得刺激了。"

"你说什么？再说一遍？"苏念念的心跳突然加快。

裴言卿看着她亮晶晶的眼睛，心中微酸，但面上仍旧笑着："老爷子让我带你回家。"

苏念念低垂下眼，傲娇地说："哼，那你可得好好表现。像今晚这种行为，是要打负分的。"

"嗯。"裴言卿应了一声，认真道，"我以后再也不说你头发油了。"

苏念念："……"

裴哲在医院观察了一个月后，出了院。出院时已经是十二月下旬，A市下着大雪，全城一片银装素裹。

为了庆祝裴哲出院，裴家办了个家宴，请所有家人聚一聚。

裴言卿的车停在苏念念家门口，等她下来。

十一月末，彻底入了冬，每到周末苏念念都会回家，原因无他，家里舒服，整个屋子暖烘烘的，可比连热水都要出去打的宿舍条件好多了。

可能是上次那句"周三算了"刺激了小姑娘，自那之后，苏念念再没踏进他家一步。而且她讨厌冬天，平时连出门也不愿意出，他本就忙，现在想见她一面难如登天。想到这儿，他扯了扯嘴角，眉眼间尽是失落。

再抬眼时，别墅外面的小门被人推开，来人穿着宽大的粉色外套，左右手拎着几个礼盒，走过来时，像一只笨重的小企鹅。

苏念念径直上了后座，将礼盒全放在坐垫上，说："我哥在睡觉，说他不去了。"

凌静还特别邀请了苏焱，苏念念和苏焱说时，他别别扭扭地不肯来。结果昨晚不知从哪儿摸出这些大包小包，一股脑儿放在门边："明天记得带上，第一次去人家家里，别丢我面子。"

苏念念一看，是一些很珍贵的补品和护肤品。

"跟你说过，东西我已经买好了。"裴言卿蹙眉，看向坐在后面的苏念念。

苏念念："这是我哥买的。"

裴言卿："他也是学生，不用花这些钱。"

苏念念懒洋洋地靠在后座："反正他有钱。"

"怎么？"裴言卿发动车，笑了一声，"他有钱，你没有吗？"

"我花掉了呀。"苏念念理所当然道，"我哥万年孤寡，整天除了打游戏买皮肤，还能花什么钱。"

裴言卿："我记得院里喜欢他的姑娘也不少。"

苏念念嫌弃地皱眉："我哥是要单身一辈子的。他说对女朋友的第一要求就是，比我漂亮。"她一耸肩，"找不到对象直说嘛，拐弯抹角的做什么。"

裴言卿赞同地点头："确实。"

车子行驶进了明江公馆，沉寂了大半年的老宅此时挂上了红灯笼，看起来一片喜气。

苏念念拎着后座的东西，看着裴言卿从后备厢拿东西，比苏焱买的还多。她忍不住笑出声。

"怎么了？"

"我觉得，这么多东西，很像我上门来娶你。"

裴言卿瞥她一眼，淡淡道："也不是不可以。"

门内的用人看见，连忙过来帮忙拿东西，裴言卿空出一只手，握住她的手，慢悠悠地说："但我年纪大了，经不起消耗，最迟明年，你就要把我娶回家。"

苏念念捏了一下他的掌心："可以不要彩礼吗？"

"便宜不是这么占的吧？"

"哼。"苏念念嘀咕，"一把年纪了，还敢对我挑三拣四的。"

进门前，裴言卿在她耳边低声说了句："一会儿收拾你。"

裴家人已经全部到了，凌静一见着两个人，直接越过裴言卿将苏念念拉走，而裴恬，几乎已经成了某人的腿部挂件。

　　裴言卿几不可见地叹了口气，孤独地走向客厅的沙发。

　　裴言之斜斜地跨坐着，正拿着平板看股市，裴言悦和程瑾热火朝天地讨论着某款包包。楚莫父女极有默契地一起开黑打游戏。不远处的苏念念三人围着餐桌，似乎中午吃什么这种问题也比他重要，他脑中闪现一句话——快乐都是他们的，我什么也没有。

　　裴言卿默默地上了楼，准备看看裴哲的恢复情况。

　　裴哲正坐在轮椅上看报，裴言卿上前检查了他的身体，安心地说："不出两个月，您就可以走路了。"

　　"差不多。"裴哲早就有了判断。他抿了口茶："念念来了？"

　　"嗯。"

　　裴哲对宋妈挥了挥手，宋妈递过来一个盒子，他递给裴言卿："怕那孩子怕我，这个就由你交给她吧。"

　　裴言卿打开盒子一看，眸色微顿。木盒里的玉佩是他奶奶留下来的，意义可想而知。

　　宋妈说："住院的这段日子，每周日苏小姐都会让人送汤过来，先生也是放在心里的。"

　　裴哲有些自嘲地笑笑："仔细想想，我也算越活越活回去了，一个小姑娘都比我有气量，怪不得以前的学生都喜欢喊我老顽固。"

　　裴言卿张了张唇，没说话。这一个月来，苏念念每周都回家的原因，也就有了解释。

　　他的喉结滚了滚："谢谢爷爷您能理解。"

　　"嗯。"裴哲应声，他有些累，微合上眼，挥了挥手，"去吧。"

　　裴言卿起身，拉开门正要出去，听到裴哲又说了句："要好好待人家。"

　　他转身，郑重地点头："我一定会的。"

　　十二月三十一日，是一年的尾巴，也是苏念念十九岁生日。而当天，她收到了国际芭蕾舞比赛发来的邀请函，比赛时间定于明年三月，芭蕾王子莱利斯也将作为评委出席。

　　得到消息的时候，她正在裴言卿家里，和他说好了一起跨年。

"我的天啊！"苏念念兴奋得直在沙发上翻滚，捧着热烫的脸，激动地说，"莱利斯，我要见到莱利斯了！"

裴言卿坐在她旁边，看着不停地打滚的她，语气有点儿酸："所以呢？见到又能怎么样？"

苏念念深呼吸几口气："你不懂，莱利斯是梦想！心之所向！"

裴言卿一把将人从沙发上捞起，抬起她的下巴："那我是什么？"

苏念念再兴奋也察觉到了他的不悦，转了转眼珠，说："好大一股酸味儿啊。"

裴言卿一动不动，显然还在生气。

在一起久了，苏念念发现裴言卿就是个隐形的娇气包，需要人哄的那种。好在她已经掌握了秘诀，随便顺顺毛，他很快就能开心了。

于是苏念念搂住他的脖颈，声音清甜地撒娇："你……是我爱的人啊。"她凑近他的耳朵，轻轻吐了口气，"吾独念卿卿。"

话刚说完，苏念念就察觉到放在腰间的手骤然用力，下一秒，男人滚烫的呼吸洒在她的颈侧，声音极低，听起来却极危险："说这种话，想清楚后果了吗？"

糟糕，玩脱了。

苏念念的声音颤抖："明天周一。"

男人低声笑了："明天元旦。"

"你还没给我过生日。"

"做完再过，也来得及。"

苏念念惊呆了，这种话他怎么说得出口？

看着她满脸震惊的表情，裴言卿失笑，揉揉她的头发："好了，不逗你了。"

苏念念还没松口气，他就拉她起来，轻声说："走，我们出门跨年。"

好在裴言卿说到做到，带她出去吃饭、看电影，还应她的要求去中心广场看烟花。

跨年夜的广场，人头攒动，摩肩接踵。广场上跨年的倒计时响彻夜空。

五、四、三……苏念念兴奋地跟着一起喊。就在最后两秒，她突然被裴言卿紧紧按在怀中，轻柔的吻落在她的头顶。

　　苏念念愣愣地抬眼，看见裴言卿正温柔地注视着她。万千烟火映在他的眸中，似含无边风月。一片熙攘中，她依旧能听见他的声音，字字清晰。

　　"卿卿独爱念念。"

咬一口，月儿圆

婚后第六年，苏念念二十六岁时，顺利成为"中芭首席"。

同年冬天，苏念念怀孕。三个月时，经检查，确定怀了一对龙凤胎，整个裴家大喜过望。

次年，万众瞩目下，哥哥小奶盖和妹妹小奶茶呱呱落地。

裴家开了好几次家庭会议，两个崽崽的大名都没有确定下来，直到上幼儿园必须登记户口时，才不得不定下。

哥哥叫裴洵，性格安静、沉稳，小小年纪就有裴言卿的清冷范儿；妹妹叫裴觅，活泼灵动，撒起娇来谁都受不住，裴言卿尤甚。

时间匆匆而过。裴洵和裴觅三岁这年，苏焱终于追到了同医院的医生顾淼。最开始，这二人也是闹得轰轰烈烈，谁也看不上谁。

苏焱横，顾淼更横。

最后，傲娇如苏焱，终究是落了下风，为了追人，放弃了留院的机会，眼巴巴地追着顾淼下了乡。两个人在乡下志愿服务一年。直到前年，两个人才结了婚，前不久，顾淼怀孕。

中秋这天，苏念念喊了苏焱和顾淼来家里吃饭，还要亲自下厨。

她在厨房忙活时门铃响了，接着便听到裴觅兴奋地呼喊："舅舅！要抱！"

苏焱笑，俯身将四岁的裴觅抱起来，故意逗她："又重了。"

"哇……"

不得了，这话一出口，小公主的哭喊声几乎掀翻了整个屋顶。坐在一边的裴洵搭积木受不了，捂住了耳朵。

裴觅泪眼婆娑地喊："舅舅坏，要爸爸抱。"

裴言卿正在厨房帮忙，听到声音蹙起眉："又是苏焱。"

苏念念闻言一耸肩："谁惹哭的谁哄。"

裴言卿的语气有些酸："每次都被惹哭，偏偏还喜欢黏上去。"

"你不知道为什么吗？"苏念念瞥他一眼。

"为什么？"

苏念念一挑眉："因为小奶茶觉得她舅舅长得最帅呗。"

裴言卿动作顿住："和谁说的？"

看着裴言卿骤然凝固的表情，苏念念善解人意地转述了裴觅的原话："其实爸爸也不是不帅啦，但人家更喜欢酷一点儿的！舅舅每次穿卫衣、戴鸭舌帽的样子，看得人家心脏扑通扑通跳……"

听到这话，裴言卿冷笑一声："年轻？三十好几了，还年轻？"

苏念念："那不比你年轻点儿……"

裴言卿："……"

最后，裴觅还是被顾淼哄好的。苏焱因为嘴贱，被她爆锤了一下，这之后就老实地陪她一起哄公主。

裴觅睁着圆溜溜的大眼睛，突然伸手试探性地摸了下顾淼的肚子："舅妈，你……是不是也长胖了呀？"

苏焱放错了重点："终于承认自己长胖了？"

顾淼狠狠地掐了苏焱一把，正要回答，旁边的裴洵道："舅妈可没有长胖，是怀宝宝了。"

裴觅一脸懵懂："宝宝？"

"对！"顾淼温柔地笑，"以后奶茶也有弟弟妹妹啦。"

"噢！我终于不是全家最小的了！"裴觅捧着脸兴奋地说，"我要叫妹妹小奶昔！"

"怎么就是妹妹了？"裴洵停下手中的积木，蹙眉道，"弟弟不行吗？"

"弟弟也可以叫小奶昔呀，和你很配呢。"

裴洵一噎，小脸绷得紧紧的，有些自闭。裴洵一贯不太满意自己的小名，挣扎多次未果，才勉强接受了事实。

苏念念在中秋前做了一盒月饼。蛋黄的、豆沙的、肉松的都有，有一个彩蛋，馅料里加了点儿元素，时下最红的螺蛳粉风味。

苏念念坏心眼儿地看着螺蛳粉月饼，期待着待会儿是谁这么"好运。"

丰盛的晚餐摆了满满一桌。

吃货顾森端坐在椅子上，双眼发亮："丫丫做的菜，我真是永远吃不腻。"

苏焱看她这模样，想起她在第一次尝过苏念念的手艺后，惊为天人，回去后竟一本正经地跟他说："就凭你有丫丫这样的妹妹，我也不舍得和你分手。"

自顾森怀孕后，苏焱曾数次找过苏念念学习厨艺，想着他这么个天才，做饭自然不在话下。

结果就是，家里的厨房差点儿被炸飞。自那以后，顾森严禁他开火，家中的伙食只好继续让王阿姨承包。

苏念念将顾森最爱的酸菜鱼摆在她面前，笑眯眯道："嫂子，多吃点儿。"

另一边，裴言卿拿着小围兜，正要给两个崽崽套上。裴觅笑得露出了一排小牙，看着眼前自家老爸的盛世美颜，眼睛眨都不眨，安静地任其套上围兜。

轮到裴洵，他不乐意了，闷闷地和裴言卿说："爸爸，我已经四岁了。"

"噗。"苏焱没忍住笑了，"嗯，四岁了。"

裴洵受到冒犯，淡淡地瞥向他。他简直是迷你版本的裴言卿，让苏焱起了欺负的心思："再看，把你的奶瓶打掉。"

裴洵气得小脸通红："幼稚。"

饶是裴言卿都被他逗笑了，拿起小围兜就往他头上套："戴好了。"

裴洵看着围兜，缄默不语。

苏念念做了饭，那带崽的工作就全权交给了裴言卿。

作为准奶爸，苏焱时不时瞥一眼裴言卿。那双用来拿手术刀的手，灵巧地给鱼挑了刺，放到裴觅碗中。要给裴洵挑时，被小家伙严词拒绝，非要自己来，裴言卿哼笑一声，随他去。一餐饭下来，裴言卿光顾着照顾崽，自己却没吃多少。

苏焱啧啧称奇，冷不丁看了一眼顾森的肚子，颇觉自己肩上责任重大。

察觉到苏焱的视线，裴言卿看了他一眼："怎么？"

"没怎么。"苏焱摸了摸鼻子。

裴言卿扯唇笑："你这是已经想着怎么带孩子了？"

苏焱的表情一顿，察觉到苏念念和顾淼的视线，闹了个大红脸。

苏念念朝顾淼眨眨眼："你看，我哥多自觉，以后孩子就交给他带。"

顾淼抿唇笑，一点儿不给面子："他带孩子，能活着就好。"

苏焱心里不是滋味："怎么，不信我？"他一把抱起裴洵，"来，舅舅来给你喂饭。"

裴洵面无表情："不，我不要。"

"你要。"苏焱直接抢过勺子。

在武力镇压下，裴洵无可奈何，木着一张脸接受着苏焱的"照顾。"

晚餐到尾声，苏念念悄悄从厨房端来了月饼。刚好六个，外形精美且样式相同，从外表看根本无法确认馅料。

苏念念期待地搓搓手："来，一人选一个。里面有我准备的特别礼物哦，我看看谁最幸运。"

裴觅的眼睛亮了亮："妈妈，特别礼物是什么呀？"

"现在不能说哦。"

苏念念端着餐盘，一个个让人选。

待人手一个月饼时，苏念念："快吃一口。"

裴觅第一个忍不住，"嗷"一下，好吃得连连叫："我的是蛋黄的！"

裴洵也咬了一口，满足得弯了眼："豆沙的。"

"肉松的。"顾淼笑眯眯道，"丫丫做什么都好吃。"

裴言卿慢条斯理地吃了一口，苏念念从后头环住他的脖颈，期待地问："怎么样？"

他淡淡地笑："你要不来一口？"

"不会你就是幸运儿吧？"苏念念捂唇笑。

裴言卿挑眉："你试试就知道了。"

苏念念就着他的手，咬了一口，以为会是销魂的螺蛳粉口味，谁知入口一股芝麻香。她推了他一把："你骗我呢。"

裴言卿笑看着她："给我尝一口你的。"

苏焱见二人这样，嫌弃地移开眼："肉麻。"

他看了一眼自己手中的月饼直接咬了一大口，表情一变，忍着才没吐出来。一股极其怪异又销魂的味道充斥口腔。偏偏所有人都看着他。

顾淼眼巴巴地问："怎么样？"

苏焱硬生生将月饼咽了下去，嘴角扬起一抹惨淡的笑："真的太好吃了，我就没吃过这么好吃的月饼。"他幽幽地盯着苏念念，"这就是你的惊喜吗？我实在……太感动了。"

苏念念朝他挑衅地一扬眉，眸中尽是幸灾乐祸。

其余几人更馋了，跃跃欲试。

苏焱笑容亲切地问怀里的裴洵："你要不要来一口？"

裴洵舔唇，含蓄地点点头。

苏焱的笑容放大，掰了一小块给他："快吃吧。"接着，他又分给裴觅和裴言卿一人一块，轮到顾淼时，他小声说，"你就别吃了。"

顾淼睁大了眼睛，不满道："为什么？"

苏焱直接把剩下的全部塞入自己口中，不给她吃。

直到裴洵苦着小脸，嘴里的月饼吐也不是，咽也不是。裴觅直接哭出了声："呜呜，舅舅好坏，给我吃大便。"

对螺蛳粉的味道一无所知的小家伙此时世界观崩塌。

裴言卿咽下月饼，无奈地看了一眼笑得欢的苏焱兄妹俩："你们弄哭的，你们哄。"

顾淼总算明白了月饼的口味，哭笑不得："还好我没吃。"

最后，苏念念哄了半晌，总算才让两个崽崽知道，自己并没有吃不能吃的东西。

罪魁祸首苏焱，被冠上"坑娃"的帽子，充分证实了顾淼的那句话："苏焱带娃，活着就好。"